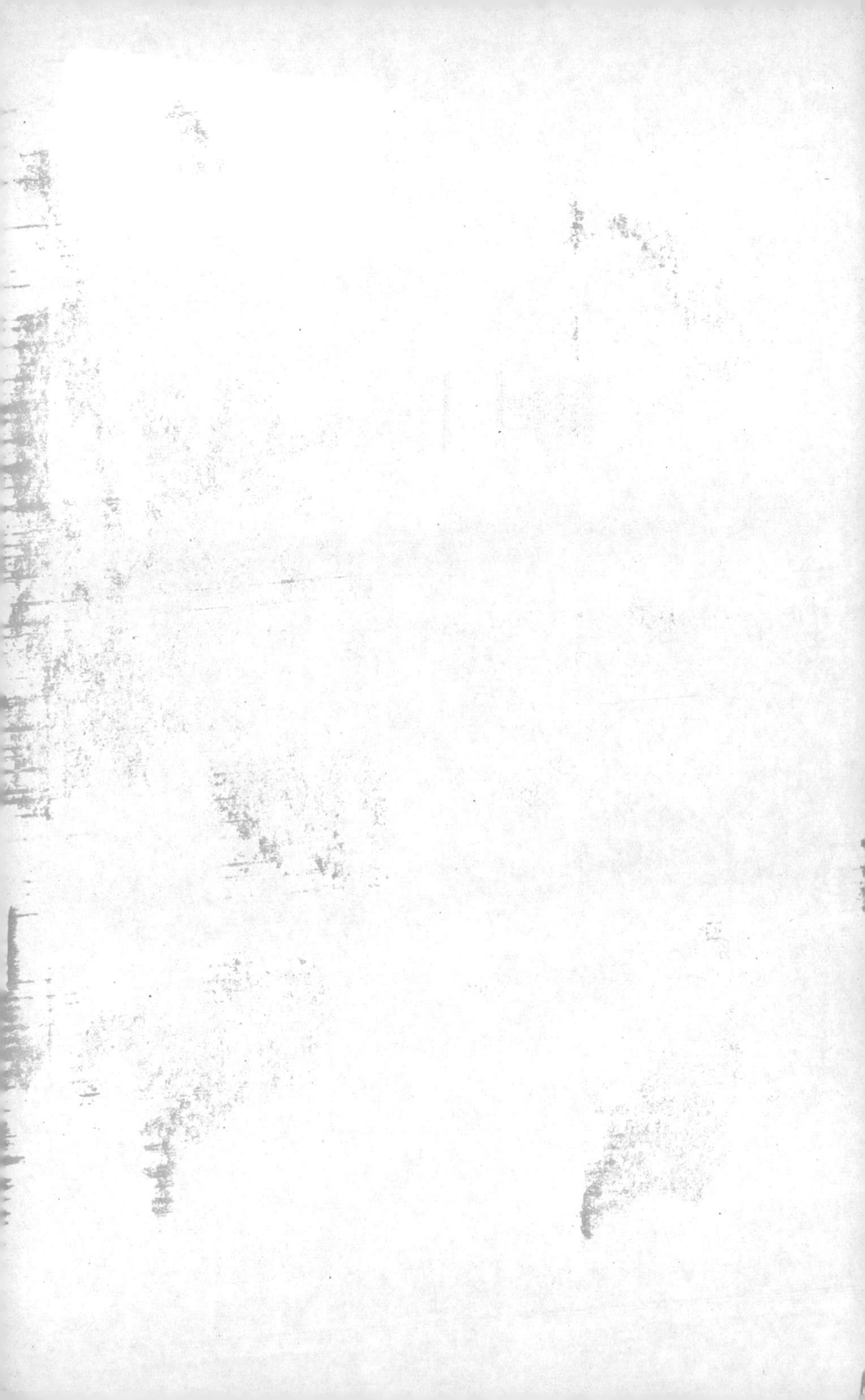

明 暗

[日]夏目漱石 ————— 著　呼斯勒 ————— 译

めいあん

人民东方出版传媒
東方出版社

图书在版编目（CIP）数据

明暗/（日）夏目漱石著；呼斯勒译 . —北京：东方出版社，2021.9

ISBN 978-7-5207-2341-1

Ⅰ.①明… Ⅱ.①夏… ②呼… Ⅲ.①长篇小说—日本—近代 Ⅳ.① I313.44

中国版本图书馆 CIP 数据核字 (2021) 第 160410 号

明暗

（MING AN）

作　　者：[日]夏目漱石

译　　者：呼斯勒

责任编辑：刘　峥

出　　版：东方出版社

发　　行：人民东方出版传媒有限公司

地　　址：北京市西城区北三环中路 6 号

邮　　编：100120

印　　刷：河北盛世彩捷印刷有限公司

版　　次：2021 年 9 月第 1 版

印　　次：2021 年 9 月第 1 次印刷

开　　本：880 毫米 × 1230 毫米　1/32

印　　张：12.25

字　　数：236 千字

书　　号：ISBN 978-7-5207-2341-1

定　　价：58.00 元

发行电话：（010）85924662　85924644　85924641

目录

医生在为津田做完检查之后，让他从手术床上下来。

"确实是肛瘘蔓延到了肠子。前几天为你做检查的时候，探针在半途碰到了一个隆起的瘢痕，我本以为那儿就是肛瘘的尽头了，所以当时才对你那么说。今天我又疏通了一下，将那个瘢痕剥离掉后一看，发现里面还有。"

"这么说，我的肛瘘真的已经蔓延到肠子了啊？"

"是的，原以为只有5分左右①，实际上却有一寸②长。"

津田的脸上露出苦笑，在苦笑中又微微闪现出失望的神情。医生把两只手交叉搭在肥大的白大褂前，稍微偏着头。他的样子像是在说："我虽然很同情你，但很无奈，这就是事实。作为医生，出于对职业的负责，总不能对病患说谎吧。"

津田默默地扎好腰带，取下搭在椅背上的衣服，又转向医生问道：

"如此说来，肛瘘蔓延到了肠子，就无法治疗了吗？"

"那倒不是。"医生轻巧且坦率地否定了津田的话，并且像是要连他的情绪也要否定似的。

"不过，仅仅像之前那样擦洗患处是不行的，那样没办法长出新肉。这次要改变一下治疗方案，采取根治性治疗方案。除此之外，别无他法。"

"您所说的根治性治疗方案是……"

"就是进行手术，手术之后把切开的患部和肠子接连在一起。这样一来，创面的两侧自然就会愈合，只有这样才能彻底治愈。"

---

① 约为1.6厘米。

② 约为3.3厘米。

津田默默地点了点头。

在他身旁南侧窗下的桌子上摆放着一台显微镜，因为他和医生交情很好，所以在刚才进诊室时，经医生允许，他好奇地看了看这台显微镜。在八百五十倍的镜头下，着过色的葡萄状细菌竟然像拍摄出来的照片一样清晰。

津田穿好和服裙裤，当他伸手去拿放在桌上的皮钱夹时，突然想起刚才看细菌的事情，这让他有些心神不宁。他正要把钱夹装进怀里离开诊室，但又踌躇起来。

"如果肛瘘是结核性的，就算按照您刚才所说的，采取根治性治疗方案，将肛瘘的部分向肠子的方向切开，恐怕也无法治愈吧?"

"如果是结核性的，那就无法治愈了，肛瘘会不断地向深处发展，即使治好了口子，也无济于事。"

津田听后不由得眉头紧蹙。

"我的病不是结核性的吧?"

"不是，不是结核性的。"

津田想要弄清楚对方的话有几分真实性，便留心多看了医生几眼，医生却丝毫不动声色。

"您是怎么知道不是结核性的呢? 仅仅凭借检查就能判定吗?"

"当然，根据检查的情况完全可以判定。"

这时，站在诊室门口的护士呼叫了排在津田后面的患者的名字。这名患者正等得心急，听到自己的名字后立刻跑过来，站在津田背后，津田只好赶紧从诊室走了出来。

"您什么时候可以给我做手术呢?"

"随时都可以，只要您方便。"

津田表示会认真考虑一下，再决定做手术的日期便告辞离开了。

在乘坐电车回家的时候，津田的心情非常消沉。他挤在乘客中间，手抓着吊环，心里只顾着想自己的事情。去年病发时痛苦的情景仍然记忆犹新，他看见了自己躺在白色病床上的惨状，清楚地听到自己像急于挣脱锁链逃跑的狗一样发出的呻吟声。他又想起冷冰冰的手术器械的寒光，接着是它们相互撞击的声响。最后，一阵可怕的重压袭来，这力量仿佛要将他两片肺叶里的空气全部挤压出去似的。当肺叶中的空气被压得再也无法压缩时，就会袭来一阵非常剧烈的疼痛。

他心情很低落，突然很想忘掉这件事，于是赶忙换了一副神情向自己的周边看去。周边的人们若无其事，没有人注意到他。他又继续想道：

"当时怎么会那么痛呢？"

那次的病痛是在前往荒川①大堤赏花的归途中突然发作的，事先一点征兆都没有。当时的剧痛差点让他昏过去。究竟是什么原因，一切都无从知晓。与其说是怪异，不如说是恐惧。

"我的身体不知在什么时候会遭遇不测。不止如此，也许现在身体正在发生什么变化呢，只是自己还不知道罢了。真是太可怕了！"

他的脑海里不停地想着，完全无法停止，好像背后有一股力量在推着他不断向前。他在心中呼喊道：

"精神上也一样，精神上和肉体上也是完全一样啊！不知道什么时候会产生什么样的变化。而且这变化，我已经看到了。"

想到这里，他不由得紧闭嘴唇，用自尊心受到伤害似的目光朝四周看了看。可是车上的乘客根本没人知道他内心在想什么，对他的眼

---

① 荒川：荒川源起于日本埼玉县、山梨县、长野县三县的交界，全长 169 千米，流经东京市，是东京市中心的三大河流之一。

神也丝毫不曾留意。

他的思绪就像他乘坐的电车一样，在自己的轨道上飞驰前行。他想起了两三天前一个朋友提到的亨利·庞加莱[1]所说的话。那位朋友在为他讲解"偶然"的意义时，对他说：

"所以，跟你这么说吧。常人所说的'偶然'，即所谓的'偶然现象'，按照庞加莱的观点来看，所谓偶然是指那些原因极其复杂而一时无法说明的事情。比如，拿破仑的出生，需要特定的卵子和精子相结合，要想达成这种必要的结合，就需要符合一定的条件。但究竟需要符合哪些条件呢？这基本上无法找到答案。"

朋友的话仿佛给了他新的知识，津田觉得这与自己的亲身经历非常吻合。冥冥中好像有一股神奇的力量，当他想要向右走时，却将他推向左边；当他想要向前走时，却紧紧地将他向后拉住。但是，归根结底，直到今日，他从未感到自己的任何行为是出于被动的。相反，他始终认为自己的一言一行都是按照自己的意志在进行。

"为什么她[2]要嫁到那里去呢？当然，她去那里是出于自愿的。但是，她并无理由非得嫁到那里不可啊！同样，我又为什么偏偏和这个女人结婚呢？当然也是因为我想要和她结婚才结婚的，尽管我之前并没有想过要娶她。偶然？这便是庞加莱所说的'极其复杂'吗？真的让人难以理解！"

他下了电车，边思考边朝家的方向走去。

---

[1] 亨利·庞加莱（Jules Henri Poincaré, 1854—1912）：法国数学家、物理学家。著有《天体力学新方法》《科学与假设》《最后的沉思》等。
[2] 指清子，是伏笔。

拐过街角走进小胡同时，津田看到妻子正站在自己家门前朝这边张望。可是，津田的身影刚从拐角处出现，她却立即转过头去，面向前方，还把白皙的纤手遮在前额上，像是在朝远处眺望。直到津田走到她身旁，她还在保持着这个姿势。

"喂，你在看什么呢？"

妻子听到津田的声音，似乎吓了一跳，急忙转过身来。

"哎哟，吓了我一跳，你回来啦。"

妻子在说话的同时，将自己眼中特有的光辉全部倾注在丈夫身上。然后，她微微弯了弯腰，轻轻地点了下头。

津田半是回应妻子的柔情，半是犹豫不决，便停下脚步问道：

"你刚才站在那里做什么？"

"等你呀，等你回来。"

"可是你不是在朝远处看着什么吗？"

"嗯，我在看麻雀呀！麻雀不是正在对面那家二楼的屋檐上搭巢嘛。"

津田抬起头朝对面的屋顶看了一眼，那里连麻雀的影子也没有。这时，妻子把手伸到丈夫面前。

"干什么？"

"手杖！"

津田像是刚发觉似的，把手中的手杖递给妻子。她接过手杖，然后拉开正面的格子门，让丈夫先进去，她也跟在丈夫身后，在门口脱鞋进了房间。她帮丈夫换了衣服，还没等津田在火盆前坐定，又去厨房把肥皂盒包在毛巾里拿了过来。

"你现在快去洗个澡吧！要不，你一直呆坐在那里，一会儿又要懒得动了。"

津田很无奈，从妻子的手中接过毛巾，但他并没有马上起身。

"我今天还是不洗了吧。"

"为什么？还是洗一洗更加清爽，去吧！你洗好后就可以吃饭了。"

津田没办法，只好站了起来。临出屋的时候，他回头看了看妻子。

"今天回来的时候，我到小林医生那里去询问了一下病情。"

"是吗？怎么样？应该已经痊愈了吧？"

"还是没有好，反而越来越严重了。"

津田说完，也无心听妻子接下来想问些什么，便走了出去。

吃过晚饭，津田还没回房间，夫妻二人又旧话重提。

"哎哟！做什么手术，听着怪吓人的。难道不管它不行吗？"

"按医生的说法，若不治疗会有危险。"

"可是这也太麻烦了。唉，万一手术后再出现其他问题……"

妻子的秀眉微微蹙起，瞧了一眼丈夫。而津田只是笑了笑，没有说话。妻子像是突然想起什么似的问道：

"即使做手术，也要在星期天吧。"

妻子已经答应一位亲戚的邀请，下个星期天和丈夫一起去看戏。

"反正还没有订好座位，不要紧，直接谢绝算了。"

"那多不好啊，难得人家一片盛情邀请我们，如果谢绝……"

"没有什么不好的，毕竟是因为有其他重要的事啊。"

"可是我还是很想去。"

"你如果想去，那就去吧。"

"那么，你也一起去吧。嗯？你不愿意吗？"

津田望着妻子的脸，露出一丝苦笑。

四

妻子的皮肤白皙，从而令她那双秀眉显得格外动人。而且她好像已经养成了习惯，经常翘动着双眉。唯一令人惋惜的是，她的眼睛太小了，单眼皮也缺乏魅力。不过，在那一双单眼皮里的眸子却是亮晶晶、水汪汪的，非常吸引人。有时候，她的脸上会表现出有点放肆的神情，甚至可以说达到了骄横的程度。津田有时不知不觉地被这一双小眼睛发出的光彩所迷住，而且他经常会无缘无故地突然被她的目光震慑住，退缩回去。

当他猛然间抬眼看向妻子的时候，在这一刹那间，他感到她的眼里蕴藏着一种神奇的力量，这是一种和她过去常挂在嘴上的甜言蜜语很不相称的奇异神采。他正想回答妻子的问话，可是，思绪竟一时被她的眼神打断了。阿延冲他微笑，露出光洁如玉的牙齿。同时，她方才眉目间的神情已渺无踪迹。

"我在说谎呢！看戏什么的不去也可以，我只是跟你撒撒娇嘛。"

津田默不作声，眼睛依然盯着妻子。

"你干吗那么不高兴地看着我？我不去看戏了。下个星期天你去找小林医生做手术吧。这样总行了吧？至于冈本那里，你这两天写个明信片寄过去，或者我亲自去一趟，表示谢绝。"

"你还是去看戏吧！人家难得邀请了我们。"

"不，我还是不去了。比起看戏，还是你的健康更重要啊！"

津田不得不把自己要做手术的详细情况告诉妻子。他说：

"说是手术，但并不是排除掉脓肿那么简单！首先得服用泻药，把肠子清洗干净，然后才能开刀。术后可能还有出血的危险，所以要在刀口处塞上纱布，安静地在病床上躺五六天。即使下个星期天去医院，手术也不是一天就能结束的。所以就算拖过星期天，星期一或者星期二再去做手术，也没有多大差别。或者，不等到星期天，明天或后天去做手术也可以，反正都一样。只要到了医院，病就好办了。"

"这病也没你说的那么轻松吧？你不是说要静卧大约一个星期不能随便乱动吗？"

妻子又微微挑动了一下眉毛。津田对此漫不经心，他一边思索着什么，一边把右肘靠在两人之间的长方形火盆边上，眼睛看着放在那里的红铜壶盖，烧开了的水壶发出吱吱的响声。

"看来你的工作无论如何也得停止一个星期吧？"

"所以，我正想找吉川先生，跟他说明一下情况，然后确定个日子。虽说不请假也没什么，可总归不太好。"

"的确。你还是去说一下比较好，毕竟他平时也很关照你。"

"若是告诉了吉川先生，说不定他会让我明天就去住院。"

阿延听到"住院"这个词，顿时睁大了她那双小眼睛。

"'住院'？不是住院吧？"

"对，是住院啊。"

"可小林医生不是说过，他那里不是医院，看病的都是一些外来的患者吗？"

"的确算不上是医院，不过诊所的二楼空着，也可当作病房。"

"那房间干净吗？"

津田苦笑起来。

"跟咱家相比，也许更干净些。"

这下轮到阿延苦笑了。

五

津田站了起来。按他往常的习惯，在就寝前，他总要在桌子前坐上一两个小时。妻子还像刚才那样用舒适的姿态靠在火盆旁，抬眼看着丈夫。

"又要去看书吗?"

妻子常常对站起来的丈夫这样问。每当她这样问的时候,那语调似乎总有一种不满的感觉。有时他想去抚慰她,有时却对此心生反感,想要逃避。不论感觉如何,在他内心深处都会模糊地产生一种蔑视对方的情绪,心想:"一味地和你这种女人瞎混,我可受不了,我有自己想做的事。"

当他默默地拉开中间的格子门,想去隔壁房间时,妻子又在他的身后说:

"那就不去看戏了,我去回绝了冈本吧?"

津田稍稍转过头来说道:

"你要是想去的话就去吧。照我刚才所说的情形,还不知会怎样呢。"

妻子低下了头,再也没有看丈夫,也没有答话。津田也没有再说什么,咯吱咯吱地踩着很陡的楼梯,到二楼去了。

桌子上摆着一本很大的外文书。他坐下后就翻到夹着书签的那一页读了起来。可是由于隔了三四天没看了,前后的内容都已衔接不上。为了想起前面的内容,他势必要把前面读过的地方重读一遍。可是他心神不宁,根本读不下去,只是哗啦啦地翻着书页,像是看着那厚厚的书本发愁。于是,一种前途渺茫之感油然而生。

他想起自己是在结婚后三四个月着手看这本书的,算起来已经过去两个多月了,可是他才读了不到三分之二。他平时常在妻子面前批评那些刚走出校门跨入社会就远离书本的人,说那些人是没出息的蠢货。妻子只是把他的这些话当作口头禅来听,为了让妻子认为他是个真正的读书人,他必须在二楼多花些时间。伴随着前途渺茫之感,心底又涌来了一股莫名的羞愧之情,狠狠地嘲弄着他的自尊心。

然而,他想从摊在面前的书本里努力汲取的知识,并不是他日常业务上所需要的。与日常业务相比,这本书实在是太专业了。就连他从学校课堂上学到的知识,对他当前的工作也几乎没有任何实际用处。这本书可以说与他的工作毫无关联，他只是想把那些知识当作一种增强自信的力量储存起来。他也想把它作为吸引人注意的装饰品，穿戴在身上。但是，他朦胧地感到这一点很难做到，他自命不凡地自言自语道：

"难道就不能很容易地做到吗？"

他默默地抽着烟，然后好像突然想起了什么，合上书本站了起来。接着，只听见一阵咯吱咯吱的声响，他快步走下楼去。

六

"喂，阿延！"

他隔着门，一面喊着妻子的名字，一面拉开彩糊的门扇站在起居室的门口。这时，坐在长方形火盆旁的阿延面前，不知什么时候摊开的腰带与和服上的色彩猛地跃入他的眼帘。由于突然从昏暗的门口转到灯光明亮的房间，他觉得房间里的一切似乎都要比平时更加绚丽耀眼。他站在那里，把妻子的面容和衣服上那些漂亮的花纹做了比较。

"这个时候，你把它拿出来做什么？"

阿延仍然把绣着香柏扇子花样的、宽幅筒状腰带的一端放在膝盖上，她远远地看了津田一眼，说道：

"只是拿出来看看，我还一次也没有用过这条带子呢。"

"这么说，这回你打算系着这条腰带去看戏？"

津田的话里有一种带着讥讽的冷漠。阿延低下了头什么也没说。接着，她像往常一样，抖动了一下乌黑的眉毛。阿延这种习惯性的举止，有时会意外地撩拨津田的心，有时又莫名其妙地引起他的反感。他默默地走到回廊，拉开了卫生间的门。不一会儿，他从卫生间出来后又打算上二楼。这时，妻子却把他叫住了。

"喂，喂！"

妻子边喊边站了起来，像是要上前拦住他似的。她问道：

"你刚才下楼是有什么事吗？"

对于津田来说，眼下有一件事比妻子的腰带与和服更重要。

"爸爸还没有来信吗？"

"没有。如果有信来，我会和往常一样放在你的桌子上。"妻子回答道。

津田正是因为预料中的来信并没有放在桌子上，才特意下楼的。

"要不我去看一下信箱吧？"

"如果有来信，一定是挂号信，不会投进信箱的。"

"是啊，不过为了以防万一，我还是去看看吧！"

阿延拉开正面的格子门，往阶梯下的置鞋处走去。

"你去了也白搭，挂号信不会投到信箱里的。"

"不过，说不定不是挂号信，只是平信呢。你先等一下。"

津田这才回到了起居室，刚才吃饭时坐过的坐垫依然放在火盆前。津田盘腿坐下，然后注视着凌乱地摊在那里的友禅染①衣物上的艳丽图案。

阿延很快就从正门回来了，手里果然有一封信。

"有啦，有一封信。也许是爸爸寄来的。"

她说着便在明亮的灯光下看了一眼白色的信封。

"哎呀，果然不出我所料，是爸爸寄来的。"

"什么？不是挂号信吗？"

津田接过信，立刻拆开信封读了起来。但是，当他读完这封信并把信纸重新装回信封时，他的手只是机械地动作着。他既没有看自己的手，也没有看阿延的脸，只是呆呆地看着她出门穿的那件绉绸粗花

---

① 友禅染：一种日本特有的染色技巧，在绸布上印染上花鸟、草木、山水花样。传统友禅染从手描到完成需要 26 道工序，非常奢侈豪华。

纹和服，自言自语道：

"糟糕！"

"怎么了？"

"没什么大不了的事。"

虚荣心极强的津田不想把信的内容告诉新婚不久的妻子，但那偏偏又是非说不可的事。

七

"信中说，这个月不能像往常一样寄钱过来了，要我们自己设法筹措一下。年纪大了的人就是这样，这下可不好办了！既然无法寄钱，为什么不早点通知我？正在这个突然要钱用的节骨眼儿上，才来信说这个……"

"到底是怎么回事啊？"

津田把已经折好的信纸又从信封里抽了出来，在膝盖上展开。

"信里说，出租的房子上个月底空出了两间没有租出去。而且，租出去的房子也收不上房租。再加上收拾庭院、修补篱笆，临时花费增加了很多。所以，这个月不能寄钱来了。"

他把展开的信纸递给火盆对面的阿延。阿延接过信什么也没说，也没有想看的意思。津田从一开始就害怕妻子出现这种冷漠的态度。

"其实，即使不靠那些房租，只要打算寄钱，也会有办法的。修补篱笆能用得了多少钱，又不是砌砖墙！"

津田说的一点也不假。他的父亲虽说不算很富裕，可也不至于连每个月给儿子和儿媳补助生计的钱都没有。只不过他是个俭朴的人，用津田的话来说，他俭朴得有些过分了。在比津田更喜欢奢华的妻子看来，这老头简直是个不近人情的吝啬鬼。

"爸爸肯定以为我们的生活太过奢侈，胡乱挥霍。肯定是这样的。"

"嗯，上次我去京都的时候，爸爸也说过这类话。年纪大的人，总是记着自己年轻时候过的日子，想让现在的年轻人都按照他们过去那样生活。当然，爸爸的三十岁和我的三十岁，从年龄上来说没什么不同，可是社会环境已经变了。要真像他那样生活，肯定行不通！以前，我要去参加一个集会，爸爸问我需要用多少钱，我告诉他需要五元钱，他非常吃惊，脸色也很吓人。"

津田平时就怕阿延轻视自己的父亲，尽管如此，他还是忍不住在妻子面前发泄一下对父亲的不满。这些话都是他的真心话，同时，抢在阿延之前进行批评，也就无形中为父子俩打了圆场。

"可是，我们这个月该怎么办呢？平时就入不敷出，为了动手术，你还要住一个星期的医院，这又得花一些钱吧？"

当着丈夫的面，妻子对责怪老人有所顾忌，于是立刻把话题转到了实际问题上。津田不知该如何回答。过了一会儿，他自言自语似的低声说：

"要是藤井叔叔有钱，就去那里……"

阿延目不转睛地盯着丈夫的脸。

"再跟爸爸说说不行吗？顺便把你生病的事也写上。"

"也不是不能写，只是再让他说三道四反而麻烦。若是让爸爸抓住这件事情不放，事情就没完没了了。"

"可是，除此之外也没有别的办法了，这也是不得已而为之呀。"

"所以，我并不是说不写。我倒是想写，把这里的情况一五一十地告诉爸爸，可是一时间也来不及呀。"

"是啊。"

这时，津田认真地看着阿延，然后以决然的口吻说：

"怎么样，你到冈本先生那里通融一下，可以吗？"

八

"**我**不想去。"

阿延立刻拒绝。她的话说得斩钉截铁，半点儿商量的余地都没有。对津田来说，这太出乎意料了。他所受到的冲击，就像飞驰的汽车突然刹车时所受到的冲击一样。虽然他对妻子丝毫不同情自己感到很不高兴，但他最先感到的还是震惊，他紧紧盯着妻子的脸。

"我实在不想去冈本家说这些……"阿延重复着刚才的话。

"是吗？既然如此，那就不勉强你了。不过……"

津田刚说到这里，阿延便毅然打断了丈夫冷冰冰的（但也是冷静的）话语，说：

"我不好意思说这种话。每次我去他家的时候，他总是说：'阿延嫁了个好人家，真幸福啊！生活上也没什么麻烦事。'我如果突然提起借钱的事，他肯定不会给我好脸色看。"

阿延之所以一口回绝了津田的请求，与其说是不同情丈夫，倒不如说是碍于自己在冈本面前的虚荣心。这一点，津田好不容易才明白过来，他眼中那冷漠的光芒消失了。

"要是把自己的生活吹嘘得太好可就糟了。想要被人高看无可厚非，不过，说不定有时候反而会因此带来麻烦。"

"我从不曾吹嘘过什么！只是对方那样认为罢了。"

津田没有再深究，阿延也没有多加解释。两人的谈话稍稍中断之后，又回到了实际问题上。可是，对于从未对自己的经济状况伤过脑筋的津田来说，一时间也确实拿不出什么好主意，他只是说："爸爸可真是让人为难。"

阿延像是忽然想起来什么似的，将目光转移到一直被丢在一旁的华美衣服和腰带上。

"要不拿这个来想想办法吧。"

她把镶金的厚腰带的一端拿在手里，在灯光下晃了一下，像是让丈夫看似的。津田一时没明白她的意思。

"你说'想想办法'，怎么想？"

"把它送到当铺去做抵押，应该可以当些钱吧？"

津田吃了一惊。自己还从没有过东拼西凑筹钱的经历，刚过门没多久的妻子却早已懂得这些。这对津田来说，无疑是一件令自己感到震惊的重大发现。

"你以前当过自己的衣物吗？"

"没有，没做过这种事。"阿延笑着用不屑的语气否定了津田的话。

"就算决定去当这些东西，你也不懂该怎样做啊。"

"是啊。不过，这也没什么，只要决定去当的话。"

除非到了迫不得已的特殊情况，否则津田决不愿让妻子做这种难堪的事情。阿延又补充说道：

"女佣阿时懂得这些事。她说过，她在家的时候，家里常让她抱着个包袱到当铺去。另外，据说现在只需给当铺寄张明信片，对方就会上门来取需要当的东西。"

妻子为了他，愿意拿出珍爱的衣服和腰带，这对津田来说是件很令他欣慰的事。但是，让妻子这样做，对他而言无疑又是一个痛苦的选择。与其说对不起妻子，不如说伤害了自己做丈夫的尊严。因此，他又迟疑起来。

"让我再考虑一下吧。"

他在筹款问题上已经毫无办法，便又上楼去了。

九

第二天，津田和往常一样去公司上班。上午时他在楼梯上偶然碰到了吉川。可是他是下楼，而对方是上楼。在擦肩而过时，他只是恭敬地行了个礼，什么也没说。到了吃午饭的时候，他悄悄去敲吉川的房门，有些拘束地伸了半个脑袋进去。这时，吉川正抽着烟与客人交谈。那位客人是津田不认识的人。当他把门推开一半的时候，正谈得起劲儿的对话戛然而止。然后，两人同时把脸转向门口。

"有什么事吗？"吉川先开口问道。

津田在门口站住了，说道："有点……"

"是你私人的事吗？"

本来为了公务，津田没有资格出入这个房间。他脸色很难看，回答说：

"是的，有点……"

"那就等一会儿再过来吧。现在有些不方便……"

"好的。刚才没注意到有客人，失礼了！"津田悄然关了门，又回到自己的办公桌前。

到了下午，他又两次来到那扇门前。但是，两次都没有见到吉川的影子。

"他到哪儿去了呢？"

津田下楼的时候，顺便问了一下站在正门前的杂役。这个五官端正的少年，正对着睡在石阶下的一只长毛褐色狗伸出手，像表演魔术似的，吹着口哨逗引那只狗跑上来。

"刚才和客人一起出门了。看样子，今天不会回来了。"

这个每天以看守大门为职业的杂役，在这方面的估计要比津田预测得更精准。这只褐色的狗也不知是谁带来的，竟让这名杂役竭力地要同它交好。津田并未理会这些，而是自顾自地回到办公桌前，然后按部就班地处理工作，直到下班。

到了下班的时候，津田比别人晚一些走出大楼。他像平时一样走路去电车站，然后像是忽然想起了什么似的，又从口袋里掏出怀表来看。与其说是为了知道准确的时间，不如说是为了决定自己行走的方向。他像是在和怀表商量：是去吉川家，还是不去？

最终，他还是跳上了与回家方向相反的电车。他深知吉川经常不在家，即使去了他家也不一定能够见到他。而且他也知道，即使吉川偶尔在家，若是有所不便，也会拒而不见，被打发回来。虽然如此，他还是认为有必要不时地去吉川家串门。这既是出于礼节和情分，也是因为利害关系。最后，也是单纯地为了虚荣心。

"津田和吉川有着特殊的交情。"他常常希望这样的议论能出现在他身上，好在人前以此为豪。而且，他还希望这不会对他一贯自尊自重的风度有丝毫损害。他的想法是：一方面要把东西尽可能地掩盖住，另一方面又希望掩盖的东西能被别人发现。他如今就是在这种心理作用下来到了吉川家门前。他自我辩解道："我是因为有公务，才特意来此拜访的。"

十

庄严的正门和往常一样紧闭着，大门的上半扇镶着像镂花一样的厚格子。津田若无其事地向里面望去，门内有一块巨大的花岗岩制成的置鞋石板静静地躺在那里。此外，天花板的正中垂吊着由黑色金属铸成的电灯伞。津田还从未来过这里，这次他特意从这里穿过去，然后绕到侧面紧挨着书生①房间的便门那里，让书生传达一下。

"还没有回来。"穿着小仓产的裙裤跪坐在津田面前的书生回答得十分简洁。看他的神色似乎觉得津田会很快回去，他的态度让津田有些为难。津田最终还是问了一句：

"夫人在家吗?"

"夫人在家。"

---

① 书生：是指那些寄宿在别人家里，一边帮助做些家务一边学习的人。

说实话，比起吉川，津田倒是和他妻子更亲近些。他在来时的路上就已经有了先和他夫人见面的想法。

"那么，请向夫人通报一声。"

他让这位不认识自己的书生为他通报。书生并没有厌烦的意思，立刻进到里边去了。等书生出来时，语气变得更客气了。"夫人说要见您，请！"说着，书生便带着津田来到了西式的会客室。

他刚在椅子上坐下，不等下人把茶水和烟盘端上来，夫人就从里面走了出来。

"你刚刚下班吗？"夫人问。

津田刚坐下，又不得不站起来。

"你夫人近来可好？"夫人看到津田站起来，只微微点头还礼，便坐下来立刻问道，"怕是有了太太的缘故吧，最近好像很少见你来了呀。"

夫人的话毫无顾忌，眼前这个男人，在她看来，只是个比自己年纪小的弟弟罢了。况且，这个年轻男子还是她的晚辈。

津田面带苦笑，不知怎样回答才好。

"现在还是那么甜蜜开心吧？"夫人又问。

津田像是在躲一阵扬起沙尘的微风一样，老老实实地坐在那里一句话也不说。

"不过，你结婚也有些日子了吧？"

"是啊，已经快半年了。"

"真快呀！就像才过了几天似的。这些日子过得怎么样？"

"您是指哪方面？"

"你们夫妻间的关系呀！"

"也没什么。"

"这么说，甜蜜劲儿已经过去了？说谎吧！"

"从一开始就没什么甜蜜劲儿，无奈啊。"

"那就要看今后了。如果一开始没有甜蜜劲儿，那么，从现在开始就会有了。"

"谢谢。那我就高兴地盼着这一天吧！"

"你今年多大年纪啦？"

"已经不年轻了。"

"还很年轻！我就是想问问而已，你就老实干脆地告诉我吧！"

"说实话，我已经三十岁了。"

"这么说，虚岁就三十一了啊。"

"的确如此。"

"阿延呢？"

"二十三。"

"虚岁？"

"不，周岁。"

十一

吉川夫人用这种轻松的话语逗弄了津田一阵子。赶上她心情好时，那更会如此。津田有时也会反过来逗弄对方。然而，吉川夫人在他的印象里经常有一种搞不清是说笑还是认真的表情出现。他生性固执，每次碰到这种情况，谈话时就会变得非常拘谨。而且，如果情况允许，他总是想刨根问底，搞清楚对方的真实意图。若是出于谨慎而不好开口，便只好默默观察对方的脸色。那时，他的眼里总是挂着一层淡淡的疑云，看上去像是胆怯，又像是谨慎，又似乎是为了自卫而从紧张的神经中散射出的光芒。最后还有一种可以称之为"充满着思虑的不安"的心绪。吉川夫人每次见到津田，总要有一两次把津田逼到这种境地。津田明明意识到了这一点，却又不知不觉地陷了进去。

"夫人，您是居心不良啊！"

"怎么，问问你的年龄就是居心不良吗？"

"那倒不是，因为您的问话总像是有所指，又像是没什么，故意不往下说。"

"下面没有了啊！就因为你是个有学问的人，所以才不往下说啊。搞学问，也许需要认真思考，但在人际交往中想得太多就犯了忌讳。你要是能改掉这个毛病，就会成为一个更有人缘的男人。"

津田感到有点被刺痛了。但这仅仅刺痛了他的心胸，并没有影响到他的头脑。他的头脑在这露骨的打击面前，还在冷眼蔑视着对方。夫人微笑了。

"如果你认为我说得不对，回家之后问一下你的夫人吧！阿延也一定和我意见一致。不只是阿延，一定还会有另一个人。"

津田的脸突然僵硬了，嘴唇微微发抖，他的目光盯在自己的膝盖上，一句话也不说。

"知道是谁了吧?"

夫人像是看透了他的心思似的催问道。津田当然清楚那个人是谁。可是，他却丝毫没有承认夫人道破事实的意思。当他再次抬起头时，他用沉默的目光直视着夫人。那目光在无言之中究竟说了些什么，夫人并不明白。

"如果让你不高兴了，还请多多包涵，我不是故意的。"

"不，没什么。"

"真的?"

"真的没什么。"

"那我就放心了。"

夫人很快便恢复了原来轻松的语气，说道:

"在谈话的时候，我发现你还是有些孩子气啊，所以，男人看起来好像吃了亏，其实还是占便宜的。你和我说的一样吧？还有，你今年三十岁，阿延今年二十三岁，按年龄来说，相差很多。从模样来看，你夫人倒比你看着老相些。说'老相'也许有些失礼，可是怎么说才好呢。唉……"

夫人似乎暂时把津田忘记了，在琢磨足以形容阿延的词句。津田怀着一点好奇心，在等待着。

"哦，就叫作'老成持重'吧！她是个聪明人，像她那样聪明的人很少见呢！你可要珍惜她呀。"

吉川夫人的语气听起来，把"你可要珍惜她呀"改成"你可要当心她呀"也没什么不妥。

十二

这时，两人头顶上的电灯忽然亮了。刚才负责接待的那个书生悄悄走进屋来，关上了百叶窗，然后，他又默默地退了出去。从刚才起，津田就注意到煤气暖炉越烧越红了。他无言目送书生的背影离去，觉得今天的谈话应该结束了，自己也应该回去了。他把面前茶碗里的红茶喝光，只剩下一片柠檬。然后，他把这次来的目的告诉了夫人。事情本来很简单，但也并不是得到夫人的允诺便可立即决定的。他想请假一周，但具体安排在一个月中的哪一周为好，夫人也拿不了主意。

"什么时候都行，只要你定下日期。"

夫人用轻松的口吻对津田说，借此表达她的善意。

"当然我会事先安排个日期……"

"这不就行了吗？从明天开始休息也可以。"

"可是总要请示一下才好。"

"那就等他回来，我替你好好说说吧，不必担心。"

夫人爽快地答应了，看上去像是又为他人的事情出了些力而感到高兴。津田也因面前坐着这么一位心情愉快又富于同情心的夫人而感到高兴，尤其是他自认为这是自己的风度和举止所起的作用，这让他更加感到高兴。

从某种意义上说，他喜欢被吉川夫人当成小孩子来看待。因为只要他被当成小孩子，就能赢得两人之间的那种亲密感。如果把那种亲密感仔细剖开来看，这是只有男女之间才能产生的特殊感情。打个比方吧，那刹那间的快感，跟有人突然被酒馆侍女轻轻拍了一下肩膀时的感受差不多。

同时，他又有另外一副个性，那是吉川夫人无论如何也不能把他当成小孩子对待的。但他不曾忘记在吉川夫人面前有意把这种个性掩藏起来。于是，他在夫人面前微微感受着她毫无顾忌的逗弄，背后却又永远据守着自己筑起的厚重的铁壁。

他办完事刚要从椅子上站起来，夫人突然开口说道：

"别再像个孩子似的又哭又叫的。要有个大人样！"

津田不由得想起自己去年在医院时的痛苦情形。

"那次我实在是太遭罪了。每次纸格门一开一关的震动，都能让我感到患处带来的剧痛，让我经常提心吊胆，害怕得让我整个身体都要从病床上跳起来似的。不过，这次不要紧了。"

"是吗？是哪一位医生呀，结果究竟如何还不清楚吧？你若是夸大其词，我可要去问个究竟的！"

"那里可不是您去探病的地方！房子又窄又脏，简直不像样。"

"那没关系。"

夫人的态度是真诚的还是开玩笑，实在叫人摸不透。津田本想说那里的医生是专门治疗他所患病症以外的某个方面，女人还是不去为好。可是他结结巴巴犹豫着，夫人便"乘虚而入"地说：

"我要去，有几句话还要当面跟你说，这事不好在阿延面前说。"

"那么，还是过几天我再来看您吧。"

夫人在笑声中把像是要逃跑似的津田送出了会客室。

津田来到大街上，脚步离吉川家越来越远。然而，他的心并没有像他的脚步那样迅速地离开刚才坐过的会客室。他一边在行人较少的夜路上踱步，一边还在断断续续地想着在吉川家明亮的会客厅内的情景。

冰冷耀眼的景泰蓝花瓶，在光滑的花瓶表面上的艳丽花纹，摆放在桌上的镀银圆盘，同样色调的糖罐和牛奶罐，深蓝底中衬出蔓藤花纹的沉甸甸的窗帘，三个角上缀有金箔的装饰相册，他虽然已经从明亮的会客厅离开来到了昏暗的室外，但会客厅内的那些机具刺激的影像，仍在他眼前纷乱地晃动。

他当然不会忘记那位坐在这彩色中心的女主人的幻影，一边走一边断断续续回忆着刚才和夫人的谈话。就像吃炒豆子的人一样，边咀嚼边回味。

"夫人说不定还想就那件事说些什么。老实说，我本来不想听那些话，可是，又忍不住想要听一听。"

当这一矛盾在他内心公开时，突然像暴露了自己缺点似的，在昏暗的路上，他脸红了。为了摆脱自己的羞愧感，他特意加快脚步向前走去。

"假如夫人就那件事想对我说些什么话，那她的用意何在呢？"

津田此时肯定是解不开这个谜的。

"难道她是为了捉弄我？"

这很难说。她原本就是一个喜欢捉弄人的女人。而且就两人之间的关系来说，又充分给了她这方面的自由。更何况她的地位让她在不知不觉间变得更加放纵了。单纯为了在津田的焦虑不安中得到一丝快感，她说不定会满不在乎地越过客套的壁垒呢。

"如果并非如此……那么是出于对我的同情，还是对我有过分的好感呢?"

这也很难说。她至今对津田既亲切又宠爱有加。

他来到大街上,在附近搭上电车。电车沿着岸边奔驰,车窗外只看得见黑乎乎的水,黑乎乎的堤坝,还有盘踞在堤坝上的黑乎乎的一片松林。

他坐在车厢的一角,透过车窗,瞥了一眼那凄冷的秋夜景色,然后,又不得不立刻去想别的事。昨夜还没解决的筹款的事,已经到了必须设法解决的时候了。可他突然又想起了吉川夫人。

"刚才我把话都说清楚就好了……"

当时为了显得周全些才那么快告辞,现在想起来却非常后悔。但如今仅为此事而去见夫人,他又没有这个勇气了。

他下了电车,从桥上路过时,看见漆黑的栏杆下蹲着一名乞丐。那乞丐仿佛一个活动着的黑影,在他的面前低下了头。他身上穿着一件薄大衣,按季节来说有些太早了,他似乎由此已经看到那火炉上暖烘烘的火焰了。然而,在他现在的眼里,乞丐和他几乎没什么差别,他觉得自己已经变得和乞丐一样困窘了。父亲没能按月寄钱过来,真是太不妥了!

十四

津田怀着这样的心情走到自家门前,他刚要伸手打开正面的木格门,还没等木格门打开,旁边的落地窗反倒哗啦的一声先开了。阿延的身影不知什么时候已出现在他的面前。他好像吃了一惊,看着阿延薄施脂粉的侧脸。

自从结婚之后,他常常被妻子的这种行为吓一跳。阿延的某些行为,有时会因为抢先丈夫而遭嫌弃,有时却可以成为她聪明伶俐的佐证。在日常琐碎的事件中，阿延充分发挥了这一特点，津田时常把她的那些行为看成是闪耀在自己眼前的刀光。刀光虽然很小，却有寒气。而在此时，他感到十分不快。

猛然间，津田感觉阿延好像靠着某种力量预感到他就要回来。但是，他没有心思去询问缘由。即使问起缘由，她也会笑着把话题岔过去，这反倒显得做丈夫的已经输了。

他冷静了一下，从正门进了屋，然后马上换了衣服。在起居室火盆前那张黑漆桌腿的桌子上蒙着桌布，像等候他归来似的。

"今天又到哪儿去啦？"

津田没有按时回来，阿延肯定会这样问，津田不回答是不行的。不过，很多时候津田并不全是因为有事才晚回来，那时他的回答会非常暧昧。每当此时，他便故意不去看阿延那张专门为他而薄施脂粉的脸庞。

"让我猜猜看吧。"

"好吧。"

今天的津田显得非常沉着。

"是去吉川先生家了吧？"

"你猜得真准！"

"一看你的样子，大概就知道了。"

"是吗？的确。因为昨天晚上我跟你说过要和吉川先生商量一下，然后再确定手术的日期。所以你才一猜就中了。"

"就算你没说过那些话，我也能猜中。"

"是吗？真了不起！"

津田只把去求吉川夫人一事的大概经过向阿延说了一下。

"你打算从什么时候起开始治病呢？"

"因为是这种情况，所以从哪天开始都没有关系……"

津田的心事是：在去治病之前，必须筹措到钱。数额虽然不多，但正因为数额不多，他却始终想不出一个妥善而简便的筹措办法，这让他更加焦躁不安。

他突然想到住在神田的妹妹，可是无论如何也不想去那里。他在结婚之后以生活支出增加为由，让住在京都的父亲每月给他一些补助，并说定了条件：要用年终的奖金偿还一部分。可是由于种种原因，他到今年夏天还没有履行这个承诺，因此伤了父亲的感情。妹妹知道这些情况，大体上是同情父亲的。他平时就不屑于当着妹夫的面向妹妹提借钱的事，现在因为这件事，两人的关系就更僵了。他觉得如果迫不得已，那就只好听从阿延的劝告，再给父亲写一封信，说明自己现在的情况，并把病情写得稍微重些，这才是上策。只要写得不至于让父母担忧，只是把实际情况稍微加以润色，这是任何人不用遭受良心的谴责就能做到的投机手段。

"阿延，就按你昨天晚上说的，我再给父亲写封信吧！"

"好啊，可是……"

阿延只说了"可是"便住口看着津田。津田并没有在意，直接上了二楼，在桌前坐下。

十五

他用惯了西式信纸，便从抽屉里拿出浅紫色的信纸和信封，用自来水笔在纸上随意写了两三行。突然想起来，父亲从来不喜欢看儿子用钢笔胡乱写的书信。他眼前浮现出身在远方的父亲的面容，苦笑着放下了笔。他突然觉得就算是给父亲写信，也不一定能如他所愿。他在又粗又厚、类似于木炭画用纸的边角上，胡乱地画起父亲那蓄着山羊胡的长脸的素描。他思量着：到底该怎么办呢？

过了一会儿，他下定了决心，然后站了起来，拉开门，走到楼梯口，站在那里喊楼下的妻子。

"阿延！你那里有日本的成卷的信纸和信封吗？如果有的话给我

一点儿。"

"日本的?"

妻子听到这个形容词觉得非常好笑。

"有女人用的。"

津田又在自己面前展开了带有漂亮花纹的日式传统信纸。

"这回你满意了吧。"

"只要内容写明白,用什么样的信纸都行。"

"那可不行啊!这样一来,父亲又要百般挑剔啦。"

津田表情很严肃,还在凝视着信纸。阿延的嘴角露出一丝轻蔑的微笑。

"那我让阿时马上去买些吧?"

"嗯。"津田含糊其词地答应了一声,因为即使有了白色卷纸和素色信封,自己的愿望也未必能实现。

"稍等一会儿,我去去就来。"

阿延立即下了楼。没过一会儿,传来了侧门拉开的声音和女佣出去的脚步声。津田在必需用品拿到手之前无事可做,便坐在桌前吸烟。

他的脑海里当然挥不去父亲的形象。他父亲生在东京,长在东京,动辄就说京都和大阪的坏话,然而他却不知为何在京都定居了。津田很同情不太喜欢那个地方的母亲,如果她多少露出一点不赞成的意见,父亲就会指着他花钱买的土地和盖好的房子说:"这些财产你打算怎么办?"津田当时还很年轻,不懂得父亲话里的意思。他想,这很好处理呀,怎么办都行!父亲常常对他说:"我不是为了别人,全是为了你!"还说:"你现在也许还不明白这种恩情,等我死了以后你再看看吧!总有一天你会明白的。"津田在脑海里记住了父亲说的这番话和他说这番话时的表情。在今天看来,他的父亲简直像一位高不可攀的预言家,父亲充满自信地一手承担了儿子未来的幸福。他很想对自己想象中的父亲说上几句:

"与其在父亲死后才明白父亲的恩情,不如趁着父亲还活着,每月准确无误地接受一点父亲的恩情，那样才痛快呢。"

大约过了十分钟，他在不至于破坏父亲情绪的信纸上，用老式的文言写了一些让父亲尽可能汇款的言辞。他的所有思绪总算明确地表达出来了，然而在重读一遍时，又对自己拙劣的字迹感到厌恶。且不论信中的字句好坏，单凭自己写的那些蹩脚的字迹，他就感觉没有成功的希望。即使最终成功了，也很难按要求在急需用钱的期限内寄来。他在打发女佣去投递信件之后默默钻进被窝，心里想：船到桥头自然直！

<hr />

十六

第二天下午，津田被吉川叫到面前。

"听说你昨天去我家了？"

"是的，不过您不在，只是见了夫人。"

"你又生病了吗？"

"是的，生了点小病……"

"糟糕，怎么经常生病。"

"不是，其实是上次的病还没有痊愈。"

吉川显得有点意外，他把饭后一直用来剔牙的牙签从口里吐掉，然后摸了摸内衣口袋，想掏出烟盒来。津田连忙过去划烟灰缸上的火柴，不过，他表现得太过卖力，第一根火柴还没用上就熄灭了，便又慌慌张张去划第二根，十分小心地送到吉川的鼻子下面。

"不管怎么说，既然生病了，也没有什么办法！休息一下，好好保养就行了吧。"

津田谢过吉川之后，刚要走出房间，吉川在一片烟雾中问道：

"你和佐佐木请示过了吗？"

"是的，已经和佐佐木先生还有其他人都说过了，请他们多多关照。"

佐佐木是津田的上司。

"既然要请假，还是早一些比较好。早修养，早痊愈。今后要更加努力工作才行。"吉川的话语很好地体现出了他的脾气，"如果方便的话，那就从明天开始休假吧！"

"好的。"

经过吉川这么一说，不管自己愿意不愿意，明天也必须入院了。

正当他的身子跨出房门一半的时候，又被吉川叫住了。

"喂！你父亲最近怎么样？身体还是那么健康硬朗吗？"

津田回过头来，雪茄烟的香味正好扑过来冲进他的鼻腔。

"是的，谢谢。托您的福，他的身体还蛮硬朗的。"

"大概还在作诗消遣吧？心态放轻松真好啊！我昨天晚上在一个地方又碰到了冈本先生，我们谈到了你父亲。冈本也非常羡慕他，他最近虽然也有些闲工夫，但毕竟做不到像你父亲那样。"

津田并不认为自己的父亲会被这些人羡慕。若是有谁说，想把他们和津田父亲的境遇调换一下，他们一定会苦笑一声，恳求让他留在现在的位子上，至少要等到十年之后再说。

不用说，这不过是津田从自己的性格出发推断出来的，但这也是他根据这些人的性格推断出来的。

"父亲已经落后于时代，除了那样生活也别无他法了。"

不知不觉，津田又回到房间里，站在刚才的位置上。

"怎么能说是落后于时代呢！正因为他走在时代的前面，才能过上那样的生活啊。"

津田不知该如何回答了。与对方机敏的口才相比，自己的拙嘴笨腮便成了一种负累。他感觉有点无聊，眼睛凝望着缓缓消散的雪茄烟雾。

"你可不能让你父亲担心。你的事情什么也瞒不过我，如果你做了什么坏事，我就写信告诉你父亲。听见了吗？"

这话像是说给自己的儿女听的，津田也分不清他究竟是说笑还是训诫，苦笑着听完之后，便逃也似的告辞了。

十七

那天回家的路上，津田在中途下了车。他从车站走过一段繁华的大街，便拐进一条横向的街道。边走边看着左右两边当铺的布幌、围棋俱乐部的匾额，还有那些似乎住着土木工匠的花格子门窗。在那弯曲的小路半途中，他推开了一家镶着磨砂玻璃的门走了进去。当安装在门上的电铃发出尖锐的响声时，四五个人从正对着大门的狭小房间内走了出来，津田和他们的目光正好碰到了一起。这间没安窗子的屋子不仅狭小，而且非常昏暗。他突然从外边走进来，简直像是走进了地窖一样。他像是感到寒冷似的坐在长椅子的角落上，回头扫了一眼刚才在昏暗中瞪着眼睛看向自己的那些人。那些人大多围坐在陶制大火炉边，其中两个人交叉着胳膊，另外两个人则在火炉边上烤火，离得比较远的一个人把脸紧紧地凑在散乱的报纸上，还有一个人坐在他现在坐着的长椅子的另一角，稍微侧着身子跷着二郎腿。

电铃响起时，他们不约而同地朝门口看了一眼，之后又不约而同地安静下来。他们都默默地坐着，像是在思考着什么。那种神情，与其说他们没去注意津田的存在，不如说是在逃避津田的注意。不仅是对津田，他们似乎害怕被人注意，所以才故意看向别处。

这些表情阴沉的人，几乎都有一段差不多的经历。在候诊室安静地等待轮到自己看诊的这段时光，可以说，仿佛给他们绚丽多彩的人生片段突然蒙上了黑影。因此，他们没有勇气面向光明，只能沉闷地蜷缩在阴暗的角落里发呆。

津田把胳膊拄在长椅的扶手上，手托着前额，就像正在对神明默默地祈祷，他回想起去年年底以来在这个诊所里意外遇见的两个男人。

其中一人竟然是他的妹夫。当他突然在这昏暗的房间里认出妹夫时，不禁吃了一惊。虽然妹夫是个不拘小节的人，但看到津田惊讶的表情，也不免受到了影响，好像一时不知该如何是好。

另一个人是他的朋友。这位朋友认定津田和他患了同样的疾病，因此，对方也就毫无顾忌地同他聊起来。那次，他们两人一起走出医院，一起用晚餐时，两人就性爱的问题进行了深入的交谈。

见到妹夫不过让他感到一时的吃惊，并没多大的影响就过去了。但是，那位他认为以后再也不会见面的朋友却给他带来了巨大的影响。

现在，津田不得不把那位朋友当时说的话和他今天的境遇联系起来，于是突然像是受到了什么冲击，他睁开眼，把手从额头上放下。

这时，一位穿天蓝色斜纹哔叽面料西服的三十岁左右的男人从诊室里走了出来，立即走到取药的窗口。他从上衣内侧的口袋里掏出钱包正要付款时，一位护士站在诊室的门槛处喊了下一位患者的名字。津田刚好认识她，当她正要转身回诊室时，津田叫住了她，对她说：

"等着排号太麻烦了，请你代我问问医生，我明天或者后天来做手术行不行？"

白衣护士进了屋，很快再次出现在这间昏暗的房间门口，对津田说：

"现在二楼刚好空着，您方便的时候就请来吧！"

津田迅速走出了那间昏暗的房间，连忙穿上鞋，在他朝里拉开镶着磨砂玻璃的大门时，一直漆黑的候诊室里，灯唰的一下亮了。

十八

津田回家的时间虽然比昨天稍早了些,但是最近天时也骤然变短,秋阳早已西斜,刚才还残留在大街上微寒的余晖,竟到了立刻要从大地上消失的时候了。

他的二楼并没有开灯,正门口也是一片漆黑。刚刚还能看见拐角处车铺檐下的灯光,现在却感到有些失望了。他哗啦一声拉开了格子门,可阿延还是没有出来。昨天这个时候,阿延像是打了个埋伏,把津田吓了一跳。当时,他的心情不太好。不过,跟昨天比起来,现在连个迎接的人都没有,他站在漆黑的大门口,感觉还不如昨天高兴。他站在那里连声地喊:"阿延!阿延!"这时,出乎意料地从二楼传来一声"来了",接着,听到她从楼梯上走下来的脚步声。同时,女佣也从厨房跑了出来。

"你在干什么呢?"津田的话里多少带着点不满的情绪。阿延什么也没说,但是,看她的面容,他发现阿延像往常一样,在无言中露着诱人的微笑,她那一口洁白的牙齿首先进入他的视线。

"二楼怎么没开灯?"

"是啊,我正在发呆,所以没注意到你回来了。"

"你睡下了吗?"

"怎么可能呢!"

女佣失声大笑起来,打断了两人的对话。

"等等。"津田照往常一样从阿延手里接过肥皂和毛巾,正要从火盆旁走开,阿延叫住了丈夫。她转身从双层衣柜最底层的抽屉里拿出衬着法兰绒里子的铭仙布①棉袍,放在丈夫的面前。

"你穿一下试试。也许还不太合身。"

---

① 铭仙布:大正、昭和时代流行的一种纺织品,价格便宜,结实牢固。

津田露出一副莫名其妙的神色，定睛看着这件宽幅竖纹棉袍，衣襟的包布用的是八丈岛黑硬绸。这既不是他自己买的，也不是阿延找店家定做的。

"这是怎么回事？"

"是给你做的呀！准备让你住院时穿。在那种地方，如果穿得太不像样，是会没面子的。"

"你是什么时候做的？"

就在两三天前，他才跟阿延说，为了动手术必须一个星期左右不能回家。更何况他从那天至今，并没有看见妻子拿针线缝制过什么，因而感到奇怪。在阿延看来，丈夫的惊讶就像是对她辛劳的报酬。因此，她故意没做任何解释。

"衣料是买的吗？"

"不是，这是我的旧衣服。本来想留着冬天穿，但是拆洗后就放起来了，还没有缝上……"

的确，如果这件衣服让一个年轻女人穿，不仅条纹太粗，色彩也有点过于花哨了。津田穿上袍子，摆出一副侍从状风筝^①的架势，略有些不好意思地看了看，然后对阿延说：

"终于还是定下来了，明天或后天做手术！"

"是吗？那我该做些什么啊？"

"你什么都不用啊？"

"我陪你一起去医院行不行？"

阿延仿佛对于金钱之类的事，一点也不发愁。

---

① 侍从状风筝：是指日本武士的侍从形状的风筝。

十九

第二天早晨，津田起床比平时晚了很多。家里好像已经被收拾过，显得非常宽敞。他从房间穿过正门，打开起居室的拉门，看见妻子正襟坐在火盆旁看报纸。壶里的水沸腾着，正发出象征着温馨、和谐的声音。

"放松心情睡了一觉，虽然没想赖床，但还是睡过了头啊。"

他说了些似乎是辩解的话，看了一眼挂在日历上方的钟表，时针已经快要指向十点的位置了。

当他洗漱好回到起居室后，又若无其事地向平时常用的那个黑漆的餐桌走去。与其说那个餐桌是在等待他入座，不如说已经等得不耐烦更恰当些。他刚想把蒙在餐桌上的桌布揭开，可是突然一想：

"这可不行！"

他想起了医生曾告诉他手术前一天应该注意的事项，但此刻他已经记不清了。他突然对妻子说道：

"我去问一下。"

"这就去吗？"阿延吃惊地望着丈夫的脸。

"不是，是打电话问，这还不简单？"

他像是故意把起居室平静的气氛打乱一样，一下子就站了起来，从大门跑到外边去了。他跑向离电车轨道约五十米处的公用电话亭，然后他又急忙跑了回来，站在大门口喊妻子：

"你到楼上把钱包拿给我，用你钱包也行。"

"干什么？"

阿延完全不了解丈夫的用意。

"你别管了，快去拿来！"

他把阿延送来的钱包放进怀里，马上又折回大街上。然后，他上了电车。

三四十分钟之后，他夹着一个很大的纸包回到家里，这时已经快到中午了。

"你那个钱包没装多少钱啊，我以为还会多一点的……"津田一边说着，一边把夹在腋下的大纸包放在起居室的榻榻米上。

"这些不够吗？"

阿延正在用"就连琐事也要关心"的眼神望着丈夫。

"不，差不多够了。"

"可是，你想买些什么我根本不知道，还以为你要去理发呢。"

津田这才注意到自己已经两个多月没有理发了，他突然想起昨天早上戴帽子时的感觉，长时间没有理发，当那顶尺码稍小的帽子戴到头上的时候，感觉有些紧。

"因为你要得太急了，我匆忙间没有到二楼去取！"

"说实话，我的钱包也没有装那么多钱，不管拿哪一个，反正都一样！"

他不好意思一味地怪那个钱包里的钱太少。

阿延麻利地打开了纸包，从里面拿出了红茶、面包和奶酪。

"哎呀，你是要买这些吃吗？早知如此，我让阿时去买不就行了。"

"什么？她怎么懂得这些，还不知道她会买些什么回来呢！"

不一会儿，阿延就把香喷喷的烤面包片和冒着热气的乌龙茶亲手端上来了。

吃完这顿既算不上早餐，也算不上午餐的简单西餐后，津田自言自语地说：

"今天本想一早去藤井叔叔家，一方面是为了看望他，另一方面是为了告诉他我生病的事情。可是，还是把时间耽误了。"

他的意思是，只好下午再去藤井叔叔家拜访了。

二十

藤井是津田父亲的弟弟。津田的父亲迫不得已过着四海为家的宦海生涯，有时在广岛住三年，有时在长崎住两载。带着津田辗转各地非常不便，对津田的成长和教育也很不利，为此津田的父亲大伤脑筋。最后，他决定将津田托付给藤井，请藤井照顾津田的一切。如此，津田自然而然地成了叔叔的孩子。因此，两个人的关系已经超越了普通的叔侄关系。撇开性情和职业的差异不说，与其说他们是叔侄，不如说是父子。如果要用适当的文字来形容他们，那"第二父子"这个词最能说明这两个人的关系了。

与津田的父亲不同，他的这位叔叔从未离开过东京。相比那位半辈子都东飘西荡的父亲，仅这一点，至少在津田眼里有着极大不同。

"他是一个步履蹒跚的人生过客！"

叔叔曾在评价津田父亲的话语中说过这么一句，而津田无意中听到了这句话，立即就认定父亲的确是那样的人。这句话他至今都没有忘记，但是，对于这句话的含义，津田至今还是不太明白。只是他每次见到父亲时，总会想起这句话来，感觉父亲瘦长脸的下巴上蓄着像算卦的人那样的稀疏胡须，父亲的这种风姿与叔叔所下的评语是完全吻合的。

他父亲在大约十年前就像是倦于羁旅的行者一样，突然退出了官场，做起了实业。他在神户度过了八年后，两年前终于搬进了在神户时买下的京都地皮上新建的房屋。在津田不知不觉之间，这恬静的古都就被他父亲定为隐居之所，并将成为他安度晚年的地方。当时，叔叔皱着鼻子对津田说：

"别小看我这个哥哥啊，他手里还攒了不少钱呢！他这个气球能稳定下来，肯定是因为钱。"

然而，叔叔本人从来没感受过金钱的重量，始终在原地不动。他一直住在东京，也一直非常贫困。他还是一个从来没有尝过领取工资是什么滋味的人，与其说他是讨厌工资，还不如说因他过于倔强，以至于没有人愿意给他工资更恰当些。叔叔对于规章化、制度化的东西非常反感，上了年纪后，他这种思想虽然稍有改变，但他还是顽固地坚持自己那一套。这也是因为他深知，即使现在改变自己的想法，也只会遭人蔑视，全无益处。

这位叔叔虽然活在现实社会里，却毫无和世俗打交道的经验。当然，他一方面是一位迂阔的人生评论家，另一方面又是一个相当敏锐的观察家。并且，这种敏锐又完全来自他的迂阔。换句话说，他正因为迂阔，才能说出那些警句，做一些奇特的事情。

他的知识虽然不是很丰富，却很庞杂。因此，他对许多问题都喜欢多嘴。然而，不论什么时候，他都是一副旁观者的态度。这不仅是因为他的处境使他非如此不可，也是他的性格造就的。他有一定的头脑，却好像没有手。当然，他是有手的，却不想用，他始终想袖手旁观。他天生就是个读书人，同时又是个懒汉，最终只能成为一个靠文字吃饭的人。

二十一

藤井定居在东京市西北高地上的一个角落，这六七年来，他一直过着城郊生活。近年来，那一带连续新建了不少大大小小的住宅，这让他感到眼底的青天年年都在被夺走。他经常停下写字的手，仔细想想哥哥的境况。有时，他也想从哥哥那里借点钱，自己也盖一所房子。可是这笔钱，哥哥却不肯借给他，他自己也不是随便向人借钱的那种性格。他虽然说哥哥是"步履蹒跚的人生过客"，其实他才是在物质生活上不安定的"人生过客"。对于他来说，如同多数人经常看到的，在物质方面的不安无非是某种程度上的精神焦虑而已。

从津田家到这位叔叔家，有一半的路程本可以乘坐沿河的电车，但全程徒步走过去也用不了一个小时。因此，偶尔散步走走，反倒比坐在喧嚣的交通车辆里更随意一些。

津田在下午一点前出发，迈着缓慢的步伐沿着河边走到了终点。天空高阔，阳光普照大地，远方遮蔽了天空的树木郁郁葱葱，轮廓分明。

津田在路上想起今天早上忘了买蓖麻子，医生叮嘱他今天下午四点就要服用，他有必要去药店买一些。他像往常一样，从终点向右转，并不过桥，往相反方向的热闹街市走去。那里仿佛计划把新的线路延长，他发现自己必经的一部分道路被挖得横七竖八的，这里原有的房屋已被无情地拆除了。他站在高低不平的新马路的拐角处，望着角落里的一群人。人群虽然并不密集，但也有三五层。在人群中间，有一个和津田年岁相仿的男人，在他的周围形成了半圆形。

这个男人稍微有些发胖，身上穿着双线棉织和服短外套，腰间系着一条窄带，脚上穿着一双平板大号木屐，头上既没戴斗笠，也没戴帽子。他靠着身后的一株柳树遮身，双手拿着一个仿法兰绒棉布里子的大口袋，抬头看了看四周的人说道：

"诸位，我要从这个口袋里拿出鸡蛋来，从这个空口袋里掏出鸡蛋来给大家瞧。千万别吃惊！秘密就在我怀里。"

他说了一番看起来和他身份并不相称的大话后，便用一只手在胸前握紧拳头，然后用拳头碰了一下口袋就立即张开了，像是骗人似的说："看！我把鸡蛋放进口袋里去啦！"不过，他确实没有骗人。在他把手伸进口袋时，鸡蛋就已经放在里边了。他把鸡蛋夹在大拇指和食指中间，让围成半圆形的观众们仔细看过后，又把它放在地面上。

津田的神色在轻蔑中夹杂着赞叹，他稍微侧头想了一下。突然，有什么东西从背后捅了一下他的腰。他受到了轻微的冲击，几乎是条件反射般回头看，发现竟是叔叔的儿子①正淘气地站在那里笑着。这孩子头上戴着有校徽的学生帽，身穿短西裤，背着书包，这就足以说明这孩子从哪里来了。

"刚放学吗？"

"唔。"

这孩子没说"是"，也没有说"对"。

———————————— 二十二 ————————————

"**你**爸爸怎么样啊？"

"不知道！"

"挺好的吧？"

"不知道怎么样！"

津田已经忘了自己十来岁时的心理状态，对这样的回答感到有些意外。他苦笑了一下。但发觉这一点时也就没再说话了。那孩子还在拼命地盯着魔术看，魔术师的衣服像是昨夜临时赶制的。此时，他又劲头十足地高声喊道：

"各位！我还要拿出一个鸡蛋，请看！"

他和刚才一样用一只手将口袋一将，又灵巧地假装扔进去了什么，然后夸张地从布袋底下取出了第二个鸡蛋。他看观众们仍然没有看够，便把布袋翻了个里朝外，毫无顾虑地将有点脏的法兰绒条纹展示在观众面前。然后，他又靠着同样的手法，经过一系列复杂的过程后从袋子里取出第三个鸡蛋。最后，他好像对待贵重品似的，把一个个鸡蛋细心地排列在地面上。

———————————————

① 即藤井真事。

"怎么样？各位！只要照这样做，要多少就能变出多少。不过，如果只变出鸡蛋也没有意思，这次要变出一只活鸡来！"

津田回头看了一眼他的堂弟。

"喂，真事，走吧。我要到你家里去。"

对于真事来说，活鸡比津田更重要。

"哥哥，你先去吧，我要再看一会儿。"

"那是骗人的！不管你等多久，他也不会变出活鸡的。"

"为什么？不是已经变出那么多鸡蛋吗？"

"鸡蛋能变出来，可活鸡变不出来。他撒谎是为了让人们别散去。"

"那他接下来想干什么呢？"

津田也完全不知道他接下来想干什么，他感到有些麻烦，想撇下真事先走。这时，真事抓住他的衣襟说道：

"哥哥，你给我买点什么吧！"

每次在家里央求，津田总说"下一次，下一次"，然后就逃掉了。下次再去的时候，他又说"忘了给你买"。这次他还是含糊地说："嗯，给你买！"

"那就买辆汽车吧？"

"汽车？那太贵了！"

"是小的，才7元5角钱。"

即使是7元5角钱，对津田来说，数目也确实太多了。他什么也没说，就迈步离开了。

"你之前不是经常跟我说会给我买吗？哥哥岂不是比那个变魔术的人更爱撒谎？"

"那家伙只能变出鸡蛋，可变不出活鸡！"

"为什么？"

"不为什么？就是变不出来呗！"

"所以，你也是买不起汽车吧？"

"嗯，对呀。所以还是给你买点别的什么东西吧。"

"那就买双羊羔皮靴吧！"

津田被逼得无可奈何，又默默走了一二十米远。他低头看了看真事的脚，他的鞋并不难看，可是颜色很奇怪，不知道是褐色还是黑色。

"是爸爸在家里将原来的红色染成这样的。"

津田笑了起来。叔叔竟把孩子的红皮鞋染成黑色了，他觉得有些好笑。由于叔叔不知道学校的规定，给孩子做了一双红皮鞋，后来又把红皮鞋按规定染成了黑色。津田听了这番解释后，真想取笑一番叔叔的这番做法。于是，他用嘲讽的神情，盯着眼前叔叔的"杰作"。

二十三

"真事，这双鞋挺好的呀！"

"可是，这种颜色的鞋没有人愿意穿啊。"

"颜色没什么关系。不是谁都能穿上爸爸亲手给染的鞋呢！你要好好感谢爸爸，仔细穿着它才行啊。"

"可大家都拿我寻开心，说这是长毛狮子狗的皮做成的……"

把藤井叔叔和长毛狮子狗皮联系在一起，这又成了新的笑料。但是这个笑料诱发起一缕淡淡的哀愁，掠过津田的心头。

"不是长毛狮子狗，我向你保证。放心，这不是长毛狮子狗的皮，是个漂亮的……"

津田想说个漂亮的什么，却不知说什么才好。他稍稍顿了一下，但真事可不是好糊弄的。

"漂亮的什么呀？"

"漂亮的鞋呀！"

假如钱包允许，津田也想给真事买一双羊羔皮靴，也算是报答叔叔的一点养育之恩。他算了一下自己身上携带的钱，根本没有能力办这件事。他想，要是京都能汇钱来就好了，可在不知道京都能否寄钱来之前，也不用苦心去表示自己的诚意了。

"真事，你要是那么想买羊羔皮鞋，下次就到我家来，让你嫂子给买吧。哥哥穷啊，今天就打个折扣，给你买点便宜些的东西吧。"

津田连哄带劝地拉着真事的手在宽阔的大街上慢步走去。靠近电车终点站的那条街，由于很多人在那儿上下电车，经过鞋子的踩踏，路面变得结实而平坦。四五年来，这条街完全变了样，各家店铺都收拾得非常漂亮，各个橱窗里都是些郊外罕见的商品。真事一会儿跑到路对面朝鲜人的糖果店门前，一会儿又跑回来站在这边的金鱼店门前。他在奔跑的时候，口袋里的玻璃球在哗啦啦地响。

"今天我在学校赢了这么多！"

他把手插进衣袋里，抓出一大把玻璃球给津田看。当那些青色的、紫色的玻璃球从手中滚到马路上时，他慌忙去追赶，又转过头来对津田说：

"哥哥也来帮我捡呀！"

最后，津田被这位鬼灵精的堂弟拖到了玩具店，花1元5角钱给他买了一支气枪。

"打麻雀还行，可不能随便对人开枪啊！"

"这么便宜的枪，能打到麻雀吗？"

"那只能怪你手笨！手笨，枪再好也没用。"

"这么说，哥哥你能用这支枪给我打麻雀吧？我们这就回家。"

如果你随口答应了他，他随后就会逼着你去践行，因此，津田含含糊糊地把话题岔开了。真事随便罗列了一些津田根本不知道的一些小朋友的名字，什么户田呀，涉谷呀，坂口呀，然后挨个加以批评。

"冈本那家伙太狡猾了，他让人买了三双鞋呢。"

话题又回到了鞋子上。津田在心里把和阿延关系密切的那个冈本家的孩子和站在面前正在评论那个孩子的真事作了一番比较。

"**你**最近去冈本家玩了吗?"

"哼,不去!"

"又打架了?"

"没有,没打架!"

"那为什么不去?"

"不为什么……"真事似乎话里有话。津田很想了解其中内情。

"你到那儿去,会给你各种各样的东西吧?"

"哼,不怎么给。"

"那总会给你好吃的吧?"

"前几天我在冈本家吃过咖喱饭,太辣了。"

仅仅是咖喱饭太辣,也不能作为不去冈本家的理由。

"你难道因为这个就不愿去他家?"

"哼!是爸爸不让我去,我可盼着去冈本家玩秋千呢。"

津田偏着头思索,叔叔为什么不愿意让孩子去冈本家呢?是因为性情不同?家风不同?生活不同?这一切立刻浮上他的心头。叔叔平生伏案写作,用文章向世人展示文字的威力,但在现实社会中,他绝不是自己笔下那样有力的人物。他自己也明白这之间的差距,这种自知又让他更顽固了,甚至还有几分排外的情绪。在以金钱与权力为中心的社会里,他唯恐自己被别人当成傻瓜。另一方面,他又不自觉地戒备着,让自己不被金钱与权力侵犯丝毫。

"真事,你为什么不问问爸爸,为什么不让你到冈本家去呢?"

"我问过呀。"

"既然你问过,你爸爸是怎么说的?还是什么也没说?"

"嗯!说啦。"

真事有点不好意思说似的,过了一会儿,他又用沉重的语调断断续续地说：

"就是，一去冈本家，不管什么东西，只要看见阿一有的，我回到家就吵着让爸爸给我买，所以不让我去。"

津田终于明白了：两家的家境、生活水平有差异，就连孩子玩的玩具也多少有些差别。

"所以，你就要汽车，要皮鞋，硬是磨着要那些价格昂贵的东西？都是因为看见阿一有这些才这样的吧？"

津田半开玩笑地举起手来，要打真事的脊背。真事的表情像是被大人当场揭了老底一样尴尬。但是，他并没有像大人那样说一些替自己辩解的话。

"你胡说，你胡说!"

他扛起津田刚才给他买的气枪，噔噔噔地朝家的方向跑去。衣袋里的玻璃球像念珠一样不断地互相摩擦，哗啦哗啦地响，背包里的饭盒、课本互相撞击，叮叮当当。

他在拐角处的黑色板墙那儿站了一会儿，像一条黄鼠狼似的回头瞥了一眼津田，小小的身影就立刻消失在小巷里了。津田走到小巷尽头，走进藤井家里时，突然在距他十米远的地方"砰"地响了一枪。他苦笑着看了看在右侧的篱笆里正在拿枪认真瞄准着他的真事。

二十五

津田听到叔叔正在客厅里和人谈话，又从拉门的格子间看见了一双客人穿的鞋，便没有去开门，转身朝起居室的回廊走去。以前，这房子里似乎住过花匠。前院既没有设木门，也没有竹墙作间壁，因此只要绕过在这同一块地皮上近日新盖的一幢出租房子的后门，就可以走到回廊的尽头。那里种着两三棵茶树，当作影壁稍嫌低了些。津田穿了过去，钻进那个永远留在他记忆中的柿子树下。这时，他果然在那儿看见了婶婶的身影，婶婶在拉窗玻璃上的侧影映进了津田的眼帘。津田从外边喊了一声：

"婶婶！"

婶婶立刻就打开了拉窗。

"今天是怎么了？"

她对津田给孩子买了气枪的事也没有表示感谢，却用惊讶的眼神看着津田。婶婶已经四十三四岁了，也失去了魅力。可是，有时在某些场合中，她会流露出一股摆脱了世俗客套的自然，其中甚至有一种完全与性感无关的天真劲儿。津田总是在心中把这位婶婶和吉川夫人进行对比，并且总是对两人之间的差异感到吃惊。同样是女人，并且年龄也相仿，怎么给人的感觉完全不同呢？这是他最大的疑问。

"婶婶还是那么缺少女人味啊！"

"到了这样的年纪，如果还那么有女人味，岂不成了疯子！"

津田去回廊下落坐。婶婶也没说一声"请"，还在自顾自地用烙铁熨烫着放在膝盖上的红绸片。这时，一个叫阿金的女孩从隔壁房间拿着拆洗的被褥走了出来，她向津田施礼打招呼，津田便搭话说：

"阿金！还没有找到婆家吗？要是还没有找到，我给你介绍个好人家怎么样？"

阿金"唉"地叹了一声气，和善地笑了笑，脸色稍微有点红。她打算给津田拿个坐垫，津田打个手势制止了她，自己走进屋去。

"喂，婶婶！"

"嗯……"婶婶爱搭不理地应了一声。阿金走过场似的给津田斟上温热的粗茶。然后，婶婶稍微偏了一下头，对阿金说道：

"阿金，你好好拜托一下这位由雄先生吧，他可是个热心肠，是个不会说谎的人。"

阿金磨磨蹭蹭地还没躲开。津田此时若不说点什么，是下不了台的，只好说道：

"这不是客套话，是真的。"

婶婶没再理会。这时，在后院里响起了真事放气枪的"砰砰"声，婶婶立刻侧耳仔细听。

"阿金！你去看一下。要是装上铅弹打枪，那就危险了。"婶婶的脸上流露出一副买这个给孩子简直多余的神色来。

"不要紧的，我已经好好交代过他了。"

"不，不行，他一定会用气枪打邻居家的小鸡玩的。别管他，你把他的子弹收起来。"

阿金趁这个机会，就从客厅溜走了。婶婶默默地把插在火盆里的烙铁拿起来，把皱皱巴巴的薄绸子在膝盖上熨得平平整整。津田漫不经心地瞧着，耳朵里听到客厅里断断续续传来的说话声。

"这个客人是谁呀？"

婶婶仿佛愣了一下，抬头说道：

"到现在你还不知道？你这耳朵也够奇怪的！你在这里仔细听听也能知道是谁啊！"

二十六

津田坐着不动，想仔细听一下客厅里的那个人到底是谁。没过一会儿，他轻轻拍了一下大腿说道：

"哦，我知道了，是小林吧？"

"是啊。"婶婶没有露出一丝笑容，平静地给了他一个简洁的回答。

"原来是小林啊！他穿着一双新的红皮鞋，太像个客人了，我还寻思着是谁呢。那么，我也不用客气了，直接到那儿去吧。"

在津田脑海里，浮现出了小林那副过于陈腐的身影。今年夏天见到他时，小林穿的那一套奇装异服给津田留下了深刻的印象：白绉绸领子的汗衫，外穿琉球产的碎白花纹的布衣，褐色条纹的和服裤裙，披着一件薄绢的外衣。这副打扮，让人以为是伞店的老板去市里参加完葬礼，上完了供之后，怀里揣着一盒糯米红豆蒸饭回来。那时，他跟津田辩解说，他的西服被小偷偷走了，恳求津田借给他七元钱。因为有一位朋友同情他被盗，对他说："如果你手头方便，能赎回我押在当铺里的夏季服装，就把它送给你。"

津田微笑着问婶婶：

"那家伙为什么恰好今天来你家，还装作一副仪表堂堂的样子，摆起贵宾的架势？"

"是和你叔叔有几句话要说，说是在这儿说不太方便。"

"啊？小林还有什么正经话？是为了钱的事情吧？否则……"津田说到一半，忽然看见婶婶表情严肃，就没再说下去。婶婶稍微压低了声音，这声音和她平静的语调很相称，她说：

"和阿金的亲事有关，要是我们在这里多嘴，她会不好意思的。"

在起居室里听起来，小林的声音和平时的大嗓门儿不同，就像是一名绅士的声音，原来是为了这件事。

"已经谈妥了吗？"

"啊，好像很顺利。"

婶婶的眼里闪现出少许期待的光辉。津田兴奋地说：

"这么说，我用不着费力周旋了？"

婶婶默默地看了津田一眼。津田那戏谑的态度，即使算不上轻薄，看起来也显得和婶婶眼下的生活气氛相隔太远。

"由雄，你自己娶媳妇的时候也是这样的心态吗？"婶婶突然质问起津田来，津田甚至连她说的是什么意思也不清楚。

"您说的'这种心态'，只有婶婶知道，我本人反倒不清楚，有些不知如何回答。"

"你即使不回答，婶婶我也不难知道。你设身处地想想，给女人送嫁，那可不是一件简单的事呀！"

藤井四年前为长女送嫁时，由于没有购买嫁妆的财力，临时借了不少钱。那些欠款刚刚还清，接着又送二女儿出嫁。所以，现在如果阿金的亲事谈妥了，无疑又得准备第三笔开支了。虽然这孩子和女儿不同，即便能节省一些，也会给一家人带来不小的负担，这是肯定的。

─────── 二十七 ───────

在这种时候，津田哪怕能主动承担一半的费用，对于照顾他多年的藤井夫妇来说，也是让他们满意的报答了。可是按他目前的财力来说，能够献给叔叔婶婶的同情顶多是给真事买一双他想要的皮鞋罢了。就连这个，也要看当时的手头是否宽裕呢。他压根就没指望京都方面能汇钱来支援叔叔的生计，一方面是因为即使叔叔向他告急，父亲也会无动于衷；另一方面，即使父亲动了借钱的心思，叔叔也不肯轻易向他借钱。这些是津田心里早就已经断定的，他只能期望着父亲能早些汇钱来。因此，他似乎没有被婶婶的话语打动。这时，婶婶说："由雄！你当初决定娶妻的原因是什么呢？"

"我可不会拿婚姻当儿戏！我即使再荒唐，如果认为我是因为不安分才娶妻，那也太让人难过了。"

"不用说，你自然是出于真情。可是，真情也有各种各样的等级呀！"

婶婶这番本该理解为侮辱的话，津田却怀着好奇心听了下去。

"这么说，在婶婶的眼中，我是个什么样的人呢？请您不必客气，尽情批评吧。"

婶婶低下头，摆弄着拆散的被褥笑了笑。不知是因为她没有看津田的脸还是别的什么缘故，津田突然觉得心情很难受。但是，他对婶婶却一点也不肯让步。

"别看我这人有些荒唐，在紧要关头，我还是非常真诚的！"

"毕竟是男人嘛，如果没有点能耐，即使每天去上班，也是做不好的。不过……"

婶婶说到这里，仿佛改变了想法，补充说：

"咳，算了，现在再说这些也没用。"

婶婶把刚才熨过的红绸片仔细地折好，放进涂过柿漆的厚纸包里。然后，她漫不经心地看了看津田的脸，他的脸上流露着沮丧、不满和不安的情绪。她仿佛忽然发现什么似的说：

"由雄，你还是有些过于奢侈了。"

津田从学校毕业后，婶婶总是这样批评他。他自己也承认，但他并不认为这是什么坏事。

"是啊，稍微奢侈了一些。"

"不仅仅是指吃穿！我指的是从心里就喜欢浮华和奢侈，所以才变得处处奢侈起来，这才是最糟糕的！就像是一个瞪着眼睛到处寻找食物的人。"

"那么，这能谈得上奢侈吗？这不是叫花子吗？"

"虽然不是叫花子，可毕竟看上去不够真诚。人要是能做到随遇而安，那就很不错了。"

这时，津田心中忽然想起了婶婶的两个女儿，也就是他的两个堂妹。那两个姑娘都已经结婚，四年前出嫁的大女儿，后来随丈夫去了中国台湾，直到现在还生活在那里。二女儿和津田结婚的时间差不多，举办婚礼后就被带到福冈去了。福冈也是大儿子真弓今年开始入学的大学所在地。

按津田当时所处的地位，他要娶哪一个堂妹都很简单。可是在他看来，她们两个都不是适合作自己妻子的人选。因此，他装作不知就过去了。津田把自己当时的态度和婶婶刚才所说的话联系起来，并没有感觉自己有什么不妥，因此，他装作若无其事的样子注视着婶婶的一举一动。不一会儿，婶婶站了起来，打开了放在壁橱里的中国式皮箱盖子，将手里拿着的厚纸包放了进去。

二十八

真事在四叠半榻榻米的里屋。刚才就已经由阿金在帮他补习功课了，可他突然复习起阿金完全不懂的法语来，一下念"Je suis poli（我有礼貌）"，一下又念"Tu es malade（你有病）"，一字一句故意拉着长声朗读着。津田听着这个小学二年级学生大声读书的声音，总觉得很好笑。这时，津田头上的挂钟响了，他立刻从袖口里取出蓖麻油瓶，打量着那难以下咽的黏糊糊的液体。这时，客厅里的叔叔也像是在钟声的催促下开口了。

"喂，我们到那边去吧。"

叔叔和小林沿着回廊走进了起居室。津田稍微端正了一下他的姿势，在给叔叔行礼后，立刻转向小林，开口说道：

"小林君好像过得很快活呀，做了这么好的一身新衣服。"

小林穿着像是手工织的粗糙毛料的西装。和往日不同，西服的裤线是笔挺的，谁都能看出这是新做的衣服。但他像是要把变了色的袜子藏起来似的，跪坐在津田面前。

"唉，别开玩笑了，过得快活的可是你呀！"

他那套新西装大概是看中了哪家百货公司橱窗里陈列着的三件套样品，然后按照那个样式定做的。

"这套衣服才二十六元，相当便宜吧。在你这样阔绰的人看来不知怎么样，可对我这号人来说，就已经足够喽。"

津田没有勇气当着姊姊的面骂人，他默默拿起一只杯子，皱起眉头，把那蓖麻油喝了下去。在场的人都奇怪地看着他的动作。

"那是什么？你可别喝些古怪的东西！是药吗？"

叔叔从没有尝过患病的感觉，他对药物一无所知，这更使他显得少见多怪。他听到蓖麻油这个名称，连它有什么作用都不知道。在这位和任何疾病都没打过交道的叔叔面前，津田用住院、开刀之类的名词说明自己的现状时，叔叔始终无动于衷。

"你就是为了说这件事才特意过来的?"

叔叔只是在表情上表示出"辛苦了"的意思。他捋着蓬乱的胡须，那胡须与其说是蓄起来的，不如说是自然生长的更确切些。就像没有经过收拾的庭院，他的脸显得处处不干净。

"现今的年轻人到底还是不行! 尽生些无聊的病。"

婶婶笑嘻嘻地看着津田的脸，津田熟悉叔叔的历史，听叔叔近来突然像口头禅似的经常把"如今的年轻人"这句话挂在嘴边，因而也笑了起来。他想起很久以前，听叔叔自以为很了不起似的告诉他什么"惑病同源①""疾病就是罪恶"，自然这也可以理解为对他自己从不生病的骄傲，这就更加令人感到滑稽可笑。他微微一笑，又看了看小林，小林立刻开口了。然而，他说的话和津田的预料完全相反。

"不，现在的年轻人也有不生病的。实际上我近来就一回也没生过病。据我所想，人要是没有钱，大概就不会生病。"

津田觉得非常尴尬。

"净说些废话!"

"不，这是千真万确的。你之所以经常生病，就是因为你还算富裕嘛!"

如此荒谬的结论，说的人越一本正经，津田越觉得可笑。可是，这时叔叔表示赞成。

"是的! 这种贫困的日子，如果人再患病，可实在受不了啊!"

在昏暗的屋子里，叔叔的脸显得最暗。津田站起来，扭了一下电灯开关。

---

①惑病同源: 惑是指心理疾病,病是指身体疾病。惑病同源即身心疾病其实原因相同。

不知何时，婶婶去厨房门边帮阿金和女佣一起洗盘子、碟子，然后又来到起居室。

"由雄，你好久没来了，在这儿吃完饭再走吧。"

津田因为要等着明天治病，本想谢绝回家。

"今天正准备请小林在这里吃饭，正好你也来了，就作陪吧，虽然没什么好菜。"

津田从来没听过叔叔这么吩咐他，这让他产生一种奇妙的感觉，于是他又坐下了。

"今天有什么事吗?"

"怎么说呢，小林现在……"叔叔只说到这儿，看了一眼小林。小林有点得意地笑了。

"小林君，怎么回事?"

"啊，没什么。等事情定下来，我再到你那儿详谈。"

"可是，我明天就要住院了。"

"那有什么关系，我到医院去，顺便去探望你。"

小林仔细问了医院的地点和医生的名字。由于医生和他同姓，便说:"哈哈，那不是堀君的……"说着，又突然顿住了。

堀，是津田的妹夫。小林知道他由于某种特殊疾病去这位医生那儿看过门诊。

津田有点想问他到底要谈什么，像是刚才婶婶说的阿金的婚事，又好像不是。津田被他那吞吞吐吐的态度勾起了好奇心。尽管如此，他也没对小林明确地说让他到医院来。

津田说要准备动手术，可是婶婶好不容易做的鱼、肉，还有平常他最爱吃的香蕈饭，要是一筷子也不动，那也太说不过去了。他本想让阿金去给他买些面包和牛奶来，可他心里嫌这一带卖的面包黏黏糊糊的，难以入口，并且有点怕人说他奢侈，只好老老实实地目送阿金离去的背影。

阿金走后，婶婶在众人面前对叔叔说：

"如果这孩子这回的婚事谈妥了，那就幸福了。"

"应该能谈妥。"叔叔很有把握地回答道。

"我觉得非常好。"小林说得更轻松。

沉默的只有津田和真事。

当津田听到那个人的名字时，觉得好像曾在叔叔家见过一两次面，但几乎没有留下任何印象。

"阿金了解那个人吗？"

"见过面，不过，没有说过话。"

"那么，对方也没有开过口吗？"

"当然了。"

"就这样，婚事就能谈妥吗？"津田认为自己这么说是有充分道理的。为了让众人明白这一点，他的神色与其说显得有些不识时务，不如说是有些难以理解的样子。

"那么，怎么办才好？难道大家都要像你结婚的时候那样办不可吗？"叔叔好像有些不耐烦似的看着津田。津田的话本是只对着婶婶说的，听叔叔这么一说，心里有些不安起来。

"不是这个意思。我从来都没有认为阿金的婚事这么办不行。不管是什么情况，只要结了婚，当然就是件好事。"

三十

即便津田如此说，也让在座的人感到很扫兴。刚才一直很愉快的谈话，好像突然关了闸，谁也不肯接着津田的话茬说下去。

小林指着摆在自己面前的啤酒杯，小声问邻座的真事：

"真事！给你少喝一点尝尝。"

"太苦了，我不想喝。"真事立刻拒绝了。小林本来就没有打算真叫他喝，就此哈哈大笑起来。或许真事以为有了个好伙伴，突然说：

"我有一杆一元五角钱买来的气枪，我拿来给你看看吧。"

他立即站起来，跑进四叠半席的里屋。当他从那里把新玩具带到起居室时，小林一看，事已至此，若是不对这亮闪闪的气枪称赞一番，就有点对不起人了。叔叔和婶婶此时也有必要对兴奋的宝贝儿子说几句讨他喜欢的话。

"总是闹着要手表，要自来水笔，真是太让穷老子为难了，真是没办法哪！不过，这一阵子总算对买马的事死心了，还算是节俭。"

"马也很便宜的！到北海道去，花五六元钱就能买到一匹上好的马。"

"说得就像亲眼见过似的！"

多亏了这支气枪，大家又开始说起话来。结婚的事又成了他们的话题，这虽然是旧话重提，但是他们的情绪都被一种和刚才略微不同的气氛左右着。

"这种事说来也真奇妙，完全不认识的两个人凑到一起，最后也未必会离婚。相反，不管多么卿卿我我的两个人结成夫妻，最后却未必能够白头偕老。"

按照婶婶的见识，坦率地概括一下，不外乎如此而已。她的态度就是在这样的现实条件下，把阿金的婚事妥善地安排好。她的话，与其说是在做辩护，不如说只是一种说明。这种说明在津田看来是最不完整，也是最不可靠的。他认为唯有对他结婚的诚意抱有怀疑态度，并在口吻中已经有所流露的婶婶，才是在这件事上完全缺乏认真态度的人。

"那可是那些有钱人的借口呀！"婶婶正颜厉色地对津田说。

"又是交往，又是订婚，像我们这样的人说得上这些吗？只要有人想嫁，有人想娶，就已经很难得了。"

津田不愿意在大家面前就当前阿金的事说长道短。这事对他说来无关紧要，也没有兴趣。只是因为婶婶怀疑他不真诚，他才不得不揭示出对方的不真诚。正是被这种心情驱使，才不能听之任之。津田不再保持沉默，他歪着头深思地说：

"我并不是要对阿金的事说三道四。不过，把一个人的终身大事想得这么容易，这样好吗？我觉得不能那么轻率行事。"

"可是，只要嫁的心甘情愿嫁，娶的心甘情愿娶，也不能说不认真吧？由雄！"

"问题是那么草率，能算是心甘情愿的吗？"

"正是因为心甘情愿，婶婶我才嫁到藤井家来的，这不是很好吗？"

"婶婶也许觉得好，可是现在的年轻人……"

"现在也罢，过去也罢，人不都一样吗？一切都取决于自己。"

"如果真是这样，大家也就不必争论了。"

"就算不争论，事实上我是比你由雄强的，这有什么办法！一个又一个地挑来拣去，结果，娶了媳妇之后还要挑来拣去，不安分！跟这种人相比，我不知道要真诚多少倍呢！"

刚刚夹了块肉的叔叔，觉得自己这时非得说点什么不可了，于是将目光离开了菜盘。

三十一

"越说越不像话了，听起来，完全不像是婶婶和侄子的谈话。"叔叔打断了他们的谈话，但并不想扮演裁判或者法官的角色。

"你俩就像是怀着敌对的情绪在争吵，怎么？还要打架吗？"

他用质问的方式对两人提出警告。小林给真事做伴，还在玩玻璃球。他偷偷朝这边看了一眼。津田和婶婶同时沉默，叔叔终于不得不以调停者的态度说话了：

"由雄，你看到的现在的年轻人，也许对这一点难以理解。你婶婶可没有说谎，她在嫁到我这个素昧平生的人家时，就已经下定了决心。不论是婚前还是婚后，她始终是真心实意的。"

"这一点，你不说我也知道。"

"不过嘛，至于说你婶婶为什么能下这么大决心……"

叔叔渐渐有了些醉意，仿佛感到有必要给发烧的脸上提供些水分，又举起了杯子，将啤酒一饮而尽。

"说实话，这原因你婶婶直到今天还没和任何人讲过。怎么样？让我讲给你们听听吗？"

"好啊！"津田也半认真半开玩笑地应了一声。

"老实说，你这位婶婶婚前就对我有意了，早就盼着进我的家门。所以，她在没来之前就已经下定了决心……"

"胡说八道！谁对你这个丑八怪有意啦？"

津田和小林也扑哧一声笑出声来，只有真事发愣地瞧着母亲。

"妈妈！什么叫有意？"

"妈妈不知道，问你爸爸！"

"那，爸爸，'有意'是什么意思？"

叔叔笑嘻嘻地，在谢顶的头中央小心地摸了一圈。也许是心情的原因，在津田看来，那秃的地方似乎比平时还要红些。

"真事，所谓'有意'嘛……总而言之……哦，就是'喜欢'的意思。"

"哦，那不是很好吗？"

"所以，谁也没有说不好呀！"

"可是，大家为什么笑呢？"

在这一问一答当中，阿金刚好回来，婶婶立刻让她给真事铺好床，把他搀到了卧室。叔叔正在兴头上，话题也越说越远。

"当然，那时候就有恋爱这回事。不管阿朝你怎么板着脸，这事肯定是有的。对吧？这其中还有现在的年轻人不理解的方面，你说怪不怪！以前是女人被男人迷住，而男人绝不会被女人迷住……嗯？阿朝，你说是这样吧？"

"是或不是，我可不知道！"婶婶坐在真事坐过的位置上，麻利地开始吃自己盛的松蘑饭。

"你生气有什么用，因为这既是事实也是一种哲学。现在，我就给你们讲解一下这种哲学。"

"那些高深的东西，不讲也罢。"

"那就只跟年轻人讲讲，为了供由雄、小林参考，你俩就仔细听听吧。你们究竟把别人家的姑娘当成什么？"

"当成女人。"津田故意答非所问地说。

"是这样吗？只是当作女人，没有当作姑娘吗？这就和我们大不相同。我们从来没有把别人家的姑娘单纯地看成是离开父母而独立的女人。因此，不论看哪家的姑娘，一开始就意识到，这位姑娘是紧紧依附于她父母的，所以无论你怎样相思，也是不行的。为什么？因为不管是单相思，还是双方相爱，都是想把对方占为己有的意思吧？向已经有所归属的人下手去占有，这不是盗贼吗？因此，过去那些通情达理的男人决不去搞什么恋爱。可是女人的确是会迷恋男人的，现在正在那边吃松蘑饭的阿朝，实际上也是她迷恋上了我，我可从来没有迷恋她。"

"随你怎么说吧，该适可而止了。赶紧用餐吧！"

阿金在哄真事睡觉，婶婶叫她回来，吩咐她给大家盛饭。津田无奈，只好独自吃那发黏的面包。

三十二

对于晚饭后的谈话，众人已经兴味索然了。不过，也没有显得太冷清，只是好像他们共同感兴趣的话题已经说完了，便你一句我一句不咸不淡地交谈着，谁也不想争取让自己的谈话内容成为中心话题了。

叔叔把双肘撑在饭桌上，连续打了两个充满醉意的呵欠。婶婶叫来女佣，把吃剩的饭菜端到厨房去。从刚才起，津田就逐渐受到沉闷气氛的影响，觉得叔叔今晚的话像掠过月亮表面的浮云，不时在他心里投下朦胧的阴影。在别人看来，叔叔的那些话语本应随着啤酒泡沫一起消逝，津田却觉得叔叔话里另有所指，反复地回味那些话的意思。当他发觉是自己自寻烦恼时，又忍不住跟自己生起气来。

同时，他也忘不了自己和婶婶之间的争论。在争论当中，他始终控制着自己，尽可能不暴露自己的内心感受。他对这一点感到自傲，但同时也发觉自己内心潜藏着一种不快。

今天在叔叔家消磨了半天多的时间，对于这一次久别后的访问，津田是单纯从是否玩得愉快的角度来看的。相对之下，那位朝气蓬勃的吉川夫人和她家华丽的客厅又在津田的记忆中活跃起来。接着，近来总算愿意挽起丸髻①的阿延的脸也开始在他眼前浮动。

他回头瞥了一眼小林，想要告辞。

"你还要坐一会儿吗？"

"不，我也要告辞了。"

小林马上把自己吸剩下的敷岛烟盒塞进西裤的裤袋。他和小林正要离开时，叔叔像是忽然想起什么似的说：

"阿延怎么样啊？一直想去看看她，可是，整天在家里穷忙，好久没见到她了。代我问候她一声吧！你不在家，她会闲得发慌吧？也不知道她每天做些什么。"

"做什么呀，也没有什么事可做。"

津田漫不经心地回答。不知想起了什么，又补充说："本来她还想得挺轻松，说什么要陪我一同住院，后来又叫我去理发、洗澡……

---

① 丸髻：从江户时代至明治时代，日本已婚女子代表性的发髻。发髻的造型随着年龄变化，年轻妇女的发髻较大，老年妇女的发髻较小。

比婶婶还唠叨呢!”

"你应该感激才对呀，像你这么讲究生活的人，竟然还有人那么关心你。除了她，也没有别人了。"

"真是少有的幸福啊!"

"话剧呢，最近经常去看吗?"

"是的，经常去。前几天冈本邀我们去看，偏巧赶上我要治病。"津田说到这儿，瞧了一眼婶婶说道:

"怎么样，婶婶? 最近陪您去帝国剧院看戏吧? 偶尔到那些地方逛逛，也算是一服良药，可以散散心。"

"好啊，谢谢。只是还要苦苦等着你带我去啊。"

"不想去吗?"

"哪能不想去，只怕是遥遥无期啊!"

婶婶原本就不太喜欢到剧院之类的地方，对于她的回答，津田装出受到打击的模样，用手抓了抓脑袋说:

"我竟然这么没有信用，我这人算是完啦。"

婶婶呵呵地笑了起来。

"看不看戏，那倒无所谓。可是，由雄，京都那边怎么了? 以后……"

"京都那边跟你们说什么了吗?"

说完，津田露出有些严肃的表情，来回打量着叔叔和婶婶的脸色。然而，眼前的这两个人都没有开口作答。

"不瞒你说，父亲这个月竟没寄钱给我，让我自己想办法。这不是太过分了吗?"

叔叔笑了笑。

"哥哥肯定是生气了吧?"

"肯定是阿秀多嘴，又对他说了什么闲话，太可恶了。"津田气愤地提到了妹妹的名字。

"不能怪阿秀，肯定一开始就是你自己做得不好。"

"好吧，也许是吧。但是，这世界上有哪个国家是父亲给儿子钱，儿子还要如数归还的？"

"那你当初不答应如数还钱不就行了？并且……"

"我懂啦，婶婶！"说着，津田表现出一副"说不过你"的表情，然后站了起来。但为了给狼狈而逃的自己挽回点面子，像逼迫着似的拖着小林，一同走出了大门。

———————— 三十三 ————————

户外一丝风都没有，寂静的空气迎面扑到疾步前行的两人身上，阵阵凉意拂过他们的脸颊。星光皎洁的夜空，似乎有无形的露珠在蒙蒙地飘落。津田伸手摸了一下自己大衣的肩部，他感到雨水已浸湿了大衣的内侧，指尖有一丝冰凉。他回头看了一眼小林，说："现在白天虽然暖和，一到夜里，还是很冷呢。"

"嗯，不管怎么说，已经是秋天了，真想有件大衣穿。"

小林除了新做的一套西装之外，什么也没有穿。脚上穿了一双方型鞋尖的美式皮鞋，走起路来咔嗒作响，手里拿着根粗粗的手杖，一路装腔作势地不断挥舞，简直像是一名在抵抗风寒的示威游行者。

"喂，你在学校的时候定做的那件引以为豪的大衣哪儿去啦？"小林突然对津田提出了一个出人意料的问题。津田当然记得自己当年向小林炫耀那件大衣时的情景！

"哦，还在呐。"

"还穿吗？"

"就算我再怎么穷，总还不至于把学生时期的大衣当成宝贝一直穿吧。"

"是吗？那刚好，把它送给我吧！"

"你想要，就送给你好了。"津田回答的语气很冷漠。一个连袜子都要换新的人，却想要别人穿旧了的大衣，这可有点矛盾，但这至少证明他在物质生活上的捉襟见肘。过了一会儿，津田问小林："你在做西装的时候，为什么不顺便做一件大衣呢？"

"可别把我想得跟你一样。"

"那你身上的西装、皮鞋是怎么来的？"

"你这也问得有点过分了吧！不管怎样，我还不至于去当小偷，你放心吧！"

津田马上闭口不再说话了。

两人走到一处较高的山丘顶端，前面隔着一道宽阔的山谷，对面横亘着一座较矮的山丘，又黑又长，像一头怪兽的脊背。秋夜的灯火稀疏零落地点缀在山间，洒下丝丝暖意。

"喂，我们回去时到那里喝一杯吧！"

津田在答话之前偷偷看了一眼小林的神色。他们的右边有一处很高的土堤，土堤上长着郁郁葱葱的竹林。虽然没有风，听不到萧萧竹声，但那些仿佛沉睡着的竹影叶梢已经让津田充分感受到与季节相应的萧索之感了。

"这地方阴森森的。好像是从前哪家旧豪门的宅院，也不知要让它荒废到什么时候，早点把它整顿成平地岂不更好！"津田说起这些，是想把话搪塞过去。然而，对于小林来说，竹林竹叶什么的，他根本就没当回事。

"喂，走吧！好久没一起喝酒啦。"

"刚刚才喝过，又想喝？"

"刚刚喝过？才喝那么一点点，哪能算是喝酒啊！"

"可是，你刚才不是说喝够了吗？"

"在先生和夫人面前要顾及面子，不能喝醉，才不得已那么说的。要是一口也不喝倒没什么事，可是只让我们喝那么一点点反倒有害。如果不接着喝，醉到适当的程度，可对身体不好！"

小林随口编了这么一套一厢情愿的理由，设法拉着津田一起去喝酒。对津田来说，这个小林实在是个令人头痛的伙伴。

他调侃小林说：

"你请客吗？"

"嗯，我请客也行啊！"

"那你打算去哪里喝？"

"哪里都行！就算去卖关东煮的小店也可以。"

说完，两人便默默走下了山坡。

三十四

下山后，按照正常的路线，津田应该向右拐，小林则要一直朝前走。津田还是想礼貌地分别，他刚把手搭在帽檐上，小林却盯着他的脸说：

"我也朝那边走。"

他们所去方向，刚好有一条两三百米长的繁华街道，沿途都是些提供吃喝的地方。走到半途，看到有一间像是酒馆的小店，店铺的玻璃窗映出了室内暖烘烘的光亮。小林立刻停下了脚步。

"这里不错，进去吧！"

"我不想去！"

"这一带没有你能看上眼的高级餐厅，在这儿将就一下吧！"

"我可是病人。"

"没关系！你的病我保证没问题，不用担心。"

"别开玩笑了，我确实不想去。"

"你夫人那里，我去帮你解释，行了吧？"

津田感到越来越厌烦，很想把小林丢在这儿，自己赶快离开。但是，紧紧跟着他一步也不放松的小林，这时却换了一种语气，责问道：

"你那么讨厌和我一起喝酒吗？"

津田心里确实很讨厌小林，可是听到这句话，便立刻停下了脚步，然后表现出跟自己心意完全相反的决断。

"那就喝吧！"

两人立刻拉开明亮的玻璃门走了进去。店铺的空间并不宽敞，除了他俩，只有五六个客人，却显得有点拥挤。他们选了一个能够坐得舒服些的角落，面对面而坐。在点的菜还没有送来之前，两人都用一种略带新奇的目光打量着四周。

从顾客的穿着上看，没有一个像是有社会地位的。有的像是刚洗完澡，在条纹短褂的肩膀上搭着一条湿毛巾；有的在棉布衣服外面系着条窄硬带子，还特意在外套扁平的带子当中串上一颗假翡翠，这身穿着在这家店里已经算是上等的。最惨的是有个人简直穿得像一个捡破烂的，另外还有一个人只穿了肚兜和紧身短裤。

"怎么样？这种平民式的生活不错吧？"

小林一面说着，一面向津田的瓷杯里斟酒。可是，他那套新做的漂亮西装，却和他说的这番话很不协调，并且特别显眼地映入津田的眼帘。而小林本人对这一切浑然不觉。

"我可和你不一样，不管怎么说，我还是比较同情下层社会的人。"

小林边说边环视着四周，脸上的表情就像是见到了自己的亲兄弟齐集在这里。

"你看！这些人的面相比上层社会的人更和善。"

津田没有勇气跟那些人打招呼，更没有去看他们，只用眼睛盯着小林。小林立刻改口说：

"至少，他们都那么陶然自得啊！"

"上层社会的人也很陶然自得呀。"

"不过，陶然自得的方式各不相同啊！"

津田露出傲慢的表情，并没有问他两者的分别。尽管如此，小林也并不沮丧，只顾自己连连干杯。

"你很看不起这些人吧？从一开始你就看不起他们，认为他们不值得同情。"小林说完后不等津田回答，转脸向对面一个像是送牛奶的年轻人搭讪道：

"你说，我说的对吧？"

那年轻人没有料到有人跟他说话，便扭了一下健壮的脖子往这边看了看。小林立刻把手里的酒杯迎过去。

"来，干一杯！"

年轻人微微一笑，可惜他跟小林之间隔了约有两米远。年轻人或许觉得没有必要站起来接杯，只是微笑着，身体却没动。即便如此，这对小林来说也已经足够了。他一边把举起来的酒杯收回到自己的嘴边，一边对津田说：

"看吧，我没说错吧？像上层社会那种傲慢的人，这里一个也没有！"

三十五

一个穿着和服外套的小个子男人和那个身穿短褂留着平头的男人擦肩而过走了进来，小个子男人头上戴着一顶鸭舌帽，帽檐压得很低，先左右环视了一周，在离津田他俩不远的地方落座。他把手伸进怀里，掏出一本薄薄的小册子。只见他愣愣地盯着那个小册子，也不知是在阅读还是在思考。他似乎根本不想把那件破旧的外套脱掉，帽子也仍然戴在头上。但是，他并没有盯着那本小册子看多久，就小心地揣进怀里，然后一边喝酒，一边装作没看到别人，其实他正在偷偷地观察着每个顾客。在他进行观察的同时，他还不时从那过于短小的和服外套的袖子里伸出手去抚摸鼻子下面几根稀疏的胡须。

津田和小林他俩一开始就佯装不在意地注视着这个人的动作。等到和他的视线相遇时，双方恰好面对面地互相观察着。小林把身子稍微向前探了探，对津田说：

"你知道他是干什么的吗?"

津田仍然保持着原来的姿势,他用一种根本不值得回答的口吻说:

"谁知他是干什么的!"

小林压低了声音说:

"那家伙是个侦探!"

津田没有回答。他比小林的酒量更大,所以没有像小林那样失去理智。他默默地举起酒杯,将面前杯中的酒一饮而尽,小林又赶紧给他斟满。

"你看他那副眼神!"

过了一会儿,津田终于微笑着开口了:

"像你这样胡乱咒骂上层社会,很快就会被人怀疑是反社会者,小心点吧。"

"反社会者?"小林故意提高了音量,还特地看了看那个人:

"别开玩笑了!你别看我是这个样子,但我却是个善良百姓的同情者。跟我比起来,你们这些装高贵的家伙,才是大坏蛋!到底是谁应该被警察抓走?你好好地想想吧!"

戴鸭舌帽的人默默地低下了头,小林只能对津田耍威风。

"或许你压根儿就没把这些工人、苦力当人看吧,不过……"小林念叨着,说完又四下看了一眼。可偏偏附近没有工人、苦力,但他并不在乎,依然啰里啰唆说个没完。

"他们比你和侦探强多了,他们至少还朴实地保存着做人的崇高品质,可惜他们的美好人格被贫苦的尘埃污染了。简单来说,他们是因为没法洗澡才那么肮脏的,你可别小瞧他们!"

小林的语气听起来不像是为贫民辩护,倒像是在为自己辩护。不过,津田担心与他争辩伤害了自己的体面反而不好,所以有意识地避开争论。而小林却紧追不舍。

"你不说话,是不相信我说的话吧。看你的表情就知道。那么,我给你说明一下好了。你读过俄国小说吧?"

津田一本俄国小说也没有读过,所以,他依然一言不发。

"读过俄国小说的人，尤其是读过陀思妥耶夫斯基小说的人应该都知道：一个人，不论怎样低贱，教育程度多么低下，但有时也会说出令人感动的话，也能像泉水一般从心中流露出毫不造作的纯真的感情。这是任何人都会知道的，难道你认为这都是虚假的吗?"

"我没有读过陀思妥耶夫斯基的书，所以不知道。"

"可我问过老师，老师说那是谎言。还说，故意将高尚的情操装进卑贱的灵魂里，不过是用来刺激读者感伤的一种手段罢了。也就是说，陀思妥耶夫斯基只是碰巧成功了，于是无数的模仿者就前仆后继地争相效仿，结果却把那种写作风格搞成了廉价的艺术技巧。但是，我却不以为然。听老师说出这种话，我就很恼火，老师不理解陀思妥耶夫斯基。尽管老师年岁已高，也不过是死啃书本混日子。我虽然年轻，却……"小林越说越激动，终于再也无法抑制，眼泪扑簌簌地落在桌巾上。

三十六

不幸的是，津田的心智并没有醉到可以被对方蒙蔽的程度。他站在施舍同情的圈外冷眼旁观着小林的兴奋行为，现在已经转化为用批判的目光来观察这一场面了。他在怀疑让小林伤心落泪的是酒还是叔叔，是陀思妥耶夫斯基还是日本的下层社会。他心里很明白，不论是哪一个，都与自己没有关系。他感到无聊，又觉得不安，只能厌恶地看着这位多愁善感的人在自己面前流下眼泪。

那个被视为侦探的男人又从怀里掏出小册子，开始用铅笔在上面密密麻麻地记录着什么。他的动作像猫一样安静，又像猫一样关注着周围的一切。他的举动让津田感到很奇怪，不过，小林早已喝醉了，在他的脑子里根本不存在什么侦探了。突然，他套在新西装里的胳膊伸到津田的鼻尖前面。

"每次你看见我穿着邋遢，你就说'好脏'，对我翻白眼。但我偶尔穿上一身漂亮的衣服，你又嘲讽说'太漂亮了'，还是要遭你轻蔑。那我究竟该怎么办才好呢？怎样才能得到你的尊重呢？我是你的后辈，告诉我吧！我虽然是这个样子，可还是希望能够得到你的尊重。"

津田苦笑着推开了小林的胳膊。奇怪的是，他那胳膊竟没有抗拒，开始的那股劲头不知跑到哪儿去了，胳膊驯顺地落到原处。但他的嘴却不像胳膊那么老实，收回胳膊后又立刻唠叨起来：

"我心里完全明白你的想法。你一定在讥笑我一方面这么同情下层社会的人，一方面自己也很穷，却偏偏去做这么一身崭新的西装，你认为这很矛盾、很可笑。对吗？"

"不管多么穷，做一套西装穿总是应该的吧。若是不做衣服，难道要光着身子上街不成？做一套西装不是很好吗？谁也不会觉得有什么大不了的。"

"其实并不是这样。你当我是爱时髦、爱打扮，这种想法就不对了。"

"是吗？那我向你道歉。"

津田自知说不过他，终于明白还是顺着对方说为好，于是开始随声附和对方。这样一来，小林的态度也就自然地出现了变化。

"不，我也不好。我是有些爱穷讲究，这一点我完全承认。不过，承认归承认，这次我为什么做这身西装呢，你根本不知道其中缘由。"

这种特别的理由，津田当然不可能知道，也不想知道。可是，话已经谈到了这一步，就不得不问问究竟了。小林把双手向左右摊开，上下打量着自己的衣服，同时有些怯弱地说：

"不瞒你说，我马上就要穿着这套衣服离开东京，亡命朝鲜了！"

津田这才用意外的表情打量着对方。他这才发觉刚才就让自己觉得不太舒服的领带早已歪到一旁了，便伸手整理了一下，然后继续聆听小林的倾诉。

长期以来，小林一直在叔叔办的杂志社做一些编辑、校对的工作。闲暇时，他自己也写写稿子，并把作品送到各处可能赚到稿费的地方碰碰运气，他总是显得非常忙碌。可是，他最终还是无法在东京立足，因此打算去朝鲜。据说是到当地一家报馆里任职，事情已经大致说定了。

"日子过得这么苦，就算继续吃苦耐劳地在东京待下去，还是没办法度日。这种没有前途的地方，我实在不想待下去了。"

听小林所说，朝鲜那边似乎已经为他做好了一切准备，只等他去上班了。可是，他立刻又像反悔似的说：

"总而言之，像我这样的人，说不定生来就注定只能到处漂泊，怎么也无法安定下来。即使自己想要安定下来，社会也不允许。真残酷呀！除了逃往别处，还能有什么办法呢？"

"无法安定下来的，也不只有你一个，就连我也是根本安定不下来。"

"别夸大其词了！你安定不下来是因为你自己追求奢侈。而我却是终生都为面包而奔波，我才命苦呢！"

"但是，无法安定，本就是现代人的普遍问题，痛苦的也不只是你一个人呐。"

从小林的脸色可以看出，津田的话并没有给他带来丝毫慰藉。

——————— 三十七 ———————

一名餐厅的侍女一直待在一旁窥视两人的动静，这时突然走过来，像是故意暗示什么似的开始收拾餐桌。那个穿和服外套的男人也像是得到了暗号，立刻站起来走了。津田和小林早已喝完了酒，只是在坐着闲聊。看这种情况，两人也不好意思继续坐下去了。津田趁机站起身来，小林则在离座前先把放在两人之间的"M·C·C"烟盒拿起来，抽出一支金嘴的香烟点着。津田接过烟盒，放进和服口袋。小林这种临走前还要顺便占点便宜的举动，让他感到啼笑皆非。

虽然时间还不算晚，但是，秋夜的街头总让人觉得夜已深。一辆电车从他们身旁经过，发出一声白天所听不到的响声。两人虽然各怀心思，却仍旧没有分开，他们两人的黑影依然并肩沿着河畔漫步。

"你什么时候去朝鲜?"

"看情况，说不定在你住院期间。"

"那么仓促吗?"

"不，也不一定。要等老师和那边的主编见一面才能确定。"

"你是说出发的日期，还是去不去的问题?"

"嗯，这个……"小林回答得很含糊。但津田并没有追问，快步向前走去。此时，小林却换了一种口气说:

"说实话吧，我其实并不愿意去!"

"是藤井叔叔叫你一定要去吗?"

"不，并不是。"

"那就别去，不就行了?"

正因为津田的话是任何人都懂得的道理，所以才会给小林那颗渴求同情的心以残酷一击。向前走了几步后，小林突然对津田说道:"津田君，我觉得自己太孤独了!"

津田没有回答。两人又默默地向前走，河水在浅浅的河床中央流着，当它流经隐约可见的桥桩下，在黑暗中消失时，于电车飞驰而过的间隙不时发出汩汩声响。

"我还是要去，不管怎样还是去的好。"

"那就去吧。"

"嗯，我会去的。与其待在这里被大家看不起，还不如去朝鲜或中国台湾更好。"

他的声音变得很尖锐，津田突然意识到，自己说话必须温和些。

"不要过于悲观，只要还年轻，只要身体结实，不论到哪里都能做出一番事业。在你启程前，我给你举行一次欢送会，让你开心一下。"

津田这么一说，小林倒无言以对了。津田又以迎合的态度说：

"你走了，阿金结婚的事情可就不好办了啊。"

小林突然想起久未挂怀的妹妹，他好像被猛然惊醒，望着津田说：

"嗯，这孩子也够可怜的，可是没有办法。总之，有我这么一个废物哥哥，也算是她的不幸，干脆别对我抱什么希望算啦！"

"即使你不在，叔叔和婶婶总会帮她想办法吧。"

"唉，除此之外，也没有别的办法呀！否则，干脆回绝这门亲事，让她一直留在老师家里当女佣算啦。反正对她来说，无论是出嫁还是当女佣都没什么区别。比这个更重要的是，我还有点事需要老师帮忙呢。万一我要出远门，还得向老师借一些路费。"

"朝鲜那边不给吗？"

"不可能给的。"

"得设法要求他们付钱呀。"

"这个……"

沉默了一分钟后，小林又自言自语似的说：

"路费先从老师那儿暂借，大衣从你这儿要，唯一的妹妹让她去置行堀①，也不算给别人惹麻烦了。"

这就是当天晚上从小林口里说出的最后一句话。说完，两人终于分了手。津田头也不回，匆忙往家里走去。

---

① 置行堀：原是江户时代发生在东京都墨田区的怪谈故事之一。据说有两名农夫在东京锦系堀垂钓，"堀"即护城河。天黑后，两人正要回家，却听到堀里传出叫声："置行（留下）。"后来这故事变成了典故，比如交谈时常说"哎呀，不要让我一个人变成'置行堀'啊"，意思是"不要丢下我一个人啊"。

三十八

　　津田的家门和往常一样，已经上了锁。他伸手去推侧门，可是今晚连侧门也打不开。他以为是门板卡住了，又伸手连推了两三下。当他猛力一推时，门内传来哐啷一声，是门钩发出的沉闷的抗拒声，他彻底死心了。

　　他对这种意外状况感到十分困惑，歪着头在门前伫立了半晌。从结婚到今天，他从来没有在外面过夜，即使偶尔回来得晚些，也从未碰到过这种状况。

　　今天他本来打算在掌灯时分就早早回家。在叔叔家吃的那一顿徒有其名的晚餐，也是出于无奈才留下的，而且只是勉强喝了一点酒，主要还是看在小林的情面上。平时就算在黄昏后待在外边，他的心里也时刻想念着阿延。他一路冒着微寒赶回家，心里总想着家中那温暖的灯火。而现在，他的身体像是被墙挡住去路的马，满心的期待被突然挡在门外。把他关在门外的是阿延呢，还是其他什么偶然的原因呢？这对于眼下的他来说，绝不是个小问题。

　　他伸手在紧闭的侧门上砰砰敲了两下。这声音与其说是呼喊："开门啊！"不如说是责问："为什么把这道门锁上了？"敲门声在夜色渐深的长街回响。屋里面立刻传来了一声："来了！"这声音像回音似的迅速震动着津田的耳膜，不是女佣，而是阿延的声音。他霎时陷入了平静，在门外侧耳倾听。接着，他听见有人按了正门灯的开关，声音清晰地传入他的耳中。平日里，这盏灯只有在有客人来时才会打开。不一会儿，拉门哗啦一声开了，入口的门显然还没有关。

　　"哪一位啊？"侧门内传来阿延的脚步声，她走到侧门边时先停下来，盘问是谁。

　　津田更加焦急地说："快开门！是我。"

　　"啊？"阿延惊叫一声，"原来是你呀！对不起！"她絮絮叨叨地说着，打开门钩，让丈夫进屋。她的脸色显得比平时更加苍白。津田进门后，立即从正门走进起居室。

室内和往常一样收拾得整整齐齐，水壶里的水发出滚水沸腾的声音。长型火盆前放着他平时惯用的厚厚的坐垫，就像在等候主人归来似的。坐垫外边套着毛斯纶①椅垫套。阿延坐在火盆的另一边，除了她的坐垫之外，还摆着一个女用的砚台盒。螺钿盖子被搁在边上，盖上镶嵌着青贝②拼成的数朵梅花，镶嵌在梨木地③中的小巧砚台还湿漉漉的，看起来闪闪发光。砚台的使用者显然是在仓促间离开了座位，因为细笔的笔尖蘸着墨汁，已经浸染在卷轴信纸上，那封写了七八寸长的书信末尾被弄脏了。

阿延锁上了大门，紧随在丈夫身后走进室内。她在睡衣外披了件平常穿的外套，进屋后直接坐在自己的座位上。

"真对不起。"

津田抬眼看了看挂钟，钟表刚刚敲过了十一声。自从他结婚后，像今天这么晚回来虽属例外，但也绝不是第一次。

"为什么让我吃闭门羹？你以为我今天不会回来了吗？"

"不是。刚才我还盼着你呢，心里一直在想：该回来了吧，该回来了吧。等了大半天，后来冷清得难受，才拿出信纸给家里写起信来了。"

阿延的父母和津田的父母一样住在京都。津田远远地望着阿延那写了一半的信，心中仍然感到不解：

"既然你等着我回来，为什么还要锁门？是怕有什么危险吗？"

"不是……我没有锁门呀！"

"可是，刚才那门不是锁着吗？"

"一定是阿时昨天晚上锁了之后就没再开吧，这丫头真讨厌。"说

---

① 毛斯纶：一种极薄极软的毛织品，羊毛取自专产细羊毛的美丽诺羊。

② 青贝：制做螺钿细工雕刻采用的贝类总称，比如鹦鹉贝、夜光贝或鲍鱼等，都是表面充满光泽的贝类。

③ 梨木地：镶砚的漆器花纹像梨皮纹样。

着，阿延又像平时一样微微地挑动眉梢。白天没人进出的侧门，早晨忘了打开门钩，如此辩解倒也说得过去。

"阿时呢？"

"刚才就让她去睡了。"

津田觉得这时候没必要把女佣叫醒追究责任，于是便把侧门的事放在一边，上床去睡了。

三十九

次日清晨，津田还没有来得及洗脸，就被一副意外光景惊呆了，这是他昨夜临睡前不曾料到的景象。

他大约在九点起床，像往常一样，正想穿过正门，从起居室到厨房去时，猛然看见盛装艳服的阿延自在地坐在那里。津田不免吃了一惊，像是刚刚睡醒的脸上冷不防被人泼了凉水。阿延看到丈夫这副模样，似乎很得意，微笑着对丈夫说：

"刚睡醒？"

津田连连眨着双眼，只见阿延头上梳着大丸髻，发髻上系着红绉绸的装饰，和服里面的半襟①绣着艳丽的花纹，还有那张化妆后雪白的脸蛋，让他觉得仿佛见到了什么新奇事物。

"一大清早，你这是干什么？"

阿延却是个沉得住气的人。

"没什么呀，你今天不是要去医院看病吗？"

---

① 半襟：和服里面的襦袢衣领因直接接触肌肤，容易留下污垢，不容易清洗，所以日本人穿和服的时候需要在领口包覆一块护布，也就是半襟。最初的目的只是为了易于清洗，后来发展出各种颜色，各种刺绣等具有装饰功能的半襟。

昨天夜里就寝前，津田胡乱脱在那里的短褂和裙裤，都已叠得整整齐齐，放在一张柿漆皮纸上。

"你也要一起去吗？"

"对呀，当然要一起去。我去有什么不方便吗？"

"倒也没有什么不方便……"

津田以欣赏的目光重新打量着妻子的装扮。

"你这身装扮太夸张了吧？"

津田立刻想起上次在那间昏暗的候诊室里的情景。那群坐在那里等候的患者和眼前这位花枝招展的少妇，不论怎么说，两者之间也是很不协调的。

"可是今天是星期天呀。"

"就算是星期天，看医生跟看戏、赏花可不一样啊。"

"可是我……"

津田告诉妻子，星期天去那儿看病的人特别多，候诊室一大早就非常拥挤。

"打扮得这么浓艳，咱们夫妻双双出现在医生面前，未免有点……"

"格格不入？"

阿延借用这个词语，突然把津田逗得笑出声来。她又微微耸动秀眉，立刻用撒娇的语气说："可是现在再换衣服要花好长时间，太费事了。我好不容易才穿戴好的，今天就请你忍耐一下，好吗？"

津田最终还是妥协了。他在洗脸的时候，听到阿延吩咐女佣去雇两辆人力车，她的声音听起来简直就像在催促自己快点出发。

他早饭不能吃普通的饭食，所以几乎没用五分钟就把早餐解决了。吃完饭，连牙也没有刷便站起身来，打算走上二楼。

"要带到医院的东西，我要去收拾一下……"

津田的话音刚落，阿延立刻打开自己身后的壁橱。

"已经准备好了，在这里呢。你来看一下。"

津田不得不体恤穿着盛装的妻子，他亲自动手从壁橱里把分量有些重的手提包和一个小包裹提出来。包裹里只装了那件试穿过一次的新棉袍、睡衣和窄幅腰带。手提包里则装着牙刷、牙粉、平日用惯的薰衣草颜色的信纸和信封、钢笔、小剪刀、镊子等。当他从里面拿出一本又厚又重的洋文书时，他对阿延说：

"这本书还是放在家里吧！"

"是吗？我看你总是把它放在桌子上，里面还夹着书签，我以为你要读就装进去了。"

津田没说什么，他吃力地把花了两个多月也没有读完的那本德文《经济学》放在榻榻米上。

"躺在床上无法读这么重的书，还是不带了。"

津田明知这是把这本大部头书留在家里的正当理由，但总觉得心里有点不痛快。

"是吗？我也不知道你要读什么书，还是你自己去挑选吧。"

津田从楼上拿来两三本比较薄的小说，代替那本《经济学》塞进手提包里。

四十

这天天气很好，夫妻俩都让人力车收起了车篷，分别把手提包和包袱放在两辆车上，一起驶出了家门。车子刚拐过胡同口，在电车大道上走了一两百米时，阿延那辆车的车夫突然喊住了津田那辆车的车夫，于是，前后两辆车都停了下来。

"糟了，有东西忘带了。"

津田坐在车上，回过头来一言未发地望着妻子的脸。这个精心打扮的年轻女人说出了这么一个惊人的消息，为之震惊的不只是丈夫一人，两名抓着车把的车夫也对阿延投以好奇的目光，连旁边走过的行人也忍不住偷看这对夫妇。

"怎么，忘了什么?"

阿延似乎在盘算着什么。

"请你稍等一下，我马上就回来。"

阿延说完就让自己那辆车的车夫折回去了。津田有些摸不着头脑，默默目送妻子离去。阿延那辆人力车很快消失在小巷里，一会儿又重新出现在巷口，立即以飞快的速度奔回这里。当车子停在津田面前时，他看见阿延从腰带里拿出一条约三十厘米的金属链。

金属链的一端有个环，环上挂着五六把大小不一的钥匙。阿延把金属链高高举起给津田看，随着她的动作，一阵哗啷啷的声音在津田的耳边响起。

"我把这个忘了，居然把它放在衣柜上就出门了。"

津田的家里除了夫妻之外只有一个女佣。当夫妻两人一起外出时，为了安全，他们总是把贵重的东西锁起来，其中一个人把钥匙带在身上。

"就放在你那儿吧!"

阿延重新把那串哗啷啷直响的金属链塞进腰带，并用一只手砰砰地拍了两下，望着津田微笑着说:"放心吧!"两辆人力车又开始向前飞奔。

他们到达诊所时比预定的时间晚了一些，所幸没有错过上午的诊病时段。津田不想夫妻俩并肩坐在候诊室，因此他一进大门，就立刻往药房窗口走去。

"我可以直接上二楼吧?"

药房里的学徒从里面叫来一名实习护士。这位护士十六七岁，态度自然地笑着向津田点头致意。可是，一看到站在旁边的阿延，小护士显得有些吃惊，她脸上的表情似乎在说:这只孔雀是从哪儿飞来的呀? 阿延抢先打招呼说:"麻烦您了。"护士这才明白过来，连忙向阿延低头行礼。

"请你帮忙拿一下行李吧。"

津田把从车夫手里接过的手提包递给护士，转身走向二楼的楼梯口。

"阿延，这里！"

站在候诊室门口，正在窥视病人的阿延听到丈夫的招呼，便立刻跟在津田身后上了楼。

"那个房间好阴暗啊！这一间怎么样？"

面向东南的二楼房间幸而很明亮。阿延推开拉门，走到回廊，紧邻医院的西式洗衣店①的晾衣场出现在眼前。她一面打量着那些衣服，一面回头对津田说："和楼下不一样，这里倒是很敞亮，而且房间还挺好的，只是榻榻米有点脏。"

这个医院的二楼原来是一位承包商之类的人装修后给小妾住的，至今还残存着一点往日的遗韵。

"这房间虽然有点旧，说不定比咱家的二楼更好呢。"

看着阳光下那洗得雪白的衣服，津田产生了一种秋高气爽之感。说完之后，他又转眼看了看那些早已被岁月熏黑了的屋顶和床柱②。

四十一

这时，刚才的那位护士把一壶泡好的茶送了过来。

"现在要收拾一下房间，请稍等一会儿。先用茶吧！"

两人只好相对而坐，端起茶杯喝茶。

①西式洗衣店：即现代的干洗店。十九世纪横滨开港后，当地出现了很多服务外国人的洗衣店。一八六一年，渡边善兵卫开了一间真正的西式洗衣店，技术来自法国专家。

②床柱：日本和室的一种装饰，专指紧邻"床间"旁的屋柱，通常用极好的木料制成，更讲究的，还在柱子上雕刻。

"不知道为什么，心里总觉得有点发慌，没法安定下来。"

"像是到别人家去做客吧?"

"是的。"

阿延从腰带里取出女式怀表看了一眼。比起关心时间，津田更担心自己即将接受的手术。

"不知手术要花多长时间呢? 就算眼睛看不见，只要听到手术器械的声音，就够吓人的。"

"我害怕看到那种场面。"阿延眉梢连连挑动了好几下，好像她真的害怕看到似的。

"所以，你就在这儿等着吧，没必要特地到手术台旁去看那种肮脏的场面。"

"可是，动手术时没有个亲人在身边，总不太好吧!"

津田看着阿延十分认真的表情，笑了起来。

"你说的是危在旦夕的重病，我这么点小病，哪里需要叫人来陪着呀。"

津田不愿意让女人看见肮脏的场面，尤其不愿意让女人看见自己的污秽之处。说得更夸张一点，就连他自己看见自己身上肮脏的地方都要比其他人觉得更痛苦呢!

"那我就不跟进去了。"阿延说着，又取出怀表看了一眼。

"中午前应该能结束吧?"

"我想应该会结束。反正已经来了，什么时候结束不都一样!"

"那倒也是。不过……"阿延没有说出下文，津田也没有追问。

护士又从楼梯口出现了。

"已经准备好了，请过来吧。"

津田立刻站了起来，阿延同时也要站起来。

"不是说让你就在这儿等着吗?"

"我不是去诊察室，是想借用一下这里的电话。"

"有什么事要打电话?"

"没事，只是想告诉阿秀你动手术的事情。"

津田的妹妹就住在这个区，离这里不远。津田并不想把这次生病的事情告诉妹妹，便制止了刚要站起来的阿延说："不用告诉她了。不告诉她也没关系，这点小事通知阿秀，未免太小题大做了。再说，她一来，就更麻烦了。"

这位与自己性格不同的妹妹，虽然年纪不大，却令津田难以招架。

阿延欠身答道：

"可是，以后要是被她追问起来，我可担待不起呀。"

津田找不到绝对不打电话的理由，只好对妻子说："你要打给她也可以，但何必非现在打不可呢！她住得近，一定会立刻过来的。我刚动完手术，难免神经有些过敏，等会儿听她在这儿说些哥哥怎样、爸爸又怎样的话，实在是吃不消。"

阿延像是生怕楼下听见似的轻声笑了，但她那露出来的雪白牙齿很显然是在告诉丈夫，她只是单纯地感到滑稽，而不是出于对丈夫的同情。

"那我就不给阿秀打电话了。"阿延说完，还是和津田一块儿站了起来。

"还要给其他人打电话吗？"

"对，我要给冈本打个电话，我跟他们约好中午以前打电话的。可以给他们打个电话吧？"

两人一前一后走下楼梯就分开了。当其中一个人站在电话机前的时候，另一个人已经坐在诊察室的椅子上了。

四十二

"蓖麻子油喝过了吧？"

医生问津田。他身上那件洗过的白色手术服不断地发出哗啦啦的声响。

"喝是喝了，但是效果没有预期的那么好。"

昨天一整天，津田都在忙着处理大小琐事，无暇留意蓖麻子油的效果，可以说这副泻药对他精神和生理上都没有产生什么影响。

"那就再灌一次肠吧。"

灌肠的结果也不理想。

津田就这样上了手术床，仰面躺下。当冰冷的防水布直接触碰到皮肤时，他不禁打了个冷战。他的头枕在坚硬的筒状枕头上，正面打过来的光让他感觉像是眼睛对着灯光睡觉，根本平静不下来。他不时地眨眼，反复转动眼睛望着天花板。这时，护士端着一个镀镍的四方形浅盘从他身边经过，盘子里摆着一些手术器械，白色的金属光辉闪耀不已。津田仰面躺在手术台上，尽量忽视那些闪着亮光的玩意儿。可是，越害怕看到的东西，越容易挑起窥视的好奇心。这时，耳边突然响起一阵电话铃声，他忽然想起暂时被忘记的阿延。直到阿延给冈本家打完电话，津田的手术才算刚刚开始。

"只注射可卡因，应该不会很疼。如果打麻醉针效果不好，我打算一边往里面边喷麻药一边进行手术，这样应该也没问题。"

医生说着便开始进行局部消毒，津田怀着一种又恐惧、又无所谓的心情倾听着。

局部麻醉很成功。津田目不转睛地望着天花板，几乎已经无法察觉自己的腰部以下在发生什么大事。他只觉得有人从远处对自己身体的某个部位施加重压，而那里也在微弱地抵抗着。

"怎么样？不疼吧。"医生的问话充满自信，津田一边看着天花板一边答道：

"不疼，只是感到有重压。"这种重压的感觉该怎样表达，他一时也没有找到合适的词汇。用人的手去挖没有神经的地表时，也许会有这样的感觉吧，津田的脑海里突然浮现出这种幻想。

"很奇怪的感觉，有些说不清。"

"是吗？能够忍得住吗？"

听医生的语气，好像有点担心手术中途津田会休克。这一问，反而让并未在意的津田紧张起来。他全然不知，在这种情况下，为了预防意外，医生会不会给他喝点葡萄酒之类的东西。不过，他也不喜欢接受特殊待遇。

"没关系。"

"是吗？马上就要结束啦。"

医生能够一边这样和患者对话，一边毫无间断地进行手下的工作，这是技术熟练才能带来的惊喜。然而，手术并没有像他所说的那样很快结束。盛切除物的盘子不时发出碰击的响声，那用剪刀嘎吱嘎吱剪肉的响声，极其夸张地向他的耳膜发出威胁。每当这种声音传来，津田就忍不住转动幻想的眼睛，强忍着血腥味望着那不得不用纱布擦掉的殷红鲜血。他感到万分紧张，已经被麻醉的神经很难保持平静，仿佛有一种令人发痒的虫子，为了使他的肉体也不得安宁，正在他血管里爬来爬去。

他睁大了眼睛望着天花板，打扮得花枝招展的阿延出现在他的眼前。可阿延正在想什么，做什么，他全然不知。他正想大声呼唤她，医生的声音从脚旁传来。

"总算结束了。"

津田感觉患处被塞了好多纱布，觉得微微有些痒。随后，医生又说："没想到瘢痕这么坚硬，或许会有出血的危险，请你暂时不要乱动。"

听着医生最后叮嘱的同时，津田被人扶下了手术床。

四十三

他走出诊察室时，护士从后面跟上来问道："您感觉怎么样？没有不舒服吧？"

"没有，难道我脸色发白吗？"津田对自己还是多少有些不放心，忍不住反问了一句。

因为伤口处被塞了很多纱布，他所承受的痛苦，远远超出他人的想象。没办法，他只好缓步前进。可是，走上楼梯时，他觉得被切开的筋肉和纱布在相互摩擦，似乎能听到那里沙沙作响。

阿延早已站在楼梯上等候，一见到津田，立刻搭话道：

"做完手术啦？结果怎么样？"

津田并没有给她明确的答复，独自走进屋里。这里如他所料，套好了洁白被套的棉被已经铺得平平整整，正等着他躺下睡个好觉。他随手脱掉外套，立刻躺在棉被上。阿延双手提着那件灰色法兰绒的丝绸棉袍的肩部，本想从背后给他穿上，不料错失良机，她只好苦笑着把棉袍叠好，放在床脚处。

"不用吃药吗？"她对身旁的护士问道。

"不用吃内服药，餐点现在正在做，做好了就会送过来。"

护士正要起身离开，原本静静躺着休息的津田忽然问道："阿延，你想吃什么，就对这位护士说吧！"

"也对。"说完，阿延又有点犹豫。"我要吃吗？"

"可是，中午已经过了吧？"

"是呀，已经十二点二十分了，你的手术整整用了二十八分钟。"

阿延打开表盖，看着钟表说出了准确时间。刚才，津田像一条俎上之鱼，躺在手术床上瞪着天花板的时候，阿延一直在盯着表计算手术的时间。

津田又问："即使现在回家吃，也没东西吃吧？"

"嗯。"

"那就在这里吃点西餐不就好了吗？"

"嗯。"

阿延始终没有给个痛快的回答。最后，护士只好下楼去了。津田闭上了双眼，仿佛疲倦的人要回避光线的刺激。这时，阿延又在他的头顶喊道："喂，喂！"津田不得不又睁开眼睛。

“你精神不好？”

“没有。”

阿延问完津田的状况后又说：

“冈本让我向你问好，他说过几天就来看望你。”

“是吗？”津田轻轻地回答了一声，正要重新闭上眼睛，但阿延没有让他如意。

“冈本让我今天一定要陪他一块儿去看戏，可是我没办法去吧。”

津田的心很细，他脑中突然浮现出从今天早上到现在阿延的举止。她陪同来住院却打扮得花枝招展，临行前她强调今天是星期天，到这儿以后又慌慌张张地给冈本打电话，诸如此类的表现，全都可以解释为冲着“看戏”二字而来的。从这个角度仔细想，就连她精确计算手术时间的动机也都值得怀疑了。津田默默把脸转向一旁，看到床间①里摆满了信封、信纸、剪刀、书本等，都是临来时他塞进手提包里带来的。

“我本想跟护士借个小桌子，把那些东西放在上面，但还没有拿来，只好暂时先这么放着了。你看看书吧！”

说完，阿延立即站起来，从床间取来了几本书。

四十四

津田并没有接那本书。

“你不是已经婉拒冈本的邀请了吗？”他的表情倒不像是不解，而

---

① 床间：日本和室一角隔出来的小空间，又叫“凹间”或“壁龛”，通常以挂轴、插花或盆景作为装饰。在一般情况下，一座日式房屋里面只会有一个房间里设有“床间”，这个房间坐落在整栋房屋最好的位置，一般用来待客。

是满脸的不满。

当他翻过身时，不太结实的二楼地板紧随他的动作发出了"嘎吱"的响声，如同迎合他的心意似的。

"是婉拒了呀。"

"既然已经婉拒了，为什么还让你一定要去?"

说完，津田才打量起阿延的脸。但是，她的脸上没有流露出任何他所预期的表情。阿延这时反倒露出了微笑。

"的确是婉拒了，可他还说让我一定要去呀!"

"可是……"津田有些语塞。他心里虽然还有话想说，但是头脑却已经不那么灵敏地听使唤了。

"不过，既然婉拒了，应该不会再要求你非去不可了吧?"

"是那么说的呀，冈本也是个没分寸的人。"

津田不作声了，他不知该用什么言辞追究下去才好。

"你对我还有什么怀疑的地方吗? 真讨厌，对我疑神疑鬼的。"

阿延显得很不高兴似的微微挑动着眉头。

"不是疑神疑鬼，而是觉得有点奇怪。"

"是吗? 那就请你说说哪里奇怪，不论任何疑问，我都向你解释清楚。"

可惜的是，津田无法明确指出奇怪之处。

"你还是在怀疑我吧?"

一方面，津田觉得自己必须明确地告诉妻子，他对她没有任何怀疑。如果不说清楚，他作为丈夫的品格就会受到影响。另一方面，假如女人不把自己看在眼里，对他来说，也是不小的痛苦。两种矛盾的想法在他的心中互相拉扯，但从表面上看，他还是比较冷静的。

"唉!"

阿延轻轻叹了口气，悄悄站了起来，重新拉开刚才紧闭的格子门，走到南边的回廊上。她手扶栏杆，茫然地眺望着秋高气爽的晴空。毗邻的那家洗衣店的晾衣场上挂满了衬衣、床单……那些衣服和先前看到时一样，沐浴着强烈的阳光，在干爽的微风中晃动。

"天气真好啊！"

阿延自言自语似的低声说道。津田听在耳里，突然觉得像是在听笼中小鸟在倾诉什么似的。把这样一个柔弱的女子绑在自己身旁，是有点怪可怜的。他想跟阿延搭话，又苦于找不到话题。阿延也一直靠着栏杆，没有立刻回房间。

这时，护士端着两人的饭菜从楼下走了上来。

"让您久等了。"

津田的餐盘只有两个鸡蛋、一碗羹汤和定量的面包。也不知道是谁规定的，面包竟然只有四分之一斤①。

津田趴在床上，一边狼吞虎咽地吃着饭菜，一边伺机问阿延："你是去还是不去？"

阿延立刻停下手里的叉子。

"那就听你的了。你说去，我就去，你说不去，我就不去。"

"这么听话啊！"

"我一直都很听话啊……冈本也让我问你，如果你答应的话，就带我一起去。他说如果你的病不太严重的话，就叫我问问你。"

"可是，刚才不是你先给冈本打的电话吗？"

"是啊，那当然了，事先约好的。虽然我婉拒了一次，可是后来他跟我说，到时候看你的情况再决定，说不定可以去呢？所以让我在中午之前再给他打一次电话，把这里的情况告诉他。"

"冈本是这样给你回信约定的吗？"

"是啊。"

但是，阿延并没有把那封信拿给津田看过。

"总而言之，你到底打算怎么办？想去还是不想去？"

---

① 斤：日本计算面包重量的单位。原本按照中国的算法，一斤面包的重量为 600 克，明治时代之后改用欧美的方式计算，一斤面包的重量为 450 克（约 1 磅）。现代的面包则根据日本面包公平交易委员会规定：一斤不得少于 340 克。

阿延已经看懂了津田的脸色，立刻答道：

"我当然想去了。"

"终于说实话啦，那你去吧！"

两人在这样的对话中吃完了午餐。

四十五

好不容易等到刚做完手术的丈夫睡着，阿延独自走下楼梯。这时已经比约定的时间晚了很多。她把去向告诉车夫时，只说了剧场的名字，便立刻上了人力车。在门前等候的这辆车，是拐角处那家车行的五六辆人力车里最新的一辆。

出了小巷后的胶轮车笔直地顺着电车大路向前奔去。一路上，车子专心致志地朝繁华的方向全速飞奔，车夫这种精力旺盛的拉车方式感染了阿延。她的身体在松软的厚椅垫上轻飘飘地快速晃动，心里也荡漾着柔和、轻松的微波，也是她不顾一切，排除身边繁杂琐事后，直奔目的地时获得的一种快感。

阿延在车上无暇考虑家中之事。津田在医院二楼睡得好好的，丈夫入睡的身影为她提供了保证，表示她今天一天都可以把他置之脑后。因此，她当下只是在车子前进的同时，想着即将到来的事。其实，她对戏剧并没有多大兴趣，所以并不担心迟到，只是单纯地希望快点到达目的地。坐在飞奔的新车上给她带来了愉快的刺激，车子到达目的地会让她感到更强烈的刺激。

车子在剧场茶屋①门前停下了。阿延立即对前来接待的侍女说：

---

① 茶屋：江户时代专属于芝居小屋（剧场）的食堂，负责为观众提供饮食的地方，亦即现代剧场里附设的餐厅。

"找冈本。"同时，她的脑海里立即闪现出灯笼、布幌、红白假花等剧场的装饰。她下车时，这些色彩、形状和图像便一股脑儿地映进眼里，还没等她看清楚，便被人领着穿过走廊向前移动。才一眨眼的工夫，她便踏进了比想象中更复杂、更浓艳的剧场。场内纵横交错地散布着各种数量超出想象数倍的艳丽图纹，看起来就像一片汪洋大海。这是当茶屋的侍者拉开剧场的门扉，向她示意"这边请"时，阿延从空隙中眺望前方所得到的印象。对于喜欢出入这种场所的阿延来说，虽然并不感到稀奇，却永远感到新鲜。就像一个人穿过黑暗，猛然现身于明亮处，这种感觉让她突然清醒过来。接着，她发现置身于这种气氛一隅的自己，变成了在眼前活跃而生动的巨大图案中的一部分。同时，一种清晰的自觉浮现在她紧张的心底，生怕自己的举止行为全都陷进这片海洋里。

包厢里并没有冈本的身影。冈本夫人加上两个女儿，不过三个人，因此，有足够的空间可供阿延落座。尽管如此，表妹的继子似乎担心自己挡住阿延的视线，便扭头看着阿延，并向后倾斜着探出身子问：

"能看得见吗？要不要和我换一下位置？"

"谢谢。这里就很好。"

阿延摇了摇头。

紧挨着阿延前面坐着的表妹百合子今年十四岁，是个左撇子。她左手拿着一副轻盈小巧的象牙双筒望远镜，手肘靠在裹着红布的栏杆上，回过头来说：

"你来晚啦，我本来还想去你家叫你呢。"

百合子年纪还小，还不懂得问问阿延津田的病情。

"你有什么事吗？"

"是的。"阿延只是简单地应了一声，便转眼望向舞台，也就是两姐妹的母亲早就聚精会神地凝视着的地方。她和阿延见面时，只是默默地互相点了点头，直到拍子木①敲响，两人都没有说上一句话。

四十六

"**你**能赶来，真是太好啦！刚才我还跟继子说，你今天可能来不了啦。"

舞台上的幕布拉上以后，夫人才露出悠闲轻松的样子，和阿延攀谈起来。

"看吧，我说得没错吧！"继子得意地看着母亲说。说完又立刻对阿延解释："我跟妈妈打了赌，赌你今天能不能来。妈妈说你可能来不了，我赌你一定会来。"

"是吗？又抽签啦！"

继子有一个长二寸五②、宽六分左右③的小小签盒。黑漆小盒印着两个篆体鎏金字："神签"，盒里按照号码顺序装了一百根削平了的精巧象牙签。继子总是一边说"让我给你抽根签吧"，一边从里面摇出一根扁平细长的象牙诗签，再拿出一本写满字句的线装书，书册的尺寸大约和签盒一样大。继子翻开书册，为了看清书上的蝇头小字，又从纺绸的印花布袋里取出一个小小的放大镜，装模作样地把放大镜遮在书中的文字上。这个放大镜原本是书册的附属品，是阿延和津田去浅草游玩时，花了差不多四元的高价，从神社门前的摊位上买来送给

---

① 拍子木：原是一种打拍子的日本乐器，也叫"柝"，用紫檀、黑檀、花梨木之类坚硬的木材做成细长的四方木棍，两根为一组，用绳子穿在一起，不用的时候挂在脖子上。歌舞伎开演或一幕结束时，以敲拍子木作为信号。

② 约 8.3 厘米。

③ 约 2 厘米。

她的玩具。这个精巧礼物对于明年就二十一岁的继子来说，不过是一件通过游戏给年轻女孩的幻想抹上神秘色彩的装饰品。她有时连函套都不拆，便直接从桌子上抓起签盒塞进腰带里。

"今天也把它带来了？"

阿延半开玩笑地问她。继子苦笑着摇了摇头，坐在一旁的母亲代替女儿回答道：

"今天的预言可不是来自神签，而是比神签更惊人的预言。"

"是吗？"阿延来回打量眼前这对母女，似乎等着聆听下文。

"继子呀……"妈妈刚一开口，继子连忙责备似的打断了母亲。

"别说了，妈妈。在这儿说那种事不太好。"

这时，一直默默倾听三人对话的妹妹百合子却嘻嘻地笑了起来。

"那我告诉你吧。"

"不要说了，百合子，别做那种缺德事。好！如果你一定要说，以后我可不再帮你复习钢琴了。"

两姐妹的母亲为了不引起邻座的注意，小声地笑着。阿延也笑了起来，而且还想问个水落石出。

"说吧！姐姐生气也没关系。有我在，没事的。"

百合子故意翘起下巴看着姐姐，她那微微鼓起的鼻翼，捎带得意之色的态度，是在向姐姐煞有介事地表示胜利在握。说与不说，自由完全在我。

"好吧，百合子，随便你吧！"继子说罢，推开了身后的拉门，到走廊去了。

"姐姐生气了吧！"

"不是生气，是觉得不好意思吧。"

"就算我说出来，又有什么不好意思的。"

"所以你就说吧。"

百合子比阿延小九岁。阿延观察到她那孩子般的心理状态，本想好好地利用一下，谁知百合子的姐姐竟突然离席而去，将刚才的局面破坏了。阿延怂恿百合子说出原委的计划失败了，最后只好由她们的母亲来收拾残局。

"算了，其实也没什么。就是继子刚才说，由雄那么温柔善良，凡事都听阿延的，因此，阿延今天一定会来。"

"是吗？在继子的眼里，由雄是那么可靠啊。多谢她看得起，我得好好谢谢她。"

"然后，百合子说，既然这样，姐姐也嫁一个像由雄那样的人吧。她觉得在你面前说出这番话，有些不好意思，所以才那副样子走了。"

"啊！"阿延这一声微弱的感叹，听着似乎包含着几分凄凉！

四十七

那个自私任性的男人——津田，突然浮现在阿延的心头。她把丈夫从早到晚照料得非常细心，但又怕丈夫要求她无止境地付出，这种顾虑现在又强烈地涌上了她的心头。她突然意识到，唯一能为她消除疑虑的，便是面前的这个人。于是，她看了一眼冈本夫人。对于远离父母的阿延来说，这位夫人是她在东京唯一的依靠。

"莫非做丈夫的，只是一种专为吸取妻子的情爱而生存的海绵体动物？"

这个疑问，阿延早就想当面问姑姑。但不幸的是，她生来就有一种做派，这种做派依照看法不同，既可以解释为逞强，也可以解释为虚荣。面对姑姑时，这一做派强烈地牵制着她。从某种意义上说，她和津田的夫妻关系就像两名相扑选手每天都在竞赛场上争斗。从两人自身看来，妻子永远是丈夫的对手。可是，一旦面对社会，不论在任何情况下，做妻子的如果不能维护丈夫，就会暴露"两人的婚姻并不美满"这一缺点，这对阿延来说是羞愧难当的事情，也是阿延咬牙坚持的理由。因此，她即使非常渴望敞开心扉，向姑姑诉说衷肠，但从夫妻角度来看，姑姑毕竟还是外人，应该被归入"社会"这一类别。当生性敏感的阿延坐在姑姑面前时，总是担心家丑外扬，所以什么也不想说了。

更何况，丈夫不像阿延期待的那样，只要把他照顾得无微不至，就可以换来他的体贴和柔情。阿延平时就对这件事非常在意，生怕外人以为津田之所以不够体贴温柔，是因为她照顾不周。在所有的流言中，她最怕别人笑她愚钝。

"这世上，有的年轻女人，甚至能把比津田更难伺候数倍的男人'收拾'得服服帖帖。而自己呢，已经二十三岁了，还不能让丈夫对自己百依百顺，说来说去，还是因为自己缺少智谋呀！"

将智谋和贤德几乎等量齐观的阿延，如果被姑姑这样批评，就会无比痛苦。身为一个女人，如果承认自己没有本事抓住男人，那就等于宣告自己尽管是个人，却是个无用之人，这种屈辱会伤害阿延的自尊心。即使不在时间和场合都不允许深入交谈的剧场，阿延也只能默不作声。她意味深长地看了一眼姑姑的脸，立刻移开了视线。

舞台上垂落的巨幅大幕在哗啦啦地不断抖动，有人从幕布的缝隙处朝着观众张望。也许是心理作用，阿延总觉得那双眼睛好像在看自己，便把目光立刻转向他处。场内有人入席，有人离座，也有人中途退场，开始喧嚣起来。大多数坐着没动的观众，也不停地变换着各自独特的姿势，或靠向左右，或前倾后仰，片刻不得安宁。无数颗黑色的脑袋，看上去宛如旋涡一般。有人穿着非常鲜艳华丽的服装，竟将这股彩色人流掀起的某种不稳定的快感搅弄得更加纷乱混杂了。

阿延从土间席①纵目观望，终于隔着人海的低流，打量了一会儿对面包厢的情景。就在这时，百合子突然回过头来说道：

---

① 土间席：指铺在舞台前方地面的座位。江户初期歌舞伎兴起，各地兴建的剧场，观众都是围绕舞台席地而坐，前方的座位直接设在泥地上，一旦下雨，土间席就会变泥泞，票价也最低。后来，经过不断改进，土间席条件变好，位置也更靠近舞台，因此也成为剧场价格最高的座位。

"那边，吉川先生的夫人来了。看见了吗?"阿延有些吃惊地朝着她指引的方向望去，很轻松地发现了一个貌似吉川夫人的身影。

"百合子，你眼睛真尖，什么时候发现的?"

"不是发现的，而是早就知道啦。"

"姑姑和继子也知道吗?"

"是呀，大家都知道。"

阿延这才明白，不知道这件事的只有自己。她仍然从百合子的身后向对面张望，不知是故意还是巧合，吉川夫人手里的双筒望远镜也突然朝向了阿延这边。

"真讨厌，我可不喜欢被人那样看。"阿延躲闪似的缩起身子。尽管如此，对方的双筒望远镜还是不肯离开阿延的方位。

"好吧，既然这样，我只好退场了。"

阿延立即追随着继子，向走廊走去。

四十八

从走廊处纵目远眺外部的光景，因为此处地理位置非常优越，所以能看到远处十分热闹的街道。地面上铺了一条连接场内的木板通道，或许为了便于拆除，通道是用几块稀疏的板料加上背面的横木钉起来的。络绎不绝的陌生人在地板上来回穿梭，阿延站在走廊一头，半靠在一根柱子上，花了好长时间才看见继子。继子正在对面那排商店当中的一家门前，阿延一看到她，立刻就下去了，轻盈而敏捷地踏着地板，直奔她所寻找的目标。

"你在买什么呢?"

阿延从继子身后伸出头，像是偷窥似的问道。继子受惊般回头看向阿延，两人的面庞几乎贴在一起，双方都微微一笑。

"我正发愁呢！阿一让我给他买个礼物，我正在看呢，偏巧他喜欢的东西这里都没有。"

店员不知继子想买的是给男孩子的玩具，便把各种各样商品一一摆开。继子既不想买，又不好意思掉头便走。于是，站在这些商品面前，感到很为难。

"不行！那孩子只喜欢手枪、木剑之类打打杀杀的玩意儿，在这种高端店铺里是不会卖那些玩意儿的。"

男店员笑了起来，阿延趁机抓住了这位姑娘的手。

"还是先问问姑姑再买吧……对不起，再见。"阿延说罢，连拖带推地将很过意不去的继子带到走廊尽头。两人站在那里，以一根廊柱为掩护站着说话。

"姑父怎么回事？今天为什么没来？"

"马上就会来的！"

阿延感到有些意外。包厢里坐四个人还可以，但如果像姑父那么魁梧的大男人再挤进来，确实是个问题。

"姑父一来，像我这么单薄的人还不被他挤扁了。"

"他是来跟百合子换位子的。"

"为什么？"

"别管为什么，这样不是更方便吗？百合子看与不看都无所谓。"

"是吗？假如由雄没生病，和我一起来了，又该怎么办？"

"到时候再说嘛，总会有办法的。可以再定一个包厢，不然的话，就跟吉川先生家坐在一起啊。"

"已经事先和吉川先生说好了吗？"

"是啊。"

继子没有再多说什么。阿延没有想到冈本和吉川两家的关系如此亲密，这其中莫非有什么别的奥妙？阿延的心中有些疑惑，但她转念一想，又觉得这是有闲阶级司空见惯的事，未尝不是单纯为了娱乐才相约看戏的。阿延最终什么也没有问，两人的对话只提到了吉川夫人的望远镜，阿延特意打了个手势给她看：

"就像这样，从正面打量人家，真受不了。"

"那也太没礼貌了。不过，我听爸爸说，西方的做派就是这样。"

"哎哟，在西方就可以那样？那我也可以像吉川夫人那样，死盯着她的脸打量喽？我也去看看吧！"

"那你去看吧，她肯定会很开心，还会称赞说：'延子真时髦。'"

两人齐声大笑起来，一旁不知从哪儿过来一个年轻小伙子，走到她们身边站住了。这个年轻人身穿素色和服外套，上身用同色丝线绣着家徽，下身穿着毛料行灯袴①。他和她们两人打了个照面，说了声"失礼"，便很严肃地默默走向木板通道，然后朝道路对面走去。继子的脸上露出害羞的红晕。

"我们进去吧！"

她立即催促阿延一起返回剧场。

四十九

剧场内的情景还是跟刚才一样。在池座里走动着的许多男女观众，宛如踏在别人头上行走，看上去令人厌烦。甚至有人故意做着浮夸的动作，以求尽可能地吸引更多人的目光。然而，这景象很快便消失了，马上又换成了另一批色彩不同的人物。举目所及的这片小世界，始终是动荡、纷乱，永远都显得那么矫揉造作。

比较安静的舞台内侧，一阵阵铁槌敲击声不时地传来，唤起了人们的遐思。偶尔还有拍子木撞击的声音，听着就像打更的梆子，似乎

---

① 行灯袴：日式袴的一种，像裙子一样呈筒形。现代常为女性所穿，男性也可以穿。行灯袴分前后片，各有两条系带。袴上一般不会有太夸张的花纹，以暗纹、渐变、点缀绣花为主。

想把人们分散的注意力再次集中起来。

最不可思议的还是台下的观众，他们在这长长的幕间无所事事，却毫无怨言，也没人表示厌烦，显得那么从容。空虚的腹内塞满了散乱的刺激，轻松地虚度时间。他们的态度都很稳重，又似乎很快活。他们陶醉于彼此的呼吸，稍一清醒，便立刻转动眼珠看看别人的脸。一旦看见了别人出神的表情，便立刻能与对方产生情绪共鸣。

两人回到座位上，立刻开心地环顾四周，然后不约而同地向着吉川夫人那边望去。夫人的双筒望远镜已经不再对着她们瞭望，就连望远镜的主人也不知到哪里去了。

"咦？怎么不见了呀！"

"真的呢。"

"我帮你们找一找吧？"

百合子马上把眼睛对着手里的小型望远镜窥看。

"不在，没看到，不知到哪儿去了。那位夫人有两个人那么胖，应该一下就能找到，可还是没找到。"

说着，百合子把象牙望远镜放下。出身名门闺秀的她，身穿漂亮的友禅染和服，背后的腰带系成巨大美丽的花结，几乎遮住了她整个背部。但她说话一点也不文雅，姐姐的嘴角露出忍俊不禁的微笑，并以长辈的威严语气苛责妹妹。

"百合子！"

妹妹却毫无反应，照往常那样，故意鼓起鼻翼，做出一副"又怎么了"的表情，故意看着继子说：

"我想回家了，爸爸要是能快点来就好了。"

"想回去就回去吧，爸爸不来也没关系。"

"我偏不走。"

百合子不肯移动身子。如果不是小孩子，就很难有这种顽皮的态度。而阿延却摆出和年纪相称的懂事态度对姑姑说：

"我要不要过去问候一声吉川夫人？就这样装作不知道不太好吧？"

说实在的，阿延不太喜欢这位夫人，而且她觉得吉川夫人似乎也讨厌自己。更重要的是，阿延甚至还隐隐约约感觉到，最先是吉川夫人不喜欢自己，两人之间才出现这种不愉快的现象的。同时，阿延心中还有这样一种自信，自己并没有给对方留下任何令人厌恶的把柄，一定是对方先对自己不满。刚才，夫人用望远镜瞭望时，阿延就已经觉得不去问候一声是不行的。但她无法鼓起勇气，所以才将内心的不安以询问的形式和姑姑商量，同时也在心里暗自盼望着，为了能够轻松地完成这项义务，最好是姑姑陪着自己一起去见吉川夫人才好。

姑姑当即答道：

"是啊，你还是去的好。你去吧！"

"可她现在不在呀！"

"怎么会？一定是去走廊了，你过去看一下就知道了。"

"可是……那我过去一下，姑姑您也一同去吧！"

"我嘛……"

"您不去？"

"去也行，不过今天的午饭会一起吃，所以还是到那时再问候吧！"

"哎呀，约好一起吃饭啦？我什么也不知道。都有什么人一起吃饭呢？"

"大家一起。"

"我也一起吗？"

"对呀。"

阿延感到非常意外，过了一会儿才回答道："既然这样，我也等到那时再问候吧！"

五十

冈本到达剧场的时候，阿延才跟姑姑结束谈话。茶屋的侍者帮忙拉开门扉，冈本从门缝里瞧了一眼，然后用手势向百合子示意：过来！过来！接着，父女二人站在门口交谈了几句，声音压得很低，生怕吵到其他观众。谈完之后，百合子按照约定，马上由侍者送出了剧场。来跟女儿换班的冈本，挤着坐在女儿的位子上。在这种座位上，他那肥胖的身子连稍微挪动一下都很困难。待他坐下后，像是意外发现了什么似的，转过半个身子向后面问道："阿延，咱俩换下位子吧？我块头大，挡在前面，你都看不到了吧？"

　　阿延虽然觉得眼前突然耸起了一座大山，但是周围的观众都在聚精会神地看戏，她不想惊动他人，就没有跟冈本换位子。从没穿过毛织品的冈本抱着毛茸茸的胳膊，仿佛宣布"那就陪你们看戏吧"，并将视线投向大家所看的方向。众人的目光都聚集在台上一名举止怪异的男子身上。这名面色有些发白的奇怪男子在柳树下徘徊，这个美男子穿着华丽的粗纹筒装，故意把博多织腰带①系得很靠下，光着脚穿着一双雪驮②，每走一步，就发出喀啦喀啦的噪声，冈本听着很刺耳。男人的视线从柳树旁的小桥移向桥对面仓库白墙，接着把视线转向观众。台下的观众表情显得非常紧张，场内一片寂静，连咳嗽声都没有。仿佛那个男子穿着雪驮在舞台上走来走去，发出喀啦喀啦的声响，这个动作有着非常重大的意义似的。冈本因为刚从外边进来，或许是还没适应这种气氛，又或许是觉得无趣，看了一会儿，他又局促地转过半个身子，低声对阿延说："怎么样？有趣吗？由雄怎么样了？"

　　冈本一连问了三四个这样简单的问题，阿延都用短句应付了过去。问到最后，冈本用一种意味深长的眼神看着阿延说："今天怎么

---

① 博多织腰带：用博多织制做的腰带，宽度只有一半腰带的一半，穿浴衣时使用。博多织是博多（今九州福冈）生产的丝织品，与西阵织、桐生织并称日本的三大织物。

② 雪驮：也叫雪路，是日本茶道始祖千利休的发明，他将竹皮草履接触脚底的竹皮背面贴上一层皮料，增加了竹皮草履的防水机能。由于鞋底的脚跟部钉了金属片，走路时会发出喀啦喀啦的声音。

样？由雄没说什么吗？大概又发牢骚了吧。说什么我卧病在床，你却一个人去看戏，简直岂有此理。对吧？肯定说了这种话吧？"

"什么'简直岂有此理'他没说这种话呀。"

"但还是说了些什么吧？比如'冈本那家伙太不像话'之类的，肯定会说的。你打电话的时候就很不自然。"

周围连一个低声说话的人也没有，阿延觉得只有自己跟冈本说个不停有些不好意思，便只管微笑。

"不要紧的，姑父过几天就去跟他解释，这种小事不用放在心上。"

"我没有放在心上啊。"

"是吗？话是这么说，心里还是有些在意吧？新婚不久，就惹得丈夫不高兴。"

"不要紧的，我不是说了嘛，没有惹他不高兴。"

阿延有些厌烦地挑了挑眉毛，原本只是开玩笑的冈本，这时露出了认真的表情。

"不瞒你说，今天把你叫来，不仅是为了请你看戏，而是有些要紧的事情，因此才在由雄生病时把你叫来。等事后把原因告诉由雄，也就没什么了，姑父会跟他好好谈谈的。"

阿延的视线突然离开了舞台。

"到底是什么原因呢？"

"现在在这儿不好说，过会儿再跟你说吧。"

阿延只好默不作声。冈本接着又补充说："今天和吉川先生约好一起在这里的餐厅吃晚饭。你听说了吧？你看，吉川也来了，就在那里。"

之前一直没有看到的吉川的身影，此时立刻映入阿延的眼帘。

"他跟我一起从俱乐部来这儿的。"

说到这儿，两人的谈话便终止了。阿延重新把注意力转向了舞台。大约过了十分钟，包厢后方的门被茶屋的侍者拉开，阿延的注意力又被搅乱了。侍者对姑姑耳语了几句，姑姑立刻把脸凑近姑父。

"喂，吉川先生说已经准备好了晚餐，让我们在下一幕的幕间到餐厅去。"

姑父马上让侍者回复说："我们知道了。"

侍者又悄悄地关上门出去了。

等一下会发生什么事情呢？阿延一面暗自纳闷，一面默默地等待着晚餐时间的到来。

五十一

不到一小时，阿延和继子一起跟在姑父、姑姑身后，到二楼角落深处的餐厅赴宴。她小声地向紧贴着自己并肩而行的表妹询问道："等下到底会有什么事情啊？"

"我不知道。"继子低着头回答道。

"单纯是吃饭吗？"

"大概是吧。"

阿延觉得越是追问，继子的回答就越暧昧，便没有继续问下去。她想，或许继子真的一无所知，又或许继子知道却不愿告诉她，才故意小声地简短作答。

她们在走廊上碰到了许多人，这些人都对她们投以锐利的一瞥。比起阿延来，更多的是去看继子。在阿延的头脑中，将继子和自己进行了一番比较。尽管她的身段和气质胜过继子，但是论装束和容貌则稍逊一筹。更何况，继子总是像个孩子一样腼腆，举手投足间充满了纯真的稚气，好像一直都是无忧无虑的。阿延看着这位娇嫩欲滴的表妹，眼中不禁泛起几分妒意。或许，在她的心中对这位表妹还有几分轻蔑，但是希望能够调换一下位置的羡慕之心又十分强烈。阿延不禁想："我还是个姑娘的时候，是否也有过这种充满闺秀气息的时期呢？"

也不知是幸运还是不幸，她已经完全想不起来那个时候了。平时没有把继子当作比较的标准，稀里糊涂地生活着的阿延，此时跟表妹并肩站在灯光灿烂的走廊上，竟然被一种从未感到过的哀愁所影响。这哀愁虽然轻微，却极易化作清泪。对于刚刚用嫉妒的眼光观察过的表妹，阿延很想紧紧地握住她的手。她在心中对继子说："你比我纯洁，纯洁得令我羡慕不已。可你那纯洁，在你未来的丈夫面前，不过是一种毫无杀伤力的武器。像我这样全心全意地照顾丈夫，丈夫却并未按照我期待的那样表示感谢。你将来为了维系丈夫的爱，必然会失去这种宝贵的纯洁身心。即使为丈夫作出这么大的牺牲，说不定丈夫还会苛责你呢。我既羡慕你，又可怜你。你还天真地没有察觉，自己在不久的将来就会失去这珍贵的宝物。不知是幸运还是不幸，我从来没有你这种天生的纯真气质，因此我的损失并不大，这一点我也承认。但是你和我不同，一旦你离开父母，天真地情影就会受到伤害。你比我更可怜啊！"

她们俩的步伐非常慢，当走在前面的冈本夫妇被行人遮挡住看不见踪影时，姑姑特意转身返回来。

"快点走，磨磨蹭蹭的在干什么呢？吉川先生那边早就在等着我们呢。"

姑姑的视线几乎全都集中在继子身上，就连话也是特意对着她说的。可当阿延听到吉川这名字的瞬间，刚才那些思绪全都消失得无影无踪。她立刻想起了自己不太喜欢、对方也不怎么喜欢自己的吉川夫人。但是，自己的丈夫平时就常受到这位有权有势的夫人的多方照顾，阿延觉得自己应该尽可能地在吉川夫人面前表现得殷勤、礼仪端庄。阿延表面上非常平静，但是内心却十分紧张，她装作若无其事的样子，跟在众人身后进了餐厅。

五十二

正如姑姑所说，吉川夫妇看起来已经早一步到了餐厅。阿延视为目标的那位夫人，正站在面对大门的位置跟姑父聊天。夫人丰满的身子，那比姑父还要庞大的身躯，更早地映入阿延的眼帘。与此同时，丰腴的面颊上满是笑容的夫人也立刻把眼眸转向阿延。不过，电光火石在刹那间就消失了，直到正式寒暄之前，两人的眼神再也没有接触。

刚才看到夫人的瞬间，阿延当然也顺便瞥了一眼站在夫人身旁的一位年轻绅士。刚才在走廊上她与继子一起半开玩笑地批评夫人的望远镜时，把她们吓了一跳的就是这个沉默的年轻男子。看到这个人，阿延情不自禁地倒吸了一口冷气。

众人相互进行简单问候的时候，阿延谨慎地站在众人身后。不一会儿，轮到阿延时，吉川夫人只是把她介绍给了那个叫"三好君"的陌生男子。接着，夫人又把这个年轻男子介绍给姑父、姑姑和继子，所用的介绍词也都跟刚才对阿延说的一样。阿延到最后还是不清楚这位三好君究竟是何许人。

入席时，吉川夫人坐在姑父的旁边，三好君被安排坐在继子的对面，姑姑的席位在餐桌的角落。阿延有点踌躇，余下的那把椅子相邻的是吉川，对面就是吉川夫人。

"怎么了？坐下来吧。"

吉川似乎在催促，从侧旁看了阿延一眼。

"来，快请坐。"吉川夫人语气轻松地说着，从正面看着阿延说："别客气，坐吧。大家都入座了。"

阿延不得已，只好在夫人的对面坐下来。她原本想先发制人，谁知却被对方抢了先，心中感到不妙。她为了让自己的态度解释为礼貌上的自谦，便立刻暗下决心，之后自己一定要好好应对。当她看到餐桌对面继子娇羞的表情时，这种决心就更加坚定了。

继子表现得比平时更加稳重，她一直低着头，不肯轻易开口。在她的态度里，可以看出一种近似痛苦的东西。阿延怜悯地瞥了她一眼，又立刻将她那双独特又讨人喜欢的眼睛移向对面的夫人。夫人谙熟这种场合，不会是个缄默的人。

两个女人进行了两三次融洽的谈话，但当话题没有进展余地时，就戛然而止了。阿延本想用两人都认识的津田作为话题，又不确定是否适合由她主动提及。正在迟疑时，夫人已经撇下她，转向了远处的三好君。

"三好君，别不说话呀，你给继子说说你那儿的趣事吧。"

这时，三好君和姑姑的谈话刚好暂停，他便面向着夫人平静地说道："好啊，但是说些什么好呢？"

"唉，说什么都行，就是不要不吭声。"

夫人这句命令式的语气把大家都逗笑了。

"再讲讲你逃出德国的事情就行。"

吉川先生立刻把夫人的命令说得更加具体。

"逃出德国的故事已经不知道说过多少遍了，别人不嫌烦，我自己都觉得这故事太陈旧了。"

"像你这样稳重的人，当时也有点儿惊慌吧？"

"如果只是'有点儿'就好了，那时就像是在梦中，我自己也搞不清楚怎么回事。"

"但是你没想到自己可能会送命吧？"

"是的。"

三好君略事沉吟，吉川立即从旁边插嘴说："不至于想到可能会送命吧，尤其是你。"

"为什么？是因为我这个人脸皮厚吗？"

"当然不是这样的，但你反正是个非常惜命的人。"

说道这儿，继子低着头哧哧地笑了起来。阿延只知道三好君是第一次世界大战前后从德国遣返的人。

五十三

围绕三好君进行的"出洋杂谈",一时谈论得非常热烈。吉川夫人总是巧妙地在谈话间隙穿针引线,引出下面的话题。阿延默默观察着她的社交手段,看穿了夫人正在竭尽全力,试图把这名陌生的年轻人引荐给其他四人。这位温和寡言的青年绅士,在浑然不觉的情况下,就已经按照对他持有好意的夫人的意愿,向众人介绍自己最好的一面。

在这次谈话过程中,阿延几乎没有任何插嘴的机会。她理所当然地扮演着倾听者,而这样却大大提高了她批评的力量。夫人在谈话时总能展示出她那率直和天真的一面,毫无矫揉造作。当吉川夫人正在一步步取得胜利时,阿延也只能由衷地承认,自己跟夫人的天资相比,有着天壤之别。但她觉得这种能力没有高下之分,只是表面上的差距。难道这种差距不足为惧吗?绝非如此。夫人那种命令式的态度,似乎一部分是来自她现在所处的得意地位,阿延心里不知怎么,总感觉在夫人的社交技巧中似乎时而伴随着一种可怕的破坏力。

"或许是因为自己心情的原因吧。"

阿延正在自我安慰时,引人注目的夫人突然把注意力转到了她的身上。

"阿延在愣神呢,是因为我太唠叨了吧?"

阿延猛然遭受这种突然袭击,不禁有些畏缩。凭她的智慧,平日里在津田面前从不曾乱了阵脚,现在却不知所措了,只能用空泛的微笑填补刹那间的空虚。但她这种表情,不过是毫无作用的虚伪奉迎而已。

"没有啊,我听得正有趣呢。"阿延补充说,她发觉自己的话已经错过了时机。一种受到打击的苦涩味道涌向了她的嘴边。她原本满怀期待,希望能够讨好吉川夫人,但这份期待最终还是完全破灭了。

这时，夫人用快得令人感到残忍的速度改变了腔调，转脸对冈本说："冈本先生，您从国外回来已经很久了吧?"

"是啊，总之都是很久以前的事了。"

"很久以前，到底是多少年啊?"

"嗯，那是西历……"

也不知是出于自然还是偶然，姑父装出一副若有所思的模样。

"是在普法战争时期吗?"

"别胡说，记得那个时候，我还给你丈夫做导游，带他游览伦敦呢。"

"你不是那时被困在巴黎的那批人中的一个吧?"

"开什么玩笑。"

在夫人的主导下，三好君出洋的话题暂告一段落，立刻把话题引到与之密切相关的其他方面。自然，吉川先生也只好充当冈本先生的聊天对象。

"总之，那时候汽车才刚刚问世，一辆汽车开过去，大家都会回头张望。"

"嗯，还是那种慢吞吞的公共汽车大显威风的时代呢。"

对从来没有搭乘过那种缓慢交通工具的局外人来说，尽管勾不起任何回忆，但在回顾当年的两个男人来说，还是引起了某种淡淡的感慨。冈本一面来回打量着继子和三好，一面苦笑着对吉川说："咱们俩都老啦。平时完全没有留心，以为自己还年轻，整天跑来跑去，忙这忙那，可是一坐在女儿旁边，就有点感觉了。"

"那你就永远坐在孩子的身旁好啦。"姑姑立刻插嘴冲着姑父的话题去了。

姑父也立刻回敬道：

"真的呢! 刚从外国回来时，这孩子还不到……"说到这里，姑父沉思了一会儿，问道："她几岁来着?"

姑姑觉得对这么粗心的人没有回答的义务，默默地不搭理他。

吉川先生从旁插嘴道：

"马上就有人喊你'外公'了，机会就在眼前，可不能错过呀！"

继子脸上浮起红晕，低下了头。夫人立刻转眼看着丈夫说：

"不过，冈本先生带着计算年龄的活时钟，这倒挺好。可你呢，却不知反省，简直没救了。"

"因此你才永远那么年轻呀，不是吗？"

说到这儿，全场放声大笑起来。

五十四

别桌的客人人数没有他们多，因而也比较安静。他们不时打量着阿延这群只顾开心畅谈、似乎完全不在乎舞台表演的人。为了节省时间而特意吃快餐的那些人，甚至连杯咖啡也不喝就匆匆离去了。然而，阿延面前依然不断有新的菜肴上桌。她们当然不能吃了一半就摘下餐巾，也并不想那么匆忙。她们与其说是来看戏，不如说是到剧院来玩，总是显得那么安闲自在。

"下一幕已经开始了吗？"

姑父环视了一下忽然安静下来的餐厅，便转脸向身着白衣的侍者问道。

侍者在他面前放下一盘热腾腾的佳肴，礼貌地答道："现在刚开始。"

"算了！现在动嘴比动眼睛更重要。"

说完，姑父立即向一盘带皮的鸡腿发起进攻。坐在对面的吉川先生似乎也对舞台上的表演没兴趣，他紧跟冈本之后，开始聊起和戏剧毫无关系的食物来。

"你还是那么能吃呀……夫人！冈本君以前比现在吃得更多，长得更胖。那时他还骑过西洋人的肩膀呢，你想听这个故事吗？"

姑姑没听说过这故事，吉川同样问了继子，继子也没听说过。

"是吗？大概是不怎么体面的事情，所以才瞒着大家吧。"

"瞒什么？"姑父终于把视线从菜盘上转移，惊讶地看着吉川。

吉川夫人在一旁插嘴道：

"大概是因为身子太重，把那个外国人压垮了吧？"

"如果真是这样，倒也值得骄傲。可当时他在众目睽睽之下，在伦敦的群众之中死死地骑在一个高大男子的肩膀上，就为了抢位子看游行队伍。"

姑父听了，脸上没有一点笑容。

"你胡扯些什么！这到底是什么时候的事？"

"爱德华七世①举行加冕典礼的时候啊，你站在伦敦市长官邸的前面，想要看游行队伍，可是和日本人不同，那边的人都比你身材高大。迫不得已，你就拜托一同前来的旅店老板，要求骑在他的肩膀上看。"

"别胡说！你记错人了，骑在别人肩膀上的那个家伙我知道，不是我，是那只猴子！"

姑父辩解时表情十分严肃，当从他那严肃的话语中突然冒出"猴子"两个字时，惹得大家全都笑了。

"不错，如果说是那只猴子，确实能干出这种事。当时我就纳闷，尽管英国人身材高，但你骑到人家身上去，也不太合情理。不过，那只猴子就矮小得多。"

也不知吉川是故意犯错呢，还是根本就不知内情。总之，吉川用好像是现在才明白过来的语调，重复提及那个人的绰号——猴子，惹得大家再三大笑。吉川夫人用半是好奇、半是戒备的态度问道："你们说的猴子，到底是谁呀？"

"没什么，是你不认识的人。"

"夫人，您不必担心。即使猴子现在坐在这里，我们还是可以毫

①爱德华七世（英语：Edward VII，1841 年 11 月 9 日—1910 年 5 月 6 日），大不列颠及爱尔兰联合王国国王及印度皇帝（1901—1910 在位）。

无顾虑地叫他猴子。就像他开口闭口都叫我猪一样，彼此彼此嘛。"

在这样轻松闲扯的对话期间，阿延作为社交场合中的一员，却找不到适当的角色。她等了半晌，始终没有得到向吉川夫人示好的机会。夫人根本没有把她放在眼里。或者说，根本就是在回避她。虽然她坐在夫人的对面，但是夫人却有意只跟与自己一席之隔的继子搭讪。夫人一直想把阿延的表妹推到众人面前，形成注目的焦点，哪怕只有一分钟时间。夫人的这番努力表现得非常明显。然而，继子不擅于利用这种机会，不但没有感激，反而露出一副为难的表情。每当继子坦露内心的感觉时，阿延就忍不住想拿她和自己相比，心中不免泛起羡慕的涟漪。

"若是我处于表妹的处境……"

在聚餐的过程中，阿延频频地这么想。可是随后，她又不免有些暗自同情不擅于交际的继子。最后，她又一如往常在心中起了轻蔑之意："多可怜的女孩啊！"

五十五

饭后，三个男人吸起了香烟。当烟灰积到一寸①来长的时候，众人才离开了座位。这时，不知是谁问了句："已经几点啦？"以此为契机，阿延的处境偶然间发生了变化。夫人抓住站起前的一瞬间，突然问阿延："阿延，津田怎么样了？"

夫人猛然间说出这句话，也不等阿延回话，她又立刻自己补充说："刚才就一直想问问你，结果只顾着自己说话了……"

阿延心想：她的这番辩解像是撒谎，这并不是从夫人当场说话的

---

① 约为3.3厘米。

语气和神色看出来的，对于阿延来说，这是颇有根据的推断。她清楚地记得，当她走进餐厅向夫人问候时，自己说的那些话与其说是为了自己，倒不如说是为了丈夫。当时她刚见到夫人就毕恭毕敬地低头说道："津田平时给您添麻烦了。"然而，夫人当时对津田的事却只字未提。阿延以为既然自己是最后一个问候的人，完全有充分的时间聊上几句，可是夫人却立即转过头去招呼别人。两三天前，津田才登门拜访过，夫人却好像全都忘了似的。

夫人的这种态度，阿延并不认为只是因为夫人不喜欢自己。她觉得除了夫人对自己没有好感之外，一定还有别的原因。若非如此，不论她的身份多么尊贵，也不应该当着人家妻子的面，刻意不提津田的姓名啊。阿延深知自己的丈夫得到了这位夫人的很多关照，但是，单是因为对自己的丈夫的关照，夫人就不敢在自己面前谈论津田吗？阿延很不理解。在晚餐餐桌上，为了在夫人面前发挥她能讨人喜欢的天性，她试图从两人之间唯一共同关心的津田谈起，然而，最终却没能实现。原因之一便是夫人故意不提津田。如今正要离席，夫人却又主动提起津田，这就让阿延不得不怀疑夫人的说辞是虚情假意了。事到如今，阿延甚至在想，夫人现在突然表示对津田的病情的关心，除了是必要的社交辞令外，是否还有些别的想法呢？

"谢谢。托您的福。"

"已经做完手术了吗？"

"是的，今天做的。"

"今天？那你怎么还到这儿来了？"

"因为不是什么太重的病。"

"但还是要躺在床上吧？"

"的确是躺着呢。"

于是，夫人露出一副"那不要紧吗"的表情，至少从她那沉默的态度来看，阿延觉得夫人心里是这样想的。她心想：夫人平时在人前像个男人似的举止大方，怎么在自己面前，却像是完全变了个人似的？

"他住进医院了？"

"算不上什么医院。刚好诊所的二楼空着，就想在那儿住上五六天。"

夫人接着向阿延打听医生的姓名和住址，她虽然没有表明自己打算前去探望，但这时阿延却觉得，或许夫人是因为想去探望津田，才特意提起了这个话题。想到这里，阿延才觉得自己多少理解了夫人的心意。

和夫人不同，吉川似乎原本就没把津田的事放在心上，这时才开口道：

"听他本人说，这病去年没有根治。他现在还年轻，总是生病可不好，休养五六天也不见得就能好。你告诉他，让他好好养病，等到痊愈之后再来上班吧。"

阿延听后连忙道谢。

一行七人走出餐厅，在走廊里又分成了两批人各自行动。

五十六

晚餐后，阿延陪着姑姑一家留在剧场，共度了一段平安无事的时光。但是，当她专注地看向舞台时，脑海里突然闪过身穿棉袍的津田横卧在病床上的情形，他把手里正在阅读的书扣上，仿佛从远处眺望着坐在剧场的阿延。等她欣喜地回眸注视丈夫的刹那间，津田却用眼神告诉她："哎哟，你可别误会，我只不过是看看你在干什么。我不是有事找你。"阿延受到这番戏弄，心里不免埋怨自己太傻。这时，津田的影子立刻像幽灵一样消失了。等到津田的身影第二次出现时，阿延主动向他宣称："我再也不会想念你这种人了。"当津田的身影第三次出现时，阿延简直厌恶极了。

她在走进餐厅之前，未曾把丈夫的事放在心上。对于阿延来说，这种不可抗拒的心理，都是在晚餐后才出现的新体验。她默默比较前后截然不同的两个自己，然后，她不得不在心里反复琢磨。因为她认为，吉川夫人就是造成这种急剧变化的始作俑者。她心想："今晚要不是和夫人同桌进餐，这种奇怪的情况绝不会凭空出现在她身上。"然而，假如有人要她列举出今晚夫人哪里不对，竟成了酿造这杯苦酒的酵母，这酵母又是怎样钻进了她的脑子中的？她无论如何也无法做出明确的回答。她掌握的全是隐约模糊的讯息，但是最终却得出了明确的结论。她完全不认为自己讯息不足，当然也就不会怀疑结论是否正确。她坚信一切问题的根源，都在吉川夫人身上。

看完话剧之后，大家又回到茶屋时，阿延怕在这里又碰见吉川夫人，但她也期待能与夫人更深入地谈谈。不过，挤在匆匆回家的人群当中，阿延从一开始就死了心，以为不会再有这样的机会。但是这种想跟夫人再见一面的好奇心，却从不想见面、回避的背后不时地冒出来。

庆幸的是，茶屋里平静如常，并没有看到吉川夫妇的影子。冈本一面穿上厚重的毛领和服外套，一面回头看了一眼正在穿大衣的阿延。

"今天到我家住吧？"

"哦，谢谢您。"

阿延嘴里虽然向姑父道谢，却没有明确表示自己究竟要不要去姑姑家过夜。说完，她露出微笑看着姑姑。姑姑则是用"受不了你的迟钝"的表情看着姑父。也不知是没有察觉到这些，还是虽然察觉到了却仍不在乎，冈本用比刚才更认真的话语又说了一遍。

"想住的话就去住一晚吧，不用客气。"

"你让她去住，可是她家只有一个女佣，还在等她回去呢。怎么可能啊？"

"哦，是吗？只有女佣一人在家，确实让人放心不下。"

姑父的语气似乎是说，既然如此，不去也罢。当然，姑父最初也只是随意提起，并不在意阿延去不去他家过夜。

"自从嫁给津田后，我一次也没有在外边借宿过。"

"哦？是吗？那真是品行端庄得令人钦佩呀。"

"您说什么呀，其实由雄也从没有夜不归宿。"

"那很好啊，夫妻二人感情深厚，互守忠贞。"

"真乃不胜欢喜之至。"

继子小声地补充了一句，这句话是刚才听到的戏中人物的台词。说完后，继子似乎也被自己的大胆感到吃惊，脸上浮起一层淡淡的红晕。姑父却故意大声地问道："你说什么？"

继子不好意思回答，装作没听见，咚咚咚地朝大门走去。众人也紧随其后，一起走出了剧场。

搭乘人力车时，姑父对阿延说："你不去我家住也行，不过在两三天内，你要找个时间来一趟，有点事想问问你。"

"我也有事非要向姑父请教不可，顺便还要谢谢您今日的款待。如果时间允许，我明天就去，可以吗？"

"欧来①！"

四个人的车子，以这句英语为号令，一起向前奔去。

五十七

冈本家和津田家大致位于相同方向，只是路途稍远些。因此，阿延的胶轮人力车便跟随在三人之后，同行至平时拐进小巷前必经的胡同口时分手。阿延从车篷里向前面几人招呼一声，但是，还不知他们是否听到，她坐的车已经穿过了电车轨道。在寂静的小路上，一种寂寥之感突然袭上她的心头。就像一直在集体活动的人一不小心踏错步子，被赶出了团队。当她走到自家正门时，心里多少有点这种无依

------

① 欧来：英文"all right"的片假名发音，这个词的含义与英文原来的含义有点不同。通常是表达"没问题""准备好了"等意思的时候使用。

无靠的感觉。

女佣应该已经听到了拉门声，却没有立刻出来。起居室里虽然灯火通明，茶壶却不像平时那样发出令人愉快的响声。

室内的景象跟她早上看到的没什么变化，但她打量室内景象的眼神却已经跟早上完全不同了。微微的寒意正在逐渐包裹她孤寂的心，等到心寒的感觉瞬间过去之后，心中只剩下了寂寞与不安。她刚想将自己欢乐过后疲惫的身躯靠近长形火盆，却突然面向厨房门，喊起女佣的名字："阿时，阿时。"同时，她把厨房旁边女佣的门打开了。

在两叠榻榻米的房间正中，女佣正慵懒地趴在一件摊开的缝补衣物上发呆。房门一拉开，她赶紧抬起头来。看到阿延后，立刻清脆地应了一声"是"，然后站了起来。她为了做针线活，特意把灯罩吊得很低，那松散了的西式发髻正好碰到了灯罩，电灯泡忽左忽右地摆动起来，让阿时感觉更加狼狈。

阿延没有笑，也不想责备她，甚至连"如果是我的话"这类将心比心的想法也没有。对她来说，此刻有阿时陪在身边，哪怕是在打瞌睡，阿延也觉得安心。

"早点把正门关上去睡吧，侧门的门钩我已经拴上了。"

阿延吩咐女佣先去睡觉，自己却连衣服也没换，就在火盆前坐下。她机械地扒开火盆里的灰，又给即将熄灭的火种添上新炭，再烧上一壶水，仿佛这是家庭生活中不可缺少的一件大事。然而，在这夜深人静的时候，她独自聆听壶里水沸腾的声音，心中不由得浮起一缕莫名的孤独感，这种感受比刚回来的时候更加强烈。平时等待晚归的丈夫时，阿延也会感到孤独，但远不如眼前这般。她不禁用心里的那双眼睛眷恋地眺望着躺在医院里的丈夫。

"毕竟还是因为你不在家呀。"

阿延对着自己在脑中描绘的丈夫说道。接着她又想，明天无论如何也要先到医院去看看。但是在下一秒，阿延的心便不再和丈夫的心紧紧地贴在一起了。两人之间总有点隔阂，她越想靠近丈夫，夹在中间的障碍物就越往她的心头上猛戳，而且丈夫也装作一副若无其事的样子。阿延看丈夫这种样子，赌气地说声"那随你吧"，便不想再多说什么了。

幻想到了这一步，阿延的思绪就毫不客气地飞到吉川夫人的头顶上去。正如在剧院里所想的那样，她愈发强烈地感到，假如今晚没有碰到那位夫人，现在就不至于对心爱的丈夫抱有不快之感了。

胡思乱想到最后，她很想找人倾诉一下心事，又想起昨晚给家人写了一半的信。于是她重新提起笔，想了许久，觉得除了写"夫妇和睦度日，请放心"之外，竟无法将自己的真心话付诸笔端。过去所写的，都是些平常不得不对父母所说的话，然而今晚，她觉得仅仅说这些话是不够的。她被萦绕在头脑中的一些事弄得筋疲力尽，最后只好丢下笔。她脱下身上的和服，随意抛在一旁便就寝了。今天她在剧场待了很长时间，剧场中的景象化作七零八落的强烈色彩，不断地刺激着她那兴奋的大脑。她陷入一种焦躁的情绪，始终无法入睡。

五十八

躺在床上，听时钟敲了一点、两点的钟声，后来就不知是几点钟了。清晨的阳光将她从睡梦中唤醒，从雨户①的隙缝中洒进来的阳光告诉她，她已经睡过头了。

在那一束光的照耀下，阿延看到自己昨天胡乱丢在枕畔的衣服。外衣、内衣和襦袢全都堆在一起，还是脱下来时的样子。因为是胡乱

---

① 雨户：玻璃窗普及之前，传统日式木造房屋的纸窗外侧有一层木板、铁皮或铝皮的窗户，叫作"雨户"，可以遮挡风雨，也可防寒。玻璃窗普及后，纸窗与雨户之间有一层玻璃窗，所以传统房屋共有三层窗户。一般家庭早起后第一件事就是拉开雨户，晚上再合上雨户。

脱下来丢在榻榻米上的，完全无法分清上下里外，阿延只看到一团乱七八糟的颜色块。在那堆色块的底下，一条桧扇花纹的织金腰带蜿蜒而出，一直拖到她触手可及的地方。

她有些惊讶地看着眼前杂乱的样子。难道这就是历来主张安分守己是女德之一的自己做的事情吗？想到这里，她感觉有些可耻。自从嫁给津田，她还从未让丈夫看到自己如此邋遢的一面，当她发觉丈夫并没有跟自己同室共寝时，这才放心地松了一口气。

有失检点的还不只是穿着，如果丈夫没去住院，而是像往常一样待在家里，不管她睡得多晚，也不会睡到日上三竿才起床吧。虽然自己刚才已经醒了，却没有立即起床。她越想越为自己的懒惰感到不齿。

尽管如此，她还是不想立刻起床。刚才是在无意识中被阿时的脚步声唤醒的，之后虽然一直听到阿时在厨房走来走去的声音，但或许是为了弥补昨晚的失败吧，她依然把自己裹在温暖的被窝里。

不知不觉地，刚睡醒时产生的自责感逐渐消失，她的想法也发生了转变。虽然我是个女人，但是一年之中睡上一两次懒觉又有何妨。想到这里，她觉得全身的关节都轻松舒展开了，心情也前所未有地轻松畅然，珍惜地品味着婚后第一次体验到的这份自由。当她意识到，这种自由毕竟还是多亏丈夫不在家才能享受得到时，她简直想要为自己接下来的独居生活庆祝一番。虽然每天与丈夫同床共枕一起生活，她却从未察觉到自己身上的这种束缚，更让她惊讶的是，这种束缚对她而言竟是如此沉重的负担。可是，这种偶发的瞬间觉醒，当然是不能持久的。当她的双眼挣脱了束缚，重获自由之后，她用嘲笑般的眼神望着昨晚焦虑不安的自己。但是，当她起床时，已经被另一种心绪所左右了。

作为一名家庭主妇，虽然起得迟了些，她还是把自己应尽的义务都利落地完成了。因为津田不在，她省却了许多麻烦，所以也没有烦劳女佣，自己用省下来的时间把衣服叠好收了起来。然后，她又简单地打扮了一下，立刻走出家门。一路上不做停留，径直走进了离大街约五十多米的新建的电话亭内。

她在那儿分别给三个人打了电话。第一个电话打给了津田，但是津田卧病在床，不能亲自起来接电话，她只能间接地从传达者的口中打听津田的情况。不出意料，津田一切正常，没什么问题。当她听到似乎是一名女护士保证说"很顺利，没有什么异常"之后，为了探知津田有几分期待自己去探病的心绪，便让护士问问津田，今天是否可以不去看他。津田让护士反问她："为什么？"阿延不知道丈夫说话时的表情和语气，很难判断丈夫的真实想法。她在电话窗口侧首思索，在这种情况下，津田绝不是那种让她非去不可的男人。但是不去，他又会不高兴。难道自己去了他就会很高兴吗？未必。说不定他还会摆出一副无所谓的样子，不理会自己的关心和照顾，并认为这是女人的义务。阿延想到这里，终于将自己对丈夫的某种情绪发泄了出来，这种情绪似乎是昨晚从吉川夫人那儿体会到的。

"请你转达一下，我今天有事必须去冈本家一趟，就不去医院了。"

阿延挂断了医院的电话，接着又立即给冈本打电话，询问现在过去是否方便。然后，她又打给了津田的妹妹，将津田的情况简单地告知了一下，就回家了。

五十九

在阿时的服侍下，阿延吃了一顿早午合并的午餐。对阿延来说，这是婚后的首次体验。津田不在家所发生的这些变化，又赋予了她女王一样的心情。同时，这种搅乱日常生活习惯而得到的自由，反而比以往更加束缚了她。身体比较悠闲，心情却纷乱不安。她对阿时说："老爷不在家，总觉得有点怪。"

"是呀，太寂寞了。"

阿延又接着说："我还是头一回这样睡懒觉呢！"

"是啊，不过平时一直都起得很早，偶尔把早餐和午餐合在一起，也挺好的。"

"真没想到，老爷一不在家，就变成了这样子。"

"您说的是谁呀?"

"你呀。"

"我才没有呢。"

阿时那故意大声叫嚷的样子，比起跟不会说话的人聊天，更合乎阿延的趣味。但她马上闭口不再出声。

大约过了半个小时，阿延穿上阿时摆在置鞋处的那双出门才穿的木屐，再度走出了家门。她回头看着送到正门的阿时说："你要多留心些，再像昨夜那样贪睡，可就太疏忽了。"

"您今晚还是很晚才回来吗?"

阿延根本还没有考虑今晚什么时候回来。

"不打算回来得那么晚。"

难得丈夫不在家，阿延心里总想到冈本家多玩一会儿。

"我会尽量早点回来的。"

留下这么一句话，她便快步来到大街上，朝着约定的方向走去。

冈本家和藤井家的方位大致相同，其中一半的路程可以乘坐沿河的电车。阿延在终点前一两站的地方下了车，穿过一座小木桥后，在对面大街上继续向前走。这条路就是两三天前的晚上，离开酒馆的津田和小林漫步走过的那条路。当时他们因为各自境遇和性格的差异而产生分歧，争论去朝鲜的问题、阿金的问题……阿延从未听津田提起这件事，因此无法想象他们二人争论的样子。她朝着与两人相反的方向漫不经心地向前走着，终于来到了去姑父家必经的一段细长的坡道。这时，继子碰巧迎面走了过来，她看到阿延后开口问道："昨天怎么样?"

"你这是要去哪儿?"

"去学习。"

这位表妹去年刚从女校①毕业，现在利用闲暇时间学习着各式各样的技艺，譬如弹钢琴啦，茶道啦，花道啦，水彩画啦，烹饪啦，什么都想尝试一下。阿延深知她的脾性，一听到"去学习"这句话，便忍不住想笑。

"学什么？脚尖舞②？"

她俩就能这样随意地开玩笑。不过在阿延看来，这句玩笑话对于比自己生活优裕的继子而言，说不定或多或少有些讽刺的意味。然而，这位当事人却完全没有听出弦外之音。

"怎么可能……"

继子才说了一半，便开心地笑了。就连神经敏锐的阿延，也只能认为她的笑容是天真无邪的。可是继子始终没有告诉阿延自己要去哪里学些什么。

"你总是取笑我，讨厌死了。"

"又开始学什么了？"

"反正我是个'贪心鬼'，学什么都有可能。"

在技艺学习上，继子被取了个"贪心鬼"的外号，在她家里已是公开的称呼。最先是妹妹给她取的，随后很快便在全家传开了，最近就连她自己也满不在乎地引用了。

"等等我，我很快就回来。"

说完，继子便迈着轻快的步伐走下了斜坡。阿延回首看了一眼她的背影，心中再度产生了如同往常一样对她既羡慕又轻蔑的感情。

---

① 女校：明治初期到第二次世界大战爆发前的日本的女子教育机构。小说里的女校应该是指"高等女子学校"，入学资格为小学毕业，四年制，学生毕业时的年纪约为 16 岁。

② 脚尖舞：即芭蕾舞。

阿延到达冈本家时，刚好在正门前看到了姑父的身影。他没穿外套，腰上系了一条兵儿带①，两端松散地垂在腰间，倒背着的双手搭在腰带打结的地方，和身旁挥动着铁锹的花匠不停地说着什么。他一看到阿延，便立刻转脸打招呼道："来啦，我正在整修院子呢。"

在花匠身旁，一株木通树躺在那儿，树上的藤蔓纠缠在一起。

"我们正打算把它移植到院门口，让它爬到门上去，这样挺不错的吧?"

阿延看了看竹篱中间那根用斧子砍成的门柱和圆木横梁。

"哦? 这是把原本在门边的篱笆拔掉，挪到这儿来啦?"

"嗯，然后在那里改装了一道镶边的目关垣②。"

姑父最近得闲，在按照自己的想法重新翻修住宅，在不知不觉间，他所知道的建筑用语增加了很多。比如"目关垣"这个词，阿延听后根本不懂是什么意思，只能"哦"了一声敷衍过去。

"这种事当作饭后的运动挺好的，能助消化。"

"别开玩笑了，姑父还没吃午饭呢。"

姑父特意拉着阿延，从院子来到客厅，同时大声喊着姑姑的名字："阿住，阿住!"。

"肚子太饿了，赶快开饭吧。"

"所以刚才跟大家一起吃多好啊。"

"可是，我可不能只考虑吃喝啊，最重要的是万事都要有次序，懂了吗?"

---

①兵儿带：一种男性和服腰带，使用丝绸等较柔软的面料加工而成，通常是居家或休闲时使用。

②目关垣：用带穗的新竹编成的单片窄幅竹篱，主要是当作装饰。

姑姑明知丈夫是自讨苦吃，脸上却没有任何表情，姑父的回答也和平常一样。阿延觉得自己好像很久没有呼吸故居的空气了。她在心里忍不住要把眼前这对老夫妻和结婚不到一年刚要展开新生活的自家夫妻做比较。我们两个经过漫长的岁月，也会自然而然地变成这样吗？或者，不管在一起生活多久，只要彼此性格不合，就必须改变自己的观点不可吗？对年轻的阿延来说，这种疑问不是仅凭智慧就能找到答案的。阿延对现在的津田并不满意，然而一想到未来她也会像姑姑那样风华尽失，她觉得非常难以接受。如果说，这就是未来等待着自己的必然的命运，那么永远都在试图维持光鲜风韵的她，早晚得遭到一次打击。对年轻的阿延来说，若是失去了女人的风韵，却仍作为女人生活在这个世界上，才是最可悲的人生。

　　她姑父做梦也想不到，眼前这位年轻的少妇竟会涌现出如此遥不可及的感想。他盘着腿坐在自己的小餐桌前，看着阿延说："喂，在发什么呆？怎么想得那么入神？"

　　阿延马上回答道："今天难得过来一次，就让我伺候您用餐吧。"

　　赶巧饭桶不在那儿，阿延刚要站起来，姑姑就叫住了她。

　　"哪里需要伺候，只是吃面包而已。"

　　女佣用盘子端来了烤得焦黄的面包。

　　"阿延，姑父现在太惨了，生在日本却不能吃米饭，可怜吧。"

　　姑父患了糖尿病，主治医生严禁他摄取限定分量以外的淀粉。

　　"我现在就是这样，整天都是吃豆腐。"

　　姑父的餐桌上摆着一盘雪白的、没加热的生豆腐，那分量一个人根本吃不完。

　　看着胖乎乎的姑父故意装可怜，阿延不但不觉得可怜，反而想笑。

　　"少吃几次不是更好吗？像姑父这么胖，谁都会觉得痛苦。"

　　姑父回头看了姑姑一眼，然后说道："原来阿延的嘴就厉害，嫁人以后更厉害了。"

阿延自幼由姑父照料长大成人，比别人更了解姑父在各种情况下的表现。

姑父是个神经质的人，这与他肥胖的身材极不相称。他常常一个人躲在房间里半天不说话。但是只要见到外人，他又会天南海北扯个没完。这并不是因为他精力过剩无处宣泄，而是出于一种对别人的关心，想尽办法不使对方感到不快，也避免在客人面前冷场。所以他在跟客人聊天时，除了正事外，话题全都集中在他平生精心钻研的兴趣爱好上。这种说话技巧在社交上极为有利，对他的成功做出了不小的贡献。更因为拥有这种说话技巧的人，通常都具有幽默的天赋，所以能为谈话带来锦上添花的效果。阿延从小跟着姑父长大，不知不觉间便从姑父身上学到了这种谈话技巧。在心情不错的时候，把姑父作为对手来一场诙谐的对话，对于如今的阿延来说，这已经成为她不需任何努力的第二天性了。但是，嫁给津田之后，她就改变了这种态度。刚开始是为了谨慎才控制着不说俏皮话，过了两三个月，她竟然一次玩笑话也没说过。这时她终于明白，在丈夫面前，自己必须成为与在冈本家时完全不同的另外一个人，这让她感到怅然，同时也觉得好像欺骗了丈夫。她偶尔来到这里，看到和原来相比没有什么变化的姑父，使她想起了往昔的自由。她用好像在缅怀往事似的深情打量着盘腿坐在生豆腐面前的姑父那副滑稽的表情。

"我的嘴坏还不是姑父教出来的？津田可没有教过我。"

"哼，那也不见得。"

姑父故意用江户人的腔调说完，看了姑姑一眼。姑姑向来非常厌恶江户腔，绝不允许在家说这种话。不过姑姑也深知姑父的毛病，你越是在旁阻止，他越是觉得有趣，还会继续说下去，因此她假装没听见，不去理睬他。姑父似乎有些失望，转脸对阿延说："由雄真是那么严肃的人吗?"

阿延没有回答,只是微微一笑。

"哈哈,看她笑的样子,可见心里还是喜欢的。"

"喜欢什么啊。"

"喜欢什么? 别装了,你自己心里明白吧……不过,由雄真的那么严肃吗?"

"我也不清楚。您为何这么认真地打听这件事?"

"因为我也有些看法,但是先看你怎么回答再说。"

"哎哟,真吓人。那我就说了。如您所见,由雄是个很严肃的人,这又怎么啦?"

"真的吗?"

"对啊。姑父真啰唆。"

"那么我也简扼地说一下我的看法。由雄若真像你说的那样是个严肃的人,那我看,跟你这么喜欢戏谑说笑的人不般配呀。"

说着,姑父朝着姑姑翘了翘下巴说:"如果是你这位姑姑,或许刚好合适。"

凄凉的情绪,像是一股远处吹来的风,突然吹进阿延的心底。当她发现自己突然被凄凉的情绪所感染时,不免大吃一惊。

"姑父总是这么轻松安闲,真好啊。"

姑父把她和津田假定为和睦亲密的夫妇,所以半调侃地开着玩笑,阿延也把它当作即兴的戏谑一笑了之,但心底和表面却有着极大的落差,为了掩饰这种落差,她不得不在他人面前表示自己是一个有着完美丈夫的妻子。因此,没有在姑父面前将真情流露出来。她拼命眨巴着眼睛,以掩饰就要流出的噙在眼中的泪水。

"再怎么合得来,我都这把年纪了,也没有办法呀。对吧,阿延?"

姑姑虽已上了年纪,但不论走到哪儿,看起来都很年轻。说完之后,姑姑转动水灵闪亮的眼睛看着阿延。阿延什么也没说,然而她并没忘记利用这个大好时机掩饰自己的感情,所以她只是很有趣似的笑了笑。

姑姑虽是阿延的血亲，但阿延更喜欢没有血缘关系的姑父。而且她一直深信，姑父也会特别偏爱她。姑父天生的性格既有洒脱的一面，也有神经质的一面，但阿延对他这两种特质都很了解，能分毫不差地按照姑父的想法行事。再加上阿延还很年轻，为人处世大度柔和，才能做到既能让姑父毫不为难地喜欢，也让自己得到满足。阿延总觉得姑父是带着鉴赏的眼光来看自己的所作所为，有时她甚至纳闷，为人呆板的姑姑为什么性格那么倔强。

阿延应对异性的技巧就是从姑父那里学来的，她曾相信，以后不管嫁到哪儿，这种技巧在自己的丈夫身上准能奏效。在跟津田结婚之后，她才发现事情并没有那么简单。她用一种"果然如此"的目光来打量自己的人生初体验。她经常面临这种抉择，是努力将新婚丈夫调教成姑父那样的人呢，还是把已经定型的自己改造得适应新婚丈夫呢？虽然阿延的爱倾注在了津田身上，但她更欣赏像姑父这种类型的男人。每当要做抉择时，"这样做能让姑父高兴"的想法经常浮现在她的脑海。然后，一种自然的力量命令她把一切都告诉姑父，但性格倔强的她最终违背了这个命令，一直隐瞒到了现在。然而，时至今日，她已经没有坦白的勇气了。

阿延瞒着姑父和姑姑，她相信姑父和姑姑会完全相信她。同时，她又敏感地知道，姑父对于津田有着同她一样的看法，总想对她说，可终究不便说。其实，阿延早就看出了姑父的心思。对于阿延所珍爱的丈夫，他并不喜欢。这一点，无须把两人做认真地比较，只需看看他们在气质上的差异便知了。至少在婚后，阿延就发现了这一点。不仅如此，她这里还有更多线索。姑父为人似乎很粗鲁，却是粗中有细；似乎有些迟钝，却又很敏锐；嘴上很冷漠，心里却很温暖。他第一次见到津田，好像从直觉上就已经讨厌他了。他问阿延："你喜欢这样的人?"言外之意就是:"所以,你讨厌我这样的人?"阿延顿时震惊。但是当她问道:"那姑父的意见是?"但这时,姑父心中的不愉快已经消散。他微笑着对阿延说道:

"去吧!只要你想嫁给他,不必顾忌别人的看法。"

阿延这里还有一份线索:姑父虽然对她缄口不言,但她从姑姑口中听到了姑父对津田很露骨的批评。

"从这家伙的神色来看,好像全日本的女人都该钟情于他呢。"

奇怪的是,阿延听了这话,一点也不感到意外,也没有丝毫不快。她深信自己会全心全意地爱津田,同时她也希望能得到津田深深的爱。阿延的第一反应是,姑父又在嘲讽人了,于是她笑出声来,觉得姑父不过是出于嫉妒。她独自这样解释着,心里觉得很得意。姑姑也帮阿延说话:"这人自己年轻的时候多自恋,全都忘干净喽。"

现在阿延坐在姑父面前,不由得回忆起往事。姑父问他作为"严肃"的津田之妻,是适应还是不适应?之前一直觉得这是一个无聊的玩笑,此刻想来,是不是这话里还有更深刻的意思?

"难道不是如我所说吗?如果不是,那就是幸福的。不过,万一有点什么,或者现在没有,以后突然出现什么状况,一定要坦白告诉我们才好呀!"

在姑父的眼神里,阿延读到了一种慈祥的爱。

六十三

阿延用笑声来掩饰心中的感伤,为了减轻心中的痛苦,她把心里的问题在姑父和姑姑面前提了出来:

"昨天到底是怎么回事?"按照预想,姑父该给予解答。但姑父却没有直接回应,反问道:

"你觉得呢？"姑父特意在"你"这个字上加重了语气，用一副想一眼看穿阿延的神情注视着她。

"我不知道，您这么突然地问我……是吧，姑姑？"

姑姑微微一笑。

"你姑父还跟我说：'像你这样的糊涂人不懂，阿延一定是懂的，因为那丫头可比你聪明。'"

阿延苦笑了一下。在她的脑海里，模模糊糊地有某种猜想。只是，没有强迫她说，她也就不必故作聪明。以她的教养，她绝不会那么轻浮。

"我也不懂呀！"

"那你猜猜看，总会沾点儿边。"

阿延看姑父的神色便知道非要她说出点什么来不可，经过再三推脱，她按自己的猜想说了。

"不会是相亲吧？"

"怎么会？你觉得是这样？"

阿延的猜想在被肯定之前，她受到了姑父一连串的反问。最终，姑父大笑起来：

"猜中了，猜中了。果然你比阿住聪明！"

这么小的事情，姑父也要在两人之间分个高下。阿延和阿住都为此嘲笑他。

"这点小事，姑姑也能猜出来的。"

"你得到了夸奖，怎么不太高兴？"

"嗯，一点也不值得高兴呀。"

吉川夫人那天在吃饭时周旋的样子又浮现在阿延的脑海中。

"反正啊，我猜就是这么回事。那位夫人一直在费心帮继子和三好先生牵线搭桥呢。"

"可继子这孩子着实拘谨，你想抬举她，她反而往回缩，像一只套了纸袋的猫似的。在那种场合，还是阿延这样的人更适合呀，至少是符合时代潮流嘛。"

"是说我脸皮太厚吧？真不知道这是夸我呢，还是说我坏话。我一见继子那温柔的样子，总想着向她好好学学呢。"

但昨天的宴会，并没有给阿延展示自己符合时代潮流优势的机会。想到这些，她眼睛里满是沮丧，觉得昨天的表现失败透顶。

"为什么一定要我出席？"

"你不是继子的表姐吗？"

如果亲戚是唯一的理由，那除了阿延之外，还有很多人该到场呢。而且对方只有本人到场，除了介绍人吉川夫妇，就没有其他能够代表对方的人了。

"多少有点莫名其妙。照这个逻辑，如果津田没有生病，他也该以亲属的身份出席，不然又不合理了吧？"

"那就另当别论啦，我还有别的用意呢。"

姑父的别有用意是这样一种心思：他想利用昨天的机会，让阿延和津田多多接触吉川夫妇，哪怕多接触一次也好。阿延明白地听出姑父的这层意思后，便觉得这正是自己平时了解的姑父，他的脾气一直如此。但她又难免有点抱怨，既然如此，为何不叮嘱吉川夫人对自己亲近些呢？为了让她们多接触，两人的确同坐一桌，但事情的结果反倒比从前更加不妙呢。对于她的这种特殊心理，姑父似乎全然不知。阿延真想批评姑父两句，但转念一想，男人再怎么周到，毕竟是男人。姑父并不知道她和吉川夫人之间的微妙关系，那么任谁来处理也是无济于事的。于是，她虽然心有不满，却也谅解了姑父。

六十四

阿延打算暂且将这个问题搁置，先把心中仍存有疑惑的主要问题搞清楚。

"原来是这么回事，那我要谢谢姑父呢。不过，除此之外，还有别的用意吧？"

"也许有呢。即便没有，单凭这一点，也值得叫你去一趟呀！"

"嗯，值得倒是值得的。"

阿延只好如此回答，但她心里想，单凭这个理由多少有些勉强吧？果然，姑父心中还藏了另外一层用意。

"老实说，是想让你帮忙看看未来的女婿人选。你看人准嘛，所以找你来。怎么样？那个人做阿继未来的丈夫，你看好不好？"

根据姑父的日常言行，阿延很难判断这句询问里有几分是认真的。

"哎呀，把这么重要的任务交给我，真是不胜光荣呢！"她边说边笑看旁边的姑姑。姑姑的态度竟意外地沉静，她也就降低了声音说：

"要我帮着看未来女婿，我可难当如此大任呀。而且就在一起坐了仅仅一个小时，恐怕任谁也难说，除非有一双火眼金睛。"

"呵，你有时就像是有双火眼金睛呢，所以大家都想问问你呐。"

"快别拿我取笑了！"

阿延故意装作不想理姑父的样子，实则尝到了一种被人讨好的快感。这不过是确信了自己已给别人的印象是如此的，因而感到得意。但眼前的事实中，却有将这得意转为失意的例证，于是她立刻想起了自己的丈夫。她在婚前一向自信自己如火眼金睛一般能将他看透，但婚后直到如今，这份自信已被猜忌和误解搞得满目疮痍，像耀眼的太阳出现了黑斑似的。经过一段时间的相处，她终于意识到，她对丈夫的直觉该加以修正和改变了。虽然姑父对她表达了一番赞誉，但她没有立刻上套，毕竟她已不是个小孩子了。

"姑父，人和人之间，如果不深入接触，是无法真正了解的。"

"这种道理也无须你说，大家都知道的。"

"所以呀，只见一面，我不好说什么的。"

"那指的是一般男人呀，女人不是看上一眼就能说出什么来吗？而且说得还很精准呢。你就这么说说，给姑父做个参考，不会叫你负任何责任的，放心。"

"叫我扮演预言家,可太难为我啦。对吧?姑姑。"

姑姑既没有像平时那样给阿延帮腔,也没有站在姑父那边。她既不强迫阿延做预言家,也不阻止姑父。她的表情似乎表示,既然是关于长女择婿的问题,哪怕是只言片语,也大有洗耳恭听的必要。阿延只好将无关痛痒的话说上一两句:

"人很出色,而且年纪轻轻却稳重得很呢!"

姑父正等着听下文,而阿延却没有再说什么,他便催促道:

"就这些?"

"我和他隔着一个位子,连打量他的尊荣都不方便呢。"

"把预言家安排在那个位置,也许是不太好。不过多少会有一些看法吧?不要说那些无关痛痒的,发挥出你的优势来,说点儿一针见血的。"

"太难了吧!只有一面之缘,说不出。"

"虽说只见过一面,但若非叫你说,总也能说出点什么吧?"

"真的说不出嘛。"

"说不出?难道你的直觉都失灵了?"

"唉,自从出嫁后,直觉渐渐消失,如今已经没有直觉,只有钝觉啦。"

六十五

阿延一边应付着这冗长的口舌拉锯战,一边想着另外的心事。

她丝毫不怀疑,姑父认为她和津田是夫妻和睦的典范。但是她也清楚,姑父从第一次见到津田起,就不喜欢他。所以,她认为姑父一直是以一种不可思议的眼光旁观着他们的甜蜜生活。换句话说,姑父一直在疑惑,像阿延这般的女子为什么会爱上津田。在姑父的内心深处，他是相信自己的判断的。看错人的不是他，而是阿延。对于这种看法，姑父似乎一直等待着把它表达出来。

"既然如此，姑父为何要如此执着地听我对三好先生的评价呢？"

阿延觉得难以理解。既然姑父认为她选错了丈夫，她也就没有勇气不知轻重地回应姑父的要求，也只能无奈地保持沉默。然而，多年来看惯了阿延的快人快语，她一旦沉默起来，反倒让姑父觉得不可思议。他指着阿延对姑姑说：

"这孩子出嫁后真像变了个人呢，胆子变小了。这是受丈夫感化的结果吧？真是让人难以置信呢！"

"都是因为你太逼迫她啦！总是'说呀，快说呀'地催，谁也受不了嘛。"

姑姑的态度与其说是责备姑父，倒不如说是在袒护阿延。阿延虽然觉得受用，但无奈心中已塞满了太多感慨。

"不过，这首先是继子的问题呀，只要她一句话就可以决定了，又何须我这样的人来多嘴呢？"

阿延不由地想起当初自己选择丈夫的情景。她第一眼见到津田就爱上了他。爱上了他，就立刻向监护人坦白要嫁给他。得到允诺后，她便立刻嫁给了他。从头到尾，她始终是自己的主人，为自己负责。她还从未有过放弃自己的主意而去依赖他人看法的时候。

"继子妹妹究竟是怎么说的？"

"什么也没说呀，这孩子可比你胆子小。"

"最关键的当事人如此，那有什么办法！"

"唉，胆子这么小，真是拿她没办法！"

"不是胆小，是温柔。"

"不管是什么，都是没办法，她一言不发呀。也许是不知道说什么，无从说起吧。"

两个人就这样糊里糊涂地结合在一起，真的能够建立美满的夫妻关系吗？这在阿延心里是个深深的疑问。"就连我自己的婚姻也是这样"的想法立刻从她的脑海中闪过，她再也没什么话说，眼睛看着前方发愣。对于这样的婚姻，她只觉得恐怖。同时在心里默默地想，姑父这人未免也太乐观了。

"姑父！"她叫了一声，睁开发愣的细眼看着他。

"唉，她从一开始就不说什么，所以才让你来帮忙看看。"

"可是，就算我帮着看了，又能怎么样呢？"

"总之，是继子要求我们这么做的。这孩子觉得你比她聪明、眼光好。她说，就算她自己不懂，只要有你在，事后一定会提供很多意见给她的。"

"当初要是这么告诉我，我也好在这方面留心呀。"

"这孩子又不肯，要我们千万替她保密。"

"这又是为什么？"

阿延看了姑姑一眼，姑姑说："因为害羞呗。"

姑父立刻打断了她，说："不光是害羞，这孩子是想，要是先入为主了，就很难进行公正客观的评价。也就是说，她想听听阿延的第一印象吧。"

阿延这才明白姑父一直催促她发表看法的用意了。

六十六

在阿延眼里，继子有着特殊的地位。从关心阿延的角度来讲，她比不上姑姑；从志趣相投这一点来讲，她比不上姑父。但从另一方面，除去血缘关系带来的亲切感和基于性别的吸引力之外，由于她们年龄相仿，因此更愿意接近彼此。

当大家睁大饶有兴趣的眼睛观察任何女子都会关心的问题时，阿延自然比姑姑和姑父更接近继子。从天分来讲，她比继子更胜一筹；凭经验而论，她更是继子的前辈。至少，她很清楚继子是把她当成强于自己的人来看待的。

这位小小的崇拜者，无论阿延说什么，她都习惯性地全盘接受。阿延认识到，她和继子在同一个家庭里朝夕相处的漫长岁月中，为了展示自己的优越，她已在不知不觉之间，将这位性情温柔的表妹培养成了现在的样子。

"女人必须一眼就把男人看透。"她曾这么说过，把天真的继子吓了一跳。她在继子面前，总是装出一副极具慧眼又经验老到的样子。于是，继子的惊讶从敬佩变成了赞叹，最后到了近乎崇拜的地步。这时，她和津田开始恋爱了。这不仅仅是把她的自信付诸实践的机会，她也在继子面前燃起了神秘的火焰。从此，阿延的话成了继子心中永恒的真理。向来懂得人情世故的阿延，在继子面前更加得意了。

阿延对津田的印象立刻传递给了继子。继子平时没有接触外界的机会，她无法耳闻目睹的部分全靠阿延提供的信息间接补充，所以她对津田的印象近乎完美。

阿延结婚半年有余，她对津田的看法已经发生了改变，但继子对津田的印象却始终没变。继子相信阿延，阿延也不是一个愿意自食前言的人。她总是在继子面前标榜自己，是能够依照先见之明而享受天赐之福的天之娇女。

阿延无奈，只得继续装作夫妻和睦的假象。与其说这让阿延感到难堪，不如说是有点不快。因为她觉得周围都在紧追不舍地责问她，要她把一直以来掩饰的不堪生活全部公布出来。甚至，对方逼迫她的行为比她自己做错事更加让她痛苦。

"一个人犯了错，只要自己感到痛苦，也就足够了吧。"

她心里一直就有这样的辩解之词，但这是对蒙在鼓里的姑父、姑姑和继子无法倾诉的。如果倾诉，那就等于请他们三人来奚落自己，这无异于搬起石头砸自己的脚。

姑父叫人撤去饭桌，就咕噜咕噜喝起姑姑新泡好的茶，他不会想到阿延心中那些五味杂陈的心事。他看着自己修整过的院子，轻松地与姑姑谈论起了自己的设计。

"我想明年在松树旁边栽一棵枫树，从这个角度看过去，那里总显得空落落的，不是很好看。"

阿延漫不经心地朝姑父指的方向看过去，在紧挨着邻居家的土墙边上，故意堆了高高的泥土，长着一片茂密的孟宗竹。正如姑父所言，多少有些稀疏的空隙。她心中早就暗暗等待时机，希望换一个话题，于是赶紧使出了机灵劲儿说道：

"是啊，那个位置只有那么一片嫩竹，若不栽上点什么，还真有点怪。"

果然不出阿延的期待，话题被扯到别的地方去了。但是，话题一旦要重新回到原轨，必定要跨过比刚才更加险峻的陡坡。

六十七

姑父被刚才在正门挥锹的那位经常来家里的花匠叫去了。

这时候，姑姑和阿延聊起了还没放学回来的百合子和阿一。偶然间，她们又把话题扯到了继子身上：

"'贪心鬼'也该回来了吧？干什么去了。"姑姑特意用百合子取的外号来称呼继子。阿延也就立刻想起了"贪心鬼"的样子。她在自己的小天地里总是尽情放肆，而一旦迈出这里一步，便像个胆小怯懦的木头人似的畏畏缩缩起来。在父母搭建的家庭这只笼子中，她宛如一只尽情欢唱的鸟儿，可一旦打开笼门放她出去，她反而不知该如何展翅、如何啾鸣才好了。

"她今天去学什么了？"

姑姑说："你猜猜看。"但她紧接着就做出了直接的回答，因此满足了阿延半路冒出的好奇心。但是，当她听到继子学习的是近来热门的外语时，她再次为表妹的贪心感到吃惊，甚至不明白她这样什么都学，究竟是怎么想的。

"其实学外语还是有点意义的。"姑姑这话是为女儿辩解，同时也为继子说明了理由。那就是这和目前的婚事有间接关系，因此阿延只好在姑姑面前点头表示赞许。

对于丈夫的喜好，或者与丈夫事业相关的事物，如果妻子在婚前便能预见并且学到手，这对于未来的丈夫来说无疑是一种莫大的体贴。或者，单从讨男人欢心的层面讲，这也是行之有效的方法。然而，对于继子来说，还有很多为人妻的重要课程要学呢。但不幸的是，阿延的脑海里所想象的那些课程并不能使女人变得更温婉，却只能使女人变得更精明，但也因此在将来的生活里会造成很多摩擦，女人在摩擦中也就变得更加精明了。阿延在姑姑身上初步学习了这些，又多亏了姑父的栽培，才成为今天的样子。对于如此栽培起来的阿延，两位长辈似乎正在用满意的目光欣赏着。

"同样的标准，为什么他们对继子也会感到满意呢？"

姑父和姑姑对表妹身上的任何方面都不曾有过丝毫不满。这一点，阿延很不理解。如果硬要解释，那就不得不说两位长辈看待侄女和女儿的眼光有所不同。这念头一涌上心头，阿延忽然觉得委屈。可这念头却时常发作，紧紧揪住阿延的心。然而，由于姑父的心胸坦荡和对她的悉心照顾，加上姑姑对她的亲切而公平的疼爱，不等那念头燃烧开来，便已被她扑灭了。阿延一边用衣袖遮住粉面，以掩饰内心的羞愧，一边用诧异的眼光注视着两位长辈，完全不理解他们是怎样想的。

"继子妹妹真是太幸福了，不像我这么令人操心。"

"那孩子可比你令人操心呢。只不过现在待字闺中，不管怎么替她操心，始终也没什么大事，所以才显得相安无事的。"

"可是姑姑和姑父照顾我的时候，好像我更叫人操心呢。"

"那是因为你和继子……"姑姑欲言又止，不知道下面想说什么。可能想说，是因为你们性格不同、身份不同或者环境不同？阿延没有继续深究，心中仿佛猛然撞到了从未注意过的什么，一阵强烈的心跳瞬间袭来。

"昨天我被拉去陪同相亲，恐怕就是为了让我充当一个丑女人，来衬托表妹的美貌吧？"

当这一念头如电光火石般在阿延脑海中闪过时，她的意志也以超乎寻常数倍的力量与她抗衡。她终于控制住了自己，做到不动声色。

"继子妹妹真的好幸运，大家都喜欢她。"

"那倒不一定，每个人各有所好吧。像她那么傻的姑娘……"

姑姑的话还没说完，姑父就跨上了回廊。他一边向屋里走一边大声问道："阿继怎么啦？"

六十八

姑父这么一喊，一直按捺在阿延心里的那种情感又重新活跃起来。姑父那张总是快活、乐观的胖脸瞬间感染了阿延。

"姑父，你也太坏了。"阿延没头没脑地说了这么一句。这是两人一直以来经常使用的暗语，但今天阿延说出来，却有些不同寻常的感觉，表情也不比平常。至于刚刚阿延心中翻起了怎样的波澜，姑父并未留意。他对此不像平时那般关心，脸上的表情简直有些天真。

"有那么坏吗？"他照例做出装糊涂的样子，默默把烟丝装进旱烟斗。

"刚刚我不在的时候，你姑姑都说什么啦？"

阿延没说话。姑姑立刻回答说："你这人的坏呀，不用我说，大家都知道的。"

"嗯，阿延是个直觉派，也许这倒是真的。只要让她看上一眼，就能知道这男人身上揣着多少钱，是把钱塞进兜裆布的夹缝里了，还是贴身藏在了腰带里。所以呀，可千万不能大意。"

姑父的玩笑并没有收到预想的效果。阿延低着头，眉毛和睫毛一起颤动着，不知道什么时候睫毛上挂满了泪珠。姑父知道自己说错了话，赶紧将玩笑中断。一种异常的压抑感笼罩在三人周围。

　　"阿延，你怎么了？"姑父问。为了打破无言的尴尬，姑父用烟管敲打着放烟灰的竹筒。姑姑也在想办法打圆场："怎么了？怎么像个小孩子一样。为这么点小事流眼泪？平常不是经常这么开玩笑嘛！"

　　姑姑的话听起来不过是碍于姑父情面的一种言辞，但要知道，她是深知两人关系的，那么她的话无论从哪方面来讲都是公允的。阿延很清楚这一点，不过，她越是觉得姑姑的话有道理，越是想大哭一场。她的嘴唇微微颤抖着，眼泪止不住地流下来。接着，她一边哭一边说：

　　"为什么这么欺负我……"

　　姑父有点不知所措。

　　"没有欺负你呀，是在夸奖你呢。对了，你嫁给由雄之前，不是对他发表过一番评论吗？大家都在背后给你竖大拇指呢。所以……"

　　"那些事就不要再提了。总之，我就不该去看戏……"

　　大家又沉默下来。

　　"到底怎么了？是姑父开玩笑惹你生气了吗？"

　　"没有，都是我不好吧。"

　　"别说气话。我不知道哪里惹你生气了，所以才问问你嘛。"

　　"所以呀，我说都是我不好嘛。"

　　"但你没有说是什么原因呀。"

　　"没有什么原因。"

　　"没有原因，只有伤心吗？"

　　阿延又哭起来，姑姑显然已经不高兴了。

　　"怎么啦，这孩子！从前在家的时候也没这么娇气呀，姑父怎么开玩笑也没哭过呀。年轻人一嫁出去，丈夫心疼着点儿就惯成了这个样子，这可不太好呀。"

　　阿延咬紧嘴唇，什么都不说。姑父却把一切原因都归咎于自己，看起来倒是一副可怜的样子。

"你可不要这么说她，都是我不好，是我开玩笑开得太过头了，是吧，阿延？肯定是这样。好啦好啦，姑父把你惹哭了，该受罚，我送你点好东西。"

阿延总算不再哭了。她想着，既然姑父把她当成小孩子一样哄，自己也该识趣一点，把这尴尬的局面赶紧收场才是。

六十九

这时，对这里所发生的一切一无所知的继子学习完外语回来了。"我回来啦！"

三个人正在发愁如何和解挽回局面，仿佛突然发现了能当此重任的人，都很高兴。几乎异口同声地接连打招呼：

"你回来啦。"

"回来得这么晚。早就等着你呢！"

"等得都不耐烦啦，总是忍不住得问：'继子怎么啦？怎么啦……'"

姑父的态度有点神经质，他极力想挽救刚才的局面，显得比平时快活得多。

"说是要见见继子，有重要的话要说呢。"姑父甚至说出了这种不该他说的话，把不符合阿延意愿的话硬放在她身上，并且反而显得更得意了。

这时，女佣跪在格子门外说道："洗澡水已经烧好了。"姑父忽然想起了什么，猛然站起来说："我还不能去洗澡，院子里还有点活，你们谁想洗谁就先洗吧。"

他让那位和他脾气相投的花匠做帮手，准备把泥土放在秋日的残阳下好好晒一晒，便起身要到院子里去。刚一转身，却又回过头来。

"阿延，去洗个澡吧，留下来吃晚饭。"说完又往前走了三四步，然后又折了回来。阿延看着他那忙碌又操心的样子，很是感动。

"既然阿延来了，晚上是不是把藤井先生也请过来？"

尽管职业不同，但因为是同一个学校毕业的，藤井早就是他的好友了。再加上和津田的关系，如今藤井与姑父更亲近了。阿延明白这是姑父的一番好意，却并不怎么高兴。如今藤井一家与津田并不亲热，阿延同他们更加疏远。

"只是，不知能不能来。"姑父说这话时的神情正对了阿延的心思。

"最近大家都说我退休了，隐居了，其实藤井早就有隐居的想法，这方面我是望尘莫及的。阿延，若是请藤井先生来吃饭，他会来吗？"

"他来不来，我怎么知道呢。"

姑姑委婉地表达了自己的看法：

"估计不会来吧。"

"嗯，恐怕不会来。那就算啦……不过，打个电话试试也行。"

阿延笑着说："打什么电话呀，他们家没有装电话呀！"

"那没办法啦，只能派人去请。"

不知是怕写请柬麻烦呢，还是珍惜时间，姑父说完，就快步朝院子走去。

"失陪，我先去洗个澡。"姑姑说着站起身来。

姑父是有洁癖的，平时都是他先洗澡。今天这情况，只有姑姑满不在乎，可以照姑父的话先去洗澡。她的这种态度，阿延既羡慕又嫉妒。她觉得这样做就不像个女人，让人觉得讨厌，可又觉得这倒是有些男子气。"假如我也能这样，该多好呀！""不，不管年纪多大，都不能这样。"这两种思想，如往常一般在她的心里交错着。

她正呆呆地看着姑姑离开的背影，独自站在一旁的继子忽然邀请她：

"到我房间去！"

两人也不管客厅的火炉和横七竖八的餐具，走了出去。

七十

继子的房间是阿延嫁给津田之前住过的。从前，两人在桌前并肩而坐的情景，仿佛还留在墙壁和天花板上。小小的壁橱上镶着玻璃窗，木刻玩偶还像从前那样整齐地摆放着，绣着蔷薇花的针线包也同昔日一样。连同她们一起从三越公司买回来的藤蔓花纹的陶瓷小花瓶，也如从前那样摆在原地。

阿延环顾着房间，少女时期的她和表妹在一起时的梦幻气息扑面而来。她那曾经充满浪漫幻想的梦，因为有了津田而成了现实。那时，她的感情仿佛绚烂的火焰，而她在火焰前翩然起舞。空气中像是有什么气体，啪地一下子被点燃，让她觉得幻想与现实之间完全没有半点差距。现在回头想想，那已是半年多以前的心境了。不知从什么时候起，她发现幻想就是幻想，无论在什么情况下都不会变成现实，或者说很难成为现实。阿延默默地在心里如此叹息着。

"如果往日的幻想就是朦胧的梦，那么现实中的我，不是和那个梦越来越远了吗？"

她用这样的心境看着坐在面前的表妹，想着她即将踏上同自己一样的道路，说不定比自己更失望的未来。这位少女的命运就握在姑父的手心。如同掷骰子一般随意，婚姻将何去何从，今明两天就有定论。

阿延微笑着。

"继子妹妹！今天，我来给你抽个签吧。"

"为什么？"

"不为什么，玩儿嘛。"

"玩儿可没意思，要为点什么才好呀。"

"是吗？那就为点什么吧。为点什么好呢？"

"为点什么好？这，我可不知道。你说了算吧。"

继子不好意思主动谈婚姻问题，要是从阿延嘴里说出来，面子上也有点难为情。很明显，她想间接地从一个什么事儿上扯到这个话题上。阿延想让表妹高兴一下，可是，如果因此惹出了麻烦需要她负责，那她可不愿意。

"那我来抽签，你来问点什么吧？反正，你此刻心里肯定有件最想知道的事嘛，我们就为这件事，好不好？"

阿延像往常那样伸手去拿他们夫妻送的那件礼品，继子却按住了她的手。

"不要呀！"

阿延没有把手抽回。

"什么不要呀？来嘛！借我用一下，让我把你最喜欢的神签抽出来呀。"

本来，阿延对于抽签没什么兴趣，就是突然想逗逗继子。通过抽签，继子突然想起阿延少女时期的样子。阿延的腕力不小，像个男人一样有力，对付继子这样的弱者简直绰绰有余。她把被按住的手用力抽回，尽力从继子的桌上夺过神签盒，甚至忘了原本的目的是什么，只是为了争夺而争夺了。两人越抢越激烈，同时发出女孩子本能的尖叫声，让这游戏更热闹。墨盒前的小花瓶被打翻，从紫檀木架上滚到了榻榻米上，花瓶里的水洒了一地。两人这才停手，共同看着那个突然摔下来的小花瓶。随后，她们互相对视着，像突然抵抗不住冲击一般，哈哈大笑起来。

七十一

这个偶然间的小风波使阿延又快活得像个孩子。她在津田面前不曾体会过的自由刹那间又回来了。她完全忘记了现实中的自己。

"继子妹妹，快点拿抹布来呀！"

"不嘛。是你打翻的，你去拿！"

两人故意互相推托着，斗起嘴来。

"那就划拳吧！"阿延说着，握紧小手，伸到继子面前。继子立刻迎战。

宝石戒指在两人之间闪闪发光。每划一拳，两人都哈哈大笑。

"真狡猾！"

"你才狡猾呢！"

最后是阿延输了。这时，席上的水早已被桌布和席子吸了个精光，她不慌不忙地从袖筒里掏出手帕，将湿了的地方从上面盖住。

"用不着拿什么抹布，就这么一盖，足够了，水分就会被吸光的。"

她把摔倒的花瓶放到原来的位置上，又把凌乱的花枝小心地插进花瓶，而后便恢复了平时的沉静，仿佛忘记了刚才的嬉闹。继子看着她，仍忍不住独自笑个没完。

这场笑闹结束后，继子把藏在腰带里装着书套的神签掏出来，放进身旁书箱的抽屉里，并且咔嚓一声上了锁，故意地瞧着阿延。

按继子的性子来说，这种无聊的游戏玩多久都行，可阿延却无法坚持太久。虽然她偶尔为此忘乎所以，却比表妹更早地清醒过来。

"继子妹妹总是那么快乐，多好呀。"她说着，回头看了一眼继子。她这句话说得很委婉，继子却很不理解。

"这么说，延子姐姐不快乐吗？"

她是想说："你也很快乐呀。"但语气里夹杂了抱怨，意思是：你们谁都不能随随便便地把她当成没见过世面的女孩子。

"你和我，总是不一样的吧？"

两人年龄不同，性格不同。然而，关于所受到的约束，两人之间有哪些不同，这是继子从未想过的。

"延子姐姐，你有什么心事吗？跟我说说吧！"

"心事倒没有。"

"你看，你不也是挺快乐的吗？"

"快乐倒是挺快乐，可是和你的那股快乐劲儿，到底不同呀！"

"为什么？"

阿延不便解释，也不想解释。

"你会明白的。"

"可是，延子姐姐和我只差三岁。"继子根本没有把一个女性在婚前和婚后的差异考虑进去。

"不仅仅是年龄呀，还有环境的变化。比如姑娘变成了夫人，太太死了丈夫后又变成了寡妇什么的。"

继子愣住了，呆呆地看着阿延。

"延子姐姐在咱们家的时候，和嫁到由雄家相比，在哪儿更快乐？"

"这……"阿延一时语塞。继子竟没有给她措辞的时间。

"刚才不是很快乐吗？"

阿延只好说："不光是这个呀。"

"可是，津田不是你自己选的吗？"

"是，所以我很幸福呀。"

"难道幸福，不是快乐吗？"

"倒也是快乐。"

"所以，虽然快乐，但有心事？"

"继子妹妹再这样逼问下去，我可招架不住了。"

"我可不是逼问你，只是我不懂，才想问问你。"

七十二

渐渐地，谈话内容越来越尖锐，不知不觉就提到了继子的婚事。阿延本想极力回避，可既然话已经谈到这儿，于情于理也是不能回避的。且不说对于一个缺乏经验的少女，她需要听到一些建议，即使作为一个在男女关系上多一些见识的年长女性，也该怀有谆谆告诫一番的心意。于是，阿延委婉地说了些不痛不痒的话。

"不是呀，选择津田的时候，那是我自己的事情，所以我心里很明白。但碰上别人的事情，我可就搞不清楚啦。"

"别这么见外好不好？"

"不是见外呀。"

"那你就是不关心我了？"

阿延在回答之前，稍稍沉默了一会儿。

"继子妹妹，要知道，女人的眼睛只有遇见有缘分的那个人的时候才最好使。只有这时，眼睛才能在瞬间发挥出平日里至少十年才能达到的作用。而这种情况，不论任何人，一生都不会遇见几次。说不定一次都没有呢！所以说，像我这样的眼睛，简直像个盲人，至少平时是这样。"

"可延子姐姐不是有一双雪亮的眼睛吗？怎么轮到我就不肯帮忙了呢？"

"不是不肯帮忙，是真的无能为力呀。"

"不是说'旁观者清'吗？你应该比我看得更清楚呀。"

"难道继子妹妹希望依靠旁人的眼光来决定自己的一生吗？"

"那倒不是，不过，可以用来参考嘛。我很信任延子姐姐的。"

阿延沉默了一会儿，然后换了一种态度说："继子妹妹，我刚才对你说过了吧，我是幸福的。"

"嗯。"

"那你知道，为什么我会过得幸福吗？"阿延说到这，沉默了一会儿。然后不等继子开口，又接着说：

"我之所以幸福，并无其他原因，仅仅是因为我靠自己的眼光为自己选择了丈夫，而不是依靠旁观者的眼光，明白了吗？"

继子的表情有点无助。

"那……像我这样的人，无论如何也无法得到幸福了吗？"

阿延不得不再说点什么，可一时又不知说什么好。最后，她突然激动起来，一连串的话脱口而出：

"能得到的，能得到的，只要爱上他就行了，而且也要叫他爱上你。只要这样，你就能得到幸福。"

阿延这么说着，脑海中想到的全都是津田的身影。虽然是在和继子谈话，却压根没有想到三好君。继子只是把这些话当作对得到幸福的解释，并没有受到她这种情绪的感染。

"爱谁?"继子愣愣地看着阿延，"是昨晚见到的那位先生?"

"是谁并不重要，重要的是要爱上一个自己选中的人，并且也让他爱上你。"

阿延平素隐藏起来的倔强，此刻逐渐显露出锋芒来。每当这时，温柔的继子便不由得向后退缩，直到清晰地意识到两人之间那无法跨越的鸿沟，才轻轻地叹息一声。这时，阿延忽然提高了嗓门儿:

"你不相信我的话吗? 这是真的呀，我绝不说谎。是真的，我真的很幸福，明白了吗?"

阿延似乎为了让继子完全相信自己，又似乎只是为了说给自己听:

"是谁并不重要。即使眼下并不幸福，但只要有信心，将来也会幸福的。一定会的，一定会得到幸福的。继子妹妹，是这样的吧?"

继子不懂阿延的意思，只是茫然思索着如何将这个预言运用在自己身上。但无论怎么想，她也想不出个所以然来。

七十三

这时，走廊传来了急促的脚步声，房门"哗啦"一声被推开了，刚从学校回来的百合子旁若无人地走了进来。她将肩上沉甸甸的书包取下放在书桌上，只对旁边的姐姐说了一句:"回来了。"

她书桌所在的位置刚好在阿延从前座位右侧的角落。阿延刚刚嫁给津田，她就占了那个位置。因此，对百合子来说，表姐不在倒像天大的喜事。阿延懂得她的心思，故意逗她说：

"百合子，我又来打扰啦。可以吧？"

百合子连"欢迎"这话都不肯说。她把右脚搭在书桌一角，黑色的袜子似乎破了个小洞，用左手来回摸着大脚趾的趾尖。等到把脚放回榻榻米上时，她回答说：

"来就来呗，只要不是被赶出来的。"

"呀，好过分哦！"阿延边说边笑。隔了一会儿，她又说：

"百合子，如果我真是被津田赶出来的，你能不能可怜可怜我？"

"嗯……可怜可怜你也行。"

"那就是说，你愿意收留我在这个屋子里了？"

"愿意。"百合子似乎又犹豫起来，"收留你可以，但要在我姐姐出嫁以后。"

"不是，是在继子出嫁之前。"

"姐姐出嫁之前你就被赶了出来啊？你最好忍着点呀，尽量不要被赶出来好不好？我家也不宽敞呀。"说着，百合子和两位姐姐齐声大笑。然后，她连裙子都没脱就跑到火炉旁，边坐边接过女佣递过来的木盘，吃起了木盘里的年糕饼。

"这会儿还吃点心吗？见到这个木盘，我就想起了从前。"

阿延回忆起她在百合子这个年纪时，一从学校回来，就迫不及待地把手伸向每个人面前的木盘。继子看着妹妹吃得那么香，满脸笑意，似乎也想起了自己少女时期的情景。

"延子姐姐，你现在还吃点心吗？"

"有的时候吃，有的时候不吃。特意去买吧，又嫌麻烦。不买吧，家里的东西也不像从前吃得那么香。"

"是不是缺乏运动？"

两人正聊着，百合子木盘里的点心已经被吃光了。然后她没头没脑地插嘴说：

"真的，我姐姐就要出嫁了。"

"是吗？嫁到什么地方去？"

"不知道是什么地方。反正，总是要嫁的。"

阿延很耐心地再三发问：

"嫁给谁呀？"

百合子若无其事地回答：

"大概是由雄先生吧！我姐姐很喜欢由雄先生，她说由雄先生什么都依着延子姐姐，是个大好人。"

羞红了脸的继子急忙跑到妹妹跟前，妹妹突然大叫一声，跑了出去。

"啊，不得了啦！不得了啦！"她在门口停留了片刻，嘴里喊着，然后丢下阿延和继子，跑到外面去了。

七十四

不一会儿，女佣来催她们吃饭。催了两次，阿延才和继子离开房间。

全家人聚在宽敞明亮的房间里，个个满脸笑容。就连刚刚还因为什么闹脾气钻到廊下不肯出来的阿一，现在也高高兴兴地跟姑父说着话。

"阿一简直像条小狗。"百合子特意跟阿延讲，说他曾经张大嘴巴，把从上边伸到他鼻尖的点心一口咬住。

阿延微笑着听那位小狗一样的男孩讲话。

"爸爸，彗星一出现，就会发生不吉利的事情吧？"

"嗯，从前人们是这么想的。但如今科学发达了，没有人这么想了。"

"西洋呢？"

至于古代西洋是否有此迷信，姑父似乎并不知道。

"西洋？西洋从前可没有这种说法。"

"可是，不是说恺撒①死之前出现了彗星吗？"

"嗯，那是恺撒被暗杀之前吧。"他只好含糊其词，"罗马时代和我们说的西洋不一样。"

阿一似乎是信了，没有再说什么。但他立即又提出了第二个问题，比第一个问题更刁钻，还具备了三段论法②的逻辑形式。他问：既然挖井可以出水，那地下一定都是水；既然地下都是水，那地面就会下沉呀。可是，为什么地面没有下沉呢？这是他提问的主要意思，对于这个问题，姑父的回答有些语无伦次，于是大家都笑了起来。

"嗯，不会下沉呀。"

"如果地下都是水，就会下沉呀？"

"哪有那么简单呀。"

女人们一下子都笑了。阿一又提出了第三个问题。

"爸爸，咱们家的房子要是一艘军舰多好呀，你说是吧？"

"爸爸觉得还是房子比军舰要好。"

"可是，如果地震的话，要是房子，不就被震倒了吗？"

"是哦，如果是军舰，不管是几级地震，都不会震倒的。嗯，这一点我还真没想到。嗯嗯，不错呀。"

阿延微笑着看着姑父那副满是佩服的表情，心想刚刚他说请藤井先生吃晚饭的事恐怕已经忘到脑后了。姑姑一副安安静静的样子，好像也是忘记了。阿延便问阿一：

"阿一，你和藤井家的真事是同班吗？"

"啊。"阿一答应了一声，立刻谈起了真事，满足了阿延的好奇心。

他这些话，只有天真的孩子才说得出来，有观察，有评论，有事实。一时，餐桌上因为他变得热闹起来。把大家逗得哈哈大笑的有关真事的趣事中，有下面这么一段。

有一次放学回家的路上，他和阿一一起观察一个深坑。那个深坑

---

① 恺撒：古罗马皇帝，后被暗杀。

② 三段论法：逻辑学的术语，是指由"大前提、小前提、结论"这三段构成的推理方法。

在大路中央，是为某项建筑工程而挖的，坑的上面搭了一根圆杉木。阿一对真事说："你要是能从这木头上走过去，我给你一百元钱！"傻乎乎的真事还真的背好书包，穿着那双长毛狮子狗皮的皮鞋，一边问："真的给钱吗？"一边踩上坑坑洼洼、滑溜溜的圆木。一开始，阿一以为真事马上就会掉到坑里去，没想到真事却冒着险一步一步慢慢靠近先过桥的自己。他突然担心起来，抛下正走向大坑中间的真事，撒腿就跑。真事则始终注意着脚下，直到走过了圆木，却不知道阿一去哪了。他好不容易完成了这项冒险事业，想按照约定索要那一百元钱，可抬起头来看，阿一却不知什么时候已经跑得无影无踪了。

"阿一似乎有点小机灵呢。"姑父评价说。

"藤井真事，好像最近很少来玩呢。"姑姑说。

七十五

不仅两家的孩子是同一所学校的同班生，由于阿延的关系，冈本和藤井之间的交往也变得特殊了。无论双方是否出于自愿，都会在未来的日子里参与彼此的红白喜事，因此日常中还是尽可能多走动些为好。尤其是代表女方的冈本家，自认为比藤井家更有如此的必要，加之冈本姑父这人具备一般成功人士擅长交际的特点，而且他天生一副乐观的性格。他这人又有点神经质，经常担心被别人误解，尤其害怕被贫穷阶层的人误以为居高自傲。为了恢复多年忙碌和学习对他健康造成的损伤，冈本近年来过着隐居生活，每天将大把时间消磨在他喜欢的工艺上，这也让他有机会接触很多从前未接近过的人。

出于以上种种原因，冈本姑父便常常主动去藤井家。看起来有些排外的藤井，虽然从未遵照礼节对姑父家进行回访，但也并没有对姑父的拜访流露过什么厌恶情绪，甚至可以说他们聊得还不错。两人虽然谈不上推心置腹，却也能彼此交流一下精神世界，获得一些乐趣。他们的思想竟如此截然不同：这一方认为迂腐的内容，另一方却觉得十分高尚；这一方觉得低俗的事，另一方却认为值得认真思考。这种巨大的分歧总是不断在两人之间出现。

"像他那样的人，就是所谓的批评家吧。但那样的人是做不成什么大事的。"

阿延不懂批评家是什么意思，她认为大概就是那种没有实际作用，只会动唇舌功夫唬人的人。"做不成实事，只会讲大道理，这种人在社会上有什么用呢？这样的人赚不到钱，生活窘迫也在情理之中。"阿延并没有说太多，她微笑着问道：

"你最近去过藤井先生家吗？"

"嗯，前些日子散步回来时顺便去过一次。当时我走累了，刚好路过他家，就进去歇歇脚。"

"聊到了什么有意思的事吗？"

"他那个人，无非爱想些乱七八糟的事。什么男人引诱女人啦，女人勾搭男人啦，全是这些话。"

"哎呀，不要听啦。"

"是呢，都这么一把年纪了。"

阿延和姑姑相继说了些表示厌烦的话，只有继子把脸转到了一边。

"但真的有一个有意思的事呢，他做过一番细致的调查，还真是令人佩服。他说，不管是哪个家庭，男孩儿都喜欢母亲，女孩相反，都亲近父亲。他说这是自然规律。说起来，还真是这么回事。"

比起姑姑，阿延的确更喜欢姑父，因此她觉得这是真话。

"这是为什么呢？"

"是这样，男人和女人如果不互相吸引，就无法成为一个健全的人。也就是说，假如一方有缺陷，是无法单靠自己来填补的。"

阿延没觉得姑父的话有什么新意，只不过是说出了她早已知晓的事情罢了。

"用古人的说法，就叫阴阳和谐吧？"

"可是，阴阳和谐是必然的。相反，阴阳不和也是必然的。是不是挺有意思的？"

"怎么说？"

"男人和女人互相吸引，就像刚才说的，是因为彼此不同，对吧？"

"对。"

"那不同之处，就是指自己没有的东西吧？"

"对。"

"自己没有的东西，无论如何也不是自己的，最终也不可能真的融为一体，只能分离呀！"

姑父像获胜者一般哈哈大笑起来，但阿延并不服气：

"可是，这仅仅是理论。"

"确实是理论，是走遍天下都行得通的理论呀。"

"什么嘛，简直是奇谈怪论，跟藤井叔叔喜欢说的那套歪理一样。"

阿延无法说服姑父。但又不相信姑父说的那一套，而且是无论如何也不愿相信。

七十六

姑父又半开玩笑地说了好多奇谈怪论。

就像男人有了女人才能成佛，女人也要有了男人才能修成正果。然而，这是婚前善男信女们信奉的道理。一旦结成了夫妻，这道理就会突然反转，呈现出完全相反的模样。也就是说，男人若不离开女人就不能成佛；女人如不离开男人也难以修成正果。曾经的吸引力忽然变成了排斥力。因此，古语说"男人不能没有男性朋友，女人不能没有女性伙伴"。总之，人们之所以说阴阳和谐，是为了悟出阴阳不和的道理。

姑父的话哪些是从藤井叔叔那里听来的，哪些是他自己的想法，哪些道理是真的，哪些又是胡说八道，阿延并不明白。姑父不擅长写作，嘴上功夫倒是一流。有一点儿话题作引子，他便能顺着说个天花乱坠，还时刻不忘引用古语。阿延越是质疑，他越是起劲要说，越是说得滔滔不绝。阿延终于忍不住赶紧让他结束话题。

　　"姑父一说起来就没完没了的。"

　　"嘴上功夫谁也比不过他，所以还是别再说了。我们再说点什么，他更要来劲了。"

　　"哎，这是要故意酝酿一场阴阳不和呀。"

　　阿延和姑姑一唱一和地批评姑父，姑父始终笑呵呵地看着她们俩。等对话一停，他慢慢开口说：

　　"到底是被说服了吧？既然被说服了，认输才对嘛，我是不会为难失败者的。这么看来，男人还有一个同情弱者的美德嘛！"他摆出一副胜利者的姿态站了起来，拉开格子门走出去，只听一阵装腔作势的脚步声朝着书房逐渐远去。过了一会儿，他又回来了，手里拿了四五本小册子。

　　"嘿，阿延，我拿好东西来了。明天如果去医院的话，把这个交给由雄。"

　　"什么呀？"阿延立刻接过书，看了看封面。标题是英文的，她看不懂，断断续续地读起来："Book of Jokes.English wit and Humour……"①

　　"咦？"

　　"都是些幽默的内容。俏皮话啦，谜语啦，卧床的时候读最合适，肩膀不会发酸。"

　　"刚好合乎姑父的心思。"

　　"就算是合乎姑父的心思，这样的东西也无妨。不管由雄个性多么严肃，也不至于生气吧？"

---

① 英语。意为"笑话集。英语的机智与幽默……"夏目漱石的藏书中有这两本书。

"怎么会呢?"

"那就好啦,这也是为了阴阳和谐嘛!拿去给他看看吧。"

阿延道了谢,便将书放在膝盖上。这时,姑父又把另一只手里拿着的纸片递到阿延面前。

"这是刚刚把你惹哭的赔偿金,践行刚才的约定嘛,拿去吧!"

阿延不等从姑父手里接过,就知道那是什么。姑父又晃了晃那张纸片。

"阿延,阴阳不和的时候,这可是特效药呀!一般情况下,这仙丹妙药只要吃上一服,效果立竿见影。"

阿延望着站在眼前的姑父,用柔弱的声调抗议道:

"没有阴阳不和,我们才是真正的阴阳和谐呢!"

"和谐就更好啦。和谐的时候来上一服,心神越来越健全,身体越来越强壮。总之,不管什么情况下,这都是一服仙丹妙药呀!"

阿延从姑父手里接过支票,眼睛直直地盯在上面,眼里噙满了泪水。

七十七

阿延谢绝了姑父叫车送她回家的好意,却无法拒绝姑父亲自送她到车站。两人朝着岸边并肩前行,走过漫长的坡道。姑父说:

"姑父的病最好还是多运动呀,再怎么说,走走路总是好的。"

姑父太胖了,上坡时气喘吁吁,说起话来一字一喘的,显得非常可笑。说这话时,他好像完全忘记了要回去。

两人边走边聊,阿延说起昨天半夜阿时趴着打瞌睡的样子。阿时原来是在姑父家的,对于介绍她去这对新婚夫妇家当女佣,姑父自认是要负几分责任的。

"你姑姑很了解她，她是个正直、善良的人呢。我可以担保，叫她看家是非常合适的。不过，一个人先睡了可不太好，毕竟年龄还小，太贪睡！"

阿延知道，如果是她自己，在那种情况下绝不会酣然大睡。对姑父的说法，她只是笑了笑。她已经拿定了主意，宁可今天早些回家，也不希望昨晚的情景重现了。

她匆忙跨上了驶来的电车，从车上对姑父道了一声："再见！"姑父说："再见，给由雄问好。"两人道别后，她就感到了不安。

坐在电车上的阿延并没有认真地思考究竟为什么会感到不安，只是昨天接触过的那些面庞和身影浮现在她眼前，宛如电车的车轮在飞速旋转。她在心里隐隐感觉到，在这些令人眩晕的影像中，有一种始终贯穿其中的东西。她很想把那个东西揪出来一探究竟，可最终还是没有成功。就像穿团子的每一颗团子都看清楚了，还没找到竹签把它们穿起来，就该下电车了。

就在阿延拉开格子门的同时，阿时从厨房跑了出来。"您回来啦！"她照例打招呼，恭恭敬敬地将头低在榻榻米上。她这样子显然与昨天不同了，阿延把这一切都当成了自己的功劳。

"今天回来得早吧？"

女佣并没觉得有多早，但看到阿延那得意的神色，才不得不附和了一声："是。"于是阿延又让步说：

"本来想更早一点回来的，但白天实在太短了。"

阿延让阿时把她脱下的衣服叠好，同时又问她：

"我不在家的时候，发生过什么事吗？"

阿时回答："没有。"为慎重起见，阿延又问了一遍：

"没有谁来过吗？"

这时，阿时好像把忘记的事又想了起来，高声答道：

"啊，有的。有一位小林先生。"

丈夫的朋友"小林"这个名字，阿延不是第一次听说，她记得和那个人说过两三次话。但是，她不太喜欢那个人，也知道丈夫看不上他。

"他来干什么?"她差点就把这么粗鲁的话脱口而出,但终究还是用寻常的语调重新问道:

"他有什么事吗?"

"嗯,是来取那件大衣的。"

阿延从没听丈夫说起过这件事,因此完全不懂是什么意思。

"大衣?谁的大衣?"

阿延细致地向阿时问了种种问题,以便了解小林的意图。然而,这一切都是徒劳。阿延问得越多,阿时答得越多,两人就越是陷入谜团。末了,两人发现奇怪的人是小林,而不是她俩,便放声大笑起来。阿延的脑海中浮现出津田常说的"浓甚司"[①]这句英语,她把小林和愚蠢联系在一起,忍不住觉得有些好笑。她肆意地放任这种滑稽感在心中泛滥,把从电车上带回来的问题暂且忘却了。

七十八

这天晚上,阿延给住在京都的父母写信。这封信,她从前天写到昨天,一直写写停停,今天她决心一定要写完,这不仅仅是因为她在思念双亲。

她心慌意乱,为了摆脱这种不安,有必要把注意力集中在某件事上,同时也是因为她迫切希望解决刚才的问题。总之,她觉得只要给京都写信,她那乱糟糟的心情便可以平静下来。

她拿起笔,从问安开始,写到久未通信的原因,写完惯例的内容后,她陷入了沉思。既然是给京都写信,主要内容就必须是她和津田的关系。这是任何父母都想从新婚女儿的口中知道的事情,也是任

[①] 浓甚司:即英语"nonsense",无聊、愚蠢的意思。

何女儿必须报告娘家的事情。阿延一直是这么认为的，如果对这事避而不谈，也就没有给家乡写信的必要了。她拿着笔没有动，认真思考自己和津田目前的关系如何，处于怎样的状态。她还没有被逼到必须把实际情况报告给双亲的地步。但是，作为新出嫁的妻子，她有必要弄个明白，但这一点也让她十分痛苦。她停笔沉思，可是，越想弄明白，就越不得要领。

在打算写这封信之前，她一直惴惴不安。开始写时终于集中精力了，却又为新的不安所苦恼。刚才电车上闪过的种种影像又出现在脑海，她把前后的不安进行对比，终于找到了苦恼的根源。但这根源的本质却怎么也想不清楚，只好把问题推到未来了。

"今天解决不了，只好明天解决；明天解决不了，只好后天解决。若后天解决不了……"这便是她的逻辑，也是她的希望和最后的决心。而且，她已经在继子面前把这个决心声明了：

"是谁并不重要，重要的是要爱上一个自己选中的人，并且也让他爱上你。"

她在心底发誓一定要做到，她命令自己的意志一定要做到。

她的心情轻松些了，又重新拿起了笔。她尽可能把父母喜欢的津田和她的现状一股脑儿地写下去，把两人幸福生活的种种情况一连串地加以描绘。笔尖尽情地飞舞在纸上，她感到十分有趣。长长的一封信一气呵成，完全没有意识到这"一气"究竟花了多长时间。

末了，她放下笔，又把写好的信从头到尾读了一遍。她那指挥自己的手写信的心情，又开始指挥她的眼睛。所以，她没有看出任何需要修改或增删的地方，就连平时分辨不清、必须查《言海》①的那些字词也丝毫不当回事了。只把那些句子不通顺的地方稍加修改便把信卷好了。接着，她在心中默默对父母致歉说：

"信中所写的全都是事实，没有一个字是撒谎、安慰或夸张的。假如有人怀疑这封信，我会憎恨他、蔑视他、吐他满脸口水，因为我

---

① 《言海》：日本第一部现代意义的词典，由国语学者大槻文彦编纂而成。

比他更了解事实真相。我把事实背后的真相都写在这里了，这是只有我才清楚的真相，也是将来任何一个人都要清楚的真相。我绝不会欺骗你们。如果有人说，我是为了安慰你们才故意写信骗人，那个人一定是睁眼说瞎话，他一定在撒谎。请相信我这个写信的人，因为上帝已经相信了我。"

阿延把书信放在枕边，睡下了。

七十九

阿延想起了在京都第一次见到津田时的情景。她回家探望阔别已久的父母，两三天后，父亲派给她一个差事，让她把一封信和带着书套的中国线装书送到相隔五六百米的津田家。父亲对她说，近日轻微的神经痛让他坐卧不安，无所事事，因此常常向津田的父亲借书来消磨时间。阿延的任务就是把旧书归还，再借来新书。她站在津田家门口叫人，门口竖着一道很大的屏风。她正对着屏风上龙飞凤舞的字惊叹，从屏风后面走出来迎接她的既不是女佣也不是书童，恰好是同样回京都探亲的由雄。

两人之前从未见过面，阿延只是听人说起过由雄这个人。今天早上，父亲说他最近回来了，那也不过是父亲为借新书写信时顺便说起的。

当时，由雄接过那本有书套的汉文书，不知为什么，他始终凝视着封面上"明诗别裁"这几个庄严的大字，阿延也就不得不注视着这位凝神看书名的津田。过了一会儿，他忽然抬起头来，这才发觉阿延一直专注地看着自己。不过，从阿延的角度来看，由于她一直站在原地等由雄的回应，这也是不得已的做法。由雄抬起头来说："真不巧，父亲不在家。"阿延刚想走，由雄叫住了她，并当着她的面，什么客套话也没说，就将父亲的信擅自拆开了。这种满不在乎的行为引起了阿延的注意，虽然这么做有些失礼，但无疑是一种果断的行为。她无论如何也不想用粗野、鲁莽等字眼来评价他。

由雄看了一眼书信，便留下在门外等候的阿延，径自进屋寻找需要的书籍了。可惜，他四处寻找也没有找到阿延父亲想借的书。大约十分钟后他出来了，为白白让阿延等待而道歉。他说，一时找不到指定的那本书，等父亲回来后，立即派人送去。阿延说，那太失礼了，约定明天再来取，然后回家了。

不过，当天下午，由雄专程把她需要的书送来了。偏巧是阿延出门迎接，两人又见面了。而且，这次见面时他们已经相识。由雄手里拿的那本书比阿延今天早晨归还的那本书重了三倍。他用印花袱包包着，像拎着鸟笼似的拿给阿延看。

津田应邀进屋，和阿延的父亲聊了起来。在阿延看来，那是只有老年人喜欢、年轻人无论如何也提不起兴趣的话题，津田却毫不厌烦地跟想法不同的父亲交流。他对自己送来的这本书一点也不懂，对阿延还回去的书也是一窍不通。他很抱歉地说，这种笔画繁多的方块字，看起来密密麻麻的，他完全读不懂。尽管如此，还是以书名《吴梅村诗》为目标，把书橱翻了个遍。对于津田的盛情，阿延的父亲深表感谢。

当时的津田在阿延的眼里闪闪发光。那时的他和现在的他并非两个人，可又不完全是一个人。说得简单点，是一个人变了样子。最初，他似乎对她没什么感觉，可是渐渐地，他被她吸引了。被吸引后，是不是又会逐渐远离她呢？她的这种怀疑，大约就是她目前所面对的现实。为了消除这种怀疑，她必须弄清楚这个现实。

八十

阿延全身充满了坚强的意志，清晨醒来时，她感到怯懦已离自己远去。对于昨天醒来时的那份不适，她似乎已经完全忘却，睁开眼便立即起床了。她掀开被子离开床榻的一瞬间，感到自己精力旺盛，但受了清晨寒气的刺激，她紧绷的肌肉再度缩紧。

她自己动手拉开了雨户。看看天色，她比平时起来得早很多。和昨天相反，今天比津田在家时起得还要早。不知为什么，这件事让她很高兴。总算弥补了昨天的慵懒，这也是她感到舒心的另一个原因。

她自己收拾好被褥，又把房间打扫了一遍，然后坐在梳妆台前，解开了已经四天没梳理的发髻，用梳子理了两三下油腻的地方，又把卷在一起舒展不开的头发勉强梳成厢发①。一切做好后，她才去叫女佣起床。

她和女佣一起干活，早饭摆在饭桌上的时候，女佣说："今天起得好早呀！"不明就里的阿时对阿延的早起感到很吃惊，同时又好像对自己比主人晚起感到抱歉。

"因为今天要去看望老爷呀。"

"要去那么早吗？"

"嗯，昨天没去，今天就早些去吧。"阿延用词比平时谦和，语气里却包含了一些与谦和相反的意味，多少还夹杂着果断。她心中的态度自然而然地流露出来。

但她并不想立刻出发，便又与解了襷带②、正在端着盘子的阿时聊

① 厢发：日本明治时代末期，女大学生及女子美术学校流行的发型，两鬓和前额梳成帽檐形状。最早是在日俄战争时期，日本女演员川上贞奴首开先河，1902年左右在日本流行。

② 襷带：日本人劳动时挽系和服长袖的带子。

了一会儿在冈本家发生的事。对于曾经帮佣的人家，阿时也很有兴趣谈一谈。两人平时经常谈论刚本家的事情，哪怕是简单的事情，也要反复谈论很多遍。尤其是津田不在家的时候，她们谈得更热络。假如津田在家，这么谈论就会略显尴尬，好像只有津田是个外人。有过一两次这样的尴尬局面后，她就把这层意思告诉了阿时，同时也不想丈夫误以为自己是个爱吹嘘娘家富裕的女人。

"他们家的小姐还没有订下终身吗？"

"倒是有人给说亲的，只是不清楚究竟怎么样。"

"早一天嫁到一个好人家，那多好啊。"

"应该快了吧，姑父那么性急，继子又那么漂亮。"

阿时还要说些什么，但阿延不想听女佣的奉承，便立即补充说：

"不管怎么说，一个女人如果相貌不好就要吃亏的。就算再聪明机灵，也只会被男人厌弃。"

"不会吧！"

阿时果断地表达了反对，阿延更要捍卫自己的观点了。

"就是的，男人就是这样！"

"那也只是一时，男人上了年纪就不会那样了。"

阿延没有回答，但她的想法是不会那么轻易改变的。

"真的，像我这样没有姿色的女人，如果不重新投胎，就没有希望啦。"

阿时惊讶地望着阿延说道：

"如果夫人都算没有姿色，那像我这样的人该怎么说自己呢？"阿时这话既是奉承，也是实话。两层意思阿延都懂，她满意地起身离座。

阿延正要换上出门的衣服，外面忽然传来了脚步声。门铃响了，只听来人对应门的阿时说："想见一下夫人……"阿延侧耳倾听，想知道来人是谁。

八十一

阿时用袖子捂住嘴，咯咯地笑着跑进了客厅。她一时说不出客人的名字，强忍住笑，憋得浑身颤抖。费了好长时间，这才勉强挤出"小林"二字。

阿延不知该怎样对待这位不速之客才好。她正在系一条厚重的腰带，不便立刻走到门口。可是，叫客人如乞讨般站在门口等待，又似乎不礼貌。她呆呆地站在穿衣镜前，眉头紧锁。没办法，她想只好先对他致歉，就说自己正要出门，不能多谈。她把他请进客厅，才发觉对于已经相识的人，无论如何不能只听完来意就打发人家离开。加上小林是个天生不会看人脸色和情势的人，他明明知道阿延急着出门，却暗自想好，只要对方不翻脸，就可以一直赖着不走。

他很清楚津田的病。他说他谋得了个差事，要到朝鲜去，前途大有可为。还说起曾被侦探跟踪过的事，是和津田一同从藤井家回来的那天晚上。他饶有兴致地看着阿延那吃惊的表情，好像是因被侦探跟踪而感到骄傲，甚至又补充说，他大约是被人当成社会主义分子盯上了。

他的话对一个柔弱的女子来说还是很有冲击力的，阿延从来没有听津田提起过那些事情。虽然听得心惊肉跳，可她还是听得出了神，把急着出门这件事也置之度外了。可是，如果一直这样"是是是"地听下去，就会没完没了。最后她只得催促对方赶快说明来意，小林露出难为情的样子，好不容易才说出来，原来就是昨天晚上逗得阿延和阿时大笑一通的那件大衣的事。

"已经和津田说好了，要送给我的。"

他是打算去朝鲜之前先穿上试试，如果大衣不够合身，就趁现在改一改。

阿延本想立刻把那件放在衣橱底下的大衣找出来给他，可是转念一想，她并没有听津田亲口说过这件事。

"我想，他以后也穿不着了吧。"她犹豫了。她很了解丈夫的脾气，在这方面，他非常难搞，如果为了这么一件旧大衣，日后说成是妻子的过错，那可犯不着。

"没错，他答应过给我的，我不会说谎的。"

看来如果不拿出来给他，就好像认定小林在撒谎似的。

"别看我醉得厉害，脑子可清楚得很。不管有什么事，还不至于忘记找人家要东西的。"

阿延终于下了决心：

"那么，请稍等，我给医院通个电话问问。"

"夫人还真认真呢。"小林笑了，他的脸上丝毫没有阿延担心的不愉快的表情。

"只是为了慎重些，万一日后被埋怨就不好了。"

阿延不得不小心补充这么几句，以免得罪了小林。

在阿时出去打电话带回津田的答复之前，两人仍然对坐着，用谈话来填补等待的空白。然而，交谈中忽然出现的一句话，使阿延的心紧张起来。

------ 八十二 ------

"津田君近来成熟多了，都是受夫人的影响吧？"阿时刚踏出家门，小林就没头没脑地说了这么一句。阿延知道他的为人，敷衍着说：

"是吗？我没觉得自己对他有什么影响。"

"怎么会？怎么会？津田简直变了一个人。"

小林的说法太过夸张，阿延反而想奚落他几句。然而，她的教养不允许她这么做，只好默不作声。小林可不是一个会看人脸色的人，他有时会天南地北地胡扯，有时又会喜欢抓住一点不放。

"不管什么样的男人，到底抵挡不住夫人的力量。像我这样的单身汉，是怎么也想不通的。这里面，有什么奥秘吧？"

阿延一时克制不住，笑了起来。

"呵，是啊！夫妻之间的奥秘，小林君想不通的事情还多着呢！"

"既然如此，请多指教吧！"

"单身汉知道这些又有什么用？"

"做个参考嘛！"

阿延眯着的细眼里闪烁着智慧的光芒。

"您自己娶一位夫人，这是最简单的方法了。"

小林挠着头皮说：

"想娶呀，可娶不到嘛！"

"为什么？"

"没有人肯嫁给我呗，这还不简单吗？"

"日本可是女人过剩的国家呀！要什么样的夫人，岂不到处都是吗？"阿延说完，觉得这话有点过火，但对方却不在意。对他那平常就习惯于激烈言词的神经来说，这些话可以说是毫无感觉的。

"不管女人过不过剩，像我这样即将逃亡到他乡的人，哪里会有女人愿意跟我私奔呢？"

"私奔"这个词使阿延立即想起戏剧里男女双宿双飞的情节，歌舞伎那香艳的形象在她脑中一闪而过。看着眼前这位与此毫无瓜葛、为了讨一件旧大衣而端坐在自己面前的小林，她微微一笑说：

"要是私奔的话，一定是两个人一起才对呀！"

"和谁？"

"这还用说，除了夫人，还能和谁呀？"

"唉！"小林应了一声，便端坐着默默无语了。

他的态度完全出乎阿延的预料，接着又觉得有点可笑。然而小林却很严肃，过了一会儿，他好像自言自语似的，发表了一段奇谈怪论。

"要是真有个女人愿意跟我私奔到朝鲜，也许我就不会成为现在这样的怪人了。说真的，我不仅没有妻子，简直是一无所有。没有亲戚朋友，也就是说，我不是活在人世。说得再广一点，我身边没有一个人类。"

阿延仿佛有生以来第一次见到这样的人，她还从来没有从谁的口中听过这样的话。仅仅是听懂字面意思就已经很困难了，至于该怎样对待这个人，她更是完全不知所措。小林更加伤感地说：

"夫人，我只有一个妹妹，除她之外就一无所有了，所以我把她看得很重要，比普通人要重要太多倍。但是，我不得不丢下她自己到朝鲜去。无论去哪里，她都是愿意跟着我的，但我无论如何不能带她一起走。两个人在一起，倒不如分开更安全些，被人杀害的危险也更小些。"

阿延觉得心里不太舒服，阿时如果能早点回来就好了，可她总也不来。没办法，她只好试图换个话题来摆脱这种窘境。她立刻获得了成功，但又因此陷入了另外一个意想不到的窘境。

八十三

这段不同寻常的对话，是从阿延的一句问话开始的。

"您说的那件事，是真的吗？"

小林立刻从刚才那沉痛的心情中脱离出来，顺着阿延的话反问道：

"什么？是问我刚才说的？"

"不，不是那些。"阿延巧妙地把话题引开，"您不是说了吗，津田近来变化很大。"

小林只好回到刚才的话题。

"嗯，说过。我说的是真的。"

"津田真的变化很大吗?"

"嗯,是变了的。"

阿延迷惑地看着小林,小林也像掌握了什么证据似的看着阿延。两人在对视的过程中,小林的嘴角始终挂着一丝微笑。然而,这微笑始终没有得到变成正式笑容的机会,又不得不收敛起来。因为阿延的态度表明,她不容许小林这样的人来嘲笑她。

"夫人,您自己不是也有所察觉吗?"

这次轮到小林向阿延发起进攻了。阿延的确察觉到了丈夫的变化,但她所察觉到的变化完全是另外一回事,与小林所想的,至少和他说的那种变化完全不一样。自从她嫁给津田,这种变化是由模糊到清晰逐渐察觉到的,是沿着非常难以察觉的色调循序渐进的。如果从表面上看,再敏锐的旁观者也难以看出是怎么回事。这是她的秘密,是爱人与自己渐行渐远,或者说从一开始两人就存在距离的悲惨事实。如今她才逐渐认清这真相,可这种感觉,小林这样的人又怎么会明白呢?

"从来没有这种察觉呀。那么,是什么地方有变化呢?"

小林放声大笑起来。

"夫人很会装糊涂嘛,像我这样的人,只好甘拜下风了。"

"装糊涂的难道不正是您吗?"

"哎,您这么说的话,那就是吧。不过,夫人真有本事啊,总算领教过啦。津田君变化这么大,还真是令人惊奇呢!"

阿延故意不理睬,但也没有流露出反感的神色,她采取了一种端庄又自如的态度。小林又紧跟了一句:

"藤井先生他们也都吃惊呢!"

"吃惊什么?"

阿延听到藤井这个名字,眯起的一双细眼盯住小林。她明明知道对方故意在引诱她,可又忍不住要反问一句。

"您的手段呀,把津田牢牢攥在掌心,任意摆弄的手段。"

小林这话说得过于露骨,不过,这个说话露骨的人,似乎也是有意要讨好阿延。阿延故意板着脸回答：

"是吗？我有那么厉害吗？我自己竟然不知道。不过，既然藤井叔叔和婶婶这么说，那大约是真的了。"

"当然是真的，不管是在我看来，还是在别人看来，都会这么说的，这一点不可否认。"

"谢谢了。"阿延用十分轻蔑的语气表达了感谢。这感谢中隐藏着一丝反感，让小林颇感意外。他立刻用和解的口气说：

"夫人不了解婚前的津田，所以才察觉不到自己对他的影响。"

"我在婚前就了解津田。"

"但是，再早以前，您就不清楚了吧？"

"那是当然。"

"可是我却对他的过去完全清楚。"

谈话就这样追溯到了津田的过去。

八十四

能了解到自己丈夫生活领域中陌生的部分，阿延当然很感兴趣。但听下去之后，她发现小林说话很奇怪，总是故意略去关键的部分。比如，谈到他们两个深夜走到警戒线时的情景，至于在那之前他们在哪里过夜，他故意隐去不谈。特意问他，也只是意味深长地笑笑。阿延怀疑他是不是故意让她着急。

阿延平时就看不起小林，一半是因为丈夫对他的评价，另一半则来自自己的直觉。还有一个不太方便说出来的重要因素，无非是小林贫穷、没有社会地位。一个滞销杂志的编辑，在阿延看来自然不算是什么固定职业。她眼中的小林，总是一副流浪汉的样子，在尘世中漂泊，无家可归又满腹牢骚，过着四处流浪的生活。

但是，在阿延的这种轻蔑里，总是带着些许恐惧。对于她这样一个对另一阶层的人毫不了解的年轻女人来说，这种恐惧心理就更强烈。虽然她不是从未见过像小林这样的穷人，但是经常出入冈本家的人们，对自己的身份都是有自知之明的。他们知道身份分等级，也都懂得只与同等级的人交往。她从未与小林这样刁钻狡猾的人接触过，更没见过像小林这样毫无顾忌地表现出一见如故的人。他没钱没势，却喜欢大话连篇，胡乱揭发上流社会的丑态。

阿延突然意识到，此刻与她对谈的人，即使不是平常所认为的那种混蛋，也是一个难缠的老油条。

这种隐藏在轻蔑背后的恐惧爆发后，阿延的态度骤然转变。不知小林是看出了这一点，还是对此满不在乎，竟然哈哈大笑起来。

"夫人，您想知道的事情还多着呢。"

"是吗？今天就到此为止吧，倘若一下子都说完，以后就没得谈了。"

"的确如此。那么，今天就到这里吧。如果夫人因此伤了神，要歇斯底里地发作起来，那就是我的责任了，津田君要怨恨我的。"

阿延转过身去，背后是一道墙壁。但她还是努力地朝起居室那边望去，盼望着能听到阿时的动静。然而，起居室那边一片寂静。阿时早该回来了，却一直不见回来。

"怎么回事？"

"没事的，她很快就会回来的。放心，不会迷路的。"

小林根本没有起身的意思，阿延没有办法，只好以帮他续茶为借口暂时离开。小林连忙拦住她，说道：

"夫人，既然还有时间，为了给您解闷，我就接着刚才的话再谈谈吧。聊天也好，闲着也罢，对我这样吃闲饭的人来说都是一样的消磨时光，您千万别介意。如何？津田君至今还有不少秘密没有对您坦白吧？"

"也许有吧。"

"看来他还真是不够坦率呀。"

阿延愣了一下，内心里不得不对小林这般评价表示认同。正是因为这样，她才更加生气。她看着小林，心想："这个无礼的家伙，太不懂自己的身份了。"小林却若无其事地重复了刚才的话：

"夫人，您不知道的事情还多着呢。"

"那也无所谓。"

"假如我换个说法：您必须知道的事情还多着呢！还是无所谓吗？"

"是，无所谓。"

八十五

小林的脸上泛起嘲笑的意味，毫不掩饰地露出进退自如的胜利者神态，他甚至流露出要把这份得意无限延长下去的意味。

"真是个卑鄙无耻的人。"阿延这么想着，和小林互相对视了好一会儿。然后，小林先开口说：

"夫人，我这里有津田君变化的例证，本来是非要说给您听不可的，但您好像不敢听，不妨就日后再讲吧。反过来说，现在把津田君丝毫没变的地方讲一讲，供您参考。就算您不想听，我也是非说不可的。怎么样，肯听吗？"

阿延冷冷地回答："悉听尊便。"

"谢谢！"小林笑着说，"过去我就一直遭到津田君的轻视，如今他同样轻视我。如我刚才所说，津田君的变化很大，但他对我的轻视却从未改变。这一点，无论是多么贤惠的夫人感化，都是无能为力的。不错，在您看来，这也许是理所当然的。"小林说到这儿，忽然停了下来，他仔细看了看阿延那勉强挤出笑容的脸，又继续说道：

"我并不是在要求他对我改变态度，也丝毫没有请夫人帮忙的意思，您大可放心。说实话，轻视我的人不止津田君一个，所有的人都看不起我，哪怕是最无聊的女人也一样。说实在的，这个世界上没有一个人看得起我！"

小林的眼神很镇定，阿延一时不知如何是好。

"这……"

"这是事实。现在您的心里不也是这样想的吗？"

"哪有这回事呀？"

"不过是表面上不得不这么说吧！"

"您也太偏激了。"

"唉，也许是我偏激吧。偏激也好不偏激也罢，事实就是事实。不过，随它去吧。谁让我天生就是个废物呢，再怎么被人看不起，又有什么办法！怨恨别人又有什么用呢？不过，您知道这种被世人轻视的滋味吗？"

小林一直看着阿延，等待她的回答，但阿延却没有什么话可说。他的处境根本无法引起阿延的同情，她觉得这一切与她毫不相干。况且，她自己也有需要认真考虑的问题，根本没心思为了他张开想象的翅膀。小林见她这副神情，又张口叫了一声"夫人"。

"我是为了惹人讨厌而活着的，故意说些惹人厌的话，做些惹人厌的事。如果不这样，我就难受，就活不下去，就不会有人意识到我的存在。我是一个废物，不管怎样被别人看不起，我都不去报复。我想既然没有办法，不如就惹人厌好了。这就是我的愿望。"

阿延心里滋生的完全是另一个世界的心理状态，她希望所有人都能爱自己，并且一直在为此努力，尤其是自己的丈夫，她觉得自己一定要努力获得丈夫的爱。她一直坚信，世界上其他人也都和她的想法是一样的。

"夫人好像很吃惊？您还没有见过我这样的人吧？世界上的人可是千差万别呢。"

小林吐露了心中的郁闷，流露出畅快的神色。

"夫人从一开始就讨厌我，心里一直在想：'快走吧！快走吧！'可是不知为什么，女佣总是不回来，只好和我谈话。这些，我都清楚。不过，夫人只知道我这人讨厌，却不知道是什么原因让我变成这样一个惹人讨厌的家伙。所以，我才向您做些解释。我也不是一生下来就这么讨厌的，这些夫人自然不清楚。"小林又高声大笑起来。

八十六

阿延的心被这个怪人搅得一团乱。她一不能理解，二不能同情，三怀疑他的真诚。反抗、畏惧、轻蔑、怀疑、鄙视、厌恶、好奇，这些情感在她心里交错，理不出一点头绪。她感觉到的只是一种惶惶不安。最后，她问道：

"那么，您的意思是，就是为了惹我厌烦，才特意到这里来的吗？"

"不，目的不在这，目的是来取大衣的。"

"那么，您是来取大衣，顺便惹我厌烦的吗？"

"不，也不是，我是顺其自然的。跟夫人比起来，我的谈话手段可差远了。"

"随您怎么说，您明确回答我的问题不可以吗？"

"所以我才说，我是顺其自然呀！因为顺其自然，结果惹夫人讨厌了。"

"说穿了，这就是您的目的吧？"

"不是目的，不过，也许是心愿。"

"目的和心愿，有什么不同吗？"

"没有什么不同吗？"

阿延的眼神里放射出了憎恶的光芒，瞳孔里分明蕴含着"别以为我是女人就好欺负"的怒火。

"您别生气呀！"小林说，"我只是想向夫人解释一下，我不是一个心胸狭窄妄图报复的人。上帝让我成为这样一个惹人厌的人，这是没有办法的事。我想让您知道，我没有任何不好的目的。请您了解我从一开始就是没目的的。也许上帝是有目的的，说不定是上帝的目的一直在支配着我。被上帝支配，也许就是我的心愿。"

小林的思绪有些混乱，阿延也缺乏从逻辑上找出对方漏洞的训练，她不知道是否该无条件地接受对方所说。尽管如此，从对方那挑衅般的言辞中抓住要点，还是很容易做到的。她立刻将小林的话归结为一句：

"所以您的意思是说，您可以随意惹别人厌烦，而对此不负任何责任，对吗？"

"嗯，正是，这就是我说的要点。"

"多么卑鄙。"

"不是卑鄙！没有任何责任，也就没有卑鄙可言。"

"当然有！不过，我先问问您，我可曾做对不起您的事吗？请您说说看。"

"夫人！我可是个被世人视为无家可归的人呐！"

"这与我和津田有什么关系？"

小林笑了，这话正是他等着对方说的。

"在夫人看来，大约是没关系的，可是在我来看，关系大得很。"

"为什么？"

小林没有马上回答，从他的表情来看，他是要把这当作一个悬案，留给阿延好好想想。他默默地抽起烟来，阿延越发不高兴了，甚至想下逐客令。可是，她又希望能探明小林的意图。小林看穿了她的心思，做出一副满不在乎的样子，这又一次激怒了阿延。这时，盼望已久的阿时终于回来了。阿延心中那团没来得及发泄的怒气，也就不得不烟消云散了。

阿时在廊檐边坐下，从外边推开了拉门：

"我回来了，很抱歉耽搁了那么久，我是坐电车从医院回来的。"

阿延带着怒气看着阿时说道：

"这么说，你没打电话吗？"

"不，打了的！"

"没有打通？"

来来回回问答几次，阿延终于清楚了阿时为什么要去医院。一开始，电话没有打通，后来通是通了，可事情却说不清楚。本想叫护士来接电话，把话转达一下，可是来接电话的始终是个青年学生或者药房人员，话说得云里雾里。首先是听不清楚，其次，即使听清楚几句，也是前言不搭后语。总之，那人好像根本没把阿时的话转告给津田。阿时死了心，走出电话亭，但她不想没有完成任务就回家，所以立刻乘坐电车去了医院。

"本想先回来告诉您一声再去，可这一来一回又要白白耽误时间。另外，客人还在这里等着。"

阿时说的有道理，阿延不得不感谢她。可一想到正是因为阿时不在，她才受了小林这么多窝囊气，又觉得这个伶俐的女佣有些可恨了。

阿延站起身来走进起居室。房间里有一个厚重的衣橱，衣橱上的铜饰闪闪发光。她拉开最后一格抽屉，取出那件招惹是非的大衣，放在小林面前。

"是这件吧？"

"是。"小林立刻将大衣拿在手里，用估衣铺老板验收旧衣物一般的眼神，将大衣翻来覆去地打量着。

"比想象的还要脏。"

"对你来说，这就不错了。"阿延本想这么说，最终还是没有作声，只是注视着那件大衣。大衣正如小林所说，稍微褪了些颜色。把领子翻过来，没被太阳晒过的地方和其他地方一比较，显得鲜艳多了。

"反正是白拿，也不能要求太多。"

"如果不满意，那就算了吧。"

"您是说让我放下?"

"嗯。"

小林仍然不肯放下大衣，阿延感到一阵痛快。

"夫人，我在这儿穿一穿试试，可以吗?"

"嗯。"阿延言不由衷地回答。她坐着没动，用讽刺的眼光看着小林挣扎着把胳膊伸进紧巴巴的袖子。

"怎么样?"小林说着，将后背对着阿延。有几道难看的折痕映入阿延的眼帘，本该提醒他熨烫一下，可她却言不由衷地说:

"正合适。"

此时谁也不在跟前，对于小林这难得一见的滑稽背影，没有人能陪她一起讥笑一番，真是遗憾。

这时，小林猛地转过身来，穿着这件大衣扑通一声盘腿坐在阿延面前。

"夫人，人只要能活下去，不论穿多么怪的衣服遭人耻笑，也无所谓了。"

"是吗?"阿延赶忙收敛了嘴角的笑意。

"对夫人这样没有吃过苦的人来说，大概不会了解这种滋味吧。"

"是吗? 我倒觉得与其活着被人嘲笑，倒不如死了好。"

小林没有再说什么。但突然又开口说道:

"多谢了。托您的福，我可以活过今年冬天了。"

他站了起来，阿延也跟着站起来。当两个人一前一后从客厅走到回廊时，小林突然回过头来说:

"夫人，如果您真是这样想的话，可千万要留心，免得被别人耻笑啊。"

八十八

这时，两人的脸相距不到一尺。阿延正要往前走，小林碰巧刚刚回过头来，两人的动作都立即停止。与其说是面对面，不如说是四目相对了。

小林那粗粗的双眉更加鲜明地闯入了阿延的视野，眉峰下面的一双黑亮的眼珠一动不动地盯着她。这是什么意思？阿延只好主动开口说：

"不必提醒，我也没有听从这忠告的必要。"

"不是没有听从的必要，您大概是想说，我没有给您忠告的资格吧？当然，您原本就是高尚的贵妇人。只是……"

"够啦，您请回吧！"

小林不予理睬，一场唇舌之战瞬间爆发。

"不过，我要说的可是津田君的事。"

"津田怎么了？你是说，我是贵妇人，但津田不是个绅士吗？"

"我完全不知道绅士算什么东西。首先，我不承认世界上还有这样一个阶级。"

"承认不承认，都随您的便。不过，津田怎么了？"

"想听吗？"

阿延的细眼中，闪过一道锐利的光芒。

"津田是我的丈夫啊！"

"不错，所以想听？"

阿延咬牙切齿地说：

"快走吧！"

"好，我走，我这就走。"小林说罢，立刻转身，正要从回廊走向前门，刚离开阿延两步的距离时，阿延看着他的背影，又觉得有些不痛快，便又叫住了他。

"等一等。"

"什么?"小林直直地站住,把双手从旧大衣过长的袖子里伸出来,像欣赏漫画似的打量了一番自己的身姿后,笑眯眯地望着阿延。阿延的声音更尖锐了:

"怎么就这么默默地走了?"

"我想,刚才已经道过谢了。"

"不是说大衣的事。"

小林故作懵懂,装作什么都不知道的样子。阿延用责备的语气说:

"您有义务把话当面讲清楚。"

"讲什么?"

"关于津田的事。津田是我的丈夫,既然您在他的妻子面前拐弯抹角地说了那些怀疑他人品的话,难道把事情讲清楚不是你的义务吗?"

"若是这么说,我就收回我的话吧。什么义务啊,责任啊,我并不在乎这一套。按您的要求讲下去,实在有些为难。不过,在我这个不知羞耻的人看来,收回刚才的话是很容易的。那么,就让我收回对津田君的不敬言辞吧,我向您道歉,这样可以了吧?"

阿延默不作声。

小林在她面前将身姿调整得更端正:"重新声明,津田君是具备高尚品格的人,是一位绅士(如果这个社会上有这种特殊阶级的话)。"

阿延依旧低着头,没有作声。小林接着说:

"刚才我提醒夫人要留心,不要被别人耻笑了才好。夫人说没有听我忠告的必要,所以,我也就不好再说什么了。想来,这忠告也是我的失言,现在也一并收回吧。如果还有什么得罪夫人的地方,也全部收回,都是我的失言。"

小林说完,穿上鞋子,拉开格子门走了出去。最后,他回过头来说了一声:"夫人,再见!"

阿延只是微微点头作为还礼,一直呆呆地立在那里。接着,她忽然跑上楼,在津田的书桌前坐下,立刻伏在桌上失声痛哭起来。

八十九

幸亏阿时没有跟上楼，阿延才能肆无忌惮地放任自己。在独处的环境下，她痛痛快快大哭了一场。一直哭到眼泪流干，酣畅淋漓才算罢休。

她将湿手帕塞进和服的袖子里，猛然拉开抽屉。桌上的抽屉有两个，逐个翻了一遍，并没有发现什么眼生的物品。很显然，在津田入院之前的两三天，为了帮他整理需要携带的随身物品，她已经把抽屉检查过了。剩下的信封、尺子、会费收据等东西都仔细放好了。她看见了一本类似广告宣传的小册子，上面印着巴拿马帽和各式各样的草帽图样。这使她想起两人一起到银座买东西的那个初夏傍晚，这本小册子就是津田从卖夏帽的店里拿回来的。日比谷公园的杜鹃花开得红艳艳的，远处能看到大街旁飘荡着树影婆娑的大柳树，所有的往日气息在脑海中萦绕不去。阿延看着敞开的抽屉，一动不动地沉思了好一阵子。忽然，她像想起什么似的，啪的一声把抽屉关上了。

书桌旁有一个印着条纹样式的书柜，书柜上也有两个抽屉。阿延离开书桌，立刻转向书柜，刚刚把手放在铜环上，两个抽屉就呼啦一下滑了出来。阿延还没开始翻，就已经失望了。没有上锁的抽屉是不会有新发现的。她胡乱翻着一个旧笔记本，一页一页去读未免太费时间。即使看了，她觉得这样的笔记本里不会隐藏着自己希望找到的秘密。她深知丈夫的谨慎性格，他不会把秘密随便扔在一个不上锁的抽屉里。

阿延拉开壁橱，留神查看有没有什么上了锁的东西。壁橱里面一无所有，上面胡乱堆放着一些大煞风景的破烂，下面是杂物箱，里面堆得满满的。

阿延又回到书桌前，从桌上放着的信札里抽出了寄给津田的信，她一封封地查看起来。她觉得书信里不可能有什么可疑痕迹，但有几封信是她从未看过也从未碰过的，她觉得有看一看的必要。她盯着那几封信好久，终于决定看一看。

信封一个个被掏空，信纸一张张被展开。有些读了四分之一，有些读了一半，其余的全部默读了一遍。然后，她按照原来的顺序，把信放回原处。

她的心中忽然燃起了怀疑的火焰。津田曾把一沓旧信浇上油，在院子里烧得一干二净。当时，燃烧着的纸片随风飞舞，津田十分惊慌地努力用竹竿压住它们。那正是初秋微寒的时节，一个星期天的早晨，两人正对坐用餐，还不到五分钟，津田便放下了筷子，去楼上抱下来一个用细绳捆扎好的小包，匆忙从厨房转到庭院，把小包点着了。等到阿延来到回廊时，外层已经烧焦，只能模糊地看出里面是书信。阿延问津田为什么要烧掉，津田说没有地方存放。问他为什么不留下来给她梳头①的时候用，津田什么也没说，只顾着用竹竿将露出来的书信按住。每按一下，带着火星的浓烟就在竹竿那头滚滚翻腾。浓烟遮住了青竹的竹根，同时也遮住了按住的书信。津田被烟呛得转过脸去，背对着阿延。

阿延一直默默回想着这些事，像个木偶似的呆呆坐在那里，直到阿时上楼来请她去吃午饭。

九十

不知不觉，时间已过了正午。阿延由阿时伺候着吃午饭，这是津田到公司上班不在家时，两人每天重复的日常活动。但今天的阿延却与往日不同，她表情僵硬，心却忍不住怦怦直跳。就连刚刚准备出门

---

① 妇女习惯将旧纸张捻成细绳用来梳头。

174

换上的衣服都与平常不同，平添了不同寻常的气息。

如果不是阿时问她出了什么事，也许她会一言不发地吃完这顿午饭。其实就连吃饭，她也提不起兴趣。她只是不想让阿时起疑，才用吃饭来掩饰。

阿时好像有所顾忌，把话憋在心里。阿延放下筷子时，她终于问道："您怎么了？"只是回答说："没什么。"阿时并没有立刻收拾餐盘去厨房。

"实在对不起。"阿时为自己自作主张去医院而道歉，阿延却有其他事要问阿时，便说道："刚才我们说话的声音很大吧？你在房间听到了？"

"没有。"

阿延用怀疑的眼光看着阿时，阿时立刻避开，说道："那位客人……"

阿延默不作声，静静等着下文。阿时只好继续说下去，两人的谈话以此为开端往下进行。

"老爷很是意外呢，说这家伙太不像话，并没有叫他来取大衣，他事先竟连招呼都不打，直接来找夫人要，而且明明知道老爷在住院。"

阿延微微发出轻蔑的一笑，却没做任何评论。

"除此之外，没说别的吗？"

"老爷说，快些把大衣给他，打发他走。又问是不是在和夫人谈话，我说是，老爷好像很不高兴。"

"是吗？就这些吗？"

"还问我都谈了些什么。"

"那你怎么回答的？"

"我不知道怎么回答，就说不知道。"

"然后呢？"

"然后他更不高兴了，说不该让他随意进家门。"

"他真这样说的？可是，既然是老朋友了，又能怎么办呢？"

"我也是这么说的，而且夫人当时正在换衣服，不能立刻到门口去迎接，也是不得已啊。"

"是啊，然后呢?"

"然后，老爷奚落我，说我从前就在冈本家，所以一提起夫人，不管什么事都热心替夫人辩护，真叫人感动。"

阿延苦笑道："真难为你了。就这些吗?"

"还有，问小林是不是喝过酒。我说我没留意，不过现在又不是过年，总不会一大清早就喝醉到别人家做客吧?"

"你说他不是喝了酒来的?"

"是啊。"

阿延看上去还在等下文，阿时果然还没把话说完。

"夫人，老爷还说，让我回家以后好好跟夫人解释一下。"

"解释什么?"

"老爷说小林那家伙经常满口胡言，喝多了酒之后更是个危险的人。所以，不管他说了什么，都不要理他，只当他是胡说八道好了。"

"是吗?"

阿延不想再多问什么了，阿时却哧哧笑了起来。

"堀先生的夫人也在一旁笑呢。"

阿延这才知道，津田的妹妹早上去医院探过病了。

九十一

津田的妹妹比阿延大一岁，已经是两个孩子的母亲了，长子于四年前出生。单是当母亲这个事实，就足以使她自觉。四年来，她始终怀着一颗做母亲的心，每天尽职尽责地做着一个母亲该做的事。

她的丈夫是个风流公子，有着风流公子身上常见的那种逍遥气度。他自由自在地玩乐，从不苛责妻子，也不过分宠爱她，这便是他对阿秀的态度。他洋洋自得，认为这全是经过了历练才能达到的境界。如果说他也有自己的人生观，那应该就是万事都不必认真，可以一笑置之，只需逍遥自在地、懒懒散散地、善良地在世上行走。这就是他所谓的人生真谛。他在金钱方面没遇到过什么困难，所以这样的作风一直维持到今天。再加上他没有遭遇过什么不如意，整个人就更加乐观了。他相信所有人都喜欢他，当然，也认准阿秀是喜欢他的。的确，他并没有想错，阿秀对他并不讨厌。

因姿色出众被选做妻子的阿秀，嫁进堀家之后才了解丈夫的脾气，对他那股像是被酒精浸泡过的放荡脾性逐渐熟悉。她曾疑惑过，这样一个放荡不羁的男人，为什么要如此坚定地非娶自己不可呢。如今，这疑惑也在日复一日中消失了。阿秀没有阿延那么刚强，在找到问题的答案之前，她已经失去了作为妻子的兴趣，初为人母的她将全部的爱都倾注在了孩子身上。

阿秀和阿延的不同之处不止这些。阿延的新家除了阿时之外，只有夫妻二人，双方父母都远在京都。与之相反的是，堀先生家有母亲、弟弟、妹妹，大家都住在一起，另外还有不少亲戚。因此，阿秀不可能只考虑丈夫的事，尤其是婆媳间的关系，需要她花费不少心思。

阿秀是因美貌被选中的，自然看起来年轻漂亮，即使跟小一岁的阿延相比，也显得更年轻些，怎么看也不像四岁孩子的母亲。在与阿延不同的家庭环境中度过四五年后，她有了与阿延截然不同的生活感受，比阿延更显老成。这种老成倒不是指言行举止，而是心灵的衰老。说起来，是她过早陷入家庭琐事的缘故。

阿秀不免用她那双家庭主妇的眼睛来看兄嫂，常常对他们心怀不满。这种不满情绪使她一旦遇到什么事，都会和京都的父母站在一边。不过，她还是尽量避免与哥哥发生冲突，尤其避免和嫂子闹僵，这比直接与哥哥发生冲突更不好，因此阿秀格外谨慎小心。但她心里的想法与做法相反，比起爱发表意见的哥哥，她对沉默寡言的嫂子更加不满。她总觉得，哥哥不该跟那么轻浮的女人结婚，却从未想过这是她对哥哥天然的偏袒和对阿延的偏见。

阿秀很清楚自己的状况，她已经注意到，兄嫂虽然不至于对自己发怵，却也不那么欢迎自己，但她绝不会改变立场。这是因为：第一，他们二人讨厌她，她就更不能改变，改变就相当于讨厌自己，因此，她想拿出反抗的精神；第二，是一颗无私的心在发挥作用。她想，不管怎么招人讨厌，只要是为了哥哥好，也就无所谓了；第三，是她单纯地讨厌着轻浮的阿延。其实，她比阿延更富有，何必看不上不如自己的阿延？但阿秀有婆婆需要伺候，而阿延除了要看丈夫的心意，其他的都可以自己做主。关于这一点上的差别，阿秀自己都没有意识到。

阿秀从阿延的电话中得知津田的消息，第二天便到医院探望。那正是阿时前往医院的一个小时前，也是小林为了那件大衣刚刚迈进津田家客厅的时候。

九十二

津田昨夜没有睡好，清晨护士送来的早餐他只吃了一点便再次仰面躺下了。为了补回昨夜不足的睡眠，他又合上沉重的眼皮重新入睡。阿秀进来的时候，他刚刚进入半睡半醒的状态。拉门声将他惊醒，他见到了阿秀。其实，为照顾病人，她已经特意轻轻开门了。

这种场合，他们绝不会表现得过分亲热，也不会流露出高兴的神情。在他们看来，那不过是社交上的形式，一种近乎虚伪的表现。他们之间有一种默契，那是别人无法看懂、也难以运用的。他们只是意识到相互之间要真心相处，只停留在表面的虚礼是毫无意义的，不如省掉那些虚伪的形式，以不违背真心的态度相见。这种无言的默契，早已在多年前形成。

首先，作为普通兄妹，他们的关系很亲密。因此，免去形式上的客套并没有什么不自在。其次，他们之间还是有些地方不太合拍。因此，两人一见面，总会闹别扭。

津田抬头看阿秀的目光里透露着由以上两个原因而来的冷漠与不关心。他像是在等待着什么，猛地抬头，又立刻躺回去。阿秀毕竟是阿秀，她全然不在乎这些细节，一句话也没说，就轻轻走进病房。

她先看了一眼枕边的餐盘，盘子不是很干净，牛奶瓶斜放着，下面是压碎的鸡蛋壳，旁边扔着半块留有齿痕的烤面包，另外还有一块没吃过的面包，一个剩下的鸡蛋。

"哥哥，已经吃好了吗？还继续吃吗？"

实际上，津田的那种放法，只是为了方便拿取，所以显得凌乱。

"已经吃好了。"

阿秀皱起眉头，将餐盘端到楼梯口。或许是由于护士太忙，哥哥早饭的残羹一直堆在枕旁，对于刚从干干净净的家里出来的阿秀来说，实在是看不顺眼。

"真脏！"她并不是对谁抱怨，自言自语着回到原来的座位上。

津田没有搭腔，而是问道："你怎么知道我在这儿？"

"是打电话跟我说的。"

"阿延吗？"

"嗯。"

"我本来说不用通知你。"

这一次，轮到阿秀不搭腔了。

"本想立刻就来，偏巧昨天有事……"说到这，阿秀没有继续往下说。结婚后，她不知不觉地养成了说话只说一半的习惯。有时津田也觉得奇怪，只好这样解释："一旦出嫁，连哥哥也是外人了。"想一想自己的夫妻关系，也明白这种变化不无道理。何况津田并非一个死板、不可理喻的人。不仅如此，他甚至暗想，如果阿延能够用这样的态度结交外界就好了。但阿秀如此对待他，他心里并不愉快。其实，他自己不也常常用这种态度对待阿秀吗？然而这些，他自己是不会反省的。

津田并不往下问，自顾自说道："你今天又何必特意赶过来，又不是什么了不起的大病。"

"是嫂子特意打电话跟我说，让我有空一定来看看。"

"是吗？"

"而且，我还有点事要对你说。"

津田这才把脸转向了阿秀。

九十三

手术后伤口处产生的异常感觉折磨着他，虽然那只是由于伤口处填塞的纱布使周围的肌肉在收缩时引起的特殊反应，但这种感觉一旦出现，就像呼吸和脉搏一样有规律地一直重复着。

他是在前天下午第一次感觉到伤口周围肌肉的收缩之痛，当时，阿延刚征得他的同意，正要下楼去看戏。这种感觉对他来说并不稀奇，上次做完手术后，他便已经有过这种体验。所以，这一次他首先在心里默念："又来了。"于是，这种感觉就像是故意重复给他看似的，先是肌肉有规律地进行收缩，然后他感觉塞进去的纱布粗暴地摩擦着肌肉，接着渐渐缓和，往往刚要恢复如常，疼痛又突然如排山倒海般地再次袭来。这时，他的意志对身体的这一部分已经失去了主导权，越是焦急地盼它平复下来，肌肉越是不听指挥……这便是伤口恢复的整个过程。

津田不知道这种异常的感觉与阿延有何关系，他觉得把阿延当作笼中鸟来对待是怪可怜的。总把女人拴在身边，太没有男子气概了。于是，他便愉快地让阿延置身于自由的空气中。然而，当她刚刚感谢丈夫的好意而离开他的病床时，他便立刻感觉到自己又孤身一人了。他侧起身，倾听阿延下楼的脚步声，就连阿延拉开门时猛烈响起的门铃声，他都觉得太过肆无忌惮。就在这时，那讨厌的收缩感再次袭来，他把这归结为一种刺激，但同时又觉得，不过是神经过敏罢了。可是，阿延的行为真的能使他神经过敏到这种程度吗？尽管他对她的行为感到不快，却并不能做出这样的论断。不过，他认为这不是巧合，倒像是不言自明的真理。他完全按照自己的心意断定这两者之间的联系，还想着日后要把这种联系告诉阿延，好叫她懊悔自己只为寻求一日欢乐而抛下了独卧病床的丈夫，以致产生了一连串不好的后果。然而，他却不知道该用何种方式告诉她，就算真的说出来，她也不会认同。即使认同，也很难真的如他所想。于是，他只好默默地忍下这些烦恼。

就在他面向阿秀的瞬间，肌肉又一次收缩，立刻勾起了这些往事，不禁露出痛苦的表情。

不明就里的阿秀自然不明白哥哥这番心思，她以为这不过是哥哥面对自己的惯常表情。

"不想听的话，就等出院以后再说吧。"

她对哥哥虽然没有表现出特别的同情，但怎么说也是有几分情谊的。

"是哪里在疼吗？"

津田只是点点头。阿秀沉默了一会儿，看着他。这时，肌肉收缩的疼痛又开始有规律地重复着。两人继续沉默着，在这沉默中，他始终保持着痛苦的表情。

"那么疼可不太好啊，嫂子怎么回事，她昨天在电话里说一点都不痛呢！"

"阿延不知道。"

"这么说，是嫂子回去以后才开始疼的？"

他心里想说："就是因为她才疼的。"可到底不能说出口。他忽然觉得自己像个撒娇的孩子，无论外表怎样，心里若不像个哥哥可不行。

"你说有事，是什么事？"

"算了，你那么疼，不说了吧，以后再说。"

津田平素很会伪装自己，可现在他不想伪装了。他彻底忘记了伤口的疼痛，忘了也就不痛了，不痛了也就感觉不到肌肉在收缩了。

"没事，你说吧。"

"我要说的事情比较麻烦，现在可以说吗？"

听到这儿，津田已猜出了七八分。

九十四

"**还**是那件事吧？"津田停了一会儿，不得不开口道。他已经恢复了平时那副不愿倾听的表情，阿秀对哥哥的这种矛盾表现很是生气。

"刚才我就说，下次再说吧，哥哥却一直催我，我才想说的呀。"

"那就直说吧，反正你就是为这件事来的。"

"可是哥哥的脸色显然不那么高兴啊。"

很明显，阿秀不会因为哥哥脸色不好就变得客气些，因此津田也不会同情她，甚至还嗔怪她竟然多事来责怪自己。

他不计较这些，继续问下去："京都的信上又说什么了吧？"

"是啊。"

京都的消息主要是由父亲传给津田，母亲传给阿秀，这是一直以来的惯例。因此，他没有必要问信是谁写的。可是，从目前的情况来看，对于母亲写给阿秀的信，他不可能做到冷淡对待。自从他第二次向京都提出请求以来，一直挂心是否有钱寄来。他们兄妹间一直默契的"那件事"，他始终尽量不去打听。可眼下，此事与月底结算和住院费的来源有极大的关系，这一点，他比阿秀更清楚。因而无论如何，他必须主动提起了。

"信里都说了什么？"

"爸爸也跟哥哥说了些什么吧？"

"嗯，说了，不过是一些你也知道的话。"

阿秀未置可否，只是紧闭的唇边露出一丝微笑。这神情像是胜利者一般，让津田心里很不痛快。平时，津田不过把他当作小妹妹，从没留意过她有什么本事。这番话一出，阿秀的锋芒立刻刺伤了他。他甚至不止一次地想："因为美色被人选作妻子，这份荣耀你是打算炫耀一辈子吗？"

过了半晌，阿秀才将那副标致的脸庞转向哥哥："那么，哥哥打算怎么办呢？"

"我能怎么办呢？"

津田沉默了一会儿，又不得不开口回答说："说了。"

"然后呢？"

"然后，一点消息也没有。不过，可能有回信寄到家了。可是阿延不来，也无从得知。"

"不过，爸爸会怎么回信，哥哥也能猜得到吧？"

津田什么都没说。他把手伸进阿延做的棉袍斜领里，从黑绸面料的领底下掏出一根牙签，不停地剔牙。见他一直不说话，阿秀只好把同样的意思换个说法："哥哥以为爸爸会很快寄钱来吗？"

"不知道。"津田很生硬地回答，然后生气似的补充道，"所以，我刚才不是问你了吗？妈妈的信里都说了些什么？"

阿秀故意转过脸，眼睛望着回廊的方向，不过是为了不在津田面前唉声叹气罢了。

"我也没说不告诉你啊，从一开始，我就知道会是这样。"

九十五

津田终于知道妈妈写给妹妹的信里都说了什么。从妹妹的口中得知，父亲比他料想的还要生气。父亲是这么想的：如果能自行补足月末的亏空，那就暂且不多追究。如果连这一点都做不到，为了给他一个警告，今后的所有汇款都要缓一缓了。如此看来，之前说的什么拆补院墙、房租拖欠等都是谎言。就算不是，也必定是种托词。父亲究竟是为什么，用这么明显地对待外人的方式来对待他呢？若想责怪，不妨直截了当训斥便是了。

他沉思起来，脑海中浮现出父亲那留着山羊胡、万事喜欢装腔作势的样子，还有母亲那莫名讨厌西式束发、喜欢把头发挽成发髻的样子。但这些，显然解释不了他的疑惑。

"终究还是因为哥哥没有履行约定，是哥哥不对。"阿秀说。

事情发生以后，再也没有比阿秀一直重复的这句话更让津田厌烦了。没有履行约定是不对，但这件事无须妹妹指责，大家都一清二楚。他只是觉得没有履行约定的必要，并且希望大家都能理解他的处境。

"可那毕竟是不对的。"阿秀说，"父子的确是父子，可约定也是约定。而且，如果单单是爸爸和哥哥之间的事，怎么都好说，可是……"

在阿秀看来，这件事里最要紧的是，还牵扯了她的丈夫堀先生。

"妈妈寄来这样一封信，我丈夫也很为难。"

父亲的想法是，只要毕业了，有了合适的工作，组建了新的家庭，就不该再劳烦父母而独立生活。而改变他这种想法的是堀先生，是他答应了津田的请求，去劝说津田的父亲，还列出了种种理由，诸如物价高涨、交际需要、时代变迁以及东京与地方的生活差异等，最终终于说服了一向勤俭节约的父亲。但作为补偿，津田需要拿出年终奖金的一大部分，一次性偿还从父亲那里借来的大部分资助。这个方案一旦成立，堀先生自然肩负了一定的责任。但他向来是个心态豁达的人，从一开始就没有认真考虑这个约定的细节。正因如此，到了该履行约定的时候，他早已把这事忘光了。当他接到津田的父亲那近乎问责的来信时，才感到十分的震惊。但是钱已经花光了，等到事后才发觉后果时，无论如何也是无济于事了。这位乐观的堀先生回了一封致歉信，便以为万事大吉。可津田的父亲叫他明白了，这个世界不是按他这种懒散之人的想法运转的，津田的父亲认为他应该对这件事负责。

同时，阿延的手指上闪耀着一个与津田的经济状况极不相称的漂亮戒指，第一个发现的人正是阿秀。女人的好奇心使她的神经敏锐起来，她夸赞阿延的戒指，夸赞之余还询问了戒指购于何时何地。阿延完全不知道堀先生作保，津田在父亲那里定下约定的事，她一反平时的谨慎，从这一点看，甚至太过天真。她极力想表现出津田对她的爱，这让她忘掉了一切顾虑，什么都对阿秀说了。

阿秀一向认为阿延是个爱慕虚荣的女人，对她多有不满。得知此事后，她立即将全部情况如实转达给京都，并且在信中暗示，阿延明明知道约定的事，却故意教唆丈夫迟迟不偿还债务。津田为维护自己的虚荣心，没有将内情告诉阿延，阿秀却误以为这是阿延的虚荣心，便将自己误解的情况原原本本向京都做了报告。至今阿秀也没能将这误解澄清，在这件事上，与其说阿秀的对手是哥哥津田，不如说是她的嫂子阿延更准确些。

"这件事，嫂子究竟是怎么想的？"

"这跟她有什么关系？她什么都不知道啊。"

"是吗？这么说，她倒是最自在的人了，真好啊！"

阿秀露出了讽刺的一笑。

津田清醒地记起，阿延准备看戏的前一天晚上，把闪闪发光的腰带拿在灯光下说"把它当掉吧"的情景。

九十六

"到底该怎么办才好呢？"

阿秀这话既像是给做事鲁莽的哥哥出难题，又像是道出了自己的矛盾心理。她要为她的丈夫考虑，何况还有比丈夫更需谨慎对待的婆婆。

"我丈夫受哥哥之托，才从中调和，没想到要负那么大的责任呐！这么说，倒也不是想推脱。只是毕竟没有立什么文书，明确写明担保如果出了意外，就必须如何如何。结果现在爸爸硬要追究法律责任，这叫我怎么面对丈夫呢。"

至少在表面上看来，津田不得不认同妹妹的立场，但在他的内心，根本没有一丝同情。他的态度阿秀自然能感觉出来。在阿秀眼前，哥哥是那么傲慢，他除了在意自己，其他什么都不考虑。如果说还有什么是他在意的，那便只有他新娶的太太了。他对妻子太过娇惯，简直是唯命是从，为了让妻子满意，别人如何也就无所谓了。

在津田看来，阿秀如此看待哥哥，表示他对哥哥毫无同情，根本不是妹妹该有的对哥哥的态度。她等于赤裸裸地表示："哥哥完全是自作自受，是活该，可是我该怎么办？"

津田没说该怎么办，也完全没有想过。他反而认为父亲的行为难以琢磨，问阿秀："爸爸究竟是怎么打算的？他是不是认为只要宣布不再汇款，我就会自己筹钱呢？"

"是啊，哥哥。"阿秀意味深长地看着津田，继续说道，"所以我才对丈夫说，事情不好办了啊。"

一种暗示在津田的脑海中闪过，犹如初秋时节的闪电，虽很遥远，却无比真切。这与父亲的性格有关，以前从未在意，所以觉得遥远，可如今一旦察觉，再想想父亲平时的性格，就不得不承认这个事实。对作为儿子的津田来讲，这冲击实在太过猛烈。他在内心大喊："不会吧！"然而另一个声音告诉他："有可能。"

津田在脑海中推测父亲的心理状态，应该是希望按照这样的程序以达到预想的结果：首先婉言拒绝汇款，让津田陷入窘境。于是，津田向堀先生说明情况，堀先生必须帮助津田摆脱困境，履行当初的承诺。无论是否心甘情愿，他都必须将之前的补助金进行垫付，父亲只需道一声谢，其他全都不必管。

这样剖析来看，不难看出其中的处心积虑，却又相当符合逻辑，也必须承认能想出这种计策的人颇有手段，但没有丝毫真诚。虽然不能说这计划是卑劣的，却无疑是狡猾的。尤其明显的是，为这么几个小钱而如此费尽心机。总之，这的确符合父亲的做派。

阿秀一向是父亲的支持者，可是在这一点上，她也同津田一样，并不认同父亲的做法。一方面是因为她和津田都不喜欢父亲做派；另一方面是因为如果接受阿秀的补贴，津田心里绝不会高兴。对阿秀来讲，她对兄嫂没有好感，何况又要对丈夫和婆婆欠下这份情义，令她很为难。兄妹二人都在为怎样处理这件事大伤脑筋，谁都没有勇气说穿真相。对于父亲这项计策的猜测，两人也只是在谈话中达成了一致默认的程度而已。

九十七

兄妹俩不仅希望理清感情与理性之间的冲突，还想找到解决办法，然而再怎么努力也难有突破。双方一碰到敏感的问题，都是一副既想谈又不知如何谈起的态度，因此万分焦急。他们是兄妹，有着同样优柔寡断的性格，虽然都在暗暗责备对方不直截了当，但谁都不肯扮演那个首先发难的人。不过，津田毕竟是哥哥，又是男人，他比阿秀更有把语言归结到一起的本领：

"总之，你的意思是不同情哥哥了？"

"我不是那个意思。"

"那就是不同情阿延，反正都一样。"

"我可没有说嫂子什么呀。"

"总之，就这件事来说，做得最不对的人是我。归根结底就是这样，不用再说什么我也一清二楚。好吧，哥哥我甘愿受罚，这个月，不用爸爸寄钱我也能活下去。"

"哥哥能做到吗?"

阿秀嘲笑的语气,激出了津田的这句话:"死也要做到。"

阿秀紧闭的双唇终于微微松弛了一下,露出了洁白的牙齿。

津田的脑海中再次浮现出阿延在灯下摆弄腰带的情景,他心想,索性把至今的经济状况全都告诉阿延吧。

对津田来说,没有比这个更简单的解决方案了,而实际情况也证明没有什么比这个更困难的了。他深知阿延的虚荣心,当然,满足她的虚荣心也是在满足自己的虚荣心。如果把一切都告诉她,无疑会把她对自己的信任毁掉,这简直是给自己的迎面痛击。阿延固然可怜,但更加让他感到痛苦的,是自己在妻子面前颜面尽失。就这一点而言,他或许会遭到别人的嘲笑,但他却不想改变主意。他总是愿意想一些有利的事情:家里有的是钱,足以保持自己在阿延面前的颜面。

并且,津田并不是一个心胸狭窄的人,他看起来很容易忽略自己。但同时,他又非常难以做到忽略自己,这正是父母遗传给他的特质。

他脱口而出"死也要做到"之后,仍在观察阿秀的神色。他丝毫没有因为自己没有誓言中的毅力而感到羞耻,反而冷酷地拿起了心中的天平,在向阿延坦白和接受阿秀的补贴之间进行权衡。甚至近一步考虑如果接受后者将会如何。阿秀有足够的能力承担今天的任务,但她首先感到不满的,是哥哥毫无悔恨之意。阿延又是一副事不关己的态度躲在哥哥背后,这令她十分厌烦。而最让她气愤的是,京都的父母兜了这么大的圈子,硬是把堀先生当成事件的主要责任人。阿秀虽然已经彻底识破了津田的想法,但也不会那么轻易主动地表达出她的善意。

同时,对于靠姿色嫁入富裕家庭的阿秀,津田对她的态度充满了自负。从婚后的妹妹身上,他闻到了或者说他认为他闻到了一种近乎暴发户的铜臭气。他在不知不觉间有了抵触心理,总是以一副兄长的姿态对待妹妹,更不肯在她面前低头。

两人谁也不肯开口提钱的事,都在等待着对方先说。就在这关键时刻，女佣阿时突然闯了进来，将这场紧张的较量瞬间冲垮。

九十八

阿时在走进病房前，确实给津田打过电话。他听到楼梯半腰传来药房药剂师不耐烦的喊声："津田先生，电话！"他一时中断了和阿秀的谈话，反问电话是从哪里打来的。药剂师一边下楼一边说："大概是您太太吧。"这个冷淡的回答让刚刚全神贯注于谈话的津田瞬间有了脾气。自从阿延去看戏，昨天和今天都没有露面，这已经使他很不高兴了。现在，他更加气愤地想："竟想着用电话来糊弄人。"

昨天早晨打来电话，今天又打来电话，明天早晨肯定还是要打电话，就这样把他的心牢牢抓在手里，然后才突然露面。从阿延平时对他的态度来看，他的猜测并不完全荒谬，他甚至幻想着，她会笑着突然闯进来，吓他一跳。他清楚地知道那张笑脸有多么牵动他的心，她常常用这个强劲的武器来征服他。眼下，他似乎又要陷入她的计谋之中。

他不理会阿秀的目光，没有去接电话。

"反正没什么重要的事，不必管它。"

这让阿秀感到意外。第一，这和哥哥凡事认真的性格不相称。第二，这和哥哥平时对阿延言听计从的态度不一样。阿秀觉得，这是因为自己在场，哥哥为了掩饰平时对嫂子的娇宠才故意表现得不在乎。她心里多少有些痛快，听到药剂师在楼下高声催促接电话时，她不得不起身代替哥哥下楼。然而已经晚了，药剂师不够负责，电话那头已经没有声音了。

她在形式上尽到了义务，便又回到原来的座位，再次谈起刚才的话题。这可急坏了阿时，她丢下电话，登上了电车。不到十五分钟，

189

津田又意外地从阿时口中得知了意外的事情，这让他很是震惊。

阿时离开后，他的心情还是无法恢复平静。津田虽然深信自己早已洞悉小林的性格，却万万没想到他会在自己不在家时造访，并且和并不相熟的阿延攀谈起来。他不仅感到吃惊，而且觉得自己必须好好深思一下。要不要把大衣给他，这根本算不上什么问题，问题是与大衣全然无关的小林的性格。他竟然厚着脸皮从一位素未谋面的有夫之妇那里讨要大衣！并且，他这种性格的人将会和阿延产生怎样的碰撞呢？这正是津田的担忧所在。小林是个性格古怪的人，他自暴自弃，又总是用嫉妒的眼光旁观着生活美满的人。这对新婚不久的小夫妻，可以说是生活美满的代表，因而有遭到他嫉妒的可能。津田平时多次对小林表现出轻蔑态度，此时他充分意识到，自己确实为这种嫉妒创造了条件。

"真不知道他会说些什么。"一种恐惧心理在津田心中油然而生，阿秀却笑起来，她根本不明白哥哥为什么总是一天到晚批评小林这个人。

"随他说什么，有什么要紧。小林这样的人，谁会理他呢。"

阿秀对小林也多少有些了解，然而，她的了解仅仅限于在藤井叔叔家看到的，而且是和喝了酒之后判若两人的、异常稳重的一面。

"可不是这样的，没那么简单。"

"那个人，最近变得那么坏了吗？"阿秀仍然一副不太相信的样子。

"你没听说过，一根火柴足以毁掉一座大厦吗？"

"可是，不管多少根火柴，不让它点燃不就行了？嫂子又不是那种一点就着的性格。不然……"

津田听着阿秀说到下半句时，故意不动声色地望着别处，凝神等待听下文。然而，想要听到的下文却迟迟没有到来，阿秀的话只说了一半，便转换话题说道："哥哥今天为什么对这些无聊的事那么上心？是有什么特别的原因吗？"

津田仍然望着别处，这是为了尽量不让妹妹察觉到他的心事。然而，他这一不自然的状态还是引起了妹妹的注意，不由得为此感到一丝胆怯。他勉强转向阿秀说："也谈不上上心啊。"

"只是有点放心不下？"

这样谈下去，他只会遭到阿秀的嘲笑，便闭口不谈了。同时，他感觉到伤口周围的肌肉又在收缩，咬牙挨过两三次之后，他开始担心是否又要规律性循环发作了。

阿秀当然不知道这些，她只是一味地抓着同一个问题不放。刚才被阿时打断的话题，她又换了个形式重新提出来。

"哥哥认为嫂子是个什么样的人呢？"

"为何现在问这些，愚蠢！"

"那好，我不问。"

"为什么要问呢？说说理由。"

"我觉得有必要，所以才问。"

"好，那你讲讲有什么必要。"

"必要嘛，也都是为了哥哥呀。"

津田的表情看起来很不自然，阿秀立刻继续说："哥哥对小林的事未免太过担心了，所以我觉得有点奇怪。"

"这个，你不懂的。"

"正是因为不懂，才觉得奇怪呀。那么你说，小林会跟嫂子说些什么？怎么说呢？"

"他们说什么，我怎么会知道。"

"那么，换句话说吧，哥哥在担心小林会跟嫂子说些什么吧？"

津田不再回答，阿秀则直直地盯着他的脸。

"这很难猜吧？就算那个人很坏，可你仔细想想，又有什么事情可以让他去说呢？"

津田仍不作答，阿秀却无论如何也要逼问出答案。

"就算他真的说了些什么，只要嫂子不理他，不就没什么关系吗？"

"这个，不用你说我也知道。"

"所以我才问哥哥嫂子是个什么样的人啊，哥哥是相信嫂子，还是不相信？"

阿秀一个劲儿地追问，津田不明白她是什么意思，却认为有必要借此机会灭一灭她的气势，故意不直接回答，笑着说："你也太咄咄逼人了，是在审讯我吗？"

"别扯开话题，直接回答。"

"回答了又能如何？"

"我可是你的妹妹呀。"

"那又怎样呢？"

"哥哥不坦率，这可不好。"

津田略带疑惑地歪着头看她。

"怎么话越说越乱了？你是不是有点神经过敏？我并没有过多地担忧小林，只是觉得这家伙趁我不在的时候去见阿延，不知道会说些什么。"

"只是这样吗？"

"对啊，就是这样。"

阿秀突然露出失望的表情，但并没有沉默。

"可是哥哥，如果堀先生不在家的时候，有什么人到我家去，对我说了些什么，堀先生知道以后，也会这么担心吗？"

"堀先生的事，我就不清楚了，或许你确信他不会担忧吧。"

"对，我确信。"

"那挺好的，所以呢?"

"我只是想跟你说说这件事啊。"

两个人都沉默下来。

一百

然而，两人之间好像冥冥之中已经注定，那就是无论如何也要将谈话进行下去，不挖出对方的真心话决不罢休。尤其是对津田来说，大有如此的必要。他急需筹款支付手术的费用，而财源就在眼前，一旦错失良机将很难重新得到。仅就这一点，他在阿秀面前就有了沦为弱势的趋势，他思索着该如何旧话重提。

"阿秀，你不在医院吃点饭吗?"

从时间来看刚好适合讲这句话，特别是堀先生今天早上带着母亲和孩子去横滨亲戚家了，家里没人，这为津田说这句客套话提供了方便。

"反正你回家也没什么事嘛。"

阿秀打算依津田所言留下吃饭，话题便不难再次提起了。然而当下他们谈论的无非是兄妹间常谈的话题，这无论如何也满足不了两人的心思，他们都想找到机会，探寻对方的真实想法。

"哥哥，我这里带着呢。"

"什么?"

"你需要的东西。"

"是吗?"

津田几乎没有理睬。他那冷淡的态度，恰恰和他的自尊心成正比。无论是在精神上还是形式上，他都不肯向妹妹低头。然而，钱却是他想要的。在阿秀看来，钱的事倒是好办，但她希望哥哥低头。为达到这个目的，她必须用他需要的金钱做诱饵，这肯定会让哥哥焦急的。

"给你吧？"

"嗯！"

"反正爸爸是不会给你的。"

"看样子，应该是不给了吧。"

"妈妈的信里就是这么明说的，本来今天想着把信给你看看，可是忘记了。"

"反正我已经知道了，刚才你不是说过了嘛。"

"所以我说我带来了呀。"

"你是为了让我干着急，还是为了交给我？"

阿秀因为哥哥这副责怪的语气变得沉默起来，然后，她美丽的眼睛里噙满了泪水。在津田看来，这不过是抱怨的眼泪。

"为什么哥哥近来变得这么刻薄？为什么不能像以前那样接受别人的诚意？"

"哥哥和从前没有丝毫变化，是你近来有些变了。"

听到这儿，阿秀怔住了："你说，我什么时候变了？变成什么样了？"

"这种事不用问别人，自己好好想想，总会明白的。"

"不，我不明白，还是请你说给我听听吧！"

津田用冷冷的目光看着不停追问的阿秀，他仍在心里权衡着利害得失，是稳住阿秀的情绪挽回僵局，还是一举将她击垮。他终于决心采取折中的办法，慢慢开口说："阿秀，可能你自己不觉得，但是在哥哥看来，自从你嫁到堀家，变化很大啊！"

"有变化是自然的，嫁了人，又有了两个孩子，谁能不变呢？"

"所以嘛，这就是了。"

"可是，我究竟哪里变了呢？我想听听。"

"这个……"津田并没有作答，但他已通过语气透露出，这个问题不难回答。

过了一会儿，阿秀反问道："在哥哥心里，大概一直认为是我向京都多嘴的吧？"

"这件事，就让它过去吧。"

"不行，那我就被看成眼中钉了。"

"被谁？"

这段对话，仿佛将一个一直讳莫如深的名字点燃了，那就是阿延。阿秀像是举着火把，在哥哥面前来回挥舞。

"依我看，倒是哥哥变了。没有娶嫂子之前和娶了嫂子以后，简直是变了一个人，这一点谁都看得出来！"

———————— 一百零一 ————————

在津田看来，阿秀对他充满了偏见。尤其是她最后一句的攻击，纯属误解。听到妹妹口口声声叫"嫂子""嫂子"，他觉得非常刺耳。阿秀把津田为了满足自己心愿的种种行为全都理解为是为了满足妻子，这让津田感到非常不高兴。

"我可不是你想的那种怕老婆的人呐。"

"或许是吧，刚才嫂子打电话来，你还特意在我面前装出冷淡的样子，不去接呢。"

阿秀也不顾场合，嘴里连珠炮似的把这番话说了出来。

津田无奈，只好不予计较，心里暗暗咂舌。

"明明反复叮嘱过阿延，让她不要给阿秀打电话。"

为了掩饰他的过度亢奋的神经，他不断抚摸着唇边的胡须，表情渐渐难看起来，话也变少了。

津田的这种态度，竟然对阿秀产生了意外的影响。她认为哥哥的弱点已经被自己道破，才羞愧得无话可说。于是，她发起了更加猛烈的进攻，看起来像是要他马上低头认罪似的。

"和嫂子结婚之前的哥哥更正直些，起码是更坦率的。我不会说没有根据的话，只是实话实说。所以，请哥哥也坦率地回答我的问题，在娶嫂子之前，你可曾对爸爸这样撒谎吗？"

这时，津田服输了。阿秀说的是事实，可是，事情的原因却不是阿秀想的那样，对津田来说，这只是一种碰巧的事实。

"所以，你觉得这件事是因阿延而起了？"

阿秀本想说"是的"，却又故意把话题岔开。

"没有啊，我完全没有说嫂子什么啊，我只是在指出哥哥有变化的证据。"

津田明显已经陷入必败的情形中。

"既然你认定我变了，那我就是变了吧。"

"这样可不好，太对不起爸爸和妈妈了。"

津田立刻回答："是吗？"随后又冷冷地补了一句："没那么严重吧！"

阿秀的表情仿佛在说："事到如今，还不悔过吗？"

"哥哥变了的证据，还多着呢。"

津田故意装糊涂，阿秀毫不客气地说出证据："你不是一直在担心小林会趁哥哥不在时对嫂子说些什么吗？"

"我没有担心，刚才不是说清楚了吗？"

"但你明明很在意吧？"

"随你怎么说好了。"

"不管怎么说，这不就是哥哥变了的证据吗？"

"别胡说！"

"没有胡说，这就是证据，哥哥就是那么害怕嫂子。"

津田突然把脸转过去，头枕在枕头上，向上凝视着阿秀的脸。他那直挺的鼻梁上堆满了冷笑时产生的褶皱，这镇定的样子让阿秀感到很是意外。她本以为哥哥会立刻坠入忏悔的深谷，此时却开始怀疑他身后还有什么可供迂回的平原。不过事已至此，她也只能尽力而为了。

"像小林这样的人，哥哥向来瞧不上他，不管他说什么，也都懒得搭理。可是为什么唯有今天那么怕他？之所以这样，还不是因为与他谈话的对象是嫂子吗？"

"你怎么说都行，可是，不管我多怕小林，总不至于对不起爸爸妈妈吧？"

"所以你的意思是，我不该多嘴了？"

"嗯，大致就是这个意思。"

阿秀气得火冒三丈，同时，一道闪电从脑中闪过。

一百零二

"**我**明白了!"

阿秀突然用尖锐的声音大喊起来。她这郑重的样子，并没有让津田的表情产生任何变化，他显然已经无心应对阿秀的挑战。

"我明白了，哥哥!"阿秀又把刚刚的话重复了一遍，好像是在逼迫哥哥开口。津田只好说道："你明白什么了？"

"我明白为什么哥哥那么在意嫂子了。"

津田忽然产生了好奇心："说说看。"

"没什么可说的，哥哥只要知道我已经明白了，这就够了。"

"既然这样，又何必特别意说出来？心里明白不就行了？"

"那不行，哥哥不把我当妹妹看，你以为这事和爸爸妈妈无关，我在哥哥面前就没什么发言权，所以我也就不说什么了。不过，我不说不代表我不知道，我不是因为什么都不知道才不说的。"

话说到这，津田觉得除了收场也别无他策。再纠缠下去，只会让事情越来越麻烦。但他丝毫不肯在妹妹面前低头，哪怕是在妹妹面前假装悔过，也是做梦都不可能的。其实，道歉一类的事情，他也不是不会，只是面对自己平时就瞧不上的妹妹，才显得格外傲慢。这种傲慢比面对任何人都表现得更加明显，所以，不管口头上说得多么客气，也是没有意义的，不过是用一种更委婉的方式表达他的轻蔑罢了。阿秀仍然没有罢休的意思，她又叫了一声"哥哥"。

这时，津田才注意到阿秀身上有一个从前从未发现的变化。时至今日，阿秀总是通过哥哥把矛头对准阿延。攻击哥哥自然不假，但她真实的想法是，宁可放弃作为靶子的哥哥，也要击中躲在背后的阿延。现在，阿秀却在不知不觉中发生了变化，她竟然糊里糊涂地主次颠倒，把矛头径直对准了哥哥。

"哥哥，是不是妹妹无权对哥哥的人格发表意见？就算是无权，如果妹妹有什么疑问，哥哥也有义务解释清楚吧？'义务'这个词，也许我还用得不恰当，至少可以说是哥哥的情分吧？我现在看着眼前哥哥无情无义，作为妹妹，我觉得很难过。"

"放肆！闭嘴！你知道什么？"津田终于发起火来，"你知道'人格'是什么意思吗？不过是上过女子高中学校，就敢在我面前提这个词，真是不知天高地厚！"

"我说的不是什么咬文嚼字的事，我是在讲事实。"

"什么是事实？我头脑中的事实，是你这种无知的女人能懂的吗？真是胡扯！"

"既然这样鄙视我，只当我是给你提个醒，总可以吧？"

"可以不可以，我没有回答的必要。你跑到病人这里来，竟然是这样一副态度，你还知道自己是妹妹吗？"

"那是因为你根本不像个哥哥！"

"闭嘴！"

"我不闭嘴！我就要把想说的都说出来。哥哥对嫂子太娇惯了，比对爸爸妈妈、对我，都更重视。"

"对妻子比对妹妹更重视，这走到哪里也是理所应当的。"

"如果仅仅是这样，倒也无妨。可是，哥哥却不仅如此，你娇惯嫂子，却还另有一个心爱的人。"

"你说什么？"

"就是因为这样，哥哥才那么怕嫂子，怕成那个样子……"

阿秀正说着，病房的门呼啦一声开了，面色苍白的阿延突然出现在两人面前。

一百零三

她是在三四分钟前来到医院门口的。医院规定的看病时间是午前和午后，为了照顾在机关和公司上班的人们，午后的时间定在四点到八点。因此，阿延来的时候，医院很清静。

三四天前来的时候，置鞋处杂乱不堪地堆满了鞋子，现在连病患的影子都看不见。她没有意识到此时并非看诊的时间，所以周围才那么安静。

她在静悄悄的门口置鞋处看到了唯一摆放得非常整齐的女人木屐。从这双木屐的崭新程度来看，这显然不是护士们穿的，这使她心跳加快起来。这木屐是少妇穿的，刚刚小林的话使她满腹狐疑，一时间，眼睛死死盯着那双木屐。

一个书生从右边的方窗中露出了脸，他看到阿延站在那里一动不动，书生像要上前盘问似的上下打量着她，阿延立刻问他，是否有客人来探望津田，又问是不是年轻的女子。然后她有意表示不必传达，亲自走到楼梯口，向楼上望着。

楼上的声音断断续续地传来，不同于平常人们闲谈时的那种流畅，能听出情绪很激动，并且是在努力压抑着声调，不让别人听见。这更加刺激了阿延的神经，这刺激程度比刚刚看到那双木屐时更加强烈。她竖起耳朵认真听着。

津田的病房在诊疗室的正上方。从整座房子的构造来看，上了楼梯便是一堵墙，右侧是一间四叠半席的小房间。所以，如果不通过走廊穿过这间小房间，就不能到达津田的病房。对阿延来说，她很难听清这场谈话，因为声音是从她的后方传出来的。

阿延悄悄上楼，她的身体像猫一样轻盈，并且如猫走路一样，没有一点声音。

为了防止行人滑落，楼梯口的一端修了约六尺长的栏杆。阿延倚在栏杆上，听着津田的动静。突然，她听到了阿秀尖锐的声音，尤其是那个特殊的词——"嫂子"，格外清晰地震动着她的耳膜。她深感震惊，极度紧张的情绪并没有因此而放松下来，反而更加强烈。她一定要搞清楚，阿秀对津田说"嫂子"，究竟在说什么，于是继续侧耳静听起来。

听着听着，两人的语气越来越激烈，显然是吵了起来。不知不觉间，阿延也被卷入了激烈的争吵中，说不定自己就是这场争吵的根源呢。

然而，对前因后果都不了解的阿延，自然不可能借此就明白自己的处境。更何况，两人的语速，不，是阿秀一个人的语速如疾风骤雨一般传来，她根本来不及一句句分析和揣摩，只是那些"人格""重视""理所应当"之类的词，不断地涌进她的耳朵。

她很想一直站在那里，直到把事情搞清楚。就在这个时候，阿秀宛如最后一击的那句"你娇惯嫂子，却还另有一个心爱的人"突然使她的心颤抖起来。她听得很清楚，对她来说，再也没有比这句话更重要的了，也再没有比这句话更让人摸不着头脑的了。如果不听下文，只听这么一句话，她断不能知道到底发生了什么。不管付出多大的代价，她都必须听到下文不可。可是，那下文却听不下去了。两人的谈话已经到了一句比一句音调高的程度，这时，已经是整场谈话的顶峰，不可能再上升。如果非要继续，必然有一方要动手了。阿延为了防止这种不体面的情况发生，无论如何也要踏入病房。

她非常了解这对兄妹的关系，也知道他们平时不和的原因就在自己身上。阿延想要在这个时候出面制止，是要掌握方式方法的。她有这个自信，在这关键时刻，她下定了决心，于是故作镇定地打开了房门。

两人终于沉默了下来。然而，这暴风雨来临前的急刹车般的沉默绝不是和平的象征。被强行抑制住的无言瞬间，更像是潜伏着什么可怕的东西。

从两个人所处的位置来看，首先发现阿延的是津田。他头朝南躺在病床上，自然先看到阿延走进来。那一瞬间，阿延发现他既不安又平静。他来不及掩饰自己的心情，脸上既尴尬又似乎得到了解放的神情全都收进了阿延的眼底，这倒是符合阿延的预想。阿延从丈夫的表情里捕捉到了一些疑点，这是他心底的秘密。然而现在，她必须把另一件事作为当务之急。她那苍白的脸上露出微笑，看着津田。她的笑刚好与阿秀的回头同时发生，在阿秀看来，阿延已经率先与津田达成了某种默契，不禁涨红了脸。

"来啦。"

"你好。"

寒暄过后，谈话并没有继续进行。两人一时都找不到话题，气氛有点尴尬。阿延不便胡乱开口，只好把腋下的包打开，拿出从冈本家借来的英文幽默小说递给津田。她手指上那个闪闪发光的戒指，正是阿秀一直以来所关心的。

津田把小薄册子一本本拿出来，哗啦啦随意翻了几页便放在了枕边。他连一行都不想看，更别说评论几句了，于是就这样沉默着。阿延和阿秀倒是谈了两三句话，都是阿延先开口，对方只是从喉咙里硬挤出几句回答。

阿延又从怀里取出一封信。

"我来的时候，看了看邮箱，看到这封信就带来了。"阿延的语气很庄重，比起她和津田对坐的时候，此时的她显得格外有礼，仿佛判若两人。她向来不喜欢形式上的礼节，然而在外人面前，尤其是在阿秀面前，不得不十分拘谨地讲话。

信是他们夫妻一直期盼的，是从京都父亲那里寄来的。和上封信一样，没有挂号，说明并不是着急的信件，不可能解决他们当下的燃眉之急。无论是阿秀，还是一无所知的阿延，对此心里都很清楚。

津田在拆开信封之前对阿延说："阿延，听说没希望。"

"什么？"

"听说无论我怎样请求，爸爸也不会给我寄钱了。"津田的语气格外真挚，出于对阿秀的反抗心理，他不自觉地在阿延面前变成了一个和气的丈夫。对此，他自己都没意识到。这种毫不掩饰的态度让阿延很高兴，便用安慰的语气做了回答。说话时，她自己的语调也恢复了家常的样子。她说："既然这样，没关系，我们再想办法吧。"

津田默默打开了信封。父亲的信并不长，而且是用大字写的，一眼便能看完。两个女人不像刚才津田拿着幽默小说时那样交谈了，而是全都把视线放在信纸上。津田把信读完，又重新装回信封，随手扔在枕边，两人也大概了解了信上的内容。

尽管如此，阿秀还是故意问道："写的什么，哥哥？"

津田不太高兴，只是轻轻哼了一声。阿秀转过头，又问道："是像我说的那样吧？"

信上的确如阿秀所说，但妹妹那副自鸣得意的表情，津田很是看不惯。即使抛开这一点，单就刚刚那场争执来说，他没有好脸色也是正常的。

一百零五

阿延明白丈夫的心思，她担心再起冲突，同时也怀疑丈夫的真实目的。平日里，丈夫从来没有失去过自我克制的能力，不单是自我克制，还在背后隐藏着一股瞧不上对方的冷酷劲儿。她深信，在丈夫的这些特质背后，一定还藏着别的什么东西。她甚至认为，尽管她不知道那是什么，但只要搞清楚这些，就能牢牢把丈夫抓在手里。如果用一句话来形容丈夫的外在表现，这很简单："他是个不容易动怒的人。"可是，为什么他会在妹妹面前如此大动肝火？说得再清楚些，她进入房间之前，为什么他们产生了那么激烈的冲突？无论如何，阿延觉得有必要在退潮的大浪再次袭来之前，调和双方的矛盾，让他们的注意力转到自己这边。

"秀子妹妹，你也收到爸爸的来信了？"

"没有，是妈妈寄来的。"

"哦，还是这件事吗？"

"是。"

阿秀没再说话，阿延继续说："京都那边的花销也很大，而且，本来就是我们的不对。"

阿秀看着阿延手上的戒指，它显得比平时更加耀眼夺目，阿延还十分天真地把戒指亮在阿秀面前。

阿秀开口说："也不全是这样，人嘛，上了年纪脾气难免古怪些。他们是相信哥哥的，知道哥哥筹那么几个钱还是没问题的。"

阿延微微一笑："是啊，真到了关键时刻，总是能想出办法的，对吧？"

阿延边说边看着津田，想用眼神暗示他快说："是的，有办法。"津田虽然知道阿延在给他使眼色，却完全没有领会阿延的意图。他又扯起了之前说过无数遍的话："不是没有办法，我就是觉得爸爸说话很奇怪。又是修理院墙，又是收不到房租，那几个钱能算得了什么？"

"不见得吧，哥哥，等你有了房子就知道了。"

"我们不是也有吗？"

阿延用她那特有的微笑看着阿秀，阿秀也露出同样妩媚的笑容说道："哥哥觉得这里面有什么阴谋，他在疑心呢。"

"这就是你的不对了，怎么能疑心爸爸呢？爸爸怎么会有阴谋呢？对吧，秀子妹妹？"

"不是，我不是说爸爸妈妈，我是说别人。"

"别人？"阿延很惊讶的样子。

"是啊，就是说别人。"

阿延再次把目光转向丈夫，问道："这是什么意思？"

"是阿秀说的，你问阿秀吧。"

阿延只好苦笑。接下来又轮到阿秀说话了。

"哥哥以为是我们在背后对京都说了什么。"

"可是……"阿延不知道该说什么，这句"可是"也显得苍白。

阿秀乘虚而入说道："所以，刚才大家都很不高兴，我和哥哥一见面，总是会吵架，尤其是出了这件事情之后。"

"真让人为难。"阿延叹息着，又问起津田，"这是真的吗？你不是那么没有男子气概的人吧？"

"不管事实如何，反正阿秀是这么看的。"

"可是，你想过没有，阿秀他们这么做有什么好处呢？"

"大概是想教训教训我吧，我怎么知道。"

"教训什么？你做了什么坏事吗？"

"我不知道。"津田很是厌烦。

阿延不知所措地望着阿秀，她那双小眼睛和眉宇之间流露出一丝求救的神情。

一百零六

"哥哥就是太固执了。"阿秀终于开口了。她已经被逼到必须对嫂子解释一下的地步。她一面说，一面心里却更加讨厌嫂子，认为她是一个装腔作势又狡猾的女人。

"是啊，真够固执的。"阿延附和道，又转向丈夫说，"就像秀子妹妹说的，你真是太固执了，这个毛病必须改掉啊！"

"我哪里固执了？"

"这我可不知道。"

"就是因为我从爸爸那里要钱吗？"

"大概吧。"

"可是我也没说一定要啊。"

"也是，你不会那么说，因为说了没有用，还不是白说。"

"那我怎么就固执了？"

"怎么固执？问我，我也不知道，反正，总有固执的地方。"

"胡说！"

被骂的阿延反而觉得心情畅快，她微微一笑。

阿秀心里却不好受，说道："哥哥，我带来的东西，你为什么不真心接受？"

"什么真心不真心，接受不接受的，你压根也没拿出来啊？"

"你没答应收下，我才没拿出来啊。"

"要我说，是你没拿出来，我才没收。"

"但是，你没有收下的意思，这让我心里很不痛快。"

"你说怎么办呢？"

"这不是明摆着吗？"

三个人全都沉默了。

突然，津田开口说："阿延，你给阿秀道个歉，可以吧？"

阿延不敢置信地看着丈夫："为什么？"

"照阿秀的意思，只要你肯赔礼道歉，她就能把带来的东西拿出来。"

"我没有做什么需要道歉的事啊。不过，只要你下命令，我怎样赔礼道歉都可以，只是……"阿延说到这儿，用诉苦的目光看着阿秀。

阿秀打断了阿延的话，说："哥哥，你这是什么话？我什么时候说让嫂子赔礼道歉了？你胡乱编造这样的话，让我怎么有脸见嫂子？"

沉默再一次降临在三人头上。津田故意不开口，阿延是觉得没什么开口的必要，阿秀则是在考虑说什么。

"哥哥，尽管你瞧不上我，我还是要对你们尽我的义务。"

阿秀刚说出这些，津田又急切地提出质疑："等等，你说的义务是什么意思？难道不是关怀？"

"在我看来，都一样。"

"是吗？那我无话可说，原来如此。"

"不是'原来如此'，是'正因如此'。你们误会我在背后对爸爸妈妈说了什么，才导致你们那么不顺当，再怎么说，这样我也不好受。正因如此，我觉得我应该凑齐这笔钱送来。今天就是出于这份好意，我特意把钱带来的。其实，昨天接到嫂子的电话，本想立刻就来，只是早上家里有点事，中午又因为这件事去了银行，所以没来成。钱本来也不多，不值得一提，但这是我的心意，哥哥根本不理解，我真的很遗憾。"

阿延看了一眼津田，说道："你倒是说句话啊。"

"说什么？"

"说什么？说谢谢啊，对阿秀的关怀表达感谢啊！"

"就为了那么几个钱，就要这么感恩戴德？我不干。"

"我也没说让你感恩戴德啊？"阿秀用尖锐的声音辩解道。

阿延仍旧用心平气和的态度说："所以，你不要那么倔强，就向妹妹道一声谢谢嘛。就算不愿意收钱，道一声谢还是应该的。"

阿秀的脸色很难看，津田摆出一副"别废话了"的态度。

一百零七

三人都陷入了难以言表的窘境中。事情发展到这种地步，想要转移话题已经不可能了，就此散场更不现实，只能留在这里，想点办法把问题解决。

在外人看来，这个问题根本算不上什么，只要是旁观者，用冷静的眼光观察他们的身份和处境，就会明白这不过是小事一桩。其实，用不着别人来评判，他们自己心里也明白，但就是一定要争出个结果。这不得不说是一种玄妙的宿命，就像有一只谁都看不见的手，正在随心所欲地操控着他们。

最后，津田和阿秀展开了一番这样的对话。

"要是一开始什么都没说，倒也罢了。可是，既然说了，再把拿来的东西拿回去，总不像那么回事。那么，请收下吧，哥哥。"

"愿意留下，那就留下吧。"

"所以，要是想收下，便收下好了。"

"到底怎样做才合你的心意？天知道你是什么意思，你把条件痛痛快快讲出来，行吗？"

"什么条件呀？我可没给你提什么条件，只要哥哥能高高兴兴地收下，也就像个哥哥的样子了。另外，哥哥再发自内心地对爸爸道个歉，这事就结束了。"

"我早就对爸爸道过歉了，你不是也知道吗？而且，也不是说了一两回了。"

"我说的不是形式上的道歉，是发自内心的悔过。"

津田心想："就这么点小事，谈什么悔过不悔过的，我压根就没那么想过。"

"你觉得我的道歉是走形式吗？我也是个有男子气概的人，为了这么点钱，没必要那么低声下气的，你自己想想看！"

"可你实际上很需要这笔钱的吧？"

"我没说过不需要。"

"所以你才向爸爸赔礼道歉的吧？"

"不然我为什么要道歉呢？"

"所以爸爸才不打算再给你钱了。哥哥，你没意识到这一点吗？"

津田不再说话，阿秀继续步步紧逼，说道："哥哥，如果你还是这种态度，别说爸爸了，我都不会拿出钱来给你。"

　　"那就算了，我也没说非要不可。"

　　"但你不是说，就算要不到，也必须要吗？"

　　"什么时候？"

　　"你刚才说的。"

　　"别胡说，混蛋！"

　　"我可没胡说，刚才你心里不是一直这么想的？只是你不够坦诚，没有说出口。"

　　津田狠狠地瞪着阿秀，眼睛里充满了怒火，丝毫没有羞愧之意。甚至当他开口时，阿延都吓了一跳。因为他竭尽全力用平静的语调说出了与她预料完全相反的一番话：

　　"阿秀，你说得都对。哥哥说心里话，你带来的钱，哥哥的确需要。哥哥也再一次声明，你是个有情有义的好妹妹。哥哥感谢你的关怀，所以，请你把钱放在我的枕边吧。"

　　阿秀激动得连指尖都在颤抖，两颊也泛起了红晕，仿佛所有的血都冲到了脸上。由于她肤色净白，脸上的血色显得更加鲜艳。然而，她的语调变化并不大，甚至在愤怒中还露出一丝微笑。她突然撇开哥哥，将明亮的目光转向阿延。

　　"嫂子，你看怎么办？哥哥都这么说了，我就把钱留下吧。"

　　"这个，阿秀，还是要看你的意思啊。"

　　"是吗？可是哥哥说的确很需要啊！"

　　"是啊，他是绝对需要那笔钱，但对我来说，有没有都无所谓。"

　　"这么说，哥哥和嫂子是分开的吗？"

　　"哪有，肯定不是啊，我们是夫妻，永远都是一体的。"

　　"那……"

　　阿延不等她把话说完又继续说道："他需要的钱，我已经替他筹到了。"

　　说着，她从腰带里把昨天从冈本家拿来的支票取了出来。

一百零八

阿延像是特意做给阿秀看的，她把支票放到津田手中。此时，她对丈夫产生了一丝期待，这份期待来源于他们之前的谈话，也来自她本身的性格。她希望丈夫和她配合得亲密些，把支票接过去。最好丈夫还能对她报以温柔的微笑，点头示意，从容地把支票放在枕边；或者对妻子说几句简单却听起来很舒服的话，再把支票交还到她手里。无论是哪一种，只要让阿秀看到这张支票的来历，就知道他们夫妻是心意相通的，这就足够了。

不幸的是，无论是阿延的举动还是支票的出现，对津田来说，无疑都太过突然。何况在此等场合下，他的表演技巧远远不及妻子，他惊讶地看着那张支票，缓缓开口说：

"这是怎么回事？"

这冷淡的语调与同样冷冰冰的反问，一下子就把阿延炽热的心浇凉了，她的期待瞬间落空。

"没有怎么回事，因为你需要钱，我就去筹了。"说完这话，她心里又在打鼓，生怕津田继续一本正经地追问下去。这样一来，夫妻间貌合神离的证据就会暴露在阿秀面前。

"别管怎么回事了，你在养病，不问这些更好，以后总会知道的。"说了这些，她心里仍然不安。趁津田还没说什么，她又立刻补充说："好了，不知道也无所谓，不过是那么几个钱，从哪里都可以筹到的。"

津田总算把支票放在了枕边。他希望拿到钱，却也不是那么看重钱。他需要钱，所以比别人更能体会没钱的痛苦。可是，他性格中不看重钱的特质又使他很赞同阿延的话，于是他没有作声。也正因如此，他并没有对阿延说什么感谢的话。

阿延有些失落，心想："就算不对我说点什么，哪怕对阿秀说几句泄愤的话也好啊！"

阿秀适才一直在旁观着他们刚刚的表现，这时忽然叫了一声"哥哥"，然后从怀里取出一个漂亮的女士钱包，说道："哥哥，我带来的东西就在这儿。"

她从钱包里取出一个用白纸包好的东西，放在了支票的旁边。

"就放在这儿，可以吧？"阿秀本来是对津田说的，但听起来却像是在等待阿延的回答。

阿延立刻开口："秀子妹妹，这太不好意思了。不用为我们这么费心，要是我筹不到钱也就罢了，幸好现在已经筹到了。"

"可是，这么一来，我心里就不好受了呀。我好不容易把钱带来了，就不要说别的了，收下吧。"

两人互相推让，反复说着相同的话，津田一直耐着性子听着。终于，两人都不约而同地转向了津田。

"老爷你就收下吧！"

"要是你想收下，也行。"

津田微微一笑，说："阿秀，你可真奇怪，刚才态度那么强硬，现在又一个劲儿地要我收下，到底哪个你才是真心的？"

阿秀生气道："哪个都是真心的！"

这回答让津田愕然了，她的语气也使津田原本嘲讽的态度大大受挫。阿延更是不必说了，她惊讶地望着阿秀。阿秀的脸还是和刚才一样涨得通红，然而，她冷漠的眼神里，不仅有愤怒的光芒，还有懊恼、悔恨。除此之外，还有一种难以说清的情绪。这究竟是怎样一种情绪，或许只有她自己知道，别人是无从猜测的。两人都为这目光疑惑着，觉得有必要重新整理一下自己的思路，于是毫不掩饰地等待着阿秀再说点什么。就在这时，阿秀脱口而出又说了一番话。

一百零九

"说实话，刚才我还在犹豫，是说还是不说。可是，一看到哥哥那么轻视我，就不甘心一言不发地离开。所以，我就把我想说的话都说了出来。不过，我事先声明，下面要说的话，和之前说的意义不同，你们如果还用刚才的态度来听，我就有点难堪了。我的意思是，我不是怕别人误会，而是怕我的这份心情不被你们理解。"

阿秀的话，就以这几句作为说明的开头。对于刚刚做好准备转变思路的津田夫妇来说，这话完全超出了他们的意料。两人都默默等待着下文，然而，阿秀再一次叮嘱道：

"我是很认真地说，所以，也请你们稍微认真一点来听。"阿秀说着，将敏锐的目光从津田身上转移到阿延身上。

"当然，我不是说刚才的谈话不认真。好在嫂子在这里，不会出什么事的。要是我们兄妹吵起来，嫂子还能劝一劝。"

阿延笑了一下，阿秀却不予理睬。

"我总在心里想，说说吧，跟哥哥说说吧，趁着嫂子也在场的时候。可是，总也没有这样的机会，所以这番话一直憋在心里，到今天也没讲出来。现在，真要趁你们都在的时候一吐为快了。我要说的也没别的，就想说说你们二位，除了自己，还真是不把任何人放在心上。只要自己痛快，不管别人怎么烦恼忧愁，你们都视若无睹！"

对于这样的批判，津田接受起来倒是很平静，他承认自己的确如此，而且不可否认，这也是所有人的特点。可是，对阿延来说，这批判却是太意外了。她始终呆呆地站在那里，不知怎么辩驳才好。没等她开口，阿秀又继续说了下去。

"哥哥只爱他自己，嫂子呢，一心只想得到哥哥的爱，你们眼里便再也没有别人了。至于妹妹，更不用说了，就连父母也像不存在一样。"

阿秀说到这儿，像是怕他们两个有谁开口打断她一样，又继续说下去。

"我不过是把我亲眼所见的事实说出来罢了，也不是想问你们怎么办才好，而且时机已经过去了。说实话，就是刚刚过去的，就在你们都没注意的时候。我相信一切皆有因果，所以这件事情的结果，我有必要说给你们听听。"

阿秀又把目光从津田身上转移到阿延身上。两人对她所说的"结果"丝毫没有概念，都有着想要听下去的好奇心，所以都沉默着。

"结果很简单。"阿秀说，"简单到一句话就能说清楚。不过，估计你们是不会理解的。也许你们自己都没有意识到，你们是不可能得到别人关怀的。这么说，可能你们还是不会理解。再重新说一遍，我的意思是，你们心里只有你们自己，这就导致你们失去了获得关怀的资格。就是说，你们已经沦为那种对别人的好意不知道感恩的人。也许在你们看来这也没什么，说不定还觉得很不错呢！但在我看来，这是你们莫大的不幸，这等于彻底丢弃了那种跟别人亲近的机会。哥哥说的确需要我拿来的这笔钱，可是，又不愿意接受我送钱过来的好意。在我看来，这完全颠倒了。作为一个人来说，这简直是本末倒置，所以，这是最大的不幸，是哥哥意识不到的不幸。嫂子还觉得不收我带来的钱才好，刚刚你那副样子，明摆着就是在说'千万别收下，千万别收下'。总之，拒绝收下我的钱，就是连我的好意也一起拒绝了。这么做，嫂子是挺高兴的吧？可是，嫂子也把事情弄颠倒了。你简直不能理解，坦率地接受妹妹的真情，那种胸怀开放获得的喜悦，比你现在的开心不知要高出多少倍啊！"

阿延不能再沉默下去，然而，阿秀比阿延更加不甘沉默。她用激烈的语调把阿延想要打断她的势头压制住，非要把心中想说的话全都说出来不可。

"**嫂**子想说的话，还是等我以后慢慢再听吧。现在，请耐心把我想说的话听完，很快就说完了，不会太久的。"

阿秀的声明意外地冷静，和刚刚与津田发生冲突的时候相比，简直完全相反，从激动转向了沉着。这对津田夫妇来说，算是意想不到的情况。

"哥哥。"阿秀说道，"我为什么不早些把东西给你呢？现在又上赶着把钱交给你，为什么？想一想吧，嫂子也想一想。"

不用想，在他们看来，这番话无非是阿秀的辩解。尤其是阿延，她更是这么认为。然而，阿秀的态度却极其认真。

"哥哥，我仍然希望你能像个哥哥的样子。你不是说'不就那么几个钱'吗？在我这，钱数多少不重要，只要有机会能让哥哥变得像个哥哥的样子，我都会好好把握这个机会。我今天来这儿，已经尽了我最大的努力，但显然是失败了。尤其是嫂子来了以后，我的失败就更彻底了。就在那时，作为妹妹，我真的不得不永远放下对哥哥的感情了……嫂子，请原谅，我是小辈，就让我把话说完吧。"阿延又想开口，再次被阿秀制止了。

"你的态度，我都清楚了，与其听你说上一两个小时，还不如我自己根据刚才的情况自行判断来得更透彻。你想说什么，我一点都不想听，但是，我要说的，你却一定要听一听。"

阿延心想："真是个以自我为中心的女人。"不过，她已经稳操胜券，就算什么都不说，也无伤大雅。

"哥哥。"阿秀说道，"看看这个，用纸包得好好的。可以证明是我在家就准备好的吧？这是我阿秀的一片心意啊！"阿秀特意把纸包拿起来给津田看。

"这就是情义！你们不明白，没办法，我只好自己说。还有，即使哥哥不像个哥哥的样子，我做妹妹的，还是要把从家里带来的这份心意留在这儿。哥哥，这是关怀呢，还是义务呢？哥哥刚才这么问我，我说'都一样'。哥哥不肯接受妹妹的情义，但妹妹还是想尽自己的一份情义，所以情义跟义务还有什么区别？难道不是哥哥把我的情义变成了义务吗？"

"阿秀，我已经知道了。"津田终于开口。妹妹的意思他已经完全清楚，但丝毫没有引起她期待的那种感情。他早就觉得很不耐烦了，一直努力耐着性子听她唠叨。在他看来，妹妹既不温情也不诚恳，既不可爱也不高尚，只是惹人生厌。

"我已经知道了！行了！够了！"

阿秀早已绝望，因此一点也不恼怒，继续说道：

"这钱，不是我丈夫垫上的。哥哥，我丈夫在京都的父母那里做过保证，立下过字据，因为哥哥毁约，他就有责任承担这件事。本来呢，是要由他垫付的，但是，如果真是这样，哥哥心里恐怕也不太好受吧？我也不愿意去麻烦他，所以呢，我声明，这钱跟他没有任何关系，这是我的钱。所以，哥哥可以默默地接受了吧？就算不接受我的心意，钱总是可以接受的。现在，即使你勉强说两句感谢我的话，我也不想听，不如就默默地收下吧。现在已经不能说是为了哥哥了，倒像是为了我。哥哥，就算是为了我，你就收下吧。"

阿秀说完这些，起身就要走。阿延看看津田，他的脸上没有任何表情。没办法，她只好送阿秀下楼。两人在门口说了几句寻常的客气话，便分手了。

一百一十一

如果只是在医院里和阿秀碰面，对阿延来说算不上是什么意外。但是，从这次碰面的结果来看，则是意外中的意外。尽管阿延平时就知道阿秀对她的态度，却怎么也没想到她会在这样的场合和她对峙。事情过去之后，阿延觉得这只能算个偶然事件，完全没有认真细想下去，没有考虑整件事情的来龙去脉，找找最根本的缘由。这种心理说得更明白些，就是认为自己根本没有责任，一切都应该由阿秀承担。所以，她的心情异常平静，至少，很难看出她在良心上有什么愧疚之感。

　　这次碰面，阿延有两项收获：第一，是这件事情带来的不愉快。在这不愉快中，预示着今后会与阿秀产生种种摩擦，对此，她已经有充分的思想准备来应对。但是，这有一个先决条件，就是需要津田的支持。想到这儿，她有七分把握，还有三分不安。如今，能把这三分不安减到何种程度是她的头等大事。今天，为了得到丈夫的爱，或者说为了重新获得丈夫的爱，她已经展示了她全部的真情。从这个方面来看，她还是有几分自信的。

　　在阿延自己的心绪中，这必定是最重要的一项收获。此外，还有一项是从天而降，于无意中自然落入手中的。当然，这只是暂时的，但也因此幸运地避开了原本丈夫投注在她身上的猜忌眼神。因为和阿秀交锋之前的津田和在这之后的津田已截然不同，在他们吵到不可开交的时候，阿延的出现起到了推波助澜的作用，这等于她在无形之中捡了个大便宜。

　　冈本先生为什么一定要请她去看戏？她昨天又为什么非要去冈本家不可？现在，她已经不需要解释这些，就连她本想主动提起的关于小林的话也没有心思谈了。阿秀离开后，两人的思绪已经完全被她占满。

　　这一点，他们从彼此的表情上得到了确认。阿延送走阿秀后，登上楼梯，当她的身影出现在门口的刹那，两人四目相对。阿延在微笑，津田也在微笑。病房里没有别人，只有他们夫妻两个。那微笑深深地印在了对方心底。至少对阿延来说，从那微笑中，她看到了阔别已久的、从前的津田。她并不知道浮现在他脸上的笑容有哪些含义，仅仅把这表情当作了可喜的纪念，小心翼翼地珍藏在心底。

两人的微笑突然发生了变化，他们的嘴巴张开，露出了牙齿，同时大笑起来。

"真是有点可怕哦。"阿延说着，在津田的枕边坐了下来。

津田倒是很平静地回答："所以我就说不要给她打电话。"

两人自然把阿秀作为话题谈了起来。

"秀子妹妹不会是基督徒吧？"

"为什么这么问？"

"不为什么。"

"是因为她把钱留下吗？"

"不全是。"

"那是因为她一本正经地说教？"

"嗯，是啊。我还是头一次听秀子妹妹说出这么深奥的话呢。"

"她啊，就是爱胡扯，不胡搅蛮缠一番是决不罢休的。"

"我可是头一次领教。"

"你是头一次，我可是不知道听了多少次了。本来一个无所谓的事，她非要搞得很严重的样子。她这个人就是这样，再加上受到藤井叔叔的影响，中毒更深了。"

"为什么？"

"为什么？总是跟在喜欢大吹大擂的叔叔身边，耳濡目染的，自然能言善辩了。"

津田露出一副不屑于继续谈论的样子，阿延也露出了苦笑。

一百一十二

阿延很高兴，她感觉好久都没有这样和丈夫亲密地谈心了。之前隔在他们中间的迷雾好像突然被扯掉了，心情非常畅快。

"因为我爱他，所以也要让他爱我。"这便是阿延的决心。这决心促使她付出了巨大的努力。幸好她的努力并非徒劳，终于得到了回报。这回报，足以给她今后的日子带来希望。这次跟阿秀之间出现的裂痕，只能归咎为疏忽造成的意外，但这恰巧给了她回旋的曙光，使她得以从遥远的地平线上依稀望见蔷薇色的天空。在这暖融融的希望里，她也忘记了这次关系破裂带来的种种不快。她的心里还残存着小林留下的那个模糊的阴影，阿秀脱口而出的那句可疑的话也在她的脑海中闪现。然而，这一切都退得远远的，至少不会让她觉得那么痛苦了。甚至连最初听到那些话时自己所受到的那股震撼，如今也无须再去回忆。

"就算真的发生了什么，我也可以应对的。"阿延的心里对丈夫产生了这样的信心。一旦发生什么状况，她也有随机应变的余地，想要摆平对手，可以说是轻而易举。

"对手？是谁呢？"如果有人这么问，阿延要怎么回答？这个"对手"只是个模模糊糊勾勒出来的影子，是一个女人，是一个想要从自己手里夺走津田的爱的人。除此之外，她什么也不知道。但是，她知道这个人一定藏在什么地方。若不是阿秀和他们夫妻之间产生的风波发展到这么严重的程度，按照她处事的风格，早就该着手去寻找那个藏在津田心底的对手了。

她回顾了那个快要被计划弄得发狂的自己，反而感到一阵幸福。暂且把烦恼的事情搁在一边，她并没觉得痛苦。她想，事情发展成今天这个局面，不如把自己的柔情深深地印在丈夫的脑海，这才是上策。

她刚刚作出决定，便立刻撒了谎。然而，这只是一个小小的谎言。事到如今，她深信能够从精神和物质的层面上解救丈夫于苦海的，唯有自己带来的这张支票。因此，她觉得这个小小的谎言意义重大。

津田把支票拿在手里打量，支票上写的金额比他们需要的还多。在谈论这个问题之前，他先对阿延说："阿延，谢谢你，这次多亏了你。"

阿延的谎言就是在这句话之后脱口而出的。她说："昨天去冈本家，就是为了拿这笔钱。"

津田大为震惊。当初他恳请阿延去冈本家筹钱，断然拒绝这个方案的正是今天拿回支票的阿延。时间还不到一周，她从哪里冒出来这股深情呢？津田很是迷惑。对此，阿延是这样解释的：

"我确实不太愿意去，也不愿意为了钱的事麻烦姑父。可是，有什么办法呀！到了紧要关头，要是这么一点勇气都拿不出来，作为妻子，我就是没有尽到责任。"

"你对姑父说明理由了吗？"

"说了，真是太难为情了！"

阿延嫁给津田时，大部分花费都是姑父出的。

"何况我一直做出一副不缺钱的样子，所以就更难为情了。"

津田非常理解这是多为难的事。

"真是难为你了。"

"说起来，也算是办成了，也不是难事，只是太不好开口了。"

"可是，这世间像爸爸、阿秀这样的人能有几个！"

津田像是尊严受到伤害的样子，阿延立刻为他挽回了颜面。

"也不仅仅是因为家里困难才去拿钱的。姑父早就答应要给我买一个戒指，他说出嫁的时候没买成，就现在补上吧，这是早就说过的。所以这钱也是为这个原因给的吧，你不必放在心上。"

津田看了一眼阿延的手指，自己给他买的戒指正在闪闪发光。

一百一十三

两人的感情变得非常融洽。

津田那颗为了在阿延面前保持体面的心终于得以放松。他曾担心阿延会把父亲看成是一个吝啬的人，也曾害怕阿延会因瞧不上父亲的资产而轻蔑他。由于这两个原因，他一直尽可能地为京都那边蒙上一层神迷的面纱。现在，这些担忧全都消失了，而且，他既没费什么力气，也没动什么脑筋，完全是靠一股自然的力量把他推到现在这个境地。这相当于无形中抬高了津田，并且是因为阿延才得以实现的。阿延对此非常高兴，在不经意间就改变了丈夫，这让她有一种天真的得意。

同时，在津田眼中，阿延也同样发生了变化。别的暂且不论，结婚后双方经常为钱的事情发生微妙的争执，起因源自这些：津田像一般人一样喜欢炫富，为了让阿延高看一眼，他竟把父亲的资产说得远远超过实际，以此在阿延面前吹嘘。如果仅是如此倒也罢了，但津田的弱点是，他不懂得见好就收，一定要阿延认定自己是个富裕自在的阔少爷才好，只要需要，不管多少钱，父亲都能资助。就算没有资助，每个月的支出也无须担心。结婚时，他就这样对阿延许诺过。聪明的津田在看待金钱方面是阿延无法企及的。换句话说，他甚至相信黄金的光芒能产生爱情。他常常为了维持在阿延面前的体面而感到不安，深恐会遭到阿延的轻蔑。委托堀先生来获取父亲那里的资助，也是出于这种心理。就算这样，他仍然有不自在的地方，至少在阿延面前，他是表里不一的。阿延聪明过人，对此了如指掌。她对这种情况必然不满，但比起责怪丈夫的虚伪，她更在意丈夫对她的隐瞒。她觉得他太不坦诚了，为什么不干脆把弱点暴露在妻子面前呢？她为此很是烦恼，最终暗下决心："既然你不坦诚，偏要做个存有戒心的丈夫，那我也要有自己的准备。"于是，她的态度如山谷回音一般在津田心中引起了反响。两人之间永远存在着隔阂，都刻意地不肯触及敏感话题。但是，在和阿秀争吵的过程中，阿延心中的那扇门呼啦一下被拉开，她自己可能都还没有注意到这一点。她不曾努力，也没有决心在丈夫面前卸掉自己的伪装，就这么自然而然地卸掉了。因此，津田看她仿佛变了一个人，也觉得非常高兴。

两人的关系就这样在不知不觉间变得非常融洽。接着，在他们相亲相爱的气氛中，立刻产生了一种奇妙的现象。他们开始坦率地讨论从前一直回避的问题，两人一起商讨对京都方面的善后策略。

他们有一个共同的预感：这场风波不会就此平息。这预感揪住了两人的心，他们想：阿秀一定会有所动作的，她会把一切都向京都汇报，这样一来，结果肯定对他们不利。这是他们达成一致的地方，后面便是商讨应对策略了。然而，谈到这里时，两人的意见又发生了分歧，难以达到统一。

阿延首先提出请藤井叔叔来做调解人，但津田不同意。他很清楚，叔叔和婶婶都是偏袒阿秀的。津田问阿延觉得冈本怎么样，这回轮到阿延反对了，理由是冈本和津田的父亲并没有深交。她又提出了一个更简单的方案，索性亲自到阿秀家找她谈谈。对此，津田也没有太大异议。就算不是为了平复这场风波，仅仅是为了两家不至于绝交，也是有必要选一种方式达成和解的。不过，他们总希望能想到一个更好的办法，于是又陷入沉思。

最后，"吉川"这个名字几乎同时从他们两人口中蹦出。他的地位，与津田父亲的关系，还有受津田父亲的委托照看津田……以上各种条件，都令人觉得越想越对自己有利。不过，这中间还有一层困难，那就是想让不够平易近人的吉川说情，需要先说服他的夫人。这位夫人对阿延来说，可是个劲敌。阿延在赞同津田的提议之前有过片刻的犹豫。但是，津田和这位夫人关系不错，他认为此事很有希望，于是极力主张这个方案。最终，阿延做了让步。

这场风波过后，夫妇二人促膝长谈了好一阵，才各自心情舒畅地分别。

一百一十四

前天夜里津田没有睡好，整个人格外疲劳，当天晚上他却睡得异常好。第二天醒来，阳光灿烂，空气清新。透过窗户眺望碧空，耳边传来隔壁洗衣房惯常的哗哗声，给这清朗的秋天平添了几分情趣。

"你要走，可要穿好衣服走，嘿，嘿，嘿……"

洗衣房的小伙儿哼着小曲，有节奏地加紧了"嘿，嘿，嘿"这样的声音，津田完全能够想象出他是怎样一副忙碌的样子。

他们突然出现在一个洞口，提着白色的病号服走上屋顶，然后登上晾衣架，将衣服一件件晾在秋空里。津田来到这里后，每天看着他们重复着单调的劳动，却又是那么勤奋，想不通这有什么意思。

他现在必须花心思考虑一下自己的切身问题，于是吉川夫人的身影又出现在她的脑海中。关于他的前程，当然还只是一个非常模糊的构想，每次他想考虑得更清楚些，吉川夫人的影子就会出现在他的脑海里。这位夫人一直都是影响他前程的关键人物，何况此时，他又寄予了她新的意义。

其一便是上次拜访之后留下的悬念。当时，她蜻蜓点水般重新提及两人之间的秘密，津田努力控制自己不去思考下文，却又忍不住想知道。既然将秘密重新揭开的人是她，自己就有权利知道秘密的真相。

其二便是京都那件令人担忧的事。且不论这件事情的轻重，这总是一个迫切需要解决的问题。很明显，尽早去见她才是上策。但他的身体状况，不继续休养个三五天是无论如何不能外出走动的。昨天阿延临走前，他委托她代自己去见夫人。虽然阿延拒绝了，但他始终坚信这是最稳妥的办法。

津田非常奇怪，阿延为什么不愿意为此事拜会夫人呢？她不是一直默默地想跟那些人来往吗？这次他为了强调了自己的动机，特意说明这是她拜会夫人的好机会。可阿延却不肯同意，津田也就不再勉强她。这不仅是为了保持夫妻间和睦的气氛，也与阿延坚持不肯同意有关。阿延说，如果她去见夫人，事情一定办不成，但没有说具体的理由，只是说如果是津田去，就一定办得成。津田提醒她说，即使可以办成，也要等出院之后才能去拜会的，恐怕会耽误事情。阿延当即给出了一个意外的回答，她断言夫人一定会来医院探病，接着她又提议，只要好好利用这个时机，事情就能以最自然、最简单的方

221

式解决。

津田望着洗衣房晾晒的衣服，将昨天和阿延的对话又回想了一遍。他觉得吉川夫人可能会来探病，又觉得似乎不太可能，想不通阿延为什么这么肯定夫人会来。他想象着阿延与大家在剧院的餐厅落座时的情景，像写小说似的构思着她与吉川夫人的对话。阿延究竟是从他们哪一句对话中得出了这个判断呢？他百思不得其解，只好不去深究。他不得不承认，上天赐予了阿延几分直觉，却没有赐给他。在这一点上，他永远对阿延存着几分敬畏，也没有勇气直接向她提出质疑。但是，对于直觉，他并不完全信服，因此始终在琢磨有什么好办法能请夫人来医院。他首先想到的是打电话，但很快又陷入沉思，有没有一种比打电话更能让夫人感觉既不失礼，也不唐突，还非常自然的方式呢？然而，这番心思恰似泡影，无论怎样费力吹起泡泡，又马上会一个个消失。归根结底，这一切相当于把不切实际的幻想变成现实。当他意识到这不过是徒劳时，又苦笑着继续透过窗子向外眺望。

不知什么时候，外面起风了。洗衣房门前的柳树和白色病号服一起轻轻摇摆着，对面的三根电线也如合奏一般来回舞动。

一百一十五

医生从楼下走上来，看到津田神情倦怠的样子开口便问："感觉怎么样？"然后又安慰似的说："再忍耐几天吧。"接着帮他换了纱布。

"伤口要多注意，不然可就危险了。"医生一边叮嘱一边将盖在津田伤口上的纱布掀开一点进行检查，发现有血水渗出，便提醒津田要当心。

纱布只更换了一小部分，如果把关键部位掀开，恐怕会引起大量出血。身体这般情况，津田当然也不能强行出院。

"还是按照预定的日期好好休养吧。"医生露出一副同情的表情，"再继续观察一下恢复的情况，不过，也不必太担心。"

医生虽然这么说，还是把津田看作是一个时间和经济上都宽裕的患者。

"外面没什么太重要的事情要处理吧?"

"嗯，住上一个星期还是可以的。不过，临时出了一点事……"

"啊，是这样啊。不过，很快就好了，再坚持几天吧。"

医生没什么可叮嘱的了。或许是因为来看病的人不多，便坐下和津田闲聊起来。医生谈起他在某大医院做助手的时候发生的一件事，让津田忍不住大笑起来。据说有一个人怀疑护士拿错了药，导致患者死亡。那个人威胁药房的工作人员，扬言必须把那个护士痛打一顿不可。这样的事情，津田一向觉得很滑稽。他向来讨厌这样的人，除了愚蠢再无其他评价。通俗些说，他只注意到了对方的缺点，并用自己的长处与之对比，从而自我满足起来。他完全没有考虑自己也是有缺点的。

医生检查完后，津田忽然觉得为这么一点小病就要被困在这里一个星期，太可悲了些。或许是心理作用，他觉得他的时间非常宝贵，甚至后悔起来：早知道这样，就该推迟几天再来医院的。

他又想起吉川夫人。现在，他不再考虑用什么办法能叫她来医院了，而是暗暗期盼着，只要她能来就好了。平时，他很瞧不上阿延的直觉，只因她能看穿他的心。唯有此刻，他又盼望着阿延的直觉能够应验。

津田从阿延送来的书籍中抽出了一本，心想：这果然是冈本家的藏书，处处透露着冈本的性格。然而遗憾的是，他完全不懂何为幽默。书上的字，能读进脑子，却读不进心里。读着读着，连脑袋也进不去的文字不断跃入眼帘。他想，这不是自己的责任，他胡乱翻着，想要找几段能够看得懂的部分，忽然看到下面这段文字：

"姑娘的父亲问这位青年：'你爱我的女儿吗?'青年回答说：'现在已经不是爱或不爱的阶段了。为了这位小姐，我甚至愿意将生死置之度外。她那温柔迷人的眼睛，只要看我一眼，我就愿意心满意足地死去。我可以立刻从两丈高的悬崖跌落到岩石上，摔成血肉模糊的肉块给您看。'姑娘的爸爸摇摇头说：'坦白说，我也是个爱撒谎的人。在我们这样人口少的家庭，如果有两个爱撒谎的人，那可是个大问题呀。'"

　　看到这儿，津田不由苦笑起来。"撒谎"这个词比任何时候都更让津田感到讽刺。在内心深处，他承认自己也是个爱撒谎的人，同时他也认定别人都在撒谎。尽管如此，他丝毫不抱有悲观厌世的思想。相反，他认为为了生活是必须撒谎的。他就是在这种朦胧的世界观中活到现在的，虽然从来没有意识到这件事，自己却始终在践行。因此，一旦稍微深入思考一下，他便连自己的立场也不清楚了。

　　"爱与虚伪"，这就是他读的这则笑话所揭示的主题，他不知道该如何理解两者的关系。他正面对一个重要的问题，而且心里觉得必须快点解决。但是，如果没有时间和机会，恐怕所有思考都只能是空想。他不是哲学家，即使一直践行着自己的人生观，也无法用明确的逻辑把问题搞明白。

一百一十六

　　津田一件件回想着往事，时间不知不觉间已过了正午。他的头脑极度疲劳，再也没有精力把任何一件事情思考太久。虽然已到秋季，对于只影孤眠的人来说，白昼仍旧显得太长。寂寞之余，他想起了阿延。他一厢情愿地希望阿延今天能出现在自己面前，对于从前对阿延的敬而远之，他感到很后悔，但立刻又开始期盼她的到来。他甚至忘了为自己辩解：对于这种自然在脑海中出现的念头，他又有什么责任呢？对于阿延，他有很多不理解的地方。同样，自己的心底也藏着阿延不知道的事情。这种心理或许早已存在，但不到万不得已，他是不会把它变成具体的话语出在脑海中。

阿延迟迟不来，比阿延更迫切需要到来的吉川夫人更是不见踪影。津田很扫兴，不知是谁一直唱着那支他很讨厌的歌谣，吵得他的耳鼓很不舒服。他忽然想起记忆中的一块细长招牌，上面写着"民歌指导"，挂在洗衣房对面的二楼。那个二楼应该是授课的房间吧，虽然离医院有一段距离，但传来的歌声还是震耳欲聋。但不管怎么说，他没有权利制止别人歌唱，虽然不满，但有什么用呢？他只能期盼着自己早一点出院。

柳树后面有一间红砖仓库，仓库上挂着一个在山的下面画着一道横杠的商铺标志。不知为何，墙壁的左右有两个突出的东西，像是弯头钉。津田有意无意地凝望着那两根铁钉，忽然听到一阵莽撞的脚步声。他愣了一下，从这脚步声中，津田已经把来人的身份猜了个七七八八。

他的猜测立刻变为现实。当他把目光转向门口的同时，小林穿着那件刚刚到手的大衣大摇大摆地走了进来。

"怎么样了？"说完他便立刻坐下。

津田以苦笑代替了寒暄。他一见面心里就在想："他这是干什么来了？"

"看看这个。"他把大衣的衣袖伸给津田看，"谢谢了，多亏了你，可以熬过这个冬天了。"小林把在阿延面前说过的话重复了一遍。但是，因为津田从未听阿延讲过，所以并不觉得小林的话里有什么挖苦的意思。

"夫人已经来过了吧？"小林问。

"当然来过，这还用问吗？"

"说过些什么吧？"

津田犹豫了一下，不知道该承认还是该否认。他很想知道小林

225

对阿延说了什么，只要能让他再重复一遍，承认和否认都无所谓。但是，怎样回答才能达到这个目的呢？一时间很难断定。然而，他的态度在小林看来，却变成了另外的意思。

"夫人来的时候很生气吧？我知道，一定是的。"

津田终于抓到了话柄，立刻说："那还不是因为你欺人太甚。"

"不，我可没有欺负她，只是开了些过头的玩笑而已。对不起啦！她没有哭吧？"

津田有些吃惊："你把她说哭了？"

"总之，是我胡说八道。夫人出身于冈本家那样的上流家庭，不知这世界上竟然有我这样的卑劣之人，所以，经不起我说什么，就不高兴。如果你平时能经常叮嘱她，不要理睬像我这样不三不四的人就好啦！"

"我就是这么叮嘱她的。"津田怼了他一句。

小林哈哈大笑着说道："叮嘱的力度还不够呀！"

津田换了个话题："你到底跟她说什么了？怎么取笑她了？"

"这个嘛，夫人应该已经跟你说过了吧？"

"没有，没说。"

两人互相对视着，都产生了想要揣摩对方心思的想法。

<hr />

一百一十七

津田之所以想让小林说出实话，是有某种特殊意义的。他很清楚阿延的性格，她和阿秀恰恰相反，总是不忘在自己面前表现出柔顺娴雅的样子，但同时也有津田难以掌控的一面。她的才能只有一种，她在应用时却能横跨两个方面。只要有她认为不应该让丈夫知道的事情，或者认为隐瞒起来更为合适的事情，对津田来说，她就会成为一个难以应对的妻子。她越是温柔，津田便越不可能从她身上问出任何答案。她昨天和小林之间谈了些什么，那天由于阿秀的吵闹而无暇过问，今天不免感到无奈。不过，即使没有这个意外，如果津田问她谈话的细节，她会轻易地告诉他吗？细想起来，这是一个很大的疑问。按照阿延平时的性格，津田认为她一定会瞒着他的。尤其是如果小林已经毫无顾忌地把一切都告诉了她，那她更会装作什么都不知道的样子。至少，在津田眼里看来，阿延是颇有这番从容气度的。既然已经不抱有在阿延那里得到答案的希望，只好在小林身上寻找线索。

小林似乎也明白津田的心思，他说："我可什么都没说啊，你要是不信，尽管去问问夫人。不过，我走后觉得过意不去，所以到这来道个歉。说实话，至于为什么道歉，我自己也说不清。"

他一副若无其事的样子，忽然伸出手，将津田枕边正在看的那本书拿过来。"你在读这种书？"他用十分轻蔑的语气问津田，并把书从后往前胡乱地翻着，发现里面有冈本的小印章。他哼了一声，说道：

"这是夫人拿来的吧？难怪我觉得是本怪书。对了，冈本是个财主吧？"

"不知道。"

"怎么会不知道？那不是夫人的娘家吗？"

"我又不是查了冈本家的财产才结婚的呀？"

"是吗？"

"是吗"这两个字在津田的脑海中回荡着。他甚至把它理解为：不调查好冈本家的财产，你会结婚吗？

"冈本是阿延的姑父，你又不是不知道，哪是什么娘家啊？"

"是吗？"

小林又把这两个字重复了一遍，津田更不高兴了。

"你要是那么想知道冈本有多少财产，我帮你调查调查啊？"

小林嘿嘿笑着说："没办法，人一穷，连别人的财产会让他烦恼。"

津田没有理他，他想到此为止，但小林又把话题扯了回来。

"说真的，他到底有多少财产？"

这种态度，正是他的本色。并且，任何时候都可以进行两种解释。如果认定对方是个混蛋，不去理他也就罢了；但如果认定对方在故意愚弄自己，便觉得将会永无止境地被愚弄下去。津田对他，刚好处于半信半疑之间，所以，当他觉得小林抓住了自己的弱点的时候，便只好想成是小林在愚弄自己。他只好微微一笑，小心一些，免得使对方得意忘形。

"借给你一些?"

"我不要借，若是直接拿，那倒还行。不拿也不行，人家没有给我的意思啊！实在没办法，那就去抢吧。"小林哈哈大笑，"在我去朝鲜之前，给冈本家提供点有趣的秘密，以此换点钱吧?"

津田立刻把话题转向朝鲜，对小林说："说真的，你什么时候起程?"

"还不清楚。"

"不过，总是要走的吧?"

"走还是要走的，你催不催都一样。日子一到，我也就走了。"

"我哪有催你啊，我是说，要是有时间，就给你办一场欢送会。"

津田心想，假如不能让小林把事情说明白，那就利用下次欢送会的机会，所以这么说也是为了给下一次制造机会。

一百一十八

不知是刻意还是偶然，津田想谈的事情，小林始终不肯提及。对此，津田应该做好心理准备的。小林总是对他的提问采取爱理不理的态度，并且一心只想把话题扯到自己身上。这些话题与津田想谈的事情也有着很重要的关联。因此，津田既厌烦又焦虑，总觉得小林在故意绕弯子。

"吉川和冈本是亲戚吗?"小林问道。

津田感到他并非无端提起这个问题。

"不是亲戚，只是朋友。你之前问过，我不是告诉过你吗？"

"是吗？反正跟我没有多大关系，也就忘了。不过，即使他们只是朋友，也不是一般的交情吧？"

"你想说什么？"津田总算忍住没在后面加上一句"你这混蛋"。

"我的意思是，他们是关系很好的朋友吧？你何必发这么大的火？"

吉川和冈本的关系正如小林所说。仅从表面上看，的确不过如此，但如果把津田和阿延放在这种关系中，其中的意义就一清二楚了。

"你可真是幸福啊！"小林说，"只要对夫人心疼着些，就没错了。"

"我一直很心疼她啊，这个不需要你来指点，这点事我还是懂的。"

"是吗？"

小林又用了"是吗"这两个字，每当这个一本正经的"是吗"出现的时候，津田就有一种受到威胁的感觉。

"不过，你跟我不一样，你聪明，这可真好！可是，别人还以为你早就在夫人面前彻底投降啦。"

"别人是谁？"

"藤井先生和藤井太太。"

藤井叔叔和婶婶这么想，津田多少是预料到的。

"确实是彻底投降了嘛，别人这么想，我也没办法。"

"是吗？不过，像我这样正直的人，无论如何也学不来你这番样子，你还真是个了不起的人啊！"

"你正直？那我就是虚伪喽？虚伪的人反而了不起，正直的人是混蛋，是吗？你什么时候发明了这套哲学？"

"这套哲学我早就发明了，现在不过是重新说出来罢了。至于说去朝鲜的事……"

津田的脑海里闪出一个绝妙的暗示，他问："旅费都筹备好了吗？"

"旅费嘛，总是可以凑够的。"

"决定请报社那边帮你出钱吗？"

"不，决定从藤井先生那里借。"

"是吗？那可太好了。"

"一点也不好。我已经得到先生那么多照顾了，总觉得非常过意不去。"说这话的人，正是毫不在乎地将亲妹妹阿金托付给藤井家的家伙，"我再怎么不知羞耻，如果为钱的事一再给先生添麻烦，还是很惭愧的。"

津田没有再说什么，小林却好像很认真地在与他商量："你有没有什么地方可以搞到钱？"

"这个……没有啊。"津田说着，故意扭过头去。

"没有？应该有吧？"

"没有，最近手头也紧得很。"

"怎么？别人不说，你不是向来很阔绰的吗？"

"别胡说！"

无论是从冈本那儿拿来的支票，还是阿秀留下的纸包，他都已经交给了阿延。他的钱包可以说是空空如也了。即使那些钱全都在他手上，在这种情况下，他也是不会为小林破费的。只要事情没有到迫不得已的程度，他认为没有必要答应他的要求。

奇怪的是，小林也没再勉强，而是猝不及防地把话题转向了莫名其妙的方向，津田着实惊讶了一下。

他说那天早上到藤井家，和平常一样在那里吃午饭。他整理了很长时间的稿件，后来，门突然开了，他立即跑出去迎接来客，偶然间看见了阿秀。

津田听到小林说到这里，不仅在心里咒骂："混蛋，竟叫她抢了先。"然而，事情不仅如此，小林还有让津田震惊的话没说出口呢。

一百一十九

小林吓唬人时自有他独特的流程。他先是说了这么一番话取笑津田："不是说兄妹吵架了吗？藤井先生和夫人都被阿秀说得不耐烦了。"

"这也是你在旁边听到的？"

小林一边苦笑一边挠着头发说："哪有，我不是故意听的。只能说是顺其自然听到的，毕竟一直是阿秀在说，先生在听嘛。"

阿秀的性格总是那么倔强而死板，而且，一旦受到一点刺激，就会立即失去平时的稳重，表现得十分强势，这跟津田是截然不同的。叔叔呢，又有他自己的特点。他是个典型的不追究到底决不罢休的人。就像阿秀昨天的情况，叔叔即使只听她口头报告，也一定会弄清楚前因后果。在工作上，他一向用笔处理思想问题，现在又把这套逻辑照搬到了实际生活中。他听着对方的讲述，自己也时不时提出几个问题，有时甚至到了责问的程度。

津田在心里想象着叔叔和妹妹对坐交谈的样子，心想："是不是也发生了一起风波呢？"但因为小林在场，他表面上故作镇静。

"估计说了不少我的坏话吧？"

小林大笑着，然后说："你真的和阿秀吵架了？这不像你的作风啊。"

"就因为是我才会吵起来的，若是在堀先生面前，恐怕她会收敛很多呢。"

"可能是吧。人家说夫妻吵架是常有的事，不过，我看兄妹吵架更为常见。我还没有结婚，不知道这里面的滋味。可是，我有个妹妹，我能体会到兄妹之情。像我这样的哥哥，还从来没有跟妹妹吵过架呢！"

"那要看是什么样的妹妹啊。"

"不过，也要看是什么样的哥哥吧？"

"不管是什么样的哥哥，也有发脾气的时候啊！"

小林不怀好意地笑着说："但是，不管是什么样的哥哥，总不至于认为把阿秀惹恼是上策吧？"

"那是当然，谁愿意和那种人吵架呢！"小林接二连三地发出笑声，每笑一次，他的神态就变得更放松。

"大概是迫不得已吧！我这个人呢，不管和谁吵架，我都不在乎。和谁吵架都不吃亏。不管吵架的结果怎样也不会让自己受到损失，因为我生来就没有什么可以损失的东西。总而言之，吵架能引起的一切变化都只能让我受益。可以说，我非常期待跟别人吵架呢！可是，你就不同了。你吵架绝不会有好处。并且，世界上再也没有人像你这样晓得计算利害得失的人了。不只是晓得，你就是那种从早到晚都在考虑这事儿的人，对吧？这就是你……"

津田不耐烦了，他打断了小林："好了，我懂，我懂。总之，你是告诉我不要和别人吵架，对吧？尤其是和你吵架会让我吃亏，应该尽可能冷静地处理问题。这就是你的忠告，对吧？"

小林一副非常费解的样子："什么，和我？我压根儿就没想和你吵架！"

"我说了，我已经知道了。"

"知道了就好。我事先声明，你不要误会，我刚才说的是阿秀的事。"

"这个我知道。"

"你说你知道，那京都方面呢？我是说，那边的情况不太好哇！"

"是啊。"

"可是，你知道吗？还不止如此呢，还另有说法，若不多加注意……"

小林说到这里便故意停下来，为了检验自己的话是否奏效，他瞟了一眼津田。果然，津田已经沉不住气了。

小林终于抓住了时机，说："告诉你，阿秀她……"

这时，津田已经被他牢牢握在掌心。

"告诉你，阿秀她来你这儿之前还去了别人家。那一家说的是哪儿，你应该知道吧？"

津田不知道，至少他认为在这件事上，除了去藤井家，阿秀是不会去别人家的。

"在东京，没有这样的人家。"

"不，有的。"

没有办法，津田只好在脑海中东猜西想。不过，不管他怎么想还是想不出个所以然来。终于，小林笑嘻嘻地说出了那一家的姓氏。津田果然惊讶地大叫："吉川家？怎么会去吉川家呢？这和他们家有什么关系？"

若单说吉川家与堀家的关系，津田是很清楚的，这并不需要多过度猜测。津田结婚的时候，吉川夫人就是媒人。作为津田的妹妹，阿秀以及阿秀的丈夫堀先生与吉川家有交往也是非常正常的。可是，要说阿秀为了兄妹吵架这件事特意拜访吉川家，津田怎么也想不到。

"或许只是去登门拜访，表达敬意吧。"

"听阿秀的意思，不仅仅是这样。"

津田很想听小林详细说说，小林却不肯满足他，他先是说道："你这个人呀，真是'智者千虑，必有一失'。你考虑得再多也难免有疏漏。这件事不就是这样吗？首先，站在你的立场，你真是没有必要跟阿秀吵架；其次，既然已经吵起来，就不该让她到吉川家里去呀，这可是大错特错了。更何况，你根本就没想过她会去吉川家，压根就没有重视，这可太不像你平时的作风啦。"

从结果反推出津田的疏漏，对小林来说简直易如反掌。

"你父亲和吉川是朋友吧？而且你父亲也曾拜托吉川关照你吧？阿秀跑到吉川那里去，不是很正常吗？"

津田想起住院前，吉川在董事长办公室对他讲过的一些话。他说："别总是让老人担心。你在东京都做了什么，我全都知道。要是做了什么不体面的事，我可是要向京都汇报的，多注意吧！"在今天想来，这些话也不过是半开玩笑的训诫罢了。可是，如果说有谁把这番话当成了严厉的警告，那么，一定是阿秀。

"真是个奇葩！"

正因为阿秀的这奇葩性格并非家传，所以津田的这句感慨还有另一层意思。

"她到底在吉川家都胡说八道了些什么？要是真信了她的话，恐怕世界上就只有她一个好人了，别人全都得倒霉，那可就糟了。"津田想到的不仅仅是这件事的直接影响，还有更深远的影响。比如他在吉川面前的信誉、吉川和冈本的关系、冈本和阿延的关系等，都不知会发生怎样的变化。

"女人啊，真是目光短浅。"

听了这话，小林忍不住哈哈大笑起来，而且笑得比刚才更响亮了。津田一愣，这才意识到自己说了什么。

"她爱怎么样就怎么样吧。不过，阿秀在吉川家到底说了什么？她在叔叔那儿又说了什么？请如实告诉我吧！"

"不知道到底说了什么，她讲起来没完，絮絮叨叨的，我没怎么听。"

到了节骨眼上，小林却又撇清干系，假装什么都不知道，这让津田大失所望。小林欣赏过津田失望的表情后，又将话题扯回来："不过，你再等等，总会有人讲给你听的。"

津田心想："总不至于阿秀还要来吧？"

"不，不是阿秀。阿秀现在不会来，是吉川夫人要来，我可没有说假话，是我亲耳听见的，阿秀连吉川夫人要来的时间都说了。大概再过一会儿，夫人就到了。"

阿延的预言果然应验，津田想方设法要请来的吉川夫人，马上就要到了。

<hr />

一百二十一

津田的脑海中相继闪过两个念头，一是他必须对即将光临的吉川夫人殷勤接待。她能亲临医院，这无疑是他最期盼的事情。但是，既然夫人的来访目的已经发生了变化，那么，与她沟通的策略就必须有所改变。他在脑海中想象着夫人的态度，感到有些不安。被阿秀煽动后，夫人的态度一定会发生变化。但是，他也有他的自信。他决心通过这场会面彻底扭转夫人的偏见。万一做不到这一点，他的前途可就堪忧了。他怀着三分不安和七分自信，等待着夫人的到来。

头脑中闪过的另一个念头，是要转变一下对阿延的态度。刚才太过无聊，每分每秒都在盼望着她快点来。可是现在他有另一件重要的事情要处理，这完全是另一回事。阿延对他来讲已经不重要了，或者说，如果她来了，只会给他添麻烦。而且，他还有一些特殊的问题，希望和夫人单独谈，他必须防止她们在这里碰到。

附加条件是他必须尽快想办法赶走小林。然而，小林嘴里说着吉川夫人马上就会来，自己却没有离开的意思。他是一个不会为打扰别人而感到不安的人，有时候，甚至连故意干扰别人的事也做得出来，而且永远让人摸不着头脑，不知道他到底是无意为之，还是故意捣乱。

津田打了个哈欠。这个动作和他的心情极不相称，甚至把他整个人劈成了两半。一半的他正心不在焉地应付着小林，另一半的他则流露出想要送客的意思。然而，小林假装什么都看不出。津田拿起枕边的手表，看了一眼后又放下，不得不开口问道：

"你找我有什么事吗？"

"事嘛，也不是没有。不过，不一定在今天谈。"

小林的意思，津田大概也清楚。他现在还不想认输，但也没有当场回绝他的勇气，只好沉默着。

小林再次开口："我也见一见吉川夫人吧。"

津田心想："真是乱弹琴。"

"你有什么事要见她？"

"你总是这样，问人家'有什么事，有什么事'，也不一定非得有什么事才能见谁吧。"

"可是，你也不认识她呀。"

"就因为不认识，才想认识一下呀。我一直好奇她长什么样子。我这个人啊，没有进过财主家的门，也没和有钱人交往过，想趁这个机会见识一下。"

"她又不是随便让别人开眼界的人。"

"我就是好奇嘛，况且，我也没什么事。"

津田不知说什么好。他非常不希望吉川夫人看到他的朋友中还有小林这样寒酸的人，一旦被轻蔑地指责"竟然和那种人打交道"，那可就关系到他的前途了。

"你也太不知趣了。今天吉川夫人为什么要到这儿来，你不是都知道吗？"

"知道啊，碍事吗？"

津田只好下了最后通牒："碍事。在她到来之前，你快走吧。"

小林并没有不高兴："是吗？那我就走吧。不过，还是把事情说一下吧，毕竟我是为了这个才来的。"

津田很不耐烦，忍不住帮他说明了来意："说的是钱吧？假如是我能办到的，那我肯定答应。可是，我这里真是一分钱都没有，如果你还像要大衣一样到我家去要，那是不行的。"

小林露出恶作剧的笑容，脸上的表情仿佛在说："那你说怎么办呢？"

津田还有事情要问小林，在小林动身远行之前，还是再见上一面为好。不过，在医院碰面会有和阿延撞上的危险，所以他以送别为名，约定了会面的时间和地点。这才把这个讨厌的人赶走了。

一百二十二

津田当即着手准备第二项方案。他把床上的小化妆盒移开，从下面抽出常用的信纸和淡紫色信封，立刻写下："今天我有些别的事，你无须来看望了。"他急得连重读一遍的时间都没有，就马上把信封好，丝毫没有考虑到内容的片面化会导致阿延的疑心。他把从前的谨慎作风全都抛在脑后，所有的心思都集中在一件事情上。他拿着信下楼找护士，对护士说：

"我有点急事，麻烦立刻让车夫把这封信送到我家里。"

"好的。"护士答应着，接过信看了看，脸上的表情仿佛在说"哪有什么着急的事"。

津田连车夫的往返时间都计算好了："让车夫坐电车去吧。"他怕这封信被耽搁了。万一阿延在接到信之前就已经出发，那一切努力都会化作泡影。

回到楼上之后，他仍然为这件事感到烦忧，甚至越想越觉得阿延已经出了家门，正坐在电车上，朝着医院走来。当然，与此一同出现在他脑海中的还有小林。如果在他的目的达成之前，妻子那曼妙的身影出现在楼梯口，那无疑是小林的罪过。津田在小林身上浪费了太多的宝贵时间，三推四请才把他赶走。津田望着他的背影，差点就要让小林去做眼前这件事。他刚想说："麻烦你回去的时候绕道去我家一趟，告诉阿延今天不必来了。"这话刚要脱口而出，他立即惊醒过来，又把话咽了回去。他甚至想，眼前这个人如果不是小林，那该多好啊！

津田的精神紧张极了。"就要来了吧，就要来了吧。"就在他一分一秒等待吉川夫人的时候，他托护士转交阿延的信，却落入了他未能料到的命运之手。

信按照他的吩咐，准确无误地交给了车夫，车夫又谨遵护士的话，带着信登上电车，并在指定的车站下车。稍微往前走了几步，穿过大街，直奔那条小路。不费吹灰之力，就在一幢外观雅致的两层楼的门牌上，看到了要找的地址与姓名。他走近大门，把带来的信交给了阿时。

直到此时，一切都是按照津田所想顺利进行的。但这之后，他写信时未曾想到的事情出现了，信并没有立刻递到阿延的手中。

和津田所担心的不同，阿延不在家，并不是到医院来了，而是另有去处。而且，这是她充分发挥自己善于利用时机的优点的结果。

早上，阿延一如既往地起床，和平时一样的行动。只是丈夫不在家，便可以度过一个稍微清闲的上午。她吃完午饭，去了澡堂。想着在去医院之前把自己打扮得漂亮些。花了很长时间精心装扮后，她带着神清气爽的心情回到家。这时，阿时向她报告了一个令人难以置信的消息：堀先生的太太来过了。

阿延惊讶得简直不敢相信女佣的话。昨天刚刚吵过架，今天就亲自来访，如此唐突，简直难以置信！她反复追问阿时，为何不问问她的来意，又责怪她为什么不让她等一等。阿时无法作答，最后只说阿秀的女佣告诉她，阿秀是从藤井家回来，顺路来看看的。

阿延立刻改变了预定的计划，她决定先不去医院，改去阿秀家。反正这也是早已和津田商量过的计策，现在正是不露痕迹去执行的时候。于是她紧随阿秀之后，走出了家门。

堀先生的家和医院在同一个方向，阿延坐上电车，在医院的前两站下车，下车后立即右转，再走上四五百米的路就到了。

这所宅子与藤井、冈本两家的宅院不同，因为离郊区远，几乎没有院子，更不用说人力车和马车停靠的地方了。房子差不多是临街而建的，门前只有不足几平方米的地方，而且铺满了石砖，看不到一丁点儿泥土的颜色。

市区改建后，马路加宽了许多。尽管如此，街上却几乎找不到一家商店。路边尽是律师事务所、诊所、旅馆之类的建筑，很是繁华。与此相比，马路上却安静很多。

马路边栽着两排整整齐齐的柳树，到了天气良好的季节，连市内枯燥的风也在两侧的浓绿中变得更有情调了。其中最大的那棵树，修长的枝条刚好从堀家的墙边延伸到门上。看上去，像是为了映衬房屋而特意移栽的，很有格调。

如果还要说有什么特色的话，就是放在门前的那个防火桶了。那个没用的物件总是让人联想到小街当铺或是别的什么，这和旁边大门的构造倒是颇为相称的。因为门面很宽，入口处全用细密的格子窗隔开，没有安装完整的木板大门。

简单地说，这是一所公认的时髦住宅。至于这家人是做什么职业的，一般人只要仔细观察一下房屋外观，就可以得出结论。这所房子的主人不同，他向来不在房子上花心思，不管别人怎么议论他的家业，他毫不在意。他虽然是个游手好闲的人，却不同于毫无教养的土财主。按照品性来说，他住在这个有点像艺人喜欢居住的房子里，根本不适合。因为他是个很少思考的人，说得难听些，他是个缺乏个性的人。任何事情他都习惯按照习俗来办，包括家里的每一条旧规矩，他都没想过做些调整。按照他父母的说法，这座房子有着艺人需要的情调，而他却觉得住在这里很满意。他从未表现出得意忘形的态度，假如这就是他的美德，可以说是值得敬佩的。不过，他也没有得意忘形的理由。在他眼里，这所房子过于陈旧，根本不值得他为此得意。

阿延每次看到这所宅院，总觉得和它有着很大的距离感。进屋之后，也还常常想起这种距离。按照阿延的想法，只有堀先生的母亲才适合住在这里。然而，在所有的亲戚当中，这位母亲是阿延最不喜欢的人。与其说不喜欢，不如说她太难应付来得更准确。她完全跟不上时代，说得更无情些，就是给人一种隔世之感。假如这么说还是不恰当，那么还有不合时宜、生不逢时等诸多词汇。总之都是同样的意思。

再说，堀先生本人也有问题。在阿延看来，这位主人既与这个家十分协调，又十分不协调。或者说，无论把这个人放在什么样的房子里，都是既协调又不协调的。那么，从一开始就不理会他也无所谓。这种说不清道不明的感觉，恰恰与阿延对堀先生的好恶是相符的。老实说，阿延对堀先生，既喜欢又不喜欢。

至于阿秀，一句话便可说得清楚。在阿延看来，她是与这个家庭最不协调的那个人。再夸大点，从心理上来讲，她与这个家的气氛永远不一致。阿延每次把堀先生的母亲和阿秀放在一起比较，总觉得有种说不出的矛盾。然而，矛盾的结果究竟是悲是喜，就很难说了。

对于这种家庭成员组合，阿延经过深思，只得出了一个不可思议的结论：跟这所宅院最相称的堀先生的母亲，恰恰是她感到最棘手的人。换个角度看，与此人完全相反的阿秀，也是给她带来巨大痛苦的冤家。

阿延拉开木格门，刺耳的门铃响了起来，这铃声将沉睡在阿秀头脑中的那些思绪全部唤醒了。

堀先生的母亲昨天带着孙子去横滨亲戚家还没回来，这对于被让进屋的阿延来说，是个意外的机会。这个机会要看怎么理解，或许对她有利，或许不是。一方面她不必同难缠的老女人周旋，另一方面也有另外一个不利，她必须单独和劲敌阿秀对立了。

这是她事先没有料到的，因此从一开始计划就被打乱了。以前来访的时候，那位挽着小髻的堀家母亲会放下手头上的任何事情，说些虚情假意的应酬话。然而今天，迎面走来的人只有阿秀，那位预料当中会出来迎接的老妇一直不见踪影，这让她脑海中想象的程序全被打乱。此时，她看了阿秀一眼，眼睛里流露出为难的神色。这并不是怀有歉意的意思，而是因为昨天占了上风之后，出于反作用的原因而产生的一种羞愧之感。另外还有一种不知道会遇到何种反击而产生的恐惧心理，同时也有不知如何摆脱当前窘境的焦虑感。

阿延向阿秀投去一瞥，就在这一瞥的瞬间，她忽然意识到自己已经牢牢落入对方的手心。然而，这毕竟是在一瞥之后才感受到的。那一瞥，是她从某个崇高的立足点抛下的，然而，她本身又没有完全控制这崇高之处的能力。因此，只好安心等待结果的到来。

这一瞥果然对阿秀起到了较大的作用，然而阿秀的反应却是那么出乎意料。依照阿秀平日的表现，再加上昨天她和津田还有自己闹翻后的处理方式，以及她在别人那里留下的印象来看，她是无论如何也不会善罢甘休的。一向自信很有手段的阿延，也不相信阿秀能不再掀起或大或小的波澜而就此收场。

所以她惊呆了。阿秀落座后，与阿延预料的相反，她殷勤地与阿延寒暄着。阿延甚至不敢相信自己的眼睛。她的疑惑还没有消失，马上就受到对方热络的款待，这让她感到非常惊奇。她先是惊讶，变化怎么会这么大呢！随后又在心头涌起这样的念头：这是什么意思呢？

这个重大疑惑，阿秀始终不肯解释。不仅如此，她甚至连昨天在医院发生纷争的事情都没打算提上一句。

既然对方有意避开这个敏感的话题，若是阿延贸然提起来，就太突兀了。首先，她没有任何必要去触及那痛处，但话又说回来，若不是为了把这件事做个了结，让双方心里都感到痛快，自己今天特意来到这儿又是为了什么呢？可是，既然能不通过和解的形式就收到和解的效果，再重新把那些事摆出来，未免也太愚蠢了。

聪明的阿延有些不知所措了。谈话越是融洽，她的心中越是有一种摸不着头脑的感觉。最后，她突然想找一个角落来窥探一下对方的内心。颇有些冒险精神的阿延并非不知道，万一失败可能产生的危险后果。可是，在这种情形下，她对自己的能力也有着十足的把握。

此外，阿延还另有一个希望，如果时机允许，她想试探一下阿秀内心的特殊角落，从这个角落出发，倾听她真正的心声。这一点，跟她和津田商讨后定下来的来访目的无关，但是，对阿延来说，这比仅仅完成任务就离开有着更加重要的意义。

这件事，必须对津田保密。从性质上来讲，这和津田要向阿延保密的事情一样。另外，就像津田担心自己不在时，小林和阿延说了什么一样，阿延也想搞清楚自己不在时，阿秀和津田说了什么。

阿延考虑着该怎样切入正题，最后她只好仍把阿秀去藤井家顺便来访的事情当作话题的开端。就在她们落座时，阿延已经在这个话题上开了头，她说："听说你刚才到我家去了，偏巧我去澡堂了。"就在她想接着问"有什么事吗"时，阿秀只是简单地回答了一句"没事。"就干脆地堵住了阿延的嘴。

一百二十五

接下来，阿延又想从藤井入手。据阿秀自己说，她今天早上去过叔叔家，这为话题的转移提供了便利。然而，阿秀的口气依旧是戒备状态。每当说到关键处，阿秀就故意兜圈子。阿秀是由这位叔叔抚养成人的，这一点阿延很清楚。在精神上，她也深受叔叔的熏陶，这一点阿延也清楚。因此，阿延有必要对藤井叔叔的人格和生活等方面先说上几句溢美之词。然而，这在阿秀看来未免太过虚伪。在她身上，阿秀不仅看不出任何可以展开真诚对话的契机，在冗长的、重复的叙述过程中，阿秀渐渐露出了不悦之色。敏感的阿延立刻意识到自己小瞧了对手，立即止住了话题。这次，换阿秀就冈本的话题喋喋不休起来。阿秀和藤井的关系恰如阿延和冈本。对阿延来说，冈本自然是极其重要的人。但在阿秀看来，就个无足轻重的外人。所以，她所用的词汇只是浮于表面，没有实质的感情。尽管如此，对于阿秀亲自烹调的这份佳肴，阿延不得不装出十分受用的样子照单全收。

谈话再次轮到阿延，她可不是那种一味惹对方不高兴的笨女人。她懂得见机行事，巧妙转换话题。这次，她打算从吉川夫人入手。但是，如果仍然用刚才那样一味地夸赞这种方式进行，恐怕会有陷入僵局的危险。于是，她对评判一类的词全不提及，只将夫人的名字点了出来。她打定主意，要先看看对方的反应如何，再做下一步的打算。

阿延知道阿秀是在她去澡堂的时候从藤井家顺路过来的。但她万万没想到的是，阿秀在去藤井家之前已经拜访了吉川夫人。她更没想到的是，阿秀是在昨天医院的风波发生之后特意去吉川家拜访的。这更是做梦也没有料到的。关于这一点，她和津田一样天真。正如津田被小林所说吓了一跳一样，阿延也被阿秀惊了一下。然而，两人受惊的方式截然不同。小林是将真实情况汇报出来，阿秀则是心照不宣地沉默，同时双颊有些微红。

夫人的名字刚刚从阿延口中说出，她立刻感觉像是一颗仙丹从天而降，落在了两人的中间。她立即抬眼看看产生的效果，不幸的是，这效果对她毫无益处。至少，她不知该如何利用这种效果。这意外的情景，只给她带来一阵惊愕。她刚一说出夫人的名字，便立即觉得说错了话，犹豫着是否该道歉。

　　接下来就出现了第二次意料之外的情况。阿秀微微背过脸去，不敢正视阿延。阿延觉得有必要纠正对她的印象了。她这时才明白，阿秀脸上的变化绝不是因为生气。这表情，不得不说是一种单纯的羞怯。然而这表情使阿延更惊讶了，她虽然明白这表情的含义，但要弄清楚起因，必须等待阿秀说明。

　　正在阿延不知该如何是好的时候，阿秀突然转变了话题。这话题与之前的谈话内容毫无关联，却给了阿延第三次震惊。然而，阿延还是很有自信，立刻前来接招。

一百二十六

　　阿秀那一连串令人惊讶的话语中，最先进入阿延耳朵的，是一个"爱"字。这个陈腐的字眼就像伏兵骤起一般，立刻给她带来了新奇的感受。主要原因是它与前面的谈话毫无关联，而且这个词从未出现在两人的谈话之中。

　　与阿延相比，阿秀是个喜欢讲道理的女人。阿延是个喜欢将自己认定的想法付诸实践的人，她平时不怎么讲大道理，并非她不懂，而是觉得没有必要。至于谈起学识，她也没多少知识储备，就连上学时经常读的杂志，如今也不怎么看了。即使如此，她仍不承认自己无知。和她的虚荣心相比，求知无法激起她的欲望。这并不是因为她没有时间，也不是没有竞争对手，完全是因为她不觉得自己在这方面有

244

什么不足。

　　但是，阿秀对求知的态度就截然不同了。她之所以成为今天的她，完全是知识造就的，至少是她所学的知识让她如此认为。与书籍有着极深渊源的藤井叔叔对阿秀产生了微妙的影响，这影响可以从好与坏两个角度来看。她把读书看得比自身还重，但是，无论她怎么看重读书，自身毕竟是自身，必须独立于书而生活。因而，人与书彼此分离是必然的。说得更确切些，她总是说一些与自己身份极不相称的话。然而，以她的自省能力又远远察觉不到自己有多无聊，只是为了议论而议论。她的脾气太过固执，或者说固执是她的本性。可她总是喜欢从自己推崇的书里引用些和自己完全不相称的话作为论证，来捍卫自己的偏见，难免会给人一种把实弹重炮当作匕首挥舞的感觉。

　　话题果然从一本杂志开始了。在本月发行的一本杂志上，阿秀刚刚读过不少关于恋爱的文章，于是就此提出问题。老实说，阿延对这些并不感兴趣，当她坦白承认自己没有读过这些文章时，阿秀立刻来了好奇心。她想趁这个机会，把这个抽象的问题按照自己的思路谈论一下。

　　阿延极力耐着性子听阿秀发表那些空洞的说教，阿秀的态度还算好，只是阿延急于尽快将话题引到实际问题上去。她觉得，如果只是单纯地为了争论而争论，倒不如从一开始就不接招。所以，有必要把阿秀的话题拉回到现实生活中。不幸的是，阿秀所谈论的内容实在不接地气，她所说的爱，并不是津田的爱，也不是堀先生的爱以及阿延、阿秀等任何人的爱，而是那种虚无缥缈的爱。因此，阿延首先要做的就是把阿秀那如气球般飞上天的话题扯下来。

　　阿延发现，这个已经有了两个孩子、在所有方面都该比她更像个成熟主妇的阿秀，竟比自己还要不切实际。她口头上对阿秀百般应承，实际上却已经非常不耐烦。她几乎脱口而出："别再扯那些没用的了，拿出实力来较量一番吧！"心里在盘算着该如何让这位空谈家露出真实面目来。

阿延很快醒悟过来，要想解决当前的问题，必须牺牲对方或者自己，否则绝不可能如愿。牺牲对方并非难事，只要找准对方的弱点就成。至于这弱点是真实存在还是假设的，她并不在乎。反正只要能达到试探对方并引起反应的目的，真假又有什么关系呢？但这样做也存在一定风险，阿秀一定会发火。那么，惹阿秀发火到底是不是阿延的目的呢？她自己也说不清了。

最后，她终于抓住了一个合适的时机，并且就在她准备出击时，也已经下定决心牺牲自己。

一百二十七

"听你这么说，我简直不知道说什么才好了。像我这样的人，津田到底爱不爱我，我自己就像是在迷雾中一样。秀子妹妹，说起来，你可真是幸福，因为你从出嫁的时候就确信这一点了。"

阿延和津田结婚之前，就知道阿秀是靠美貌被婆家选中的。这种事对于一般女人，尤其是像阿延这样的女人，绝对是一件值得羡慕的事。刚开始从津田那里得知这一点时，她还没有见到阿秀，就已经对阿秀存了几分妒意了。后来渐渐了解到阿秀不过是个浅薄之人，于冷嘲之余，还有一丝报复的快感。自那之后，阿延对于阿秀口中的爱情始终抱有鄙夷的态度。她在表面上做出一副认同对方的样子，实际上，不过是说些奉承之词。说白了，难免有一种嘲弄的意味。

所幸阿秀并没有注意到这些，并且，她也不太可能注意这种事。因为无论是从口才方面，还是从爱情的实际体验方面，阿秀都难以与阿延相比。她既没有热烈地爱过别人，也没有被别人热烈地爱过。因此，她还不知道爱情的力量究竟有多强大。然而，她却是一个让丈夫满意的妻子。"无知是福"这句话，恰恰适合用来概括她的状态。结婚时，未来的丈夫在她的手心盖上了爱情的印章，她便将此作为可靠的凭证，小心翼翼地珍藏于心。所以，对于阿延的赞扬，她天真地认同并接受了。

从阿秀的言辞里，聪慧的阿延一眼看穿，她并不曾真正了解爱情的真谛。并且，她还一厢情愿地用自己夫妻间的情况来推断阿延与津田的关系。当她听了阿延的话，禁不住露出了惊讶的神色。津田是否爱阿延，为什么会成为她们讨论的话题呢？做妻子的怎么能说出这种话？况且，在丈夫的妹妹面前这么讲是什么意思？上面这些疑问，全都显露在阿秀的表情里。

在阿秀眼中，阿延要么是一个对丈夫的爱不知满足的女人，要么就是把丈夫牢牢握于手心，却仍要装腔作势的女人。她发出了一声叹息，说道："哎呀，嫂子得到的爱还不够多吗？"

这种客套话是阿延平素爱听的，但眼下，这话并不能让她感到满足。她必须说点什么来表明自己的观点。但这样做，就不得不明白地说出"假如津田除了我之外，还另有心爱的人，我又如何能满足于现状呢？"然而若真横下心来说出这样的话，就等于亲手毁掉了自己的计划。她刚刚说出一声"可是"，便犹豫着不知如何开口了。

"还有什么不满足呢？"

阿秀说着，把目光停留在阿延的手上。那个戒指正无所忌惮地闪耀着光芒，对于阿秀的目光，阿延丝毫没有受此影响。她在戒指方面所表现出的天真劲儿和往日没有半点差别，阿秀倒显得有些急躁了。

"嫂子不是很幸福吗？你想要的东西都有人给你买；想去的地方，总有人带你去。"

"嗯，这方面倒是蛮幸福的！"

阿延一向认为，不对外强调自己的幸福，就等于把弱点暴露在外人面前。所以，她在阿秀面前，也将平时说惯了的应酬话讲了出来。然而，气氛又一次陷入尴尬。她把看戏第二天在冈本家和继子讲的话又重复了一遍，才意识到对面的人是阿秀。阿秀脸上的表情仿佛在说:"这些幸福,难道还不够吗?"

阿延丝毫不希望自己在阿秀面前流露出对津田的怀疑,可是,装作什么都不知道又怕被她耻笑。所以,在这番谈话中,她颇费心力。想要达到目的,可以说是煞费苦心。然而,她终究没有察觉到,她一直在做无用功。接着,她的态度又发生了转变。

----------- 一百二十八 -----------

阿延决定作出一步实质性的跨越,她要丢掉那些碍于情面的客套话,单刀直入地与阿秀交锋。然而,用词必须抽象一些,倘若能靠唇枪舌剑的进攻就探明事情的真相,这倒也是个不错的办法。

"一个男人同时爱上一个以上的女人,这有可能吗?"

阿延用这个问题打开话题的时候,阿秀心中竟没有现成的答案。她过往从书籍和杂志上获取的知识,不过是针对一般恋爱的,对于这种特殊问题,根本不足以应对。她认真思索了一番后坦率地回答道:"这个,我确实不了解。"

阿延对她产生了怜悯之情。心想:"你身边不是有现成的、可供研究的素材吗?你的丈夫堀先生跟你日夜相伴,他对待女人的态度,你不是每天都看在眼里吗?"她正这么想着,阿秀忽然又冒出这么一句话:

"我怎么会了解呢?我是个女人呀!"

阿延觉得这也是犯傻的回答。如果阿秀真是这么想的,那她的迟钝程度可想而知。不过,阿延立刻抓住这句话反问道:

"那么,从女人的角度来看呢?能够想象自己的丈夫会爱上别的女人吗?"

"延子自己无法想象吗?"阿秀的话令阿延大吃一惊。

"难道我到了非这么想象不可的地步了吗？"

"当然没有。"阿秀立刻答道。

阿延马上重复了阿秀的话："当然没有？！"

不知那语气究竟是问话，还是感叹，连阿延自己也说不清。

"当然没有。"

阿秀又把这句话重复了一遍。那一刻，阿延发现阿秀的嘴角有一丝冷笑，但她没有理会。

"秀子妹妹当然是没有问题的，当初嫁给堀先生的时候，就已经明确是被看中的嘛。"

"延子呢？不也是哥哥看中的吗？"

"哪有，你才是这样的呢。"

阿秀突然不再说话，阿延也不想再白费力气去挖掘那注定毫无收获的秘密了。

"津田对女人究竟是怎样一种态度呢？"

"这个，做妻子的应该比妹妹更清楚呀。"

阿延被怼之后，意识到自己同阿秀一样说了一句傻话。

"可是，你们毕竟是兄妹，总比我知道的多些。"

"是，可是无论知道多少，对嫂子来说，都没什么参考价值。"

"当然有参考价值，不过，若说是那件事，我早就清楚的。"

在这紧要时机，阿延故意抛出诱饵，阿秀果然上钩。

"不过，不要紧的，嫂子不会有问题的。"

"虽然没问题，却还是够危险的。所以秀子妹妹，无论如何你要对我详细说说啊。"

"哎呀，我可是什么都不知道啊。"

阿秀说着，忽然满脸绯红。究竟是什么原因引起的呢？连聪慧敏锐的阿延也难以揣测。她还记得刚才进入堀家的时候，阿秀也曾流露出这样的表情。当说出吉川夫人的名字时，那张绯红的脸和此刻一模一样，这两者之间究竟有什么联系？纵使阿延向来善于分辨事物之间的差别，可眼前的情况实在令她难以捉摸。虽然有些牵强，她还是不得不把这两件事联系在一起。但是，她无论如何也找不到两件事之间有什么关联。最不幸的是，她的直觉告诉她，这两者之间必然是有联系的，而且她预感，这其中的关联对她来讲必然有着极其重大的意义。因此，她必须进一步试探，别无他法。

一百二十九

在刹那间涌来的冲动影响下，阿延不由自主地吐出了谎言：

"吉川夫人也对我提起过。"

话音落地后，阿延才意识到自己有多么大胆。她必须暂停，以便观察一下这话引来的结果。阿秀的表情果然变了，刚才脸上的绯红已然不见。她流露出诧异的神情问道：

"哦？什么事？"

"那件事呀。"

"哪件事？"

阿延无法作答，阿秀却步步紧逼地说："说谎吧？"

"说什么谎，就是津田的事啊。"

阿秀不再作答，故意在紧闭的唇边露出一抹冷笑。这笑意比方才更加明显地表露出来时，阿延才意识到自己已身陷泥潭。若不是她那股特有的倔强劲儿发挥了作用，说不定她早就在阿秀面前缴械投降了。

阿秀说："真奇怪，哥哥的事，吉川夫人会说什么呢？这是怎么回事？"

"可这是事实啊，秀子妹妹。"

阿秀这才放声大笑起来，边笑边说："是事实，谁也没说是假的啊。可是，究竟是什么事呢？"

"津田的事啊。"

"嗯，是哥哥的什么事呢？"

"这我不便说，除非你先说。"

"这也太强人所难了，我也不知道说什么呀。"

阿秀表现得镇定而沉着。阿延的腋下渗出了汗，她忽然用很急的语气问道：

"秀子妹妹，你不是基督徒吗？"

阿秀露出惊讶的神色："我不是呀。"

"若真不是，昨天你也不会说出那样的话吧。"

昨天和今天相比，两人的位置完全相反，阿秀始终流露出一副胜利者的姿态。

"是吗？那好吧，延子大概很讨厌基督徒吧？"

"哪里，我很欣赏，所以才恳请你能仍像昨天那样高尚，可怜可怜我这个渺小的阿延吧。如果昨天我有什么做错的地方，现在就向你低头致歉。"阿延把戴着钻戒的手放在地上，一边说着一边真的低下了头。

"秀子妹妹，求你千万不要瞒我，就如实告诉我吧，我真的诚恳地向你道歉。"

阿延如平时那样皱起了眉头，眼泪从她细长的眼睛里流下来，落在了膝盖上。

"津田是我丈夫，你是津田的妹妹，你深爱津田，我也一样深爱他啊。我所做的一切都是为了津田，所以，为了津田我们就开诚布公吧。津田爱我，就像他爱你这个妹妹一样，他也爱我这个妻子。正因为他爱我，所以我必须了解他的一切。津田爱你，所以你也一定会为了他，把一切都告诉我吧。这是你对哥哥的情分呀。现在，你对我没有情分没关系，我毫无怨言。但是你对哥哥，应该是有情分的呀。你的这份深情，从你的脸上就可以看得出来。你绝不是那种冷酷的人，就像你昨天说的那样，你是热心肠的。"

阿延说完这些，抬头瞄了一眼阿秀，发现她脸上有了特殊的变化，之前的绯红已经变得有些苍白。她用一种格外急促的语调迅速否定了阿延的话：

"我并不觉得我做过什么坏事，不管是对哥哥还是对嫂子，我只有一片好心，丝毫没有恶意，请嫂子不要误解我！"

<hr>

一百三十

对于阿秀的辩解，阿延感到意外又突然。这辩解由何而来？又为何而发？她完全不明白。阿秀这如天机般的话语背后究竟隐藏着什么，阿延想立刻搞清楚，于是第三次将谎言脱口而出：

"你说的我都知道，你做的事、你的想法，我全都明白。所以，请你不要隐瞒，全都告诉我吧。你不愿意吗？"

说着，她眼里饱含希望地看着阿秀。然而，这种只对异性有效的目光并没有收到想要的效果。阿秀像受到惊吓一样，突然提出了一个突兀的问题：

"延子，你今天过来之前，去过医院吗？"

"没有。"

"那么，你是从别处转到这儿来的？"

"哪里，是从家里直接过来的。"

阿秀似乎这才放下心来，但没有再往下说什么，阿延却纠缠不休。

"哎呀，秀子妹妹，你就告诉我吧。"

这时，阿秀淡漠的眼神中闪出了冷酷的光芒。

"延子可真是个任性的人呐！似乎只要得不到专一的爱，就永远不肯罢休呢。"

"当然啊，秀子妹妹，难道你不是这样吗？"

"看看我丈夫是什么样子吧。"阿秀把话题转到了堀先生身上，阿延却又把他从话题里绕开。

"堀先生可不在此列呀！先别谈堀先生如何，不管怎么说，秀子妹妹也不会喜欢三心二意的男人吧？"

"可是，除了自己的妻子，对别的女人完全不在意的那种男人，恐怕世界上也没有吧？"

一向靠书籍和杂志吸取知识的阿秀，此刻却在阿延面前忽然变成了一位世俗的实践家。阿延甚至无暇注意她前后的矛盾，回答说：

"有呀，怎么会没有呢？毕竟已经是丈夫的身份。"

"是吗？可是哪里有这样的好男人啊？"

阿秀再一次用带着冷笑的目光看着阿延，阿延却没有勇气大声说出津田的名字，没办法，她只好改口说：

"这是我的理想，若是实现不了，我是不能接受的。"

正如阿秀变成了实践家，不知不觉中，阿延倒成了理论家，两人的位置彻底颠倒。然而这些她们二人都没察觉到，只是顺其自然地将谈话进行下去。以下的内容，根本分不清理论与实践了，只看谁的言辞更犀利，谁就占上风。

"不管你的理想有多好，都是没用的。如果这种理想真能实现的话，那些除了妻子以外的女人，简直失去了做女人的资格。"

"可是，真正的爱就应该像我说的那样吧？如果做不到，那只能说明这辈子没有享受过真正的爱。"

"这些我不懂，但是，你不把除你之外的女人当作女人，只把自己看成这世上唯一的女人，这种想法毕竟是不合理的吧？"

阿秀终于明确指出了"你"字。阿延似乎并没当回事："我不管合理不合理，我只要在对方感情上把我看作唯一的女人。"

"你是说，只把你一个人看作女人？这个我了解了。可是，如果不允许把自己以外的女人当作女人，这等于是自杀啊。因为如果你的丈夫不把你以外的女人当作女人，那么，也不会把你当作女人呀。不然就等于说，只有自己家院子里开的花是花，其他的花不是花，是枯草。"

"把她们当成枯草也不错。"

"你可以这么想，但男人是不会把她们当枯草的，这是没办法的事情。与其这样，不如说在世间众多的女人中，最中意的人就是你。这样的话，嫂子难道不是更满意吗？应为这样才说明你被他真正爱上了呀。"

"无论如何，我只要绝对的爱，我向来讨厌被拿来比较。"

阿秀露出轻蔑的神色，明显在鄙视阿延的理解能力太过低下。阿延有些气愤地说道：

"反正我这个人糊里糊涂，不懂这些道理。"

"我只是打个比方，倒没什么难懂的。"

阿秀淡淡地结束了谈话。阿延心里懊悔极了，花了这么大的心思，却什么收获都没有。她离开堀家的时候，仍不知道津田曾写信给她。

一百三十一

就在阿延与阿秀唇枪舌剑的时候，病房里另有一番预定的事态。

津田所恭候的吉川夫人出现在医院时，奉命给阿延送信的车夫尚未归来。从时间上来说，正是小林离开大约十分钟以后。

当他从护士口中听到夫人的名字时，他首先庆幸的是这两个类型完全不同的人没有在这间小屋子里相遇，这真是太幸运了！当时，他为了达到这一目的，做出一些物质上的牺牲也是顾不得的了。

津田一见到夫人，便要从病床上起身，夫人立刻制止了他。她回头看了一眼刚才命护士捧在怀里的花盆，用商量的口吻问道："放在哪呢？"津田欣赏着这盆红花，它们映衬在护士洁白的服装前，好不鲜艳。小小的花盆里，三根枝条均匀而整齐地挨在一起，下面还配了形状标准、大小适宜的盆景石。夫人命护士把它摆在壁橱下面之后，这才落座。

"怎么样了？"

一直在观察夫人的津田，此时才弄清她的态度。他先前暗自担忧会出什么意外，此刻这句话一出，心情豁然开朗。夫人既不像平时那么爽朗，脸上也没有平时那股俏皮的劲头。总之，她似乎是带着津田从未在她身上发现过的气质走进这间屋子。这种气质，一方面展现了她的极度稳重，另一方面又充分展现了她的落落大方。津田有些吃惊，这种吃惊即使从好的方面理解也使他感到不是很舒畅。这种态度即使不代表着她对他的反感，这背后也一定隐藏着某种难以理解的深意。即使背后没有隐藏着什么可怕的意思，在后续的谈话中，她的心绪会发生怎样的变化依然难以捉摸。津田非常了解夫人，她是喜欢接受奉承的，而且心绪变化莫测。从某种意义上讲，津田面对这位夫人时，是必须把她当作女王来小心应付的。换个说法就是：夫人的一颦一笑都牵动着他的福祸。而当下这种情况就更是如此了。

"今天早上，阿秀到我家来了。"

阿秀的来访被作为第一个话题提了出来。当然，津田必须回答点什么。至于答词，早在夫人到来之前他便已经考虑好了。对于阿秀去拜访夫人的事，他打算假装不知，因为如果问起是听谁说的，便必须提到小林，然而"小林"这个名字，他是不愿意提起的。

"哦？是吗？也许是好久没见了，觉得不偶尔来看看，总是不太好吧。"

"不，并非如此。"

听到夫人这么说，津田立刻说谎道："可是，她也不会有什么事啊。"

"有事的。"

"哦？"津田只是惊讶了一下，等着夫人的下文。

"你猜猜，是什么事？"

津田假装什么都不知道的样子思考着："这个……阿秀的事吗？她会有什么事呢？"

"你不知道？"

"这个，我可猜不透。本来嘛，我们虽然是兄妹，可性格到底不一样啊。"

津田特意点出他和阿秀的关系，是为了在事情谈及之前，率先为自己辩护，同时也是为了试探一下夫人对这句话怎么理解，看她有什么反应。

夫人说："她很喜欢讲大道理呢。"

听了这句话，津田心中暗喜，乘机说道："那个家伙，她要是讲起大道理，我这个做哥哥的也应付不了。谁能那么耐心地听下去啊？所以，每次和她吵架，我只能不理她。可这样一来，她倒更得意了，以为自己胜利了，就随心所欲地到处乱说。"

夫人露出了微笑。津田看出这是一种同情的微笑。然而，夫人的话却与他想象中截然不同。

"恐怕不是这样吧？她一向通情达理，我还真挺喜欢她的。"

津田苦笑道："到了您的府上，总不至于还露出不体面的一面吧。"

"哪里，阿秀倒是很坦率呢。"

夫人并没有明说阿秀比谁更坦率。

<hr>

一百三十二

津田产生了好奇心，现在的情况大致已经清楚，但他并不打算立即把话题转向那件事上。他还需深入了解一下夫人和阿秀的关系，因为夫人来探病的原因自然是与那件事有关。然而，夫人却有她独特的风格。她有的是时间，无须别人恳求，一旦有机会，便愿意提供帮助。尤其对于下属，特别是对于她喜欢的下属，更是表现出了极大的热情。另外，她还免不了流露出她爱玩的本性。有时会急不可耐地把事情办完，有时又慢悠悠的，好像故意想把事情拖延下去。此时，她的态度恰似猫戏弄老鼠一般，不管旁观者怎么想，她觉得这能给闲暇时光带来一丝波澜，是有闲阶级的特权。而陷入她鼓掌中的人，最重要的品质是忍耐。并且，能忍耐住的人一定会获得回报。这回报也就是她给对方的奖赏。她把这当作是自己在道德上的光荣。她和津田共同遵守着这种默契，使津田蒙受重大损失的，迄今只有一件事。对此，夫人对他有着深深的愧疚，这是聪明的津田无论如何不会忽视的。尽管他凡事都遵照夫人的意思行事，但这份愧疚之情他始终紧紧握在手里。这不过是万分紧急之下才可动用的法宝，平时，他还是甘心情愿做一只猫面前的老鼠，任凭对方摆弄。不过，此时夫人在谈到主题之前，依然要磨蹭一点时间。

"昨天，阿秀到这儿来过了吧?"

"是，来过。"

"阿延也来过了吧?"

"是。"

"今天呢?"

"今天还没来。"

"就快来了吧?"

津田不知说什么好。他刚刚写信叫阿延不要来，但这绝不能在夫人面前说出来。说实话，他还没有收到回信，正有些担心，不知是否送信过程出了什么差错。他自言自语地说道：

"谁知道呢。"

"来还是不来，你不知道吗?"

"嗯，不知道，我想大概是不会来吧。"

"这样是不是太冷淡了?"夫人嘲笑般地笑了出来。

"我吗?"

"不，你们双方啊。"

津田苦笑着没有说话。夫人又开口说道：

"阿延和阿秀昨天在这儿碰面了吧?"

"唔。"

"然后发生了什么事情吗?"

"哪有啊。"

"别装了，有就说有，像个男子汉把事情说清楚!"

夫人终于拿出了惯用的语气，津田不知该怎么回答才好，只好保持沉默，同时观察夫人的脸色。

"听说你们两个把阿秀好一通欺负啊。"

"哪有这种事啊，是阿秀发了一通火。"

"是吗？但还是吵架了吧？虽说没有动手。"

"就算是吧，不过也没有阿秀说得那么夸张。"

"也许吧，但或多或少总有那么回事吧？"

"不过是一点小误会。"

"是你们两个一起欺负阿秀的吧？"

"没有欺负她，倒是她，像个基督徒似的气势汹汹。"

"反正你们是两个人，她只有一个人，这总没错吧？"

"或许可以这么说吧。"

"你看，这就是你们的不对了。"

夫人的判断既没意义，也没道理，津田压根不知道是哪里不对。但是，在这种情况下，夫人表现出的个性是绝不允许被顶撞的。这一点，津田早已深知。除了乖乖听训，他没有任何办法。

"根本没想过会这样，可能就是顺其自然地，就这样了吧。"

"'可能'可不行，要明确地说'是'。我这么说可能有些失礼，你对阿延实在太过娇惯了。"

津田歪着头，感到非常费解。

一百三十三

津田虽是个聪明人，但对夫人和阿延的关系始终不能理解。正如夫人要碍于津田的情面，阿延也要对津田有所顾忌，这就是造成津田理不清思路的原因。他非常了解两人的个性，却在两人之间的关系上糊涂了。对于女人说的话，他向来是打个折扣才听，可唯有在这件事上，他却没有做到这一点。他把夫人在自己面前对阿延的评价信以为真，同样对于阿延对夫人的评价也深信不疑。而且，这两人所做的评价都很动听，但也都是假话。

两个女人都是各怀心事，一直努力不让自己的真情实感流露出来。但眼下，这种微妙的情愫迫于现实的压力，不得不像迷雾一般在津田面前逐渐散去。

津田对夫人说：

"我并没有过分娇惯她，夫人不必多虑。"

"不是吧，大家可都是这么认为的。"

"大家"这个词让津田大吃一惊。夫人解释道：

"大家，就是众人的意思。"

津田对"众人"这个词也不是特别理解，但夫人强调"大家""众人"这样的词用意何在是不难猜测的，夫人似乎决定用一切力量把这些观念灌输进津田的脑海。津田故意笑起来，说道：

"说什么'众人'，不就是阿秀吗？"

"阿秀也是其中一员。"

"是其中一员，而且是代表人物吧？"

"大概是吧。"

津田又一次高声大笑起来。但笑过之后他立刻意识到，这笑声在夫人那里产生了不妙的效果。然而，这已经无可挽回。没别的办法，他只能低头请罪。他立刻改变了态度，说道：

"总之，我以后一定多加注意。"

尽管如此，夫人还是不太满意。

"如果你觉得只有阿秀一个人，那就错了。你的叔叔、婶婶都是这么想的。"

"啊，是吗？"

很显然，藤井夫妇的看法是阿秀传达给夫人的。

"另外还有，"夫人又补充道。

津田听后应了一声"哦"，然后看了一眼夫人的脸。于是，他预料中的话从夫人口中说出：

"说实话，我和大家的看法是一致的。"

夫人用权威的语调说出了这句话。津田明白，自己没有鼓起勇气进行反驳的必要。但是，他心里却莫名其妙地感觉自己失策了。他心里疑惑起来："她为什么会变成这种态度？她责备我不该过分宠爱阿延，这不等同于也在斥责阿延吗？"

这种疑惑对津田来说是完全陌生的，陌生到他想揣测夫人的本意都十分困难。在他解决这个疑惑前，他又抛出了留在脑海中的另一个疑问：

"冈本先生也是这样评价吗？"

"冈本不在此列，他的事情跟我无关。"听到夫人这么说，津田不禁一怔。他的喉咙里涌出这么一句话："那么，冈本和您是持相反意见吧？"

说起来，津田并不像大家所想的那么宠爱阿延。这个评价，多少夹杂着误解。这酒精是怎么引起的，又是由哪儿引起的呢？想要对别人说明白，实在要花费不少唇舌。然而，他的头脑中有着清晰的思路，事情的脉络也了如指掌。

首先，第一个负有责任的便是阿延本人。她被津田爱到什么程度，又是如何支配津田生活的，这些都是她经常极力又委婉地到处炫耀的内容；第二个负有责任的人便是阿秀，她的意思本就过分夸大，何况还要加上一重嫉妒的色彩。这嫉妒究竟从何而来，津田也搞不清楚。结婚后，他对"小姑子"这个词才勉强有所理解，尽管如此，却依然无法解释清楚；第三个负有责任的人，就是藤井叔叔和婶婶了。他们没有过分夸大，也没有嫉妒，但是他们非常反感奢华，最后就产生了误解。

津田被别人误解，他的态度是听之任之。这样做也是有特殊原因的，这个原因早被小林识破。因为这种误解很容易赢得冈本的垂青，他也想利用冈本家的好意，为自己争取更多利益。他之所以宠爱阿延，就是为了取悦冈本家，而冈本与吉川又情同手足。这样一来，他越是宠爱阿延，未来的前途就越保险。他自诩非常懂得这其中的利害之道，绝不会放过任何有利可图的机会。对于吉川夫妇做他们夫妻的证婚人这件事，他不仅把这看作是一份值得骄傲的荣耀，更是发现了比荣耀更加重大的意义。

然而，这些不过是表面。假如再深入探究下去，便会发现仍有深意。早在事情发展到今天这种情况之前，津田和吉川夫人之间就已经因为某种外人不得而知的关系而连在了一起。二人经历了只有他们各自清楚的心路历程，现在他们必须用比别人更加复杂的目光来看待半年前建立起来的这种新型关系。

说得更明白一些，那就是津田在和阿延结婚前，曾经爱过另外一个女人，而且从中拉线的人正是吉川夫人。这位好管闲事的夫人，忽而将两人撮合到一起，忽而又让他们分开。看到两个年轻人在自己的操控下忽而如胶似漆，忽而反目成仇，夫人十分得意。津田对夫人的话坚信不疑，夫人也曾断言他们将来的命运。不仅如此，她还趁着时机成熟，企图促成两人永远在一起。但是，到了关键时刻，夫人的自信却大打折扣，津田的自命不凡与夫人的自信一样被一举击破。那珍贵的鸟儿忽然溜走了，再也没有回到夫人的手心。

夫人责怪津田，津田也责怪夫人。夫人认识到自己也有责任，津田却不觉得自己有什么责任。直到今天，他仍在迷雾中彷徨，难以参透其中奥秘。就是在这个时候，夫人听说了阿延的婚姻问题。夫人再次过问津田的第二次恋爱，并和她的丈夫一起做了证婚人，圆满地办成了这桩喜事。

津田当时细细观察夫人的表情，懂得了其中的意思。他这样想道："这是对那件事的补偿吧。"

他从这种推论出发大致确定了将来的方针。他深信只要自己和阿延和睦相处，便是对夫人恩情的报答。他甚至断定，只要不和阿延吵架，自己的前途就会有保障。

津田始终认为这个方针万无一失，一直以来，他也确实是如此对待阿延的。而现在，尽管夫人始终在绕圈子，他也能觉察到夫人是在责怪阿延。对此，他当然感到奇怪。在决定改变立场而使自己更加贴近夫人心意之前，他觉得有必要再确认一下。

"你说我过分宠爱阿延，那么，阿延有什么缺点，您不妨也直接告诉我。"

"今天我也正是为这件事而来的。"

听了这话，津田心中充满好奇，他想知道夫人究竟会说些什么。

夫人继续说道："我说的话除我之外不会有任何人对你讲，你可不要以为是阿秀要我这么说的。要是以后你因为这个找她的麻烦，那我可没脸见她了。阿秀到这儿来，当然也是为了这件事，只是我们的立场不同。阿秀关心的是京都那边，当然，对你来说，京都那边也是你的父亲，你也不会敷衍了事。尤其你父亲还那么恳切地托付我丈夫关照你，所以我也不能对你的事袖手旁观。不过，这些都是问题的枝节，病根在别处。我认为，要解决这件事，必需从根本上治疗。否则，这样的矛盾还会层出不穷。如果只是有矛盾倒也罢了……如果每次阿秀都这么来找我，我也担不起这样的辛苦。"

夫人所说的病根其实就是阿延。津田心想："该怎么治疗这个病根呢？既然不是肉体上的疾病，除非离婚或分居，否则，也没有别的办法了。"

津田不得不问一句：

"那么，究竟该怎么办才好呢？"

听到这句孩子气的提问，夫人露出得意的神色。但她并不急着马上给出答案，而是微笑着说道：

"你究竟觉得阿延怎么样？"

他想起昨天阿秀问到同样的话时，自己是如何作答的。但今天，他并没有为回答夫人的问题做任何准备，不过，这也让他有了更多自由发挥的空间。他心中想的是，该如何作答才能使夫人满意。但夫人希望得到怎样的回答，他根本摸不着头脑。他在慌乱中只好保持微笑，夫人又趁势紧逼了一步，说道：

"你不是很爱阿延吗？"

这个问题也是津田没有想过的。像平时那样半开玩笑地应付夫人，他还能做到对答如流。可是，若要让他严肃认真地回答，还要对所说的话负责，并且要迎合夫人的心意，他就不知该如何开口了。对他自己而言，给出怎样的答案都无所谓，因为事实上，他对阿延既爱又不怎么爱。

夫人的态度越来越严肃，她用不容推脱的口吻发出了第三次提问：

"这是你我之间的秘密，你就坦白回答吧。不必顾忌我想听什么，只要你把心里话说出来就好。"

津田越发摸不着头脑。夫人又说：

"你可真是个慢性子。想说什么，就像个男子汉似的，痛痛快快讲出来就是了，也没给你出什么难题呀。"

津田终于不得不开口说：

"倒不是答不出来，只是，这问题提得太过宽泛。"

"好吧，真是拿你没办法。要不换我来说，行吗？"

"您请。"

"你呀。"夫人刚刚开口，却又停顿了一下，然后继续说道：

"真要让我说吗？我这个人就是这么个脾气，说话直来直去，总是在说过什么之后又后悔。"

"没关系，您请直说。"

"可是，真把你惹生气了，那可就不好了，我可不想做那种道歉也无法挽回的蠢事呀。"

"只要我不介意，不就没事了吗？"

"既然你这么说，那自然是没事的。"

"夫人尽管讲吧，只要是夫人说的，不管是不是这么回事，我都绝不生气，请直言吧。"

津田认为，把一切责任都推给对方，这是最妙的办法。他承诺之后，便用催促的目光看着夫人。夫人经过了再三确认，总算放心了，这才开口说道：

"如果我说得不对，还请见谅。其实，我看你不像大家所说的那样。你心里，不是那么爱阿延的吧？我和阿秀不一样，我早就看破了这一层。怎么样？我猜得对不对？"

津田没有做出表态，只是说：

"当然，我刚才不是也说过了，我对阿延并没有那么娇宠。"

"你刚才说的不过是客套话。"

"不，我说的是真心话。"

夫人坚决否认，说道：

"你别骗我了，我可打算接着往下说了，怎么样？"

"好，您请。"

"你并不怎么爱阿延，可你却煞费心机地装出一副十分爱她的样子给别人看，是不是？"

"这是阿延说的？"

"当然不是。"夫人断然否认，"是你的态度告诉我的，你的表现足以说明一切。"说到这儿，夫人特意停了一会儿，然后又继续说：

"怎么样？说中了吧？我甚至连你为什么要做出这番假象也一清二楚。"

津田从未听夫人说过这样的话。如今他才意识到，夫人是如何站在旁观者的角度，侧面观察他们夫妻感情的。他心中暗想，既然早已看破，为何不早些提醒我呢？事到如今，对于夫人的批评也好、揣测也罢，自己都必须老老实实听下去。

"请不吝赐教，这些话对我以后也是大有帮助的。"

既然已经开口，无须津田劝说，夫人也会顺着话题说下去。剩下的话，很快就传到津田的耳畔。

"你是看在我丈夫和冈本的面子上，才对阿延那么看重的吧？说白了，你表面上那么宠爱阿延，实际上根本不是那么回事，对不对？"

津田简直没有想到，夫人竟把他的心思观察得如此之深，言辞间也透出讽刺的意味。

"对我的性格和品质，夫人是这么看的吗？"

"是的。"

津田仿佛受到迎头痛击，这才想起追问理由，他说道：

"为什么？为什么这样看我？"

"你不要绕弯子好不好？"

"我没有绕弯子啊？"

夫人断定自己的话是百分之百准确的，但津田承认了六成，所以他的答话里必然有很多模棱两可的内容。很显然，这一点是很容易引起误解的。夫人则一直在重复自己的话，非要让津田承认她的想法不可。

"绕弯子可不好，你要是这样，我下面的话可就说不下去了。"

津田很想听听下文，但是，若想听下文，就必须接受夫人的论断。

"是这样吧？"

夫人在驳倒津田之后，又想进一步要他承认。

"你呀，从一开始就想错了。你把我和我丈夫看成是一类人了吧？还把我丈夫和冈本看成是一类人，这可是大错特错了。把冈本和我丈夫看成一类人，这倒也罢了。可就这件事来说，把我和我丈夫还有冈本一样看待，不是太可笑了吗？在这方面，你还真不像个有学问的人呢！"

津田这才清楚夫人的立场。但是，这种立场和他有什么切身的关系，他仍然不明白。夫人又说：

"这不是很明显吗？只有我和你的关系是很特殊的啊。"

津田非常清楚这所谓的"特殊关系"指的是什么。但是，这却与当下要解决的问题无关。正因为他充分理解这种特殊关系，才在至今为止的所有交往中，保持着与之相称的行为方式。问题是，这种特殊关系对夫人来说意味着什么，好像只有把这一点搞清楚，问题才能得到解答。只承认自己的误会是无济于事的。

夫人一语道破了他们的关系，说道：

"我是你的同情者呀！"

津田回答道：

"这一点，我从未怀疑过，并且，始终为此深感荣幸。但是，现在这种情况，夫人打算怎么做我的同情者呢？恕我愚昧，不能充分领会夫人的意思，还请夫人明明白白地告诉我吧。"

"我觉得，作为同情者，此刻我能为你做的事只有一件，不过……"夫人说到这儿，看了一眼津田的表情，她以为他会在焦急中煎熬，然而并没有。于是，夫人突然改了说辞：

"我说的这些，你是听还是不听？"

津田没有忘记用常理来判断一下，他考虑到了事情涉及的所有人，但他没有勇气把他的真实想法如实告诉夫人。所以，他的态度显得优柔寡断。听，还是不听，很难抉择。

"那您就说说看吧。"

"'说说看'，这叫什么话？你如果不明确说想听，我就不说了。"

"可是……"

"可是什么，可是有什么用？除非你像个男子汉一样，大大方方地说'我要听'。"

一百三十七

津田实在猜不出夫人会提出什么要求，因此暗暗捏了一把汗。如果真的答应下来，但之后又后悔，那就不好收场了。他设想了一下到时夫人的样子，无论是就社会地位而言，还是按性格来说，或是单从和津田的这一特殊关系来讲，夫人都不是一个能够轻易原谅他的人。如果夫人永远不原谅他，那他只能像一具行尸走肉。考虑到这些，他实在没有勇气闯入那毫无生还可能的绝境。

况且这位夫人与众不同，简直猜不到她会提出什么难题。她长期过着自由放任的生活，在她眼中，根本没有自己做不到的事。一直以来，可以说她是万事亨通，就算偶尔有做不通的事，也能采取强行处理的方式达到目的。尤其难办的是，夫人的生活悠闲自得，做任何事情都没有必要剖析自己的动机，或者说，她有一颗不羁的心。在她看来，她给别人帮忙，完全是出于对别人的关怀，毫无私心。所以，她对此没有丝毫不安。她从来不会有自我反省的意识，也不把别人的评价放在心上。眼下的谈话发展到这种情况，也是必然的结果。

这些就是津田被夫人逼到如此地步时的内心想法，他看起来越来越不知所措。夫人看到他这副样子，忍不住笑出声来，说道：

"你是不是把问题想得太复杂了？觉得我又准备给你出难题了吧？再怎么说，我也不会勉强你做你不愿意做的事。只要你愿意，绝对不费吹灰之力就能办到，并且结果肯定是对你有利的。"

"真有那么容易吗？"

"当然，简单得就像儿戏，说得再夸张一些，不过是半开玩笑地闹着玩罢了。所以，你干脆就应了吧。"

对津田来说，这一切都是一个谜。可是，当他听说像玩儿似的那般轻松，终于下定了决心。

"虽然还不知道是怎么回事，不过，那就试试看吧。您请明示。"

夫人并没有立刻说明，她得到津田的肯定回答后，又把话锋一转，提出了下面的问题。然而，无论从任何意义上说，都算不上是闹着玩，至少对津田来说，关系非常重大。

夫人首先问道：

"从那之后，你见过清子小姐吗？"

"没有。"

津田略感惊讶，不仅因为这个问题过于突然，还因为这个当初突然抛弃自己的女人的名字，竟然从这个负有一半责任的夫人口中说出来。夫人继续说道：

"那么，她现在过得怎么样，你知道吗？"

"完全不知道。"

"完全不知道，你也完全不在乎吗？"

"就算在乎又能怎么样？她已经嫁人了吧。"

"清子的结婚典礼，你去了吗？"

"没有，就算想去，也不太方便吧。"

"请柬送来了吗？"

"送来了。"

"你结婚的时候，清子也没有来吧？"

"是的，她没来。"

"你发请柬给她了吗？"

"请柬倒是发过的。"

"你们两个从那以后就没再联系过？"

"是啊，若是再联系，恐怕就有问题了。"

"是啊，不过，这也要看具体情况。"

津田不理解夫人的用意，夫人却在解释这句话之前，又把话题引到了别处。她说："那么，清子的事，阿延知不知道？"

津田没有回答，不向小林问清楚，他自己也不清楚准确情况。夫人又追问了一次：

"你自己说过没有？"

"没有。"

"这么说，这件事，阿延是一点都不知道了。"

"嗯，至少我没有听她提起过。"

"是吗？这么想是不是太天真了一点儿？或许，她已经有所察觉了吧？"

"这个……"

津田不得不认真考虑一下。不过，即使考虑出了结果，也不便说出来。

一百三十八

言谈之间，津田明白了夫人那难以捉摸的心思。一直以来，他始终认为不把清子的事情告诉阿延，既有利于自己，也合夫人的心意。然而，现在他才发觉，夫人是希望阿延对这件事有所了解的。

"大概，她心里也知道一些吧？"夫人问道。正是因为津田了解阿延的性格，他才更不知道该如何作答。

"不让她知道，不是更好吗？"

"唔。"

津田不解其意，他又接着说道："如果有必要，我告诉她也可以。"

夫人笑着说："现在，你再这样做可就行不通了，必须装作什么事都没有才好。"

夫人把话说到这儿，又换了一副言辞说道：

"说说我的猜测吧。我想阿延那么聪明，一定早就有所察觉了。当然，她不至于全都知道。不过，要真是什么都不知道，我们倒不好办了。她知道一点，但又不全知道，这对我们最有利。要我看，阿延肯定就像我猜测的这样。"

津田只好附和道："这样啊。"但他心里想："这么猜测，有证据吗？"

夫人却提出了证明，她说道："不然的话，阿延也不至于那么虚张声势的。"

这是夫人第一次用"虚张声势"来评价阿延，这不能不让津田感到惊讶。不过，从另一个角度来说，他倒也赞同夫人的说法，只是不好当即表现出来。夫人又毫不在意地说道：

"这也没什么关系，就算她什么都不知道，到时候也有办法。"

津田正等着她的下文，夫人却把话题转到了清子身上。

"你对清子，还有些藕断丝连的感情吧？"

"没有。"

"一点儿都没有吗？"

"一点儿都没有。"

"恐怕是男人的谎言吧。"

津田并不想撒谎，却又觉得自己说出的并不全是真话。

"我现在这样子也能看得出来对她有感情吗？"

"那倒是看不出。"

"所以，您是怎么做出那番判断的呢？"

"因为看不出来，所以才这么猜的。"

夫人这套逻辑与常人不同，但也找不出破绽。她接着把她的理论展开来讲："别人看不出来，我却知道，你心底里是藕断丝连的。"

"夫人是先入为主了，所以才这么下结论的吧。"

"先入为主又怎么了？"

"您要是这么随便下结论，那我可吃不消啊。"

"我怎么就随便了？我说的都是事实，是只有我们两个知道的事实。怎么，你还想瞒我？要说这是你一个人知情的事，那倒也罢了。可是，咱们两个都知道，要想隐瞒，那得商量好，全都当作没有这回事才行。"

"那我们就商量好，当作没有这回事吧。"

"为什么呢？为什么要当作没有这回事？为什么不把这一点好好利用一番？"

"利用？我可不想犯这种过错。"

"什么过错？我几时让你去犯错了？"

"可是……"

"你还没有把我的话听完呢。"

津田的眼睛里又闪出了好奇的光芒。

<hr>

一百三十九

夫人好像已经把津田对清子仍有依恋的证据摆在了两人面前，他已心服口服。津田认为自己既然已经坦白，这段争论就可以告一段落了。然而，在这个问题上，夫人却不像津田想象得那么粗暴，她格外细致地观察着津田的心理状态，当她确定稳操胜券后，才把证据展示在他面前。

"我不是捕风捉影地说你们旧情未了，而是实实在在地掌握了证据。我可以很肯定地对所有人说，你对清子根本没有死心。"

津田有些不知所云："还请您明确说明。"

"既然你想让我说，那我说一下也可以。可是，这就等于把你真正的心思讲出来了。"

"没关系的。"

夫人又笑了起来。

"你这么不通人情，这可不好办。如今，事实就明摆着，你还硬要装作不知情，还要别人讲给你听，这是不是有点傻呢？"

如果真的如夫人所说，那确实有点傻，但津田很困惑地说道：

"我确实不明白啊。"

"不，你明白。"

"那可能是没有意识到吧。"

"不，你意识到了。"

"那是怎么回事？难道是我在故意隐瞒？"

"嗯，应该是这样吧。"

津田不再辩解了。既然话都说到这种程度，如果继续瞒下去，自己都觉得不合适。

"我确实是犯傻，甘愿接受您的批评，请您继续说下去吧。"

夫人轻轻叹了口气，说道：

"你这么说可就没意思了，我诚心诚意为了你，你这个主角却是这番态度，真是让我白费心力了。算了，不说了，回去吧。"

津田已经被拖入迷宫之中，明知如此，却不得不追在夫人后面。当然，很大程度上是好奇心的驱使，另外就是碍于夫人的情面，还有他对夫人的敬畏心。他再三重复着相同的话，催促夫人快说。

"好吧，那我就说说吧。"夫人终于应允，表情却颇为得意地说道："那我要先问问你了。"然而，这一问就让津田大为震惊。

"当初，你为什么不和清子结婚呢？"

问题来得太突然，津田一下子被问住了。看他沉默不语，夫人又换了一种方式问道：

"我换种方式来问，当初清子为什么不和你结婚呢？"

这次津田开始回答了。

"为什么？我一点都不知道。只是觉得奇怪，可怎么想也想不

272

明白。"

"她是突然嫁到关家去的吧?"

"是的,很突然。说实话,这也是过去的事了,只记得当时心里特别诧异,等反应过来,她已经结婚了。"

"是谁心里特别诧异?"

对津田来说,这个问题简直毫无意义,但夫人却纠缠着不放。

"是你觉得诧异,还是清子?或者是你们双方?"

"这个⋯⋯"

津田迫不得已地沉思起来,夫人却抢先说道:

"你不要总是'这个''这个'的,我问你,当时你认为清子是什么态度?她是根本不在乎你吗?"

"是不太在乎。"

夫人用轻蔑的眼神看着他说:

"你这个人还真是迟钝,是因为觉得清子不在乎你,你才感到特别诧异吗?"

"应该是吧。"

"那你当时的诧异和不解,你想不想搞清楚呢?"

"没办法搞清楚了呀。"

"没办法归没办法,你还是想搞清楚的吧?"

"是啊,也反复想过。"

"想过之后搞清楚了吗?"

"没有,越想越想不清楚。"

"所以就不再想了?"

"不,还是忍不住会想。"

"那么,现在还想吗?"

"是的。"

"你瞧,这不就说明你还没有对她死心吗?"

夫人终于让津田就范。

准备工作做得差不多了，是时候把重点展示在津田面前了。夫人找准时机，开始推进谈话进程。

"这一次，你就拿出点男子气概怎么样？"夫人首先抛出这么一句笼统的话。津田心想："又是这一套。"从谈话开始，左一句"要有男子气概"，右一句"不像个男子汉"，已经让津田暗自冷笑。所谓"男子气概"是什么意思？无非是为了让自己束手就擒，才故意用这话来压人。

他苦笑着问道："'男子气概'是什么意思？怎么才算是'男子气概'呢？"

"消除你的相思之情，这不就是吗？"

"怎样消除呢？"

"你觉得怎样才能消除呢？"

"这我可不知道。"

夫人突然得意起来，说道：

"你可真是糊涂，这么点事都想不明白。见上一面，问一问，不就全清楚了？"

津田答不出话来。就算是想见一面，可是用什么方式相见，在哪儿见面呢？这些都是需要解决的问题。

"所以，我今天就是为了这个才特意过来的。"夫人说这句话时，津田不由得抬起头看着她。

"说真的，我早就想听听你的想法。正好，今天早上阿秀为那件事来找我。我觉得这正是个好机会，所以就来了。"

津田心里没数，脑子里一团糨糊。夫人看透了他的心思，说道：

"你可别误会，我是我，阿秀是阿秀，你别觉得我是受阿秀之托才来的。我刚才也说过了，我一直是你的同情者。"

"是的，这一点我是清楚的。"

这一阶段的谈话可以告一段落了，夫人又趁机展开了第二阶段的谈话。

"清子如今人在哪里，你知道吗?"

"不是在关家吗?"

"那是平时，我是说现在。她现在在什么地方，在东京还是在别处?"

"不知道。"

"你猜呢?"

津田默不作答，他不屑于做这些猜谜类的无聊游戏。可是，当夫人口中说出那个意想不到的地名，还是唤起了他并不遥远的回忆。那是一个很有名的温泉，从东京过去，不过一天的路程。他甚至想起了那里的景色，但他嘴上只是附和了一声"是吗"就再也找不到合适的回答。

夫人对津田做了详细的说明。她告诉津田，清子在那里疗养，而且要待上很长一段时间。她甚至还知道清子去那儿疗养是为了流产后恢复健康。说到这里，夫人意味深长地笑着，津田也大概领略到了那个微笑的含义。然而，这都已经是过去的事了，他没做任何表示，只是温顺地听着夫人说下去。于是，夫人又开始了第三阶段的谈话。

"你也去吧。"

在听到这句话前，津田心里已经有了些想法，但听到这句话后，却还是下不了决心。夫人则极力煽动他，说道:

"去吧，你去了也妨碍不到任何人。就装作若无其事的样子，没什么大不了的。"

"倒也是。"

"你去你的，本来就是为了自己，用不着顾虑其他的，想太多反而没用。单说你的病，出院以后去泡温泉是最好的。要我说，就凭这一点，理由也足够充分了。所以，你一定要去，大大方方地去，就此把旧情彻底做一个了结。"

夫人怂恿着津田，甚至说旅费可以由她来出。

给旅费，上班的事也给安排妥帖，到一个舒服的地方去泡温泉疗养，这是谁也求之不得的好事。特别是对这位以享乐为人生目的的津田来说，更是难得的好机会。若是眼睁睁错过良机，那才是愚蠢透顶。然而，夫人附加的条件肯定也不同寻常，因此，他又顾虑起来。

津田犹豫的心理一目了然，然而，他仅仅注意到了夫人极力让他去的心思，却没顾上对这背后的用意加以深思。在这一点上，夫人反倒比他看得更清楚。原本以为靠允诺的条件足以说动津田，看到他踌躇的样子，夫人又说道：

"你心里明明想去，可为什么犹犹豫豫的？这就是我说的没有男子气概，太差劲了！"

津田虽然被评价为没有男子气概，却并不为此感到苦恼。他回答说："也许吧。可是，我还是要考虑一下。"

"就是这个考虑的毛病，一直在你的人格里面作祟。"

津田不禁"嗯"了一声，夫人却非常平静。

"这种时候，女人可从来不会考虑。"

"所以，我考虑，不正说明我有男子气概吗？"

听到这句回答，夫人立刻严厉起来。

"别那么傲慢地顶嘴，光嘴上厉害又有什么用？真是不像话。你也算是上过学、有学问的，完全不了解自己，真是可怜！就是因为这个，清子才抛弃你的。"

津田又发出一声："嗯？"夫人却不理他。

"如果你不明白，我就说给你听。你为什么不想去，我很清楚。

你害怕，你不敢见清子。"

"不是的，我……"

"等等，你是想说你有勇气是吧？不想去是觉得没面子。要我说，要面子，正好说明你是没勇气，你说对吗？那点面子不就是虚荣心吗？说白了，那都是表面功夫，除了这些，还能有什么？就跟新娘子一样，本来没人准备闹洞房，她自己先闹起了情绪，三顿不吃饭！"

津田听得有些呆了，夫人却依然喋喋不休。

"你想得太多了，总在没必要的事情上固执，慢慢变得越来越虚荣，越来越特立独行。"

津田很无奈，只好保持沉默。夫人则又紧逼一步，进一步说明他的虚荣。

"你总是一副很高尚、很沉默的样子，想不动声色地把事情解决。但是，你心里却逃不过为那件事发愁。再说深一点，恐怕你是在想，也许过不了多久，清子就会过来对你解释点什么吧。"

"我怎么会那么想呢？我……"

"别说了，想法总归是想法，现实一成不变，再怎么想也是没用的。"

津田实在无力反驳，机敏的夫人继续乘虚而入。

"你不是一向都很厚脸皮吗？而且，在你看来厚脸皮还是你处事的诀窍呢。"

"怎么会？"

"就是这样，如果你觉得我不清楚这一点，那你可就大错特错了。厚脸皮就厚脸皮嘛，我觉得这也不错。所以，像个男子汉那样，把你厚脸皮的一面表现出来。毕竟，我今天就是为了这件事才来的。"

"是说让我发挥厚脸皮的精神吗？"津田这么说着，又转变了话题，说道：

"她是一个人去的吗？"

"当然是一个人。"

"关先生呢？"

"关先生在这边，他在这边还有事情。"

津田终于下定了去的决心。

— 一百四十二 —

然而，夫人和津田之间仍有一个悬而未决的问题，不把这个问题解决，谈话就算不得圆满。不等夫人回过头来提及此事，津田先谈了起来。

"照您的意思，我去了又能怎么样呢？"

"这正是我想说的，照我看，再也没有比这个更好的治疗方法了，你说呢？"

津田没有回答，夫人又问道：

"下面的话就算我不说，你也明白吧？"

夫人的意思，津田大概明白。但是，这件事会对阿延产生什么影响呢？他心里没有确切的概念。

"你就装作什么都不知道，后面的事交给我。"

"是吗？"津田嘴上应着，脑海中却画了个问号。如果把后面的一切都交给夫人处理，无疑就是将阿延的命运交到别人手里。对于夫人的手段，他是存有戒心的，不知她将会怎样处理。

"一切都听您的，不过，如果您已经想好了什么方法和手段，事先告诉我一声，不是更方便吗？"

"这些事你不必知道，你就等着瞧吧，我肯定把阿延培养成一个最标准的妻子。"

阿延在津田眼中当然不是完美的。但津田看不惯的缺点未必就是夫人不满意的地方。夫人似乎不认为这两者之间有什么不同，至少存在一种误解，她以为把阿延培养为一个合乎她心意的女人，就等于为津田培养了一个最标准的妻子。不仅如此，如果再往深处想，或许会得出一个惊人的结论：或许是夫人不喜欢阿延，所以才想尽办法折磨她。或许只是因为不中她的意，她便想利用对待冤家的方法来对待阿延。幸而阿延天生不拘小节，无论是外界还是她本人，都无法强迫她反省自己，所以她始终轻松自在。夫人竟然能厚颜无耻地说出"教育阿延"这类话来。津田根本不清楚夫人和阿延之间的纠葛，也就没有怀疑夫人的根据。通常情况下，他还是相信夫人的情义，但只要想到这份情义可能造成的影响，不由得有些畏惧之感。

"担心什么？不是有个词叫'坐享其成'吗？"

不管津田怎么说，夫人都不肯详细作答。她用很不屑的口气说完这句话，又用教训的口吻说道：

"这位小姐可真是有点太傲慢了，而且，表里不一致。外表看起来那么谦恭，内心里却有主意得很。再加上人又聪明，完全不会流露出来。这些问题，如果不彻底改掉的话……"

正在夫人毫不客气地评论阿延之际，两人听到楼梯半腰上护士的喊声：

"一位堀先生给吉川夫人打电话来了！"

"知道了。"夫人应了一声，便立刻站起来，走到门口，又回头看了看津田。

"是什么事呢？"

津田也不清楚。夫人下楼去接电话，很快又折回来，口里说着：

"不好，不好！"

"什么不好？怎么了？"

夫人的神态平静下来，笑着说：

"阿秀特意打电话来提醒我们。"

"提醒什么？"

"阿延一直在阿秀家谈话呢，秀子告诉我，阿延可能会在回家的路上顺路到医院来，所以先打电话通知一声。她刚从阿秀家出来。万幸啊，如果正在说她坏话的时候进来了，那可就难堪了。"

夫人刚刚坐下，一会儿又站了起来。

"那么，我告辞了!"

她似乎觉得，刚刚和津田说了那些话就立即和阿延见面，有些不好意思。

"趁她还没来，我就赶紧走吧! 代我向她问好。"

夫人留下这么一句客套话，便走出了病房。

—— 一百四十三 ——

此时，阿延正在来医院的路上。

从堀家出来后，向东走一二百米，有一个丁字路口，从这里横跨过大街就是医院了。阿延刚刚走到拐弯处，一辆电车从北边驶来，恰好停在她面前。从方位来说，应该是停在她的斜前方。她漫不经心地朝车窗望去，透过车窗玻璃，发现乘客中有一个女人。由于角度的关系，她只看到那个女人侧脸的一半，甚至只有三分之一，然而，她一下就愣住了：这不是吉川夫人吗？

电车立即开动了。阿延没有足够的时间来观察，只能目送那辆电车的背影远离，然后才穿过马路，向东走去。

她现在走的全是些小巷，因为对这一带很熟悉，便左拐右拐地穿过几条小路，打算抄近路早点到医院。不过，刚刚遇到那辆电车之后，她的脚步忽然沉重起来。直到走出二三百米后，她忽然改变了主意，还是不去医院，先回家吧。

走出堀家大门的时候，她的心情已经很沉重了。本来是想让阿秀解答她心中的疑团，没想到却被阿秀顶了几句，心里非常不痛快。原本是希望把事情探听清楚，最后反倒被对方窥探了内心，心情更是焦急。她本来就很不安，现在更加严重了。她最怀疑的，是对方已经看穿了她的心思，对她嘲弄了一番。

阿延那敏锐的心思还不只考虑到了这些，她总觉得有什么计划正在暗中进行着，不管主谋是谁，阿秀一定是其中之一，吉川夫人显然也脱不了关系。想到这儿，她突然有些担心，感觉自己在孤军作战。她环顾四周，除了丈夫再也没有可以依靠的人了。于是，她只能不顾一切地奔向津田。虽然自己对津田也有所怀疑，但他毕竟是值得信任的人。她相信，不管发生什么情况，丈夫总不至于和那些人同谋。所以，刚刚跨出堀家的门，她就向医院奔来。

如今，她的这种心理活动不得不暂停。她在心里咒骂着电车上的那个侧影，如果车上的人真的是吉川夫人，如果吉川夫人真的去医院看过津田，如果在看望之余……再聪明的阿延也想不出后面的场景。然而，结论只有一个。她的头脑中，忽而从阿秀转到吉川夫人，忽而又从吉川夫人转到津田。在不知不觉间，她把这三个人看作一伙。她想："这三个人说不定已经串通一气了。"

刚才，她还一心想去丈夫那里，把那里当作自己的避风港。但如今，她不得不这样想："既然如此，去了也没用，去了又能怎样？"她意识到，自己根本就没有想好怎样面对丈夫，就这么贸然跑去了。在当下这种情况，该用什么样的态度、什么样的状态去面对津田才最有效，这是很重要的问题。"明明是夫妻，却像到别人家做客那样做足准备，这是怎么回事？"幸而没有外人发出这样的声音。她决定还是先回家一趟，稳一稳情绪再去医院才是上策。想好之后，她又从眼看就要达到医院的小路上折返回去，沿着栽满柳树的马路走到繁华的大街上，匆匆登上了电车。

阿延于日落时分回到了家。下了电车后，走在大约一百米长的路上，被晚霞笼罩着的她，最想念的就是家里的火炉。回到家后，她立即脱掉大衣，坐到火炉旁边烤火。

然而，连一分钟的时间都不到，她刚刚坐下便从阿时手里接到津田的信。信上的内容很简单，几乎在打开信封的刹那就一览无余。但是，读过信后，她的心境已与之前大不相同。仅仅三行字，却比一本书更让她震惊。这封信给她从外面归来时的情绪点了把火。看着这封信，她的心怦怦直跳。

"'你无须到医院来了'，这是什么意思？"

如果没有这封信，她原本还打算再出去一趟。现在，她连问一下时间的工夫都没有，起身就要走。刚从厨房把饭送过来的阿时被她吓了一跳。

"晚饭我回来再吃。"阿延说道。

她把刚刚脱下的大衣重新穿上，走出了家门。但是，当她走到电车大道前面时，又在小巷的拐角处停下了脚步。她不禁忧心忡忡，这样去医院，又有什么用呢？

"按照丈夫的脾气，他肯定不会坦白地告诉自己这封信的意义。"

她的心里很是不安，望着来往穿行的车辆，登上向右走的电车能到医院，而登上向左走的电车能到冈本姑父家。她想，干脆取消原计划，去姑父家吧。刚刚拿定主意，她又想起另一个难题。如果去冈本家，就必然要把事情的原委说清楚，这样一来，就不得不把隐藏至今的秘密和盘托出，在姑姑和姑父面前承认自己看人的失败。然而，她又觉得事情还没到那种必须忍受这种耻辱的程度。在还有挽回希望的时候，就轻易毁掉自己的虚荣心，这种所谓的诚实，是她最瞧不起的。

她犹豫不决，左右徘徊。此时的津田完全不会意识到她的迷惘，他正坐在床上，悠然自得地看着护士送来的晚餐。刚才阿秀在电话里已经告知阿延要来，他送走了吉川夫人后，暗暗平复了一下情绪，准备与妻子见面。然而，他万万没想到，妻子会在中途折返，这让他略感失望。晚饭时间已到，或许是等得有些累了，他一见到护士，就立刻搭话说：

"终于开饭了，一个人待着，总嫌天太长了些，真是难熬。"

护士的身材矮小，脸色也不是很红润，她的相貌有点奇怪，津田始终猜不出她的年龄。她总穿一身白衣服，更显得和一般的女子不同。津田常常暗想，这姑娘穿和服的时候，肩上是否还带着褶皱①，还是已经拆掉了？有一次，他就这个问题问过护士，她则俏皮地一笑，回答说："我还是个实习生呢。"津田也就大概猜到了她的年龄。

护士把餐盘放在他的枕边，并没有立即下楼。

"您觉得很无聊吧？"她说着，咔咔地笑了，立即补充道：

"今天没见到您夫人。"

"嗯，她没来。"

津田的嘴里塞满了烤面包，因此也说不出什么话。护士又说道：

"夫人没来，却有别的人来了呀。"

"嗯，你是说那位老太婆吧？有点胖啊，那位夫人。"

见护士并没有跟他一起说人家坏话的意思，他便一个人说了下去。

"要是再有年轻漂亮的女人来探望，病会好得更快些。"他的话把护士逗笑了，但护士立刻开玩笑似的回敬道：

"每天不都是女客来吗？您可真是艳福不浅啊！"

她大概不知道小林曾经来过，又说：

"昨天来的那位夫人可真漂亮！"

---

① 褶皱：和服通常做得比较长，孩童的和服会事先预留出布料，在肩膀处做成褶皱，等到长高后，再根据需要放下来。

"算不上太漂亮，她是我妹妹。怎么样，跟我是不是有点像？"

护士没说像，也没说不像，只是嘻嘻地笑个不停。

—— 一百四十五 ——

这是护士最轻松的一天。医生患了腹泻，无法正常上班，请了一位朋友来代班。这个人只是上午来看了一下，从下午到夜间，再也没见他的身影。

"这个医生今天要去别处值班，晚上应该是不来了。"

护士说着，悠闲地坐在津田的餐盘前面，一点也不像平时那般忙碌。

津田见有人陪他闲聊，舌头上就没了把门的，半开玩笑地问了她很多事。

"你家是哪儿的？"

"栃木县。"

"是吗？听你这么一说，还真像是那边的人。你叫什么名字"

"不知道。"

护士说什么也不道出姓名，津田觉得这股倔强劲儿很有意思，便反复追问这个问题。

"那，以后就叫你栃木县，怎么样？"

"嗯，可以。"

护士的名字第一个字是"つ"①。于是他问：

"是'露'吗？"

"不是。"

①日语中"つ"的罗马音是 tsu，用中文拼音来表示其发音的话很像拼音中的"ci"。

"哦，不是'露'。那么，是'土'?"

"不是。"

"等等，不是露，又不是土。哈，我知道了，是'艳'，不然就是'常'?"

津田胡扯起来没完。每猜一次，护士就摇摇头，脸上露出顽皮的笑。每笑一次，津田便又追问下去。最后，知道她的名字是"月"，津田反复琢磨这个名字后说道：

"哦，是阿月呀，好名字。是谁起的?"

护士没有回答，而是反问：

"您夫人叫什么名字?"

"猜猜看。"

护士故意说了两三个常见的女人名字，然后说：

"是叫阿延吧?"

刚好猜中。其实，她是在什么时候听到过，便记下了。

"对，阿月可真是细心呀!"

津田正说得高兴，阿延忽然出现在病房门口。阿月吓了一跳，立刻端起餐盘站了起来。

"你终于来了。"

护士出去了，阿延坐在津田的枕边，看着他说：

"你以为我不会来了吧?"

"不，那倒不是。只是在想，怎么这么晚了还不来。"

津田的话并不是谎言，阿延也具备一定的分辨能力。但是，这么一来，矛盾好像更复杂了。

"可是，你刚才让人捎信给我了吧?"

"是。"

"写了让我今天不要来?"

"嗯，因为有些不太方便。"

"为什么我来不方便?"

津田这才警觉起来。他看着阿延，说道：

"没什么，是些不值一提的小事。"

"可是，特意派人去送信，总还是有事吧？"

津田只想搪塞过去，说道：

"就是一点小事，何必放在心上。真傻。"

津田这句话，本是作为安抚之词，没想到竟起到了相反的效果。阿延乌黑的眉毛颤动着，将手伸进腰间，掏出了刚才收到的那封信。

"麻烦你把这封信再看一遍。"

津田沉默地把信接过去。

"不是也没写什么吗？"他嘴上这么说，心里却否定了自己的话。信写得很简单，却足以引起阿延的怀疑。津田立即心虚，意识到事情不好办了。

"就因为你什么都没写，我才来问问的。"阿延继续说道，"跟我说说没关系吧？我特意为这个来的。"

"你就是为这件事来的？"

"是啊。"

"特意来的？"

"是的。"

阿延毫不动摇，津田意识到对方态度多么坚决时，忽然想到了一个绝妙的谎言：

"其实，是小林来了。"

"小林"二字果然引起了阿延的反应，然而，事情不会那么容易就了结。为了满足阿延，他必须把这件事说清楚。

一百四十六

"我想你也讨厌小林那家伙，所以才特意派人给你送信的。"

286

阿延听了这些解释，仍不满意。津田只好再说一些安慰的话。

"就算你不讨厌，我也不愿意让你跟他见面。他那个家伙，还说了些我不愿意让你知道的事。"

"什么事不愿意让我知道呢？是你们之间的秘密吗？"

"不是。"他发现阿延的细眼很认真地看着他，慌忙补充道：

"又是来借钱，就是这事。"

"这种事我知道有什么不好？"

"没说不好，只是不想让你知道。"

"这么说，这封信是为我好才送来的？"

"是啊。"

阿延一直盯着丈夫的那双细眼，如今眯得更细了。然后，她的唇边挂上了一抹微笑。

"那可太谢谢你了。"

津田有些招架不住了，他顾不得去除那些不够谨慎的用词，说道：

"你不是也很讨厌那个家伙吗？"

"没有啊，一点也不。"

"撒谎。"

"为什么说我撒谎？"

"嗯……小林是不是对你说了什么？"

"嗯。"

"所以我说啊，你也讨厌见到小林。"

"那你知道我从小林那儿听说了什么吗？"

"那我可不知道。不过，他这个人狗嘴里吐不出象牙来。他跟你说了什么？"

阿延的话刚到嘴边，又咽了下去。她反问道：

"小林在这儿说了什么？"

"什么也没说。"

"这才是撒谎呢，你故意瞒着我。"

"故意隐瞒的人不是你吗？小林信口开河地说了一通，你全都当真了。"

"也许是有事瞒了你，可是，是你先隐瞒我的，我也没办法。"

津田沉默了，阿延也默不作声，两人都在等着对方开口。然而，还是阿延没忍不住，她忽然声调尖锐地说：

"撒谎，你的话全是撒谎。小林这种人怎么可能到这儿来？你是故意捏造这个事来骗我的。"

"捏造？这对我有什么好处？"

"不，你肯定是为了掩盖别的什么人，故意拉出小林。"

"别的人？谁啊？"

阿延的目光落在壁橱下面的花盆上。

"那是谁拿来的？"

津田明白事情不妙，他后悔为什么不早点把吉川夫人来过的事情坦白出来。一开始，他不想提这件事情是经过反复考虑的。其实，说出来当然不难，但是他与吉川夫人谈话的内容，使他不自觉地心虚起来。在内疚感的驱使下，他还是觉得隐瞒一下为好。

他回头看了一眼盆栽，刚想说出吉川夫人的名字，阿延却来了个先发制人，说道：

"不是吉川夫人来过了吗？"

津田不禁问道："你怎么知道？"

"这点小事，我怎么不知道。"

津田观察着阿延的神色，终于恢复了胆量。

"是，来过了，你的预言应验了。"

"我连夫人是坐电车来的都知道。"

津田又吃了一惊。他以为夫人乘坐的是汽车或者是在马路上等着的人力车。对于夫人到底乘的什么车，他完全没有在意。

"你是在哪儿遇见她了？"

"没有。"

"那你怎么知道的？"

阿延并没有回答，她反问道：

"夫人来干什么?"

津田若无其事地答道:

"这正是我要告诉你的。不过,你可别误会。小林确实来过,先是小林来的,夫人是后来的,刚好是前后脚。"

一百四十七

阿延发现自己比丈夫还焦急,按照这种气势扑过去,肯定压不倒他。她看出了这一层,想趁着还没有露出破绽时先扭转局面。

"是吗?那好吧。小林来不来跟我没关系。我想请你讲讲吉川夫人来做什么。当然,她肯定不单单是来探病的,我知道。"

"这是什么话,并没有什么大不了的事啊。你那么盼着听到点什么,说不定听完之后会失望的,所以还是不说了吧。"

"没关系,失望就失望,我还是要听真实情况,这样心里才踏实。"

"当然是来探病的,谈的事也是顺带谈的,这样总可以了吧?"

"怎么说都行。"

津田只把吉川夫人劝他去温泉疗养的事情稍微说了几句。正如阿延有阿延的聪慧,津田也有津田的战术。他把那些不便透露的内容巧妙略过,只拣谁听了都觉得合理、自然的事情向阿延复述了一遍,阿延也就没有半点怀疑的余地。

不过,双方心里都感到不安。阿延很想透过他那简单的解释来看穿他的底细,津田则决心不让她看出什么。平静之下暗流涌动,两人在智慧和技巧方面展开角逐。然而,位居守位的丈夫自然身处劣势,这无疑给主攻的妻子增加了优势。且不论两人各自的天赋,单从地位来看,阿延已经占了上风。再从是非曲直来说,阿延也早已稳操胜券。津田有这个自知之明,阿延也大抵看出了这一层。

这场战争的关键在于是否能逼迫对方将隐藏在内心的秘密和盘托出。只要津田坦白，就再也没有比这更容易决出胜负的了。但如果津田不坦白，就再也没有比这更难以决出胜负的了。可怜的阿延，无论她的愿望有多美好，她依然没有创造出能使津田乖乖地缴械投降的武器。除了一味地要求对方敞开心扉，别无其他措施。在这种情况下，她不过是个束手无策的无能之辈。

但她为什么不在取得表面胜利后就此罢休呢？又为什么不走个过场宣告她的胜利呢？因为她已经没有这种气度了，后面还有比当下的胜负更重要的第二个、第三个目的。不突破眼前这道关，后面的胜利也无从谈起。

比起在丈夫面前获胜，更重要的是解开自己内心的疑团。这个疑团的解开，对于把津田的爱视为生活重心的阿延来说是必需实现的。这件事就是她目前最大的目标，现在她只能看到这个目标的重要，无暇顾及权宜和手段了。

她必须全力以赴地对事情的前因后果进行深入研究，这对她而言就是自然①。但不幸的是，自然比她更强大，不断地投射出公平之光，这光芒甚至要毫不留情地将阿延抹杀。

她每逼近一步，津田便后退一步。她逼近两步，津田也后退两步。每一个回合结束，两人之间的距离便增加上几分。实际情况似乎正在向她所希望的相反方向前进。每前进一步，她的计划都被毁坏。她也渐渐注意到了这一点，却没有意识到问题的严重性，只是觉得这种现象不太正常，因此内心失去了平静。

"我那么关心你，你却一点儿都不体谅我的心。"

津田一副委屈的表情说道：

"我可丝毫没有怀疑你。"

"那是自然的，你要是还怀疑我，我倒不如死了好。"

---

① 自然：夏目漱石小说中常用的词。目前专家学者对此并无定论。可以确定的是，"自然"是一种超越"我"的存在。

"别总是死啊活啊的行吗？这不是什么事都没有吗？要真有什么事，你倒说说看，我来解释。一上来就说些没影的事，这不是存心为难人吗？"

"那影子，就在你自己心里。"

"你要这么说，那我也没办法。是小林挑唆的吧？肯定是，他都对你说什么了？你说说看，不用顾虑。"

一百四十八

从津田的口吻和神色中，阿延已经猜出了他的心思。他对小林趁他不在家时的来访非常介意，小林究竟对她说了什么，他始终挂在心上，并且很想知道谈话内容。现在，他就在设圈套，引诱她上钩。

很明显，这背后有一个秘密。至今为止，一直积累在心上的所有信息，无疑都指向同一个方向。存在秘密已经确凿无疑，宛如青天白日一样明确。并且，这个秘密也如青天白日一样，没有留下任何阴影。她看着它，却无可奈何。

她虽心慌意乱，却仍存有几分机智，她巧妙地躲开丈夫设下的圈套，反击回去。

"好吧，那我就实话实说。他已经把所有事情都告诉我了，所以，你瞒着我也没用。你可真是个狠心的人。"

这些话全是谎话，然而她的态度却是真诚的，她禁不住用十分动情的声调说津田是一个"狠心的人"。

这话在津田身上立刻起了反应，他已经流露出了退缩之意。阿延显然忘掉了她在阿秀那里吃过的苦头，又在大胆冒险了。她的胆量眼看就要收到成效，便一跃而上向前发动进攻。

"事情到了这个地步，为什么不早点告诉我？"

"这个地步"说得有些朦胧，津田认真思索它的含义，但说这话的阿延自己也不清楚，所以受到追问后闭口不答。津田只好含糊其词地问道：

"你是说去温泉的事吧？你要是觉得不妥，我不去也行。"

阿延变了脸色，说道：

"谁有那么不通情达理？既然公司那边没意见，又有利于身体恢复，这是再好不过的事了。你觉得我是那种糊涂人，毫无原则地胡乱发表意见吗？我又不是神经病！"

"这么说，可以去了？"

"那当然。"说话的同时，阿延从袖子里掏出手帕，捂住脸，呜呜地哭了起来。后面的话，则是在抽泣中断断续续说完的。

"我再怎么……任性……也不至于拦着你去疗养……平时……你都放任我自由，我心里很感激……现在你要去疗养……说我拦着……"

津田终于放下心来，但阿延还有话要说。随着激动的情绪渐渐平复，后面的话已经顺畅起来。

"我可不会计较那些小事。虽说我是女人，是个糊涂人，可我也要自己的体面。女人也有女人的体面，糊涂人也有糊涂人的体面，谁还不想维持个体面？如果伤了我这体面……"

说到这里，又开始抽泣。后面的话又变得断断续续了。

"万一……真是这样……我对姑父和姑姑……也没脸见他们了……就算不这样……阿秀也把我羞辱得够了……这一切，你就在旁边看着……装不知道。"

津田立即开口说道：

"阿秀羞辱你了？什么时候？是今天去她家的时候吗？"

津田不由得说漏了嘴。如果阿延不主动提起，他又怎么会知道她们见面了呢？阿延的眼睛果然闪出光芒。

"你瞧，我今天去过阿秀家，你这不是全都知道吗？"

"是阿秀打电话来说的。"这个回答冲到了津田的喉咙口，他不知道该不该说，犹豫不决。越是紧张，形势越是看起来刻不容缓。就在他一筹莫展之际，一个巧妙的说辞从天而降。

"是车夫回来的时候说的，可能是阿时告诉他的吧。"

幸好阿延追去阿秀家的事，女佣也知道，这偶然想起的借口竟一下子奏了效。此时，津田又一次安下心来。

一百四十九

阿延本想发乱枪将津田打乱，现在却停了下来。她觉得丈夫对自己的隐瞒也没有那么严重，反而有些泄气。津田看出了这一层，趁机说道：

"阿秀说些什么又有什么关系呢？阿秀是阿秀，你是你呀。"

阿延回答：

"这么说，小林跟我说些什么又有什么关系？你是你，小林是小林啊。"

"当然没关系。只要你心里有数，不要胡思乱想就好。不然闹起来，我也不好办，总不能什么都不管啊。"

"我也一样，不管阿秀怎么羞辱我，怎么挑拨我和藤井婶婶的关系，只要你心里有数，我就不觉得难受了。最重要的人还是你呀……"

阿延说不下去了，她手里没有明确的证据，口中自然说不出个所以然来。

津田继续说下去。

"你大概是觉得我让你丢了面子吧？我看，你倒不如相信我，依靠着我，安下心来。"

阿延突然提高了声音说道：

"我当然愿意依靠着你，愿意安下心来啊。你根本不知道我有多么想依靠你，多么想安下心来！"

"我不知道?"

"是,你根本不知道。如果你知道,你一定不是现在这样。就因为你不知道,你才那么无动于衷!"

"我没有无动于衷啊。"

"你既不同情我,也不可怜我!"

"同情?可怜?"津田重复着她的话,不知道该说些什么。接着,他又慢吞吞地补充道:

"你说我不同情你,我当然想啊,可仅仅是想又有什么意义?你要有让我同情的理由才行啊,如果没有,我能怎么办?"

阿延的声音颤抖起来

"你……你……"

津田沉默着。阿延继续说:

"就让我安下心来吧。就算帮帮我,让我安下心来吧。我是一个除了你再也没有依靠的女人,如果没有你,我也就完了。所以,你就说上一句让我安心的话吧,就说'你放心'。"

津田答道:

"嗯,你放心。"

"真的吗?"

"真的,放心吧。"

阿延突然大声说道:

"那就都讲给我听吧,不要隐瞒,把所有的话都说出来,让我完完全全地放心吧!"

津田有些乱了阵脚,他的心像波浪一般前后摆动。他很想咬一咬牙,干脆把所有的事情都向阿延坦白。可是,他又觉得自己只是被怀疑,没有被抓住什么把柄。如果阿延真的什么都知道了,她一定会明明白白说出来。

他感到很内疚,但同时又觉得还有逃避的余地,良心与利害在他心中交错着。接着,温泉那边的分量在他心上渐渐加重,履行这个约定是他对吉川夫人的义务,当然也是他自己的需要。至少,在这件事情结束之前不要暴露出来最好。这个念头终于占了上风，他说：

"没完没了地说这些只会伤害我们的感情，还是不说了。我向你保证，让你安心，行吗？"

"保证？"

"是，我保证。为了你的面子，我保证。"

"怎么保证？"

"怎么保证？写字据好像也不合适，我就口头向你发誓吧。"

阿延没有作声。津田说：

"只要你说一声相信我，这就行啦。你说一声：'万一出了什么事，全都由你负责。'然后我就说：'好的，我保证！'怎么样？能不能这样妥协一下？"

<hr/>

一百五十

"**妥**协"这个词汇，在当下这种场合听起来似乎有些不协调，但是用来表达津田的心情却很恰当。实际上，这个词最根本的含义确实符合他当时的内心所想。敏感的阿延察觉到这一点时，她激动的心情终于平复下来。原本津田还在发愁，如果阿延的情绪再度激动起来可怎么办，如今总算解决了。接下来就有足够的时间将阿延的情绪继续进行疏导。他开始安慰阿延，说大段大段她爱听的话。他外表稳重成熟，又擅长随机应变地迎合对方，一番努力总算没有白费，阿延似乎看到了阔别已久的、婚前的丈夫，脑海中不禁涌现出当年订婚时的场景。

"丈夫没变，还是从前的他。"

阿延感到很满足，津田也从困境中得以解放，一场可能酿成暴风雨的阴霾终于消散。然而，整个事件前后，夫妻俩的关系已经在不知不觉中发生了变化。

风浪退去后，津田也悟出了一个道理："女人，终究是很好安慰的。"

这场风波给他带来了这样的信心，他不禁暗自欢喜。以前他每次和阿延争论，没有一次不感到棘手。他一方面因为她是女人而轻视她，另一方面又经常被她搞得束手无策。这究竟是源自她的直觉，还是因直觉而带来的计谋，或者是别的什么呢？他没有确切的答案，但事实总是事实，而且这事实始终沉积在他心里，至今没有倾吐过。因此，这个事实也可以说是秘密。为什么要把这么清晰明了的事实看成是秘密呢？简单来说，他是想尽可能地抬高自己。如果把爱情看作一场战争，津田就是夫妻关系中的失败者。但他却相当傲慢，之所以被阿延征服，是因为不得已而屈服，而不是心悦诚服，不是心甘情愿成为爱情的俘虏，而是猝不及防被俘获。阿延并不是想伤害丈夫的自尊心，只是希望通过征服他而获得爱情的满足。津田虽不甘心服输，终究因无力抵抗而彻底投降。这种特殊关系竟然经过一夜争吵后彻底翻转，他对阿延的看法发生变化也是理所应当的。津田从未见过阿延这样的女人，表面上看起来像是占了上风，但实际的处境却不怎么样。津田背负着弱点四处逃窜，这下终于大获全胜。胜败已经分明，他总算可以藐视她了，同时也比从前更加同情她。

经过了这场风波，阿延也发生了变化。直到今天，她还从来没用这种态度对待过丈夫，本来一心想击中丈夫的弱点，现在反而把自己的弱点暴露在了丈夫面前。这一点她懊悔不已。她一心想得到丈夫的爱，认为只要依靠自己的智慧，最终总能得到，只需始终如一地保持自己这番气度即可。这气度也算不上复杂，无非是一点倔强劲儿罢了。无论丈夫的爱对自己来说有多么重要，绝不做出放低姿态的样子去索取。如果丈夫不像她想象的那么爱她，她就打算靠自己的智慧争取。一直抱着这个决心，自然一直处于紧张的状态，紧张到了一定程度，免不了会在某一天忽然崩溃。一旦崩溃，就等于把这气度也摧毁了。不幸的阿延根本没有意识到这种矛盾。终于，她崩溃了，崩溃之后，又猛然懊悔。幸好生活并不像她想象的那么残酷，她暴露了自己的弱点，同时却也获得了一份补偿，那就是丈夫的态度。从前她虽然常常炫耀自己的胜利，但对丈夫从未满足过。今天却有些变了，他开始接近她满意的样子。他所说的"妥协"二字，背后隐藏着阿延试图挖掘的秘密。这不等于不打自招，默认了自己的罪过吗？阿延沉思着，最后得出了结论。她既懊悔，又高兴，并且不再为难丈夫。正如津田对她产生了怜悯之情一样，她也怜悯着津田。

一百五十一

然而，自然却比想象中更加顽固，它是不可能就此收手的。不知为何，已经平息下来的风波又掀起了波澜。

事情发生在阿延激动的心情稍微平复后。刚刚受过的情绪刺激还在她的心中发挥着作用，她像是喝醉酒的人借着酒劲任意妄为似的看着津田问道：

"那么，你什么时候去温泉？"

"出院以后就去吧，这样对病后的身体恢复比较好。"

"是啊，既然决定了要去，还是越早去越好。"

津田放下心来，心想这下可好了。然而，阿延又来了个出其不意。

"我也一起去，好不好？"

刚刚松了一口气的津田一下子呆住了。在回答之前，他必须认真思考一下。津田原本并没有想过要带她去，可是，似乎也很难拒绝。如果拒绝，不知道阿延会有怎样的反应。可是，怎样回答才好呢？就在他苦思冥想之际，他已经失去了回答的时机。阿延催促似地问道：

"怎么样？我可以去吧？"

"这个……"

"不行吗?"

"也不是不行……"

津田不想带她去的情绪逐渐显露出来,但他心里清楚,如果阿延的神情中闪出怀疑的目光,那他只好束手就擒。老实说,津田现在的心理与阿延一样,刚才的那场风波对他的影响依然存在,因此,他想到再次利用刚才的手段。他的脑海中马上浮现出"安慰"二字,"女人只要多加安慰,便会听话。"他立即拿着这个刚刚得出的结论来对付阿延了。

"你去当然可以啊,岂止是可以,简直求之不得。我一个人去太不方便,为了有人照顾,肯定是你能去最好。"

"这可太好了,那么,我就一起去。"

"不过……"

阿延又不高兴了,问道:"不过什么?"

"不过,家里怎么办?"

"家里有阿时,没关系的。"

"没关系吗?像个孩子似的信口胡说,这可不好。"

"怎么?哪里信口胡说了?如果只留下阿时不放心,那就再请个人来一起看家。"

阿延连着举出了两三个合适的人选,津田全都一一否决了。他说:"年轻的小伙子可不行,不能让他和阿时两个人在一起啊。"

阿延笑出声来:"不会有什么的,总不会发生什么吧。毕竟时间那么短。"

"那可不行,坚决不行。"

津田一面坚决表示否定,一面装出一副思考的样子说道:"真没什么合适的人选吗?要是有合适的老太太或者什么人,那就再好不过了。"

但无论是藤井家还是冈本家,都没有这样一个既合适又有空闲的人。

"再好好想想吧。"

津田本打算把这个话题就此打住,但他失策了,阿延抓住这件事情不肯放，她说：

"想不到合适的人可怎么办？要是没有那么一位老太太，我去就不方便了吗？"

"我没说不方便啊。"

"可是哪里有这么合适的老太太呢？这不用想也知道啊，要是我去不方便，不如干脆说好了。"

正在无可奈何之际，津田又神奇般地想到了托词。

"当然，既然决定去，看家之类的问题怎么都能解决。只是，咱们两个都去，还有一个难以解决的问题。这次的旅费是吉川夫人提供的，要是让人觉得是我们夫妻俩拿着人家的钱双双去闲逛，那有些不太好吧？"

"既然如此，不用吉川夫人的钱不就好了，不是还有那张支票吗？"

"这样的话，就会影响这个月的开支了啊。"

"那还有阿秀留下来的那笔钱呢？"

津田又被逼进了死胡同，但他又杀出了一条血路，说道："还要借给小林一些钱呢。"

"借给那种人？"

"你不想吗？可他如今是要千里迢迢去朝鲜啊，怪可怜的。而且，我都答应他了，也是没办法啊。"

阿延当然不满意，但被津田说来说去，总算应付了过去。

一百五十二

后面的谈话进行得格外顺利，不久就达成了第二次妥协。为了表达对小林的友谊，也为了兑现许过的诺言，津田决定从阿延拿来的支票中拨出一部分赠给小林。名义上，这虽是借款，但知道对方并无偿还之意，所以也就相当于白给。当然，在达成这样的协议之前，阿延也是不满意的。把钱给小林那样的人简直是犯傻。就算是正式写好借据，保证只是用来解决燃眉之急，她都不愿意借给他。不仅如此，她还想搞清楚丈夫为什么要对他那么好，这背后有什么秘密。每当她问起，津田总是心虚地说不出什么。

"那种人，为什么要对他那么好？我真是搞不懂。"

这样的话她说过很多遍，如果津田一味坚持说是碍于情面，她就会进一步地说：

"你倒是把理由说说看，只要说出是碍于什么情面，就算把支票全都给他也可以。"

对津田来说，这可是紧要关头，万万大意不得。但他并没有替小林辩护，而是细数他们两人旧日的交情，提起了很多难忘的回忆。

阿延告诫他不该用"难忘"这样的字眼，他则把话题扯得更远了，说从前的小林和现在的小林不一样。当他发现这说法仍然不能使阿延信服时，便又唱起了人道主义的高调。但他所说的人道不过是一种功利主义，他的行为就像是盲目地朝着自己设下的陷阱迈进而不自知，几次险些被阿延抓住把柄推进深渊。用简单的话概括起来，便是这样：

"总之，他太可怜了。在国内混不下去了，只好去朝鲜。给他一点同情也不过分吧？你还总是攻击他的人格，这有些不太合适吧。没错，他是挺没出息的，没出息是肯定的。可是，想想他为什么会变成这样，也就不觉得奇怪了。他只是爱抱怨，但为什么抱怨呢？还不是因为挣不来钱。其实，那家伙既不傻，也不蠢，脑子非常机灵，就是没受过正规教育，所以才这样。这么想想，他是够可怜的。总之，不是他这个人不好，是他的遭遇不好。总之，他是个不幸的人呀。"

如果只是说这些，从表面上看理由已经足够了，可他并没有就此打住，继续说道：

"而且，还有一层不得不考虑。如果我们得罪了这种自暴自弃的家伙，说不准他会干出什么来。不久前他还在这儿扬言，说他想跟人打架，跟谁打架他都占便宜，真是难缠啊。所以，如果拒绝他的要求，恐怕他会生气的，生起气来肯定要报复。咱们是体面人，他那个人倒是无所谓。一旦闹起来，不是他的对手啊。你说对不对？"

说到这里，他在谈话初始宣扬的人道主义已经不见了踪影。即使如此，如果就此打住，阿延也只会默默点头。然而，他又继续说道：

"再说，那家伙如果只是攻击上层社会或者一般的富人也没什么。可是，他可比这要实际得多。他首先会从自己身边的人下手，那么第一个倒霉的就是我。所以，我还是对他关心一点，尽量让他满意，尽早让他到朝鲜去才是上策。否则，真不知道什么时候我就会遇到什么倒霉的事。"

听到这里，阿延不得不开口了。

"小林再怎么不讲理，如果你没做什么亏心事，又何必怕他呢？"

两人为争辩那张支票如何处理，就费了十分钟左右的时间。定下来给小林的钱后，余下的钱如何处理，两人很快达成了一致。阿延提出把这部分作为她的零用钱，津田立刻同意了。作为交换条件，她不和津田一起去温泉，温泉的费用由吉川夫人出。

寒风渐起的秋夜里，小夫妻间产生的波澜终于平息下来，两人就此作别。

一百五十三

津田的手术进行得不错，甚至可以说是非常顺利。到了第五天，医生按预定日期为他换下了全部纱布，并明确表示：

"情况非常好，除了伤口处还有一点点出血，内部非常正常。"

第六天照例换纱布，而且伤口处比昨天恢复得更加良好。

"出血怎么样，还没止住吗？"

"不，几乎已经没有出血了。"

津田对于为什么出血并不了解，因此完全不懂这句话的含义。他只是把医生的话理解为"已经痊愈"，因此颇为欢喜。然而，事实却不是他想象的那样。他与大夫进行的如下对话，清楚地反映了真实状况。

"要是这次没有完全治好，会怎么样呢？"

"那就得再做一次手术，伤口会比这次的更明显些。"

"那可真是可怕啊！"

"没关系，十有八九会痊愈的。"

"那么，真正的痊愈还要多长时间呢？"

"快的话三周，慢的话四周。"

"什么时候能出院？"

"差不多明后天就可以了。"

谢天谢地！他决定出院后立刻去温泉，但又有些顾虑。他不敢向医生提起转地疗养，万一医生反对，那可就麻烦了，于是他决定不提。可是，这种冒险的做法又与他平日的作风不符，所以心里很是矛盾和不安。他向医生提了一个可问可不问的问题："您说要保留括约肌，但为什么下面要塞满纱布呢？"

"伤口不在括约肌上，而在里面一厘米半左右的地方，手术是从下面向内切掉一厘米左右。"

当晚，津田可以喝稀粥了。之前他只能吃面包，现在尝到清淡的米香，感到很新鲜。虽说他向来没有在寒夜中品尝稀粥的雅兴，但在今天这寒冷的秋夜喝着温热的稀粥，他的感受恐怕比一些诗人还要深。

为了治病，他已经很长时间没有大便过。现在为了使大便通畅，必须喝点泻药。如今他的肠胃已经不那么难受了，身体也轻快起来，因此心情也变得舒畅。他躺在病床上，只盼着出院的日子早点到来。

一天一夜很快过去，他刚见到来迎接他的阿延便说：

"总算出院了，谢谢你。"

"有什么好谢的。"

"哪里，总是要谢谢的。"

"你是说家里比医院好，是吗?"

"嗯，大概是这个意思吧。"津田用平常惯用的语调说完，又忽然想起什么似的补充道："这次你给我做的棉袍可派上用场了，大概因为是新棉花吧，穿着真是舒服啊!"

阿延笑着奚落丈夫："怎么突然客气起来了? 可惜，你奉承的不对呀。"她一边叠起那件棉袍，一边对丈夫说明棉袍里用的不全是新棉花。当时，津田正在换衣服，他将一条抓染花纹的绸腰带一圈一圈缠在腰间，这对他来说是很重要的事。至于赞美那件棉袍，只是为了讨阿延高兴而已，他倒不怎么在乎究竟是不是新棉花。听到阿延直爽的回答，他并没有当作一回事，只说了一句："哦，是吗?"

"要是你喜欢，就带到温泉去吧。"

"这样的话，我就能时时刻刻想起你的关怀啦。"

"不过，如果还是旅馆里提供的棉袍更好，那我可就丢脸了。"

"怎么会呢。"

"怎么不会，东西不好总是不行的。到时候，我的关怀可就被你抛到九霄云外了。"

阿延天真的话语在津田听来并没有那么单纯，他总觉得那里面充满了挖苦的意味。棉袍就像是某种象征，他感到不太高兴。他背对着阿延，把腰带两端打了个死扣。一会儿，护士送他们出了正门，两人立刻坐上等在那里的马车。

"再见!"

一周的医院生活，总算随着这一声"再见"落下了帷幕。

一百五十四

津田去温泉之前，按照定好的行程，首先要去见小林。到了约好的那天，他从阿延手里拿到了所需的钱，回头笑着看了一眼阿延说道："真觉得有点心疼啊，被那个家伙要去那么多！"

"那就不要给他了吧。"

"我也不想给呀。"

"不想给，怎么就不能不给呢？我替你去拒绝他，怎么样？"

"好啊，那就麻烦你啦。"

"到什么地方跟他见面？你把地址告诉我，我就替你去。"

阿延说的到底是真是假，津田也搞不清楚。但是，这种情况下，若真让她去了，简直就是自寻烦恼。阿延这个女人，说出的话一定能做到，绝不马虎。如果真叫她去拒绝小林，不管是不是违约行为，她十有八九会履行好这项任务。为了不把自己逼进危险境地，他故意把话题引到玩笑的方向。

"真是人不可貌相，看不出你胆子这么大呀。"

"当然，我可是很有胆量的，只是从来没试过。我的胆子究竟有多大，我自己都不知道呢。"

"嗯，虽然你不知道，我可是很清楚的，这就足够了。一个女人要有那么大胆量，做丈夫的可就麻烦了。"

"一点也没有麻烦啊，妻子替丈夫挺身而出，丈夫会有什么麻烦呢？"

"当然，有时候也许没有麻烦。"津田虽然这么说，但他并没有打算认真回答她的问题。"我到今天才知道你有这么大的胆量，真是佩服，佩服啊！"

"说得对，从我表面上看不出来，可是你走进我的内心便会发现，我根本不像你想象的那么简单！"

津田没说什么，阿延继续说道："在你看来，我有那么单纯吗？"

"嗯，你看起来挺单纯的。"

在这不痛不痒的对话过后，阿延微微叹了口气，说道："做女人真没意思，为什么我是个女人呢？"

"这种事跟我说也没用，除非去京都找父母，不然还能去哪抱怨呢？"

阿延苦笑着："好吧，那就等着瞧吧。"

津田有些摸不着头脑，反问她："瞧什么？"

"管它什么，等着瞧着便是了。"

"瞧是瞧，可是瞧什么呀？"

"不到事情发生，不好说的。"

"什么不好说，是你自己也不清楚吧？"

"嗯，是呀。"

"那多没趣，等于是毫无根据的预言了。"

"但这预言不久之后就会成真，你就等着瞧吧。"

津田只是在鼻子里哼了一声，阿延的态度却越来越认真。

"真的，不知道为什么，我这几天总在想，早晚有一天，我所有的勇气肯定会全部爆发出来。"

"早晚要爆发出来？你这就是胡思乱想！"

"不是，我不是说一生只爆发一次，而是说最近，过不了多久，迟早要爆发一次。"

"越说越离谱了。过不了多久？打算在丈夫面前爆发一次？那可怎么受得了！"

"不是那个意思，我是说为了你啊。刚才不是说了吗？是为了丈夫才显现出来的胆量。"

看着阿延那认真的样子，津田渐渐被吸引住了。他的性格不像阿延这么有诗意，反而觉得有什么不好的事情正从远方向自己逼近。阿延的诗意，也就是津田所说的"妄想"，越来越活跃了。就像死去的鸟儿，竟然在玩弄它的翅膀时渐渐活了过来。此时，他的心情异常复杂，于是他把怀表从腰间掏出，立刻结束了对话。

"时间不早了，该出发了。"说着，他站起身来。阿延送他到门口，从帽钩上取下茶色的帽子递到他手中。

"去吧，别忘了转告小林，说阿延问他好。"

津田头也没回，向黄昏的寒风中走去。

一百五十五

和小林见面的地点，是在东京最热闹的一条大街的中段再往里拐进去一点的地方。为了免去他来家里的不愉快，也为了省去查访他住处的时间，便约好了时间在这里见面。

约定的时间已在颠簸的电车上过去了。因为他换衣服，从阿延手里拿到钱，又坐着闲谈了那么一会儿，所以耽搁了时间，但他对自己的迟到毫不在意。恰恰相反，他就是想延误一些时间来挫伤一下小林的气势。名义上说这是欢送会，实际上就是一方给钱，一方收钱，津田肯定是处于上风的。所以，他要尽量利用处于上风的优越感，事先就把主客关系明确下来，以防范小林那傲慢无礼的气焰，这才是上策。

他在轰隆隆的电车上看了一眼手表，心想："看样子，这时候和那个无礼的小林见面也许还早。"他甚至想了这么一个主意，如果到的时间还早，索性先逛逛夜市，叫那个贪得无厌的家伙多着急一会儿。

在车站下车时，眼前闪烁着的耀眼灯光表明了都市的繁华。他向目的地望去，犹豫着要不要在街灯下闲逛十分钟。当他推开塞到眼前的晚报向四周观望时，不禁大吃一惊。

原以为小林一定在餐馆里等得不耐烦了，没想到他竟然就站在马路对面。他和津田站立的位置隔着一个十字路口，两人的视线并没有遇上，加上夜间行人的身影和闪烁的灯光，他们更加不容易看到彼此。况且，小林根本没有向这边看，他正在和一位津田不认识的青年谈话。津田只能看到青年和小林的侧脸，因为不用担心会被对方发现，他便仔细观察两人的动静，两人正很起劲儿地聊着什么。

两人的背后是一堵墙，两侧都没有窗户，任何方向都没有光。然而，从南面开来一辆汽车，轰鸣着笛声从十字路口转弯。这时，车灯照耀着两人全身，津田这才得以看清那青年的面貌。他脸色苍白，不知多久没有理过的蓬乱长发在帽子两边耷拉着。汽车飞驰而过的同时，津田转过身来，像是要故意避开那两人所在的马路，朝反方向走去。

他漫无目的地看着一家家张灯结彩的店铺，观赏着城市的夜景。除了经营的种类以及摆放的商品不同之外，并没什么值得观赏的地方。即便如此，他仍然不停地漫步。最后，他来到一家洋货店门口，看到店里摆放着时髦的领带，终于走进店里，拿下喜欢的领带仔细欣赏。

估计着时间差不多了，他便将手里的商品放回原处，来到街边。站在马路边的两人果然不见踪影。他稍稍加快了步伐，朝约定的餐厅走去。餐厅的窗子里有着温暖的灯光，窗子很高，而且挂着淡黄色的窗帘，因此灯光看上去并不强烈。津田站在路边，抬眼望去，那是一家带有煤气取暖炉的高级餐厅。

餐厅位于市区的一角，面积虽不大，却很幽静。津田是最近才发现这家餐厅的，朋友向他介绍，这家餐厅是由一名为长期出使法国的大使置办伙食的厨师开设的，味道很不错。他来过这里四五次，这次选在这里和小林见面，并无其他目的。

他大大方方把门推开，果然，小林已经坐在里面。他看上去很无聊，表情十分严肃地盯着晚报打发时间。

一百五十六

小林抬头往门口看了一眼，马上又把目光收回到报纸上。津田只好默默走到小林身边，和他打招呼："抱歉，来晚了，久等了吧？"

小林这才收起了报纸："你不是戴着表吗？"

津田故意没把表掏出来，小林回头看了一眼挂在墙上的时钟。时针显示比约定时间晚了四十分钟。

"其实，我也刚到。"

两人相对而坐。周围只有两桌客人，在这两桌客人里都有衣着华丽的女人，因此，餐厅里格外安静。离津田他们不远处有一个煤气暖炉，给这洁净而雅致的餐厅带来了恰到好处的温暖。

津田的心里出现了奇特的对照。不久前的一个晚上，小林强行把他拉进了一家奇怪的酒吧，那乱糟糟的样子再次浮上心头。当时的主人，如今倒成了客人，这对他而言是件很得意的事。

"怎么样，这一家餐厅还不错吧？"

小林留神四下看看，说道：

"嗯，这里应该没有侦探。"

"倒是有美人儿呢。"

"全是些艺妓呀，老兄。"小林突然高声说。

津田有些尴尬，像是训斥似的说：

"别胡说！"

"说不准哦，这个世界上可什么稀奇古怪的事儿都有。"

津田渐渐压低了声音，说道："艺妓可不是那身打扮呀！"

"是吗？你这么说肯定是对的。像我这样的乡巴佬怎么分得清呢？不管是谁，只要穿上漂亮衣服，我就以为是艺妓呢。"

"还是那么爱讽刺别人。"津田露出不愉快的神色。

小林满不在乎地说："我可不是讽刺，就是因为我穷，没有见识，怎么想就怎么说了。"

"你要这么想就这么想吧。"

"不那么想也不行啊，这就是事实，老兄。"

"什么事实？"

"事实就是当今的贵妇和艺妓并没有什么区别！"

在这位狡猾的对手面前，津田不能像个孩子似的有什么说什么。他想说点什么来刺激小林，可终究想不出什么能给他当头棒喝的话来。

"别开玩笑了。"

"真不是开玩笑。"小林说着，忽然抬头看了津田一眼。津田立刻就注意到了，他明白对方在想什么，但他很机灵，不想马上顺他的心意。他假装什么都不知道，说些无关痛痒的话。

"这家的饭菜怎么样?"

"对我这个味觉不怎么样的人来说，这家的饭菜也罢，别家的饭菜也罢，都一样。"

"不好吃吗?"

"好吃，挺好吃。"

"是啊，老板亲自掌勺，总比别处做得强些。"

"老板手艺再好，若是做出的菜合乎我这种人的口味，那就糟了。老板会伤心的。"

"不过，只要好吃就行了。"

"是啊，好吃就行了。不过，要是老板听到他做的饭菜跟那些一角钱一盘的饭菜味道一样，他还不得哭鼻子啊!"

津田苦笑了一声，小林却自顾自地唠叨起来:"我呀，根本不在意什么法国饭菜好吃，英国饭菜不好吃，只要能塞进肚子就好吃。"

"这么说，不是连好吃的理由都不知道了吗?"

"这不是明摆着吗? 肚子饿了就好吃，没什么理由不理由的。"

津田不再作声，一时的沉默压得他喘不过气来，刚想开口时，却被小林抢了先。

一百五十七

"**在**老兄这样的聪明人眼里，像我这样的笨蛋是样样不行的，只能让人瞧不起，这也没办法。不过，我也有我的苦处。我笨，可不是天生的，要是我也有时间，有钱，你看着吧，我照样也能闯出一番天地。"

小林已有了几分醉意，这番话既像是在开玩笑，又像是认真的。看样子，也有可能是在借酒发牢骚。津田只得顺着他的话附和道：

"说得对，所以我很同情你。我这种心情，你总能理解吧？不然，我也不会特意跑来为你践行了。"

"谢谢。"

"我可没胡说，就在前几天，我还把这番话说给阿延听呢。"

小林的眼中露出怀疑的神色。

"哦，真的吗？你竟然会在夫人面前为我说话？看来你还念几分旧情啊。不过，夫人是怎么说的呢？"

津田默默将手插进怀里，小林看着他的动作，像是故意不让他掏出什么似的说道："哈哈，如果夫人心里不高兴，你可要替我解释解释啊。"

津田把伸进怀里的手又抽了出来，他原本打算说"阿延想说的话就在这儿"，然后把带来的钱递给小林。但现在他又犹豫起来，没有这么做。他把话题又向前推进了一步，说道：

"一个人变成什么样，还是取决于环境啊。"

"要我说，是富裕决定一切。"

津田没有反驳，说道："是啊，也可以说是由是否富裕决定的。"

"我生来就过着落魄的生活，不知道什么是富裕。你说，我这种人和那种养尊处优、可以随心所欲的人相比，到底有什么不一样？"

津田轻蔑地一笑，小林却一本正经地说："还用想吗？现实的例子就摆在眼前。你和我，比一比不就知道了？生活富裕和落魄，太不一样了！"

津田心中有几分赞成，然而，这种牢骚话听多了也没什么意思。

小林又开口说道："有什么不一样？你永远瞧不起我。不仅是你，你夫人，还有其他所有人都瞧不起我。等一下，我还没说完。这是事实，是你我都承认的事实，一切都像我刚才说的那样。但是，有一件事，你和你夫人都不知道。不过，就算现在对你说了也改变不了我们的地位，这是没办法的。我就要去朝鲜了，这辈子可能再也见不到你了，所以……"

说到这儿，小林好像很是兴奋。他又继续补充道："不，也不一定，也许我一到朝鲜，又立刻跑回来了。"

津田禁不住笑出声来。小林停了一会儿，又继续说道："嗯，我说的话说不定会对你将来的生活有参考作用，所以就听听吧。说句实话，就像你瞧不起我一样，我也瞧不起你。"

"这个，我知道。"

"不，你不知道。也许，你知道的只是表面，至于实质，你和你夫人都不明白。为了报答你今晚的好意，也为了向你告别，我就把这一点说给你听听，怎么样？"

"好啊。"

"就是不好也没用啊，像我这样一无所有的人，也没有别的东西能留给你。"

"所以我说好呀。"

"你想听吗？想听的话，我就说了。不管是今天你请我吃的法国大餐，还是几天前的晚上我带你去的那家脏兮兮的酒吧，对我这个味觉不发达的人来说都一样。单说这一点，你看不起我吧？但我觉得挺骄傲的，我还看不起你这种看不起我的人呢！这么说，你明白吗？你想啊，从这一点来说，我和你是谁更受拘束，谁更自由呢？到底是谁更幸福，谁受到的束缚更多呢？谁安心，谁不安呢？依我看，是你一直卑躬屈膝，没有胆量。你一直想避开不好的东西，一心追求自己喜欢的东西。那是为什么？其实什么也不为，就是一心想追求'自由'，就是有条件去享受啊。你从没被逼到我这种境地，所以不可能像我一样天不怕地不怕。"

津田始终瞧不上小林，但他不得不承认，小林的脸皮真是比自己的厚多了。

一百五十八

小林的说教还没有结束。他仔细观察着津田的神态，又重新提出了那个意想不到的问题。就是那个他们刚刚见面时稍有提起，却被别的话题岔开而没有说下去的话题。

"我的意思，你已经明白，不过，应该还是不服气吧，这还真是矛盾。我知道这是为什么。第一，是因为我的身份，我既没有地位又没有财产，还没有固定工作，你当然不服气。这话要是吉川夫人或者别的什么人说的，即使说得再无聊，你也会认真听下去。这可不是我的偏见，而是无须争辩的事实。但是，你仔细想想，也只有我才会跟你说这些，藤井先生和藤井夫人都不会跟你说。为什么？因为藤井先生再穷也不至于像我这样，他没有我这样的体会，更何况那些过得比他更滋润的其他人呢！"

"其他人"指的是谁，津田不清楚。他只能在心里揣测，大概是吉川夫人或者冈本他们吧。事实上，小林不等他思考又迅速说了下去："第二，就是你目前的境遇，让你对我提出的忠告，或者说是信息，怎么说都行，总之，对我所说的这些不重视。你头脑里清楚，心里却不赞同，这就是你的情况。或者说你觉得我们差距悬殊，所以不接受。不过，我还是认为你应该注意一点，这便是我的目的，明白吗？每个人的境遇不同，这没什么大不了。说起来，十个人里有十个人都是在不同的境遇下重复着大体差不多的体验。说白了，就是我用我的眼光来看，你用你的眼光来看，就是这点差别而已。所以说，处在顺境中的人，只要稍微遇上点挫折，立刻就会惊慌失措，眼睛都变了颜色。但是，眼睛的颜色再变，眼睛的位置也变不了吧？所以，当你遇到什么事，一定要想起我对你的忠告。"

"好了，那我记着，不忘掉就是了。"

"嗯，千万别忘了，肯定有用得着的时候。"

"好吧，我知道了。"

"不过，再怎么懂也没用，这不是很可笑吗？"

小林说着，突然笑了起来。津田不懂什么意思，没等他开口，小林就解释道："到时候你就会突然明白，懂了吗？到那时候，你的眼睛能立刻变个样，会在转瞬间变成小林我吗？"

"这我可不知道。"

"不是不知道，你知道，你肯定变不了的。我跌跌撞撞走到今天这一步，也经历了不少磨炼啊。虽说我还是很愚蠢，可我也付出过血的代价啊！"

小林那得意洋洋的样子让津田感到很不自在，他心想，这家伙到底想干什么呀？他故意流露出轻蔑的神色，问道："所以，你为什么对我说这些呢？就算我记住了，到时候不是也没什么用吗？"

"没用是没用，不过，说了总比不说要好啊。"

"这么说还是不说更好。"

小林得意地将身子靠在椅背上，笑着说道：

"说得对！你这么说，可就正对了我的心思。"

"你说什么？"

"没什么，只是说出了事实而已。还是给你解释一下吧，假如你被逼到无可奈何的地步，你就会想起我的话。可是，即便想起，你也不会照着我的话去做。所以，你才觉得倒不如不听这些话更好。"

津田有些厌烦地说：

"蠢货，你说这些到底想干什么？"

"不想干什么。只不过，只有到那时候，你对我的轻视才会遭到报应。"

津田换了一种口气问道：

"你对我就抱有那么深的仇恨吗？"

"怎么会，怎么会，我怎么会恨你呢，我完全是一片善意呢！不过，你对我的轻视却是事实吧？我把事情的实质分析给你听，从我的角度来看，你也有让人轻视的地方，但你不是也摆出一副很镇静的样子吗？所以说，口头上说什么都是没用的，只有实际行动才能分出是非曲直，我也是迫不得已，才想用这种方式跟你一决胜负。"

"好吧，我明白了。你的话，就只有这些了？"

"不，怎么可能呢？这才刚刚谈到正题啊。"

津田不可置信地看着小林咕咚一声将杯中的酒喝干。

<hr />

一百五十九

小林在继续开口之前，放下酒杯，将室内环视了一遍。在携带女伴的客人中，有一个女人刚刚吃完放在小瓷盘中的水果，正在从衣袖中取出漂亮的手帕擦手。在小林的斜对面的餐桌上，坐着一位二十五六岁的女人，她从刚才就不时地朝这边看。此刻，她正在手托咖啡，望着那些一边吞云吐雾一边聊着戏剧的男人。这两对客人都比津田他们来得早，因此理应更早退席。小林看到各桌的饭菜也是按照到店的先后顺序端上来的，于是开口说道：

"哦，太好了，他们还没走。"

津田吃了一惊，心想，小林一定会故意说些惹人厌烦的话让他们听，于是说道：

"算了，适可而止吧。"

"我还什么都没说呐。"

"所以我才提醒你，你对我说什么我都能忍受。可是，对素不相识的人说些乱七八糟的话，可要慎重些，尤其是在这种地方。"

"你也太小心了。你的意思是，这里可不比那小巷子里的酒吧，是吧？"

"是，是这个意思。"

"既然是这个意思，那你把我这样的无赖之徒带到这儿来，岂不是一个错误？"

"随你怎么说。"

"嘴上说随便，心里却提心吊胆吧？"

津田不再说话，小林又得意地笑了起来。

"我赢了，我赢了，你快快投降吧。"

"这就算赢了？那就随你去赢好了。"

"'但我以后会更瞧不起你'，你是这样想的吧？对我来说，你瞧不起我根本无所谓！"

"无所谓就无所谓吧，真是个讨厌的家伙。"

小林盯着津田那张强忍怒色的脸，说道：

"怎么样？见识了吗？这才是真刀真枪的战斗。不管你怎么有钱，怎么跟富裕的人结交，怎么自命不凡，遇到真正的战斗时总是要失败的。所以，我刚才才说，没有经历过实际训练的人，简直就是个泥人，一碰就碎的。"

"说得对，说得好啊，在这个世界上，没有人能比得过酒鬼和老油条。"

小林本该再说点什么，但他却没说话，只是向那边的女人看了一眼。随后他说道：

"那么，我该说第三点了。不趁着那个女人走之前说出来，总有点不甘心呐。怎么样？让我把刚才的话说出来吧。"

津田默然把头转向一边，小林却毫不在意。

"这第三点，也就是我要说的正题了。刚才，我盯着那些女人看，问你她们是不是艺妓，你把我训斥了一通，你是把我当作不懂得怎样对待贵妇人的乡巴佬来训斥的吧？没错，我就是乡巴佬，正因为我是乡巴佬，我才不了解贵妇人和艺妓有什么差别。现在，我要请教你，贵妇人和艺妓，到底有什么不同呢？"

小林说着，再一次将视线转向女人们。用手帕擦手的那个女人仿佛接到暗示，立刻起身走了。剩下的那个人，也在招呼服务员结账。

"还是要走了，要是能再等一会儿，可就说到精彩的地方了。真是可惜。"

小林目送着女人离去的背影。

"哎呀呀，另一个也要走了吗？那就没办法了，只剩下你一个人了。"

他再一次把脸转向津田，说道：

"问题就在这儿，老兄。我尝不出法国菜和英国菜有什么区别，分不清香臭，所以你就瞧不上我，觉得我不过是个只知道填饱肚子的人。其实，分不分得清食物的味道，跟分不分得清贵妇人和艺妓是一回事。"

津田很不愉快地转动着眼珠，小林继续说道：

"所以，结论也只有一个。我敢说，虽然我在不懂分辨美食上受到你的轻视，但是我却比你幸福。虽然我在识别女人方面受到你的轻视，但是我的处境却比你更自由。总之，越是能分辨出谁是贵妇人、谁是艺妓，人就会越痛苦。为什么？就是因为分清之后才发现，这个也不好，那个也不好，或者是一定要这个，不然就一定要那个，这不是作茧自缚吗？"

"我就喜欢作茧自缚，你又有什么办法？"

"看吧，终于生气了。我说食物方面的事，你没反应，一说到女人，你就不甘沉默了。问题就在这儿，这就是关键，就是我下面要说的。"

"你说得已经够多了。"

"不，好像还不够呢。"

说完，二人看着对方苦笑起来。

一百六十

小林巧妙地勾起了津田的兴致，津田也故意迎合他，两人终于迎来了短兵相接的场面。

"比如说吧，"小林开口道说，"你不是热恋过那位清子小姐吗？有一阵子你曾说过，无论如何也要和那个女人在一起。还有，那个女人也认定了除你之外天下就再也没有第二个让她动心的男人。可是，结果又怎么样呢？"

"结果不就像现在这样嘛。"

"你这么说，也太轻松了吧？"

"不这么说，又有什么办法呢？"

"办法总还是有的吧，只怕是已经有了办法，却装模作样地不说吧？或者是故意瞒着我，眼下正在悄悄进行吧？"

"别胡说八道，信口雌黄可是要闯大祸的，你要谨慎些。"

"其实……"小林欲言又止，好像在说"下面的话我不说你也知道吧。"

津田立刻询问道：

"其实怎么了？"

"其实，我之前已经全都跟夫人讲了。"

津田立即变了脸色，问道：

"讲了什么？"

小林却不再作答，仿佛在细细品味津田此刻的神情和语气。但是，当他再度开口时，却已经改变了态度。

"没有啦，我是跟你开玩笑的，不要那么担心。"

"之前的那些事，如今即使被告密，我也没有什么可担心的。"

"不担心？是吗？我说的可都是实话，我已经全都告诉她了。"

"混蛋！"

津田的声音出乎意料得大，端坐在椅子上的女服务员微微抬起头，朝这边看了一眼。小林立即抓住这一点，说道：

"惊到贵妇人了，安静点。你这样的人跟一个无赖在一起饮酒，让人看着多不体面啊。"他向女服务员的方向笑了一下，服务员也对他报以微笑。

不能独留津田一个人生闷气，他又立即说道：

"那事儿到底是什么情况？我没详细问过你，你也没说过。也许你说了吧，但我忘了，反正都一样。我想知道的是，到底是她抛弃了你，还是你抛弃了她？"

"这种事又有什么关系呢？"

"嗯，对我来说当然没关系，实际上我也不在乎。不过，对你来说可就不是这样了，是大有关系的啊。"

"那是自然。"

"所以，刚才我就说了，你太富裕了，这富裕让你变得奢侈。结果呢就是刚爱上一个，又想另一个。被心爱的人抛弃之后，又捶胸顿足，懊悔不已。"

"我什么时候出过那种洋相？"

"当然有啊，而且现在还有。这就是你的富裕在作祟，也正是我觉得最痛快的地方。这是因果报应，也是贫贱者向富贵者的复仇。"

"你总是用自己的标准来评价别人，那我还有什么可说的。"

"我可没有什么自己的标准，只是指出你的实际情况而已。如果你不承认，我还能举出实际例子给你上一课。"

津田没有表示自己愿意接受教育，然而也只能默默接受。

"你是因为喜欢阿延才娶她的吧？可是，如今你又对阿延不满足，不是吗？"

"可是，世界上没有十全十美的人啊，这也是无可奈何的事。"

"嘴上说着这种借口，其实是想找一个更好的吧?"

"别说得那么难听。你可真像你自己说的，是个无赖。目光浅薄，言行无礼，举止粗野。"

"所以就是你轻视我的理由?"

"当然。"

"这样啊，那看来只在口头上争辩是没用的，只有你真正遇到问题才会明白。我把话说在前面，咱们走着瞧吧，到时候你就知道了，你根本不是我的对手。"

"没问题，败给无赖，是我的荣耀。"

"真是固执，你可不是在和我战斗啊。"

"那我是跟谁?"

"在你心里，现在就已经在战斗了，再过一会儿，它就会变成实际行动表现出来。你的富裕正在煽动你去打无意义的败仗呢!"

津田忽然从怀里掏出钱包，把和阿延商量好给小林钱行的钱摊到他面前。

"现在把钱给你，快收起来吧。再和你说下去，只怕我会越来越不想兑现承诺了。"

小林把折起来的十元新钞打开，认真数了数，说道:

"三张啊!"

一百六十一

小林抓着钞票，漫不经心地塞进口袋里。他的动作是随意的，连同答谢的方式也是粗鲁的。

"谢谢。本来我是打算借的，但你的意思是给我了吧? 因为你一开始就瞧不起我，认定我既没有还钱的能力，也没有还钱的意愿。"

津田回答："当然，这是送给你的。不过，你接过钱的时候，多少也会感觉有点矛盾吧？"

"不，我可一点儿都没感觉到。矛盾？这是什么意思？从你那里拿到钱，这就是矛盾吗？"

"这倒不是。"津田说话时，采取了高高在上的态度，"你想想看，这笔钱刚刚还在我的钱包里放着，一转眼就到了你的口袋里。如果你不喜欢这种小说式的语言，那我就再说得明白些，是谁让这笔钱的所有权从我这儿转到你这儿的呢？请回答吧。"

"当然是你啊，是你给我的。"

"不，不是我。"

"你说的什么话？不是你，那是谁？"

"谁也不是，是富裕，是你一直攻击的那个富裕给你的。所以，你默默接受了。嘴上肆意攻击着富裕，实际上却在富裕面前低头，这不是很矛盾吗？"

小林眨了眨眼睛，说道：

"还真是，这么说还真是这么回事。不过，我可没有在富裕面前低头啊。"

"那就还给我。"

津田将手伸到小林的鼻尖下。

小林看着那只如女人般柔嫩的手，说道：

"不，不能还你，富裕没有让我还给你。"

津田笑着把手收回来，说道：

"你瞧。"

"瞧什么？富裕没有让我还钱，这话你好像不懂是什么意思吧？真是一位可怜的阔少爷呀。"

小林说着，转头望向门口，然后又说了一句：

"该来了吧。"

津田正打量着小林的样子，微微有些惊讶。

"谁？"

"没什么，只是有一个比我更缺少富裕的人要来。"小林说着，用手在装着钞票的口袋上拍了拍，"富裕把这个从你手里转给我，就不会再叫我还给你，而是命令我按这个顺序交给比我更不富裕的人。财富就像水，只能往低处走，却不能倒着往高处流啊。"

津田大概明白了小林的意思，却还是有些迷迷糊糊。就在这时，小林又换了一套说辞，喋喋不休起来。

"好吧，我在富裕面前低头了，我承认我是矛盾的，我接受你的诡辩，怎么说都行。我向你道谢，谢谢你！"

他突然开始扑簌簌地掉起泪来。这种急剧的变化让原本就有些吃惊的津田更加不安。他不禁想起前些天的晚上在那间小酒吧的情景，于是皱起了眉头。但他立刻又意识到，此时正是利用对方的最佳时机。

"对于你，我从来都没有要求过感谢，你才忘了过去的交情呢。我一直和从前一样，你却一定要用相反的意思来曲解我，这不是要把我们的交情毁掉吗？比如说吧，前几天，趁我不在家的时候，你到我家去取大衣，又对我妻子说了些什么，这不是……"

津田说到这儿，暗中观察对方的神情。然而，小林一直低着头，津田无法揣测出他的心理状态，只好继续说下去。

"说什么你也不该开那种玩笑，来离间人家夫妻的关系呀。"

"我没说过你什么啊。"

"可是，刚才不是……"

"刚才是开玩笑嘛，你讽刺我，我才挖苦你的。"

"谁先挖苦谁且不管，这些都无所谓，还是把真实情况告诉我才好。"

"所以，我已经说了啊，我没有说过你什么，这一点我都反复说了多少遍了！你去问问夫人不就清楚了？"

"阿延……"

"她说什么？"

"就因为她什么都不说我才难办啊！什么都闷在心里不说出来，

我也就不能解释，也无从解释，为难的只有我了。"

"我可什么都没说，问题是，你今后能够做个像样的丈夫。"

小林说到这里，随着脚步声的临近，新进来的那个人已经来到他们的桌旁。

一百六十二

这个人就是刚才在马路拐角处和小林交谈的那个长发青年。津田认出他时，大大吃了一惊。但是，在吃惊之余，他心中也隐藏着对这个青年的些许期待。简单来说，他自然是认为这种人不可能到这里来。可他也曾想过，若真是有人来，也必定是这个人了。

说实话，当车灯照耀着这个人时，映入津田眼中的形象着实让他感到奇特。津田看看自己，看看小林，再看看这个青年，发现无论是在阶级、思想、职业、服装等各个方面，彼此间都存在着巨大的差异。于是，他很自然地离得更远些来看，可越是远观，这种感觉越强烈。

"小林竟和这种人打交道！"津田之所以这么想，是在为自己不曾和这种人交往感到幸福。所以，他对待这个新来的人的态度也就可想而知了，那表情就像是突然遇到一个形迹可疑的人。

青年将窄帽檐卷起的软趴趴的帽子摘下，拿在手里后坐在小林旁边。面对着津田，他似乎感到很不安，眼睛里闪耀着异样的光芒。那是一种交错着反感、恐惧和桀骜不驯的光芒。津田有些不耐烦。小林对青年说：

"喂，把斗篷脱掉吧。"

青年又默默站了起来，把吊钟似的长斗篷脱掉，搭在椅背上。

"这是我的朋友。"

小林这才把青年介绍给津田，津田这才知道他姓原，并且有一个艺术家般的名字。

"怎么样？还顺利吗？"小林接着问道。但还没来得及等到青年回答，又接着说道：

"不行吧？肯定不行，那种家伙怎么可能懂得你的艺术。没关系，先耐心吃点东西吧。"

小林立刻将刀子反过来，使劲敲起了桌子。

"喂，给这位拿些吃的来！"

不一会儿，姓原的青年面前便斟满了一杯啤酒。

津田默默看着这两人，猛然意识到自己要办的事情已经办完了，再这么坐下去也有些受不住，便想起身告辞。可是，小林却突然转过身来说道：

"原君能画一手好画，怎么样，买一张吧？他现在有苦难，令人怜悯啊。"

"是吗？"

"怎么样？下个周末拿到你家给你看，行吗？"

津田慌了神。

"我可不懂画呀。"

"怎么会，不可能的。对吧，原君？干脆你就拿去给他看看吧。"

"好啊，如果不嫌我打扰的话。"原说道。

津田嫌麻烦是无须说的。

"不管是画画，还是雕刻，我可一点也不感兴趣的人，不必……"

青年显然被这话挫伤，小林则立即声援。

"别撒谎了，像你这么有鉴赏力的人，实在是不多见呢！"

津田不得不苦笑了一下，说道：

"又胡说了，别取笑人。"

"哪里是取笑，我说的是实话呀。像你这样善于鉴赏女人的人，怎么可能不懂艺术？原君，你说是吧？只要喜欢女人，肯定也喜欢艺术，这有什么可隐瞒的。"

津田有些忍不住了，他说：

"看来你们还有很多话要谈，我就失陪了，先走一步。喂，小姐，结账！"

服务员刚要站起来，小林便大声制止了她。他又转向津田说道：

"他这儿刚好有一幅特别好的画，有个人想买，刚才就是去谈价格的，回来路过这里。这不是个绝好的机会吗？你一定要买下它。我的意见是，不要把画卖给那些不懂艺术的人，他们只会胡乱杀价，趁火打劫。老实说，刚才在路口上，我已经跟原君说好了，一定给他介绍一个买主，让他回来的时候到这儿来一趟。你就买下来吧，没问题的。"

"连画都不给人家看，就这样定下来，这怎么行？"

"当然是要给你看的。原君，你今天没有带画来吗？"

"他说要稍等几天，所以暂时放在他那儿了。"

"你可真糊涂，不让人白白骗去才怪呢。"

听到这两句话，津田才算松了口气。

———— 一百六十三 ————

两个人不再理会津田，热络地谈论起了绘画。津田的耳边不时传来什么"三角派""未来派"等古怪的名词，此外还有一些他从未听过的词汇。他提不起任何兴趣，觉得无须别人把他驱逐到谈话之外，他已经从中跳出了。只这一项，他就已经感到厌烦极了。除此之外，还有一个引起他厌烦的原因。他一开始就看透了这两个人，尤其是小林，他是个对艺术不懂装懂的半瓶醋。在这种偏见下，他又看了看这两个故作行家的人。他们两个似乎正在期待能让无知的津田心生羡慕之情，然而，津田刚刚坐稳的身子又站了起来。小林又制止了他，说道：

"马上就谈完了，我跟你一起走吧，稍等一下。"

"不，太晚了，所以……"

"别那么不给人面子好不好？难道等原君君把饭吃完就有失你绅士的体面吗？"

原君刚用叉子将切碎的凉菜放在火腿上，于是把叉火腿的手停下说：

"您请，不用客气。"

津田微微点头，准备起身离开。小林好像自言自语似的说：

"这是怎么说呢？说是来给别人践行，结果却把主角撇下自己先走，世上竟有这般侮辱人的人，真是太扫兴了！"

"我可不是这个意思。"

"如果不是这个意思，那就再坐一会儿吧。"

"但是稍微有点事情。"

"我也稍微有点事。"

"如果是画的事，那就不用说了。"

"就算是谈画，也不会硬让你买，别再说那样小气的话了。"

"那有什么事，就快说吧。"

"这么站着怎么说？要像个绅士一样坐下来才好。"

津田只好再次坐了下来，将香烟从袖子中取出来点着。他忽然发现烟灰缸里塞满了敷岛牌的烟蒂，这使他脑海中浮现出这样一个念头：作为今晚的纪念，再也没有比这个更有意思的了。不过，一支烟只需三五分钟便会化为烟灰、烟雾和烟蒂，留在烟灰缸里成为无用的冰冷残渣。想到这里，他不禁厌烦起来。

"你要说的是什么事？该不会是要钱吧？"

"刚才不是说了吗，别再说那样小气的话了。"

小林右手拽着西服的右前襟，左手伸进口袋，像是要摸索什么东西似的，一边乱动，一边死死盯着津田的脸。此时，津田脑海中产生了一种奇怪的念头，像是烟雾般掠过他的心田。

"这个家伙不会从怀里掏出手枪来吧？会不会直接对准我的鼻子？"

在这戏剧性的一刹那，他的思绪轻轻摇晃着。他的神经末梢就像纤细的树枝一般，在看不见的微风中轻轻颤动。但同时，他又理智地嘲笑着自己任意编排出来的情景。他问：

"你在摸什么？"

"哦，各种东西都装在一起，不仔细摸索还真找不出来。"

"要是摸错了，把刚装进去的钞票掏出来，那可麻烦了。"

"那不会，钞票没问题，它和别的纸片不一样，是活的。只要用手一碰就知道，因为它在口袋里活蹦乱跳呢！"

小林一边耍着嘴皮子，一边特意把空空的左手抽了出来。

"哎呀，没有，好奇怪啊。"

他又把右手伸进左胸前的外兜里，然而，掏出来的只有一条皱巴巴、脏兮兮的手帕。

"怎么？要用这条手帕变魔术吗？"

津田的话，小林丝毫不理会。他神色严肃地站起身来，同时用双手在腰间拍打，突然说道：

"啊，在这里！"

他从裤兜里掏出来的，原来是一封信。

"说实话，真想让你看看这封信。以后很长时间都难以和你见面了，就剩今晚了。所以，趁着我和原君君谈话的时候，你先过目一下吧。虽说信稍长了些，可以读一读吧？"

津田机械性地把信接过来。

一百六十四

信是用钢笔写在纸上的，字迹潦草，而且篇幅很长。信封上写的收信人是小林，但寄信人却是津田从未听过的陌生人。津田将信封反复看过之后，心想这和自己有什么关系呢？但他的好奇心又被勾起来，于是将信抽了出来。每页信纸上有十行，每行二十个字，津田一口气读了下去。

　　我不能不后悔来到这里。你一定认为我是个见异思迁的人吧？可是，这是因为我们的性格不同，也是没有办法的。请恕我啰唆，听我说下去吧。

　　当初叔叔说，家里只有女人，夜里他不放心，所以让我把银行里的工作做完以后住到他家里，替他看家。说我愿意写小说就写小说，愿意去图书馆就带上饭盒去图书馆，下午也可以出去写生画画。还说等银行搬到东京，就送我去外语学校读书。家里的事情也不需要我惦记，搬家费也会帮我出。

　　我就是被这些话打动了，虽不至于句句相信，可总有几分可信的。谁知来到这儿一看，全都是彻头彻尾的谎言。叔叔不仅在东京的日子居多，而且把我当成了书童，从早到晚把我支使得团团转。在别人面前，他还公然称我为"鄙舍的书童"。从席间斟酒到打扫走廊，全都成了我的差事，而且至今分文未给。我花一元钱买的木屐穿坏了，他只给我买了一双一角二分钱的。原本说第二天给我钱，可后来他又叫我搬到姐姐家。自从搬过来，便再也没有提过钱的事。现在，我连可以回去的家都没有了。

　　叔叔的事情多得很，可钱确实一点儿都没有。他们夫妇俩都非常冷淡，也非常吝啬。刚来到这里时，我实在饿得受不了，只好每三天到姐姐家去吃点饭。口粮吃光了，用地瓜土豆充饥是常有的事。当然，这么做的只有我一个。婶婶这个人心肠坏透了，她很好面子，事事精明，自私自利，总是在小事上挑我的毛病，我都要受不了了。叔叔没什么钱，却偏偏爱喝酒。到了乡下还自称老爷，耀武扬威起来了。可是，看看他的实际情况，那可真是难以置信，还背着不少官司呢！每次出门都没钱买火车票，还得我去当铺换钱，不然就是去姐姐家要钱。可叔叔竟然一声也不吭，说不定要用我的饭费抵账呢。

　　一开始，婶婶可能以为我写稿能挣几个饭钱吧。后来每次我提起

327

笔，她就旁敲侧击地问："写这些东西有什么用啊？"每次看到报纸上登载"招聘职员"的广告，她就拿到我面前，拐弯抹角地说些不中听的话。

想起这些，我真不明白我为什么要到这里来了。这算是个什么家庭呢？这些奇怪的生活方式和背后令人惊叹的真相像可怕的噩梦一样，从早到晚地折磨着我。这些话即使是说给别人听，恐怕也没有人能够理解。是不是世界上只有我一个人被恶魔缠身？这么一想，我心里更怕了，有时简直要发疯。不，或许我已经疯了。在这暗无天日的地方受尽折磨，我甚至都感觉不到自己手脚的存在，因为即使举起手或动一下脚，周围也是一片漆黑，什么都看不见。我高声呐喊，声音也被坚厚阴冷的墙壁挡住，谁也听不见。我是天底下最孤独的人，没有朋友。就算有，也和没有一样，因为没有任何一个有头脑的人可以理解我的心境。我真是太痛苦了，所以才写下这封信。这信也不是为了求救而写的，我知道你的情况，想要从你那里得到物质上的救助恐怕也很难。我只希望我的痛苦能有几分流进你的血液中，能激起你几丝同情，也就心满意足了。仅凭这一点，我就能确定我还是这世上的一员。在这个被恶魔包围的地方，难道就不能有一丝光线投射到浩瀚的人世中吗？现在，我甚至怀疑这一点了。所以，我就想用你是否回信来揭开这个谜团。

书信到此结束。

一百六十五

这时，那支刚才点燃的烟已经不知不觉烧出了约一寸长的烟灰，啪的一声落在了信纸上。他这才发现，原来他拿烟的那只手一直没有动过，或者说，他的手和口不知何时已经把吸烟这件事忘记了。

而且，读完信和烟灰落下并非同一时间，这说明两者之间还存在着一段茫然失神的空白时间。

为什么会出现这一段空白时间呢？本来，这封信和津田是毫无关系的。第一，他不认识写信的人；第二，写信人跟小林是什么关系，他也不得而知。至于信中所写的内容，简直就像另一个世界发生的事，和津田的地位与境遇有着天壤之别。

然而，他的感受不止于此，他觉得有些惊诧。从前，他只知道抬眼向前看，当他发现还有另一番世界时，才突然回过头来，并且停下脚步，注视着与自己不同的一切。对于这个从未谋面的幽灵一般的人，他在心中产生了这样的感慨："啊，这也是人生！"他的眼前出现了这样一个事实：有些看起来因缘极浅的人和事，反而是因缘很深的。

他的思绪停在这里，围绕这个题目低徊①。然而，他再也没有想出别的什么。他只好根据自己的理解来解读这封格调不高的书信。

当他把烟灰从信纸上拂掉时，正在和原君谈话的小林忽然转向他。他耳边只听到了短短的一句结束语。

"没关系的，总会有办法，不必担忧。"

津田默默把信递给了小林，小林接信之前问道：

"看过了吧？"

"嗯。"

"有什么想说的吗？"

津田什么都没说，但他觉得有必要先问清对方的企图。

"你究竟为什么让我看这封信？"

小林却反问道："你觉得，我究竟是为什么让你看这封信呢？"

"写这封信的人，是我不认识的人吧？"

"当然是你不认识的人。"

---

① 低徊：是指从不同的角度对同一事件反复观察、思考。夏目漱石独创了"低徊家"一词，多次出现在他的小说中。——译者注

"认不认识无所谓，和我有什么关系呢？"

"你是说这个人？还是这封信？"

"两个都一样。"

"你是怎么想的？"

津田又踌躇起来。其实，他这个态度正好说明他已经理解了书信的含义。说得更明白一些，这就等于他已经意识到，他完全按照自己的方式理解了这封信。就是这种意识使他的回答变得迟缓了，过了一会儿，他才说道：

"如果按照你的意思，这跟我完全无关吧？"

"我的意思，是指什么？"

"不懂吗？"

"不懂，说说看。"

"算了，那就不说了。"

津田怀疑小林把这封信摆在自己面前，用意和那幅画是一样的。所有行为都是为了让他做出物质上的牺牲，然后还要补充一句："看吧，还是投降了吧。"这种态度对他来说是一种难以忍受的侮辱。任凭小林怎么用贫穷的幽灵来吓唬他，他也不会上当。津田的这种情绪，自然使小林有所察觉。

"你不如像个男子汉那样，把你的意思明明白白说出来。"

"像个男子汉？嗯……"小林把话停住，然后又补充道：

"那我就为你说明一下，这个人、这封信、还有这封信的内容，这一切都跟你无关。但是，从世俗的角度来说，'世俗'这个词你不要误会，我要顺便说明一下，你对这封信的内容是没有世俗上的那种义务的。"

"那是当然。"

"所以呀，我说，从世俗的角度来说，是跟你无关的。但是，如果把你的道德观再扩大一些，又会怎样呢？"

"不管怎样扩大，我也不觉得是非给钱不可的义务。"

"那是自然，这是你的自由嘛！不过，总还是有些同情心的吧？"

"那肯定还是有的。"

"对我来说，这就够了。有了同情心，也就是想给点钱的意思。可是，实际上你又不想给，这就会引起你内心的挣扎和不安，这就完全达到了我的目的。"小林说着，便把信放进了西服口袋，同时又把刚才那三张钞票掏了出来，整整齐齐地并排摆放在桌子上。

"喂，拿吧，要多少就拿多少。"他说着，看了看原君。

一百六十六

小林的做法完全出乎津田的意料。同时，这突如其来的惊人之举也让他尝到了十足的讽刺意味，他的心开始快速跳动起来。除了憎恶，他不知道还能用什么词来形容自己此刻的心情。

与此同时，他的头脑中又闪过这样的念头：

"这两个家伙，不会是从一开始就在合谋怎么捉弄我吧？"

这样一想，当时他们两人在大街拐角处谈话时的样子，小林到这儿以后的举动，原君中途进来时的神色，以及此后三人谈话的内容，所有这些情形，已经分不清哪个是因，哪个是果，像一团黑雾般在津田脑海中旋转。他盯着白色桌布上整整齐齐排列开来的三张十元钞票，心中不禁想着：

"这就是小林这个老油条导演出来的结果吗？混账东西，休想让我再中你的计！"

为了自己受伤的自尊心，他想，必须给这个不光彩的收场以转机之后再和这两人道别。然而，事到如今该怎样做才能扭转这副被逼到穷途末路的不利局面呢？由于事先对此毫无准备，他简直无能为力。

尽管他表面上依然保持着震惊，内心却在为思考对策而徒劳地忙乱着。然而，这仅仅是一种忙乱而已，最终，并未带来任何实质性的效果。他不禁感到一阵不安，这不安又在不知不觉间让他陷入了狼狈的境地。遗憾的是，这种狼狈连他自己都察觉到了。

就在这千钧一发之际，他又发现了一个意外的现象，那便是小林摆在桌上的三张十元钞票所带给年轻艺术家的影响。他落在纸币上的目光是那样惊喜、那样饥渴，甚至有一种立刻抓过来的欲望。这种惊喜和饥渴，绝对是真情实感的流露，无论如何也不可能是骗局，或是合谋要演一出戏的样子。至少，在津田看来是如此。

而且，紧接着就发生了足以证实津田这一判断的事实。原君虽然很想要这笔钱，却并没有伸手去拿。然而，他也没有拿出断然拒绝小林这份盛情的勇气。从他脸上的表情可以很明显地看出，他本想伸手去拿，但又因为客气而忍耐着。假如这个面色苍白的青年最终没有伸手去拿钞票，那么，小林煞费苦心导演的这出戏就会有一半被破坏。假如小林违背了刚才的承诺，不将口袋里掏出的钱送给原君一些，而是重新装回自己的口袋，那结果就变成了更大的讽刺。无论如何，对津田来说，事情都是朝着有利于挽回自己面子的方向发展。于是他怀着一丝希望，决定再默默观察一下事态的发展。

不一会儿，小林和原君之间便有了以下这番对话。

"怎么不拿呢，原君?"

"总觉得对你有点过意不去。"

"不用管我，我倒是很可怜你呢。"

"哦，那就谢谢了。"

"坐在你面前的这位，他还觉得我很可怜呢。"

"啊?"原君用一副大惑不解的神色望着津田。小林立刻解释道：

"这三张钞票都是他刚才给我的，还热乎着呢。"

"那就更不好意思了……"

"不是'更不好意思'，而是'因此'，因此我才无所谓地送给你。我是无所谓地送给你，你也就无所谓地接过去吧。"

"这样行吗?"

"当然啦！如果这是我熬一个通宵写出的稿子换来的三角五分钱

的稿费，我是难以割舍的，否则就对不起我滴下的汗水呀。可是，现在这笔钱算是什么？这是有钱人四处散发的施舍，捡到的人越受益，有钱人才越高兴呢。津田，你说是吗？"

本来已经摆脱了尴尬局面的津田，现在觉得正是时机。因为他可以给出一句落落大方的回话，来使今晚这场不和谐的会面至少在形式上有一个体面的结尾。为了避免给人一种狼狈的感觉，他立刻抓住眼前的机会，说道：

"是啊，这样是最好的了。"

互相推让了一阵，小林终于将一张钞票给了原君，剩余的两张又放回了自己的口袋。他对津田说道：

"钱财或许是会从下往上流的，但是，在我这儿是不可能倒流的。所以，还是要谢谢你呀！"

三个人走出了餐厅。在小河边等车的时候，他们一起抬头仰望广阔的星空，星光明亮得几乎可以和月光媲美。

一百六十七

不一会儿，三人互相告别。

"失礼了，我就不去车站为你送行了。"

"这样啊，要是能来多好，这可是你的老朋友要到朝鲜去呀。"

"去朝鲜也好，去台湾也好，恕不相送了。"

"真是无情无义。那么，走之前我再到府上辞行，可以吧？"

"算了吧，不必了。"

"那怎么行，还是要去的，不然总有些过意不去呀。"

"随便你吧。不过，就算你来，我也不在家，明天就要出门了。"

"出门？去哪儿？"

"需要去修养一阵子。"

"是转地疗养吧？真够讲究的。"

"叫我说，这也是'富裕'给我的恩赐啊。我和你不同，我永远要感谢这'富裕'。"

"看你的意思，是要把我的忠告当耳旁风了。"

"坦白说，正是如此。"

"好吧，谁胜谁负，咱们走着瞧吧！与其受我小林的启发，不如接受事实的教训，这倒是更直接更有效呢！"

这便是两人临别时的对话。对津田来说，这无非是他对今晚产生的不快以及平素对小林积压的厌恶进行发泄而已。这么说完之后，他觉得心中的郁闷得到了疏解，至于对方说了什么，他已经无暇顾及。先不管是非曲直，就算是为了出口气，他也必须把小林之流的思想和言论抛诸脑后。他独自一人乘上电车，在脑海中想象着温泉的情景。

第二天早上刮起了风，风将稀疏的雨丝斜着吹到地面上。

"真讨厌。"按时起床的津田站在走廊的一端，皱着眉头仰望天空。空中的浮云在风的吹动下不断飘移。

"中午的时候应该会变成晴天吧？"

阿延似乎也赞同他按原计划行动，说道："晚一天也就白耽误一天，还是早去早回的好。"

"我也这么想。"津田答道。

冷雨并没有打乱夫妻二人的计划。然而，在临出发前，又发生了一点意见分歧。阿延从衣柜的抽屉中取出自己的衣服，和丈夫的衣服并排放在纸上。津田看见了，说道：

"你不去也可以的。"

"为什么？"

"不为什么。外面下着雨，不是太劳累了吗？"

"一点儿也不辛苦。"

阿延的语气有些孩子气，津田不禁笑出了声。

"我可不是嫌你才不叫你去送，实在是心疼你。要去的地方不过是一天的路程，还特地叫你去送，实在有些滑稽。连小林去朝鲜，我昨晚还回绝说不去送他呢。"

"是吗？可是在家里，我也没什么事可做呀。"

"就在家玩嘛。"

阿延苦笑了一下，不再争着去了。津田这才独自驱车出了家门。

雨中车站的寂静与站外的嘈杂形成了鲜明的对比。津田无聊地看着自己刚买的二等车票，一个小伙子突然来到他面前，像老朋友似的打招呼：

"真不巧，偏偏碰到这样的天气。"

这个人就是前些日子在吉川家见过的书生。他现在的态度和那次在吉川家的冷漠完全不同，变得客气起来，还特意摘下帽子行礼。津田不明白这是什么意思，问道：

"您是哪一位？去什么地方呢？"

"不，我是来为您送行的。"

"所以我问您是从哪来的？"

书生显得有些窘迫，说道：

"是这样的，夫人今天有事脱不开身，吩咐我替她把这个带给您。"

书生指了指手里拿的水果篮。

"啊，那太谢谢了，真是不敢当。"

津田说着就去接那个篮子，但书生却没有撒手。

"不，我给您送上车。"

火车开动时，书生毕恭毕敬地行礼，津田还礼道："请代我向夫人问好。"他在不太拥挤的车厢一角坐下来，心想："还好没有让阿延来。"

一百六十八

津田从大衣口袋里取出报纸，这还是出门前阿延给他塞进口袋的，他比平时更细致地阅读起来。此时，窗外的天色越来越暗了，刚才还很稀疏的雨丝突然加密，布满了视线所及的空间。从便于展望的车窗望出去，雨势显得更加凶猛。

雨上是浓密的云，雨的四周还是云。云雨之间毫无间隙，辽阔的空间一览无余。津田在暗自比较窗外荒凉的景象与火车内令人心情舒畅的环境，他认为把身体置于舒适的环境中是文明人的特权。回想起下午冒雨出门时的情形，他耸了耸肩。坐在他旁边的那位四十岁左右的男人，一直愣愣地看着雨点打到窗玻璃上又不断散开。他突然微微弯起上半身和对面的旅客搭话，但雨声和列车声混杂在一起，对方难以听清他说的话。没办法，他只好扯着嗓门儿大声说道：

"雨下大了，照这个样子，那条轻便铁道会不会被冲坏？"

"没事，别看那铁路名字叫'轻便'，要真是那么容易就坏了，那可是旅客的灾难了。"

这便是对方的回答。对方是一位穿着呢绒和服外套的年约六十的老人，头上戴着一顶奇特的无檐帽。这种帽子即使到那陈列着进口细条纹布头、老式印花布、卷烟盒等专卖店去预订，相信也很难买到。一听这位老人的口音，便知他是地道的东京人。津田除了觉得他的服装奇特之外，也对他豁达的神态和充沛的精力感到惊讶，同时对他那口东京腔也感到意外。

他们谈话中出现的"轻便"一词，对津田来说着实是一种暗示。他是需要整个午后的几小时内都在这"轻便"中颠簸着去疗养的人，说不定，他们也是同去一个地方的旅伴呢。想到这里，津田对他们的谈话立刻注意起来。由于无法调换座位，两人都以不太方便的姿态提高嗓门儿大声说话，这使津田将他们的对话全都听清了。

"没想到天气会变成这样啊，早知道这样，晚一天再出发就好了。"

那位戴礼帽、身穿驼绒大衣的男人这么一说，那位老人立刻回答道：

"就是因为下大雨怕淋湿吗？这不算什么。"

"可是行李麻烦呀，就这样装在火车上露天淋着，可真让人担心呐！"

"那么，就让我们在外淋着，把行李搬进车厢里来吧。"

两人高声大笑起来。老人继续说道：

"上次发生过一次事故呢，半路上汽缸破了个洞，火车开不动了，那可真是让人担心呢！"

"当时是怎样开到下一站的？"

"还不是在半山腰等着那边开来的车子，借用那边的汽缸开动起来的嘛。"

"这样啊。可是，被卸掉汽缸的那辆车怎么办呢？"

"是啊，被这辆车卸下来，那辆车可就麻烦了。"

"所以才问呢，被卸掉汽缸的车怎么办呢？总不能为了救别人，自己停在那儿吧？"

"现在想想，好像真是那样，可当时根本没有考虑对方的车。天黑下来了，身上冷得很，直打哆嗦。"

津田的推测逐渐被证实，这两人肯定是去往铁路两侧的三处温泉疗养院中的其中一处的。可是，还有两三个小时要在这辆车里度过，如果情况真的像他们说的那么混乱，在这下雨天里，真说不准会遇到什么灾难。不过，老人的话也有东京人天生喜欢夸张的成分。意识到这一点，津田本来想说"竟是这样不顺利吗"也便只在心里默默苦笑了。接着，他便把清子和这轻便小火车联系起来。"哪怕是女子，倒也可以独身一人轻便往来呢。"这么想着，便也不再理会那两人半真半假的对话了。

一百六十九

列车快要到达目的地时，一直令人担忧的天气逐渐好转。津田眺望着雨将停的天空，发现浮云正朝着与列车行进相反的方向飞去。后面的云追着前面的云，密密地聚集到一起。在云雾频移的空中，有一处稍显明亮起来。渐渐地，云雾逐渐变淡的地方越来越多了，其中有一角，只差一阵风便可以把云吹破，蔚蓝的天空即将显露出来。

没想到老天对自己那么好，他怀着感激之情走下了火车。在换乘电车时，他又发现了刚才那两个旅伴。果然不出所料，他们二人和自己乘坐同一交通工具，前往同一个目的地。这时，他留心观察他们的随身行李，但并没有看到有什么怕被雨淋湿的大件物品。而且，老人似乎连他自己先前说过的话都忘得一干二净。

"谢天谢地，太好了！所以我说，还是说走就走最好。要是在东京磨磨蹭蹭的，那时肯定会后悔说'早知如此，不如决心早些启程了'。"

"是啊，不过，东京这时候也是这样的好天气吗？"

"这个，不去看看也不可能知道啊。要不，打个电话问问。不过，大体上应该差不多吧，毕竟日本的天都是连着的。"

津田觉得有些可笑。老人立刻和他搭话道：

"你也是去温泉浴场的吧？刚才我就觉得你大半是去那里的。"

"为什么？"

"为什么？凡是到那里的人，一看样子就知道了，对吧？"他说着，扭头朝邻座的旅伴看了一眼。戴礼帽的那位只好"啊"地应了一声。

对这位颇具眼力的老人，津田心中不禁苦笑了一下。他本想将话题就此打住，然而开朗的老人却不肯轻易放过他。

"说起来，如今旅行可真是方便。不管你想去哪儿，一动身就到了，真是好。尤其像我们这些急性子，就更满意了。就说这回吧，我们都没拿什么行李。除了这个背包和那位老兄的皮包，剩下的就是这条命了。对吧，老兄?"

那位被称作老兄的，又是"嗯"了一声。如果连这点东西都不拿进车厢，那么，只能说那辆他们所说的轻便火车的车厢内一定拥挤得不得了，要不然就是秩序相当混乱。津田很想求证一下是否如此，但又觉得即使证实了也是于事无补，只好默默作罢。

下电车时，津田没看到那两个人。他在电车前的一家茶馆，一边瞧着照相版、石印版的种种独具匠心的温泉广告画，一边吃午饭。这顿午饭比平常迟了一个多小时，以致他食欲大振。然而，发车时间马上到了，他不得不放下筷子，去换乘轻便火车了。

始发站就在他休息的茶馆前边，望着这辆比电车还狭窄的火车，他从女服务员手中接过找来的零钱便来到了门口。检票口和站台之间几乎没有什么距离，走上五六步就可以登上列车。在车厢内，他又与刚才那两人相遇了。

"呦，来得早啊！请这边坐吧。"老人说着，把身子往里挪了挪，给津田让出一块地方，让他把手里拿的毯子铺在那里。

"今天人少，太好了。"

老人仍然用那种有意思的腔调说话。他说每年从年底到正月，还有七八两月，汇集在这条线路上的疗养患者不计其数。然后又回头望着他的那位同伴说道：

"这个时候带着女人来可真是受罪。屁股那么大，坐都坐不下。而且动不动就晕车，更是麻烦。车厢里跟装生鱼片似的塞得满满的，要是再有人又呕又吐，成什么体统。"

听他的语气，似乎完全忘了坐在他身边的是一位年轻妇女。

一百七十

在轻便火车上，津田的心绪不时被这位上了年纪的乐天派老人所扰乱。他不停地想象着到达目的地时的情景，以及在不同的情景下自己应该采取的态度，也想象着那里的旅馆、山峦、溪流等景物的样子。就在他沉浸在天马行空的想象中时，老人突然把他从幻想中惊醒。

"还是上次那座临时桥，他们的动作可真是慢啊！看吧，工人们就是那么干活的。"

正式的大桥因去年涨水而被冲垮，至今没有修复。老人认为这是铁路公司的失职，因此咒骂了一句。接着，他指着注入大海的河口岸上新建的房屋，说道：

"那处人家，去年也被洪水冲走了，可是立刻又盖了新的。比起轻便火车，这效率不是更叫人佩服吗？"

"那是为了不想错过今年夏天的游客生意吧。"

"你只要在这里住上一个夏天就能了解。如果不是有利可图，什么事都不可能尽快办成。这轻便火车不也是这样吗？就因为有这么一座临时桥勉强用着，公司才会偷懒，不想再建新桥了。"

津田对老人的看法不得不一一应承着，但当谈话中断时，他又闭上眼睛思考自己的心事。

他的脑海中不断浮现出一些凌乱的影像。有早晨阿延的面容，也有赶到车站送行的吉川家的书生，还有送上车的那一篮子水果。他还曾想，要不要打开篮子盖，把夫人送的水果分给那两位旅伴。连同由此会引起的麻烦，比如对方接受之后所表达出的过分谢意也鲜明地在脑海中描绘了出来。接着，老人和戴礼帽的人忽然消失了，换来了吉川夫人那肥胖的身影。思绪立刻又飞到了将要抵达的温泉疗养地的中心——清子身上。他的心脏和列车一起开始摇晃起来。

这辆车被叫作火车真是有点言过其实了，它忽而在紧贴海边的陡坡半山腰上喀嚓喀嚓地行驶，忽而又穿过两山之间的峡谷，这样不知几次地上上下下。遍山满谷种植的蜜橘，在美丽的蓝天下，点缀着温暖的南国之秋。

"那东西肯定挺好吃的。"

"一点儿都不好吃，也就是从这儿看着好看。"

爬上一个比较险峻又弯曲的山坡时，火车忽然停住了。这里并不是车站，只能看到少许被霜染红了的杂木。

"怎么啦?"老人说着把头探出窗外，只见列车长、司机都急忙下车，在急切地交谈着什么。

"是脱轨。"

听了这话，老人立刻看了看津田和坐在自己面前那位戴礼帽的人。

"所以我就说过，一定会出点事儿的。"

这位预言家口吻的老人忽然觉得此刻是显露自己闲聊技能的绝佳时机，于是兴致大发地说道:

"出门的时候喝了诀别酒，早就有心理准备啦。可是，事到临头还是不愿意在这种地方丢了性命。不过，老这么等着，车轨也不可能自己恢复。天又这么短，我这么个急性子可真安闲不下来。怎么样?下去推推车吧?"

说着，老人第一个跳下了车，余下的人也都边苦笑边站了起来。津田也不好意思独自坐在车里，便和众人一起跳到地面上。他们把站在发黄的草坪上的女人们甩在后面，用力推起车来。

"哎哟，不行，推过头啦。"

车被拽了回来，然后又被推了出去，就这样反反复复推出去、拉回来两三次，列车终于回到了轨道上。

"托福，这下又误点啦，老兄。"

"托谁的福?"

"托了这轻便火车的福呀。不过，要是没有这回事，也困得人难受呀。"

"费劲跑来游玩，这也太坏兴致了。"

"就是啊。"

津田一路都在计算着耽误的时间，好不容易到了别人指给他的车站后，他和这位健壮的老人道了别，一个人走向了暮霭中。

—————— 一百七十一 ——————

在分不清是暮霭还是夜色本身的朦胧中浮现出来的那个小镇，宛如一场寂寥的梦。津田向四周闪烁着的微弱灯光和灯光照不到的巨大暗影中望去，他的确感觉像是做梦一般。

"我如今就是继续行走在梦里。在离开东京之前，更准确地说，是在吉川夫人劝我到温泉之前，不，更深入些说，远在和阿延结婚之前，这么说还是不够，实际上应该是自从清子和我分手的那一刻，我所走的路就已经注定是一场梦了。现在，正是走在追逐那场梦的途中。过去留下来的这场梦，从这里回去后就能彻底清醒吧？这是吉川夫人的意思，因为赞成她的意思并且按照她的意思行事，所以也不得不说这是自己的意思。然而，这是真的吗？自己的梦真的能消除得干干净净吗？自己真的能抱有这样的信念，站在如梦似幻的小镇中吗？映入眼帘的低矮房屋、似乎在不久前新铺了沙石的狭窄道路、微弱的灯影、倾斜的稻草屋顶、放下了黄色车棚的单头马车，这些分不清是新是旧的东西混在一起，配上清冷、夜寒以及黑暗，越来越像个梦境。这一切从朦胧事物中得到的感受，难道不正是自己有生以来宿命的象征吗？过去是梦，现在是梦，今后还是梦，然后带着这场梦再次回到东京。或许，这便是事情的结局。是的，大概是这样的。那么，为什么要冒雨从东京来到这里呢？是因为一时糊涂吗？如果真是这样，就应该立刻从这里返回才是。"

种种感慨一股脑儿全都涌上了心头。在不到半分钟之内，这么多的程序、段落、逻辑和幻想一齐从他的心头掠过。但是，此后他便不能自己做主了。突然不知从何处过来一位年轻人，接过了他的行李，毫不犹豫地带着他进了茶馆，问他打算去住哪家旅馆，又问他是坐马车还是坐洋车，殷勤得有些出乎意料。

片刻之后，他便不由分说地被安排到一辆支起帆布篷的马车上。让他惊讶的是，刚才那位年轻人说了声"抱歉"，便坐在了他的前面。

"你也一同去吗?"

"是的，打搅啦，请见谅。"

原来这位年轻人便是津田要去的那家旅馆的伙计。

"这儿还有一面旗子。"

津田扭头去看插在车夫座位一角的小红旗。因为天色昏暗，他看不清旗上印的字。马车的速度带起了风，旗子在风中不住地朝他座位的方向飘扬。他缩起脖子，把大衣领子竖了起来。

"夜间已经很冷了。"

背对着车夫坐下的伙计，由于座位的关系，丝毫不受风吹。他的这句话在津田听来感到有些狡猾。

道路两侧似乎是田地，并且不时可以听到田地和小河之间的流水声，田地的两边几乎都被山冈隔断了。

津田只把帽子和大衣领遮不住的一部分面庞露在风中，在伙计面前，他像是为抵抗寒冷而摆出沉思的架势。伙计觉得这样也挺好，不用主动跟他搭讪。

津田突然心一动，问道:

"客人多吗?"

"是，托您的福。"

"有多少人?"

伙计并没有答出有多少人，反而辩解似的说:

"刚巧由于季节的关系，现在很少有人来。冷的时间是从年底到正月，夏天最热闹的是七、八两个月。一到那个时候，每天都只好回绝临时来的游客呢!"

"这么说，现在正是淡季，是吧?"

"是的，您可以安心休养。"

"谢谢。"

"也是因病才特意前来的吧?"

"嗯，是的。"

津田本来是为了打听清子才开口讲话的，可谈到这里时他忽然不知怎么开口。他觉得清子的名字难以说出口，并且再三考虑，觉得为此引起麻烦也不好。于是他又重新把脸靠在马车的椅背上，恢复了沉思的姿态。

<hr>

一百七十二

马车眼看就要撞到一块大石头上时，突然从它的下面拐了过去。津田这才发现，对面也有岩石碎块横七竖八地堵在路旁。车夫跳下车来，立即解下马辔。

路的一旁耸立着参天大树，从星月的光芒映出的巨影来判断，似乎是一株古松。突然，另一方传来了水流声。这让久未离开过都市的津田为之一振，仿佛将他早已忘却的记忆重新唤醒。

"啊，世界上竟存在如此风光，我怎么竟把它忘了呢?"

不幸的是，这番感叹却不肯就此消失，津田的脑海中立刻勾勒出与他即将会面的清子的样子。分手已近一年，时至今日，这个女人的身影从未在他的记忆中消失。他不辞辛苦地在夜间的马车上颠簸前行，就是为了追寻这个女人。车夫好像是害怕耽误了时间，一直徒劳地胡乱挥舞着马鞭，抽打着马屁股。他这颗追逐失去了的女人的心，直率一点讲，不正如这匹瘦马吗? 如果眼前这个从鼻孔中喷着气息的可怜动物就是他自己，那么挥鞭打他的人又是谁呢？是吉川夫人？不，不能这么武断。那么，是他自己？津田不想就此做出结论，便抛开这个问题，但他依然不能不就此想下去。

"为什么要去见她呢？是为了长久地记住她吗？那么，就算不见面，不是至今也没有忘记她吗？那么是为了忘记她吗？或许是这样。然而，见了面还能忘得掉吗？或许会，或许不会。古松和水流声使他想起已经忘却了的山岭和溪流的存在。然而，那个丝毫没有忘却的女子，在脑海中不时出现的女子，自己特意从东京赶来追寻的女子，将在自己身上产生怎样的影响呢？"

山间寒冷的空气和把山岭笼罩得神秘而昏暗的夜色，以及被夜色吞没了的自己，当这三者重叠在一起时，他不由得惊恐起来，打了个寒战。

车夫抓住缰绳缓缓通过一座架在急流上的桥，桥下的流水撞击在岩石上发出了声响。几缕灯光映入津田的眼帘，他立刻意识到已经到了。他甚至想到，在这些灯光中，也许有一缕正照在清子身上。

"这是命运之光，除了追寻它，我别无选择了。"

他并非诗人，本不会说出这样的话，但他心中却怀着这样的诗意。他把头迎向伙计问道：

"已经到了吧？哪个是你的旅馆？"

"再往里走不多远就是了。"

这条勉强能通过马车的温泉街道太狭窄了，而且似乎是故意修得这样弯弯曲曲，车夫再也无法在座位上甩动鞭子了。尽管如此，到达旅馆也只用了五六分钟的时间。山谷是那么宽阔，与之相比，道路显得更狭窄了。

正如伙计所说，旅馆很安静。这份安静既不是因为在夜间，也不是因为房子大，完全是因为客人太少了。在安静中，津田被带到了他的房间。他默默感谢自己的幸运，竟遇上这样的好时机。按性格来说，他本爱热闹，但他此次却有自己的打算。他向坐在饭桌对面的侍女问道：

"白天也是这样安静吗?"

"是。"

"为什么到处都没有客人呢?"

侍女说了"新馆""别馆""本馆"等名称,来解释津田的疑问。

"这里那么大呀!不熟悉路的人肯定会迷路的。"

他必须搞清楚清子所在的地方。但是,正如不便直接向伙计发问一样,也不便直接问侍女。

"这样的地方,孤身一人来的不多吧?"

"不一定的。"

"那一定是男人吧,恐怕女子是不会孤身住在这里的。"

"现在就有一位。"

"哦?是因为生病了吧?"

"可能是。"

"叫什么名字?"

由于她不负责那片区域,所以不清楚。

"是年轻人吗?"

"是,既年轻又漂亮。"

"是吗?真想认识一下。"

"去泡澡的时候,她会从这间房子旁边路过的。您想见,随时都……"

"能见到?那可太好了。"

津田只是问明那个女人的房间位置,便让侍女撤下了餐桌。

一百七十三

他想在临睡前洗个澡,便请侍女带路。这时,他才发现这家旅馆真的像侍女说的一样宽敞。他跟着侍女一会儿拐过惊人的走廊，一会儿走过一段意想不到的楼梯。当浴池出现在眼前时，他觉得自己独自回去还真会找不到住处呢。

浴池是用木板和玻璃门分隔出来的。左右对称各有三个小浴池，稍远处还有一个大的，比普通浴池大一倍以上。

"这个浴池最大，会舒服一些。"侍女说着，呼啦一声为津田打开了磨砂玻璃窗的门，里面一个人也没有。也许是为了防止蒸汽太多，房间里也有像住宅里的气窗之类的设备，在半开的两扇玻璃窗之间透进一股寒气，像是从山里刮来似的，吹在正脱棉袍的津田身上。

"啊，好冷！"

津田扑通一声跳进浴池。

"请慢慢洗吧。"侍女关上门要走，可连忙又折了回来：

"楼下还有浴池，如果您喜欢那儿，也可以去。"

来的时候已经下了一两层楼梯，想不到楼下还有浴池。

"你们这里到底有几层楼呢？"

侍女笑而不答，但并没有忘记交代正事：

"这边是新建的，虽然比较干净，不过，据说还是楼下的浴池效果更好。所以，真正为了治病而来的客人，都会到楼下去。而且，楼下的浴池还能利用水流来冲洗肩膀和腰部。"

津田只把头露出浴池，回答说：

"谢谢。那么，下次到那儿去，还要请你带路。"

"好的，先生。您是身上哪里不好吗？"

"嗯，是有点不好。"

侍女走后，津田的耳边还在回荡着她说的那句话："真正为了治病而来的客人……"

"我是不是属于这种人呢？"他想把自己当成这种人，又不想把自己当成这种人。到底是为了什么目的才来到这里，他心里很清楚。然而，对于冒雨来到此地的他来说，还有斟酌的余地，还有时间可供他考虑。他心想：

"眼下还有转圜的余地。如果真想做一名为治病而来的旅客，还是可以做到的。想不想这样，是你的自由。有自由无论何时都是幸福的，但也无法帮你解决问题，所以才会感到不满足。你想放弃那自由吗？那么，当你失去自由后，你的手中得到的是什么？这个你知道吗？你的未来还没有来到，它比你过去的那个谜，不知道还要胜过多少倍。为了解开过去的谜，想在未来达成所愿而放弃今天的自由，这是愚蠢，还是聪明呢？"

他无法判断自己是愚蠢还是聪明，任何事情都要看到结果之后才能下定论。而他却无法预判那结果，眼下自然会手足无措。

从一开始他就有三条路，并且仅有这三条路：第一，永远这般犹豫不决，但能保持自由；第二，宁可像个傻瓜也要进行下去；第三，也就是像他现在这样，既不做傻瓜，也能按照自己的意愿找到解决之法。

在这三条路当中，他是选定了第三条为目标而离开东京的。但是，经过了一路的火车颠簸、马车摇晃、山上冷空气的侵袭、浴池中蒸汽的浸润，他所追寻的人终于近在眼前了，他的愿望从明天开始就有实现的可能。然而，第一条路却突然出现在他的脑海里。接着，第二条路也微笑着出现在了他的脑海中。它们来得那样突然，而且不声不响。那遮住视野的雾霭在微风中消散了，他得以清晰地看到了它们。

他是一个十分浪漫的男人，同时也是一个十分稳重的男人。并且，他自己并未觉察到这两者的对立关系，也就没有必要为此感到矛盾和痛苦，只要下定决心去做就可以了。然而，在做出决定之前，他心中不得不进行一场思想斗争：做个傻瓜也不要紧；不，不能做傻瓜。经过一番斗争，结论仍是这三种。思考到最后，他终于知道该怎样做了。

在空空的大浴池里，他的手挥动着，不知是在洗还是在擦，只是听到洁净的泉水被他搅得哗啦哗啦响。

一百七十四

津田只顾凝神沉思，几乎忘记了周围的一切。这时，哗啦一声，玻璃门被推开，津田被吓了一跳。他不由得抬起头向门口望去，当他从蒸汽中看到半个女人的身形时，他的心脏像发出信号的警钟一样咚咚响起来。然而，这瞬间冒起的警觉又在瞬间消失了，因为这个女人并不是真正能引起他吃惊的人。

这个从未谋面的女人，她的穿着十分随便，像是刚刚睡醒一样。如果是白天，她断然不敢这样出现在别人面前。一条鲜艳贴身的长内衣，平时是绝不能露到外面的，如今却那么大大方方地显露在津田面前。

这个女人见津田赤条条地，像个乞丐般缩在水里，立刻将想进入水池的身子缩了回去。

"哎呀，对不起。"

津田觉得这本该是自己的致歉之词，没想到却被她抢先说了。接着，便听到了走下楼梯的拖鞋声。那声音似乎在玻璃门前停住了，接着就听到了男女对话的声音。

"怎么了？"

"有人在。"

"人多吗？不多的话就去洗吧。"

"可是……"

"那么，到小浴池去吧，小浴池都空着呢。"

"阿胜不在吗？"

津田很想照顾这对伴侣，自己早些出去，但听那个女人的口气，有种非要进这个浴池不可的感觉，这让他很看不惯，因此倒满不在乎起来，心想：如果想进来，那就请吧，不必客气！于是仍将身子浸在水池中。

津田是个高个子，他将长腿伸开在水中上下摆动，得意地欣赏着自己沉浮在水中的下半身。

这时，那个女人要找的阿胜似乎突然来了：

"晚安，您来得真早啊。"

男人立刻回答说：

"是啊，太无聊了，今天想早些睡。"

"哦？今天的练习做完了吗？"

"晚上不做啦。"

接着，听到了女人的声音：

"阿胜！那边有人占了。"

"哦，是吗？"

"还有没有其他浴池？没有人用过的。"

"有，不过，水也许稍热些。"

刚听见似乎是阿胜带领这两人去新浴池的开门声，紧接着，津田所在的浴池门又呼啦一声被拉响了。

"晚上好！"

一个方脸的小个子边说边走了进来。

"老爷，给您冲冲吧？"他立刻走到冲洗的地方，往椭圆形的小水桶里灌满水。津田只得将后背转向他。

"你叫阿胜吗？"

"是的，老爷都知道啦。"

"是刚才听到的。"

"不错。这么说，老爷是刚来的。"

"是，是刚来的。"

阿胜哈哈大笑起来。

"是从东京来的吗？"

"是啊。"

阿胜向津田问了些"几点上车""几点下车"等，又问了是否一个人来的，为什么没带夫人一起来。还说刚才那对夫妇是横滨做蚕丝

350

生意的，那位老爷天天晚上跟他夫人学唱《义大夫》歌谣①，那个夫人唱长曲最拿手了。他问了许多事，也提供了许多知识。津田觉得连那些可以不必听的内容他都听到了，可就是没有听到一个人的名字。那个没被提到的人，不用说，就是清子。这虽然是偶然的结果，津田却不免有些遗憾。当然，津田也没打算追问。事实上，还没来得及考虑这些，阿胜就已经把要说的都说完了，给津田冲洗的活儿也结束了。

"您慢慢洗。"阿胜说着走了出去。津田望着他的背影，觉得已经没有慢慢洗的必要。他立刻擦净身子，走出了玻璃门。当他提着湿毛巾登上楼梯，经过化妆台和穿衣镜，在走廊处拐了个弯后，竟不知道该从哪个方向回去才是。

一百七十五

刚开始，他几乎是漫不经心地走着。这是刚刚侍女带我走的路吗？他的记忆像梦一般模糊。然而，从走过的走廊长度来看，还远不该到达自己的房间。这时，他忽然站住了。

"是在这后面，还是在这前面？"

电灯照耀下的走廊很明亮，只要想去，哪个方向都可以任意行走。但是，哪里都听不到人的脚步声，连提供服务的侍女都不见踪影。津田把毛巾和肥皂放下，像在自己家的书房呼唤阿延那样拍了拍手。然而，各处都没有回应。他连这里的侍女休息室在哪儿都不知道，因为他是从两旁种满树木的类似私人住宅的正门进来的，便门、厨房、阳台之类的地方，对他来说，完全是个谜。

他反复拍了几次手，仍然没有任何回应，只好苦笑着把肥皂和毛

---

① 《义大夫》：用三弦琴伴唱的日本说唱曲艺，因其创始人竹本义大夫而得名。

巾捡起来。同时，他又起了好奇心："就这样转来转去，总会找到自己的房间吧？"这是他有生以来第一次遇到这种事，他好像是故意要体验一下这种心情，于是又迈开了脚步。

走廊很快走到了尽头，从那儿再上两三层楼梯，又有一个卫生间，四个闪亮着金属光芒的水盆并排在那里。从水龙头流出的不知是山水还是溪水，四个盆里不仅个个被装满水，还能看到盆边溢出的水晶般稀薄的水帘。盆中的水受到后方推涌和上方击打的双重作用而微微发出震响。

一向用惯了自来水的津田，忽然忘记了自己身在何处，只觉得那水白白流掉实在是太浪费了。他想伸手去关上水龙头，但转念一想，又觉得自己太迂腐了，何必多此一举呢？看着那水盆中忽而大忽而小的漩涡，倒也蛮有趣的。

周围非常寂静，确实如就餐时侍女所说。其实，远比他听了侍女的话之后想象出来的样子还要寂静。岂止要奇怪顾客在哪儿，简直要奇怪人都在哪儿呢。寂静中，灯光照遍了各个角落。然而，只有灯光，却没有声音，也没有动静，只有眼前的水在流淌，并形成时而展开、时而收缩的漩涡。

忽然，他的视线移到一个人影上，不免吃了一惊。仔细一看，原来不过是挂在洗脸池旁边的大镜子里的自己。这面镜子虽不能说是等身大，却也足够大了，至少有一般理发店里安装的镜子那么大。而且由于位置限制，也和理发店里一样是直立着的。因此他的面部，不仅是面部，还有他的肩膀、身躯、腰部都被映在镜中。当他发现对方就是他自己之后，他的视线仍没有离开镜子。刚刚洗过澡后，他的面色倒显得苍白了，长时间未曾修剪的头发虽然蓬松，却也因为刚刚洗过的缘故，颜色如漆般发亮。不知为什么，这使他想起被暴风雨摧残后的庭院。

他是一个眉清目秀的美男子，面部的皮肤很细腻，对男子来说，这甚至有些过分细腻了。对于这一点，任何时候他都是很自信的。可是，这次却发现镜中的自己竟有些今非昔比，着实吃了一惊。在确认这就是自己之前，他甚至产生了这样的念头，认为这是自己的幽灵。他有些害怕，于是产生了抵抗心理。他睁大眼睛，进一步端详着自己的模样。双腿向前挪动，拿起摆在镜子前的木梳，然后故作镇静地将自己的头发梳理得整整齐齐。

他丢下木梳不再管它，这时才清醒过来要去寻找自己的房间。他望了一眼对面的楼梯，发现这楼梯有一些明显的特征。第一，它比一般的楼梯要宽三分之一；第二，它修得非常坚固，看起来就算是大象踩上去也不会颤动；第三，它的样子与众不同，像是仿照西洋建筑而造，上面涂满了清漆。虽然他的记忆有些模糊，但他确实记得，这绝不是刚才走下来的那道楼梯。即使从这里登上去，也绝不可能回到自己的房间。意识到这一点，他决心再返回去，于是离开镜子向侧面走去。

一百七十六

这时，他忽然听到二楼的一个房间里传来拉门打开后又关上的声音。从楼梯的构造来看，这是一个很宽敞的建筑，楼上应该不止一两个房间。然而，津田刚刚听到的声音是如此清晰，由此他断定那个房间离自己并不远。

从楼梯下往上看，和往常见到的建筑一样普普通通，并没有什么不同。那里有一个木地板的大厅，且不说眼睛看不到的地方，只以遮挡在走廊尽头的墙壁为参照，也可以大体估量一下，那个房间足有竖着的一张榻榻米那么长。这个大厅走廊是分三个方向，还是分两个方向拐过去的，未曾登上楼梯的津田只能通过想象去判断。但是，他刚刚听到的拉门声一定是来自离楼梯最近的那个房间，也就是抬头可见的那道墙壁的后面。

寂静中，津田突然听到这个声音，才意识到原来楼上也住着客人。更确切地说，他总算发现有人的存在了。刚才，他的注意力完全放在了走错方向这件事上，现在却有些惊讶。尽管这惊讶并不强烈。他想立刻逃走，这当然是因为他不愿意让别人看到自己因找不到房间而四处徘徊的狼狈相，也是不好意思在人前暴露自己因惊慌而失常的丑态。

然而，事情的发展有些复杂。当他刚想转身往回走的刹那，他又转念一想：

"刚刚拉门的或许是侍女吧？"

这样想过之后，他的胆量又恢复了。惊魂既定之后，他觉得就算是客人也没关系的。

"管他是谁，如果出来，就向他问问路。"

下定决心后，他站在镜子旁向楼上凝望。果然如他所料，从墙壁后面传来了轻微的脚步声。那脚步声实在是太轻了，如果不是拖鞋和脚后跟的碰撞声，他简直就听不见。这时，他的心猛然一震。

"这是个女人，但不是侍女，难道……"

他突然警觉起来，就在此刻，那人已经猝然出现在他的眼前。他被比刚才强烈数十倍的惊恐所震慑，立即呆若木鸡，眼睛也一眨不眨。

同样的震撼更强烈地把清子也牢牢钉在了那里。在津田眼里，在楼上大厅亭亭玉立的清子简直像是一幅画。他把这幅画作为难以忘怀的印象之一，永远地保留在了自己的心底。

她从无意识地望着津田到认出他似乎是同时发生，又似乎不是同时。至少津田是这么认为的，从无意识到有意识，总还是需要一段时间。先是吃惊，再是疑惑，接着是怀疑，经过这些过程后，她才待在了那里。如果这时有人推她一把，即使是用一根手指，她也会如泥人一般轻易倒下。

看她的样子，应该是和所有进行水疗的游客一样，打算在入睡前到浴池里暖暖身子。她手里提着一条小毛巾，还和津田一样拿着一个镍制肥皂盒，身子僵硬而笔直。为什么她没有把肥皂盒掉在地上？这是后来每当津田回忆起这一刹那时，总会冒出来的一个疑问。

她的装束不像刚才在浴池遇到的那个女人那样不检点，但也有着在这种场合被所有游客所默认的自由。她没有规规矩矩地扎好宽幅腰带，只是随意地系了一条红、蓝、黄各色条纹混杂的窄腰带。睡衣里面的长衫盖住了她那跋着绒拖鞋的脚面。

清子的身体僵住了，她的面部肌肉同样显得木然，两颊以及额头的颜色渐渐变为苍白。这变化如此清晰，连失神的津田都注意到了这一点，他想：

"一定要想个办法，这样下去真不知怎样才好。"

津田决心上前搭话，就在这时，清子的身子也动了。她立即转身离去，一步不停，把津田留在原处。经过走廊往回走时，一直照耀着她的二楼楼梯口的电灯忽然熄灭了。昏暗中，津田听到了开门的声音。同时，他身边那个未曾被留意到的小房间响起了一阵急促的门铃声。

紧接着就听见吧嗒吧嗒的脚步声从远处的走廊里传来，津田拦住了那个要去清子房间应差的侍女，请她指点自己的房间该怎样走回去。

<h1 style="text-align:center">一百七十七</h1>

当晚，津田没有睡好。他的耳边一直响起沙啦沙啦的声音，不知道那是雨的声音，还是溪流的声音。如果是雨，房檐却不见声响；如果是溪流，流势又过于缓慢。他虽然这么想着，头脑却一直被另外一个远比这个更重大的问题所困扰。

刚回到房间时，他发现伶俐的侍女已经为他在卧室中间铺好了暖烘烘的被褥。于是他立刻钻进被窝，开始琢磨刚才那偶然的冒险经历。

回顾今晚，他觉得自己仿佛是一个梦游者，他毫无目的，四处徘徊。尤其是在楼梯下面时，他静静观察回旋的漩涡，还看着镜子里的自己那难看的模样。即使是在事情过后的一个小时后回想，他也觉得自己当时的举动超出平常。

作为一个很少失态的人，他的这种反常举动在自己看来无疑是可耻的。姑且不论这事是如何丢脸，只是追究出现这种状态的原因，也是很难说清的。

这些暂且不提，只说为什么当时竟把清子的存在完全忘记了呢？连津田自己也不得不感到奇怪。

"我对她竟然冷淡到如此地步吗？"

他当然明白自己并非如此，因为在吃晚餐时，他就已经向侍女问清楚了清子住处的位置。

"所以，是没把这件事放在心上吧？"

实际上，他是在四处徘徊的时候把清子忘掉的。然而，一个连自己的房间都找不到的人，又怎么会在意别人身在何处呢？

"如果知道她所在的位置，就不至于受到那么一场突然袭击了。"

想到这里，他觉得第一个良机已经错过。她那转身而去的样子，关掉电灯不让人上楼的做法，按铃立即叫来侍女，这所有的行为综合起来便知一切都是在戒备、警告和断然拒绝。

然而，她确实是惊慌的，她的惊慌远远超过津田。可以说是由于她是女人的缘故，也可以说是由于津田是无意中尚有预料，而她则是突然中的突然。然而，她的惊慌仅仅为此吗？难道她没有立刻回忆起复杂的过去吗？

她的脸色苍白，身体僵直。津田就是由此产生了一些希望，他试着将这些做出对自己有益的解释。然而，他又把这种解释推翻，试着从反方面来思考。当把两方面都思考过后，他必须判断哪一方面更为合理。由于材料不足，实在难以做出定论。倾向于这一方面，他的自信则被摧毁；倾向于另一方面，耳边立刻响起幻灭的钟声。奇怪的是，他觉得他的自信——用他自谦的说法是自负，是始终存在的。但他又觉得那幻灭的钟声时刻在头上鸣响。他很想公平地看待双方，却又常常将自己的偏见置于其中，或者说，这种偏见是本来就存在的。结果很显然，他斥责自己的自负，却又抚摸着自负的头颅倾听钟声，然而又讨厌那钟声。

想法不断变换，他辗转反侧，怎么也睡不着，于是决心一切等明天再说。

他想去取枕边的火柴把烟点着。这时，发现了侍女挂在衣架上的已经对袖叠好的棉袍。仔细看，这是阿延为他放进皮包的那件，而自己是穿着先前旅馆给的棉袍钻进被窝的。他忽然想起出院时自己为这件新棉袍对阿延说的溢美之词，阿延的答话也清晰地出现在记忆里。

"哪一件更好，你比较一下看看。"

棉袍毕竟还是旅馆的好些。蚕丝和绢织品的区别在津田眼中还是一目了然的。他一边比较着棉袍，一边想起当时自己在妻子面前暗自考虑过的心事。

"阿延和清子。"

他自言自语地说出这两个名字，然后把烟蒂扔进了烟灰缸。耳边传来烟灰缸底部发出的咝咝声，他立刻将被子蒙在头上。

他强迫自己入睡，等到他在这强制力下感到疲惫时，终于如愿以偿地进入了梦乡。

一百七十八

——大清早，有人前来打开窗户。津田被这声响惊醒后，便一直处于半睡半醒中。室内各处均已亮起，他无法再安眠。庭院里落满朝晖，他终于爬起床，感到眼皮沉重。他边刷牙边拉开房门，像是刚从昨夜的梦中醒来似的望着周围的一切。

意外的是，他房前的庭院不像是山间格调。人工挖掘的形状不规则的池塘，周围按一般庭院的样子种着矮松和杜鹃花。这景色十分普通，甚至有些俗气。他的房间旁边有一座假山，上面引出溪水，恰似瀑布般倾泻于池中。池中喷起五六个水柱，虽不高，像是在燃放烟火。这就是昨夜打扰他安眠的东西，津田苦笑了一下，然后立即联想到远比这水声更令他苦恼百倍的清子。若是深究，也许真相和这喷水池一样无聊，如果真是这样，那该叫人如何忍受呢。

他叼着牙签，双手插兜站在门口。刚才拿着笤帚扫庭院中落叶的男人走上前来，亲热地招呼道：

"早安，昨天晚上很累吧？"

"是你呀，昨晚和我一起坐马车到这儿的。"

"是我，打扰您了。"

"果然像你说的，这里真安静啊，而且房子也那么宽敞。"

"哪里，如您所见，这里的平地很少，都是经过平整之后一层一层盖起来的，也许只有走廊才像您说得那样宽敞。"

"怪不得。昨晚从浴池回来时竟然迷了路，真是的。"

"是吗？那太抱歉啦。"

两人交谈间，庭院那边的小山上走下来一男一女。他们从黄叶和枯枝的间隙中走来，脚下的路呈"之"字形，为的是便于穿过陡峭的山坡。因此，他们看起来近在眼前，实际上来到庭院却需要很长时间。尽管如此，这个小伙子并没有静静站在原地等待，而是立刻抛下津田，跑到山脚下去迎接他们。

津田这才看清他们的脸。那个女人就是昨晚穿着艳丽拉开过浴池门的人，她那令人看了便会吓一跳的高发髻已经拆下，改为平常束发，因而他起初竟没想到她就是昨晚那个人。他像初次见面那样，将这两个只听过声音但没有见过容颜的人打量了一番。这位在鼻子下面留着流行短须的男人，正像浴池的伙计说的那样，神情中能看出是商人的样子。津田一看见他的脸，便想起阿秀的丈夫堀庄太郎。说得简短些，是堀家的庄君，再简短些，便是他自己常说的堀庄二字，这个名字恰如其分地反映了妹夫的为人。眼前这个人，恐怕他的名字也一

358

定与他那小胡子商人的形象很相称。在这一瞥之下，津田的想象并未结束。他进一步展开了怀疑，他们果真是夫妻吗？虽然他们曾公开声明早起是为了饭前浴后的散步，但在津田看来，这无疑是很反常的。他仍用牙签剔着牙站在原处，眼睛望着别处，却能清晰地听到这对男女和那小伙子的谈话。

女人问那小伙子：

"今天住在别馆的那位夫人怎么了？"

小伙子答道："我也不太清楚，您找她有什么事吗？"

"倒也没别的什么事，就是每天早晨总能在浴池见到她，今天她却没来。"

"啊，是吗？也许还在睡觉吧。"

"也许吧，不过，早晨去浴池，可是我们一直约好的呀！"

"哦，原来是这样啊。"

"而且我们还约好今天早晨一起到山上去散步。"

"那么，我去看看。"

"不必了，这不是已经散步回来了嘛。我只是担心她是不是哪儿不舒服，才想着问一问。"

"我想多半是在休息吧，要不我去……"

"不必了，不必那么认真，我不过是问问而已。"

两人说到这儿便离开了。津田的嘴上还沾满牙粉，重新往走廊处寻找昨晚那个浴池去了。

一百七十九

"寻找"这个词对于今天早上的津田来说已经完全不适用了。任凭道路曲折，他却不需多走一步冤枉路便顺利到达昨晚去过的浴池。他又一次觉得昨晚的自己实在是太愚蠢了。

秋阳透过檐下的玻璃窗，暖融融地照进了浴池。隔着玻璃窗，他能看到那岩石和堤坝近在自己的头顶。津田全身浸在水里，这才发觉这浴池低于地平面那么多。并且，那山崖距离自己所在的地方也是相差极大的，目测要有两三米。如果下面还有浴池的话，真猜不到这家旅馆究竟有多少楼层。

崖上是大吴风草，因为早上的阳光照不到那里，它们坚硬发亮的叶子时而被风吹动，看上去颇具寒意。浴池里也能看到山茶花飘落的景色，只是这景色是被截断的，二尺玻璃窗所能容纳的景色有限，再往上或往下就全都看不见了。那些看不见的景色本来也是很平常的，只是不知为什么，却挑起了津田的好奇心。有只鸭子在崖边叫起来，只闻其声而不见其身影，让津田感到十分遗憾。

这只是一种极小的遗憾，在津田心中，有一件正在反复琢磨的、远比这件更让他魂牵梦萦的事。他一进浴池，就已经开始在暗地里感到遗憾了。在这个偌大的浴室中，竟看不到一个人的身影，自己想做什么就做什么。为了慎重起见，他将走廊左右两排浴室的门逐个打开看过。因为其中的一个门口摆着一双拖鞋，这给了他一种暗示。但也正是因为这样，当他将门逐个打开，直到将要触及前面摆有拖鞋的那道门时，却突然犹豫了。因为他原本就不是主动的人，并且知道这是失礼的行为。于是，他只好在门外侧耳倾听，但里面是寂静无声的。他这才顺势伸手将那扇门拉开。当他确认这里和别处一样空无一人时，一种"太好了"的庆幸和一种"太扫兴了"的失望情绪一齐涌上了心头。

此刻，他光着身子浸在浴池中，心中不断涌起某种期待感，让他不时心跳加快。他苦笑着比较自己在昨晚和今晨所发生的变化。昨晚，直到被那个高髻女人惊吓之前，他的状态都是很单纯的。但今晨，在没有任何人到来时，他就已经满怀期待，甚至是紧张兮兮了。

也许是那双无主的拖鞋使他如此的吧？可为什么拖鞋能让他既紧

张又期待呢？那是因为一大清早，他从那个横滨女人和小伙子的口中得知了清子的消息：她还没有起床，至少还没有来过浴池。如果要来的话，要么是正在这里，要么是将要到来，二者必有其一。

他那敏锐的耳朵，忽然听到楼下传来脚步声。他马上停下了正在哗哗撩水的手，可脚步声却听不到了。也许是心理作用，他觉得脚步声在门口停下后，似乎又转身上楼去了。他猜测着其中的原因，忽然想到，是不是自己效仿别人把拖鞋放在门口，才导致如此。他甚至后悔起来，为什么不把拖鞋穿进浴室呢？

不一会儿，他又意外地听到了浴室外面的脚步声。那是在他观赏大吴风草、听鸭叫之前。他立刻将前后两次的脚步声联系到一起，并轻易得出了结论：第一次离开浴室的人，一定是故意到外边去的。这时外面传来了女人的声音，但声音与脚步声却不是来自同一个方向。根据他从下往上观察的情况来看，山崖上有几平方米的平地，靠近平地处有一间房屋是正对着浴室而建的。总之，声音是从那个方向传来的，而且，声音的主人正是刚才散步归来与小伙子谈起清子的那个女人。

昨天晚上那扇为了透气而打开的玻璃窗，今天是关着的。所以，那个女人的话无法清晰地传到津田的耳中。然而，从声音传来的方向来推测，有一点是明确的，那就是她是从崖上向崖下讲话。按道理来说，崖下也应该有答话才是。意外的是，根本听不到下面的任何回音，说话的只有崖上的那个女人。

但脚步声却没有停下。毫无疑问，这是一个女人穿着轻便木屐，踏着不规则的石阶登上崖来。刚刚听到上来的脚步声，玻璃门上便显现出一点点女人的衣襟，但立刻消失了。落在津田眼中的，只有美丽的花纹轻轻一舞。那花纹，和昨晚在楼梯下见到的一模一样。

回到房间吃早饭时，津田对侍女说：

"横滨那位女客的房间，是在新浴池能望见的崖上吗？"

"是。您到那里去看过啦？"

"没有，只是猜想大约在那儿。"

"猜得真准。您去玩玩吧，他们家的老爷和夫人都很有意思，总是说无聊呀无聊呀，天天都在郁闷呢。"

"他们住了很长时间吗？"

"是啊，已经住了十来天了。"

"就是唱《义大夫》的吗？"

"嗯，您了解得可真详细，已经听过了？"

"没听过，是听阿胜提起的。"

侍女对这两位客人的情况有问必答，但仍然不忘自己的身份。每到关键处，便有意回避津田的提问。

"不过，那个女人到底是什么人？"

"是夫人呀！"

"是真正的夫人吗？"

"是啊，应该是真正的夫人吧！"说着，侍女笑了起来，"为什么这么问？总不会是冒牌夫人吧？"

"为什么？作为良家妇女，那样是不是有点过于风流了？"

侍女不答，却突然提起清子：

"还有一位住在后边的夫人，那位太太人品可好了。"

从房间的位置来看，清子的房间在津田的后面，那一对夫妻的房间在津田的前面。当他发现这一点后，便点头说：

"这么说我刚好是在正中间了。"

虽说是在正中间，由于每个房间都是错开的，所以相邻的房间并不相通。

"那位夫人和这两位旅客是朋友吗?"

"是呀,很要好的。"

"原本就认识吗?"

"这个就不清楚了,大概是来到这里以后才认识的吧。他们经常来往,因为双方都很清闲吧,昨天还一同去了公园呢。"

津田决定抓住时机,于是连忙问道:

"那位夫人,为什么只有她一个人呢?"

"她身体不太好。"

"她家老爷呢?"

"刚来的时候,老爷也一同来过,可是马上又回去了。"

"就这么撇下她,也太说不过去啦。此后,他再也没来过吗?"

"说是最近要来,不过也不知是什么情况。"

"这么说,夫人一定很无聊吧?"

"您可以去找她聊天,我去说一声,怎么样?"

"可以去聊天吗?过后你帮我问问。"

"好。"侍女只是笑,不像是当真的样子。津田又问道:

"那位夫人每天都做什么呢?"

"就是洗洗澡啦,散散步啦,听听《义大夫》什么的,有时候也插插花,晚上还常练练字。"

"是吗?看书吗?"

"书也看吧。"侍女回答到这儿,因为觉得津田提的问题过于烦琐,咯咯笑了起来。津田这才发觉,显得有些狼狈似的把话题岔开:

"今天早晨有人把拖鞋忘在浴室门口了,我还以为里面有人呢,可是拉开门一看,一个人也没有。"

"哎呀,是吗?一定又是那位先生。"

侍女所说的这位先生是一位书法家。津田记起各处悬挂的匾额和广告牌上有他的落款,便应了一声:

"哦!已经很大年纪了吧?"

"是的，是一位老爷子，白胡子这么长！"侍女把手搁在胸前，形容书法家的胡子有多长。

"是吗？还在写字啊？"

"是。说什么是要刻在墓石上的，每天都写几个很大的字呢！"

听侍女说这书法家是为了写墓志铭才特意来此居住的，他感到既惊奇又佩服。

"写那种东西需要那么费劲吗？外行人还以为也就半天工夫就能写好。"

侍女对这番感慨没有任何回应。在津田心里，却有着比这话语更重要的事情。他暗自将这位老先生的工作和自己的事情做了比较，又把那对无所事事、只能唱唱《义大夫》的横滨男女思考了一番，同时也把不知为什么只知插画和练字的清子考虑了一阵子。最后，听侍女说还有一名旅客，他一句话也不说，也不活动，总是呆呆地坐在客厅里眺望。听到这儿，津田说道：

"人有各式各样的。现在只有这么五六个人聚在一起，就有这么多的不同。那到了夏天或是正月，不就更不得了吗？"

"要是住满了，怎么也有一百三四十人呢。"

侍女似乎没有理解津田这句话是什么意思，只是指出他们最忙碌的季节能住进来的旅客数量。

一百八十一

饭后，津田在床边的小桌旁坐下，让侍女取来一些明信片。他给阿延写了一张，给藤井叔叔写了一张，给吉川夫人写了一张。该写的人都写完后，还剩下了几张空白的。

他漫不经心地拿着笔，望着明信片上具有地方特色的彩画。什么不动瀑布①、月下公园②，这些名字既古怪又与山里的景色不相称。接着，他又动起笔来，不一会儿就写好了给阿秀和住在京都父母的信。由于写信写出了兴致，津田觉得不把所有的明信片都写完就有些说不过去似的。于是，他又一一写下了刚开始没想过的名字，比如冈本、冈本的儿子阿一，又从阿一的同学想到了自己的堂弟真事。一开始就想到，直到最后也未曾写下的名字只有小林。其他的暂且不论，就是怕他找到这里来，津田并不愿意透露自己的行踪。小林近日将抵达朝鲜，一向放荡不羁的他说不定已经在颠簸的火车上了。不过，这人一向散漫，说不定到了预定的时期依然不动身。收到明信片后，说不准还会立刻赶到这里来呢。

津田想到这位让人头疼的朋友，更确切地说是敌人，就像面对阴晴莫测的天气一样，不由得耸了耸肩。但是，既然开始了想象，一时还难以停下。他仿佛看到一辆马车忽然来到门口，小林大声斥责着闯进他的房间。津田问：

"你来干什么？"

"什么也不干，就为了来惹你厌烦的。"

"为什么？"

"不为什么。只要你讨厌我，不管你到哪里，我都要追着你。"

"混账！"

津田猛然握紧拳头向小林挥打过去，小林没有反抗，却立刻躺在了屋子中央，身体摆成一个"大"字形。

"你这个混蛋要打我吗？好，看你能把我怎样！"

于是便上演了一场只有在舞台上才能看到的武打戏，而且还引起旅馆所有人的注意，清子当然也在其中。这样的话，万事都要破灭了。

当头脑中描绘出这样一番比现实还要真切的图景之后，津田一下

---

① 不动瀑布：是指位于神奈川县足柄下郡汤河原町的著名瀑布。

② 月下公园：即夜间娱乐场。

子清醒了过来。他想，如果这个打斗场面真的出现在现实中，究竟会怎样呢？他忽然感到羞耻，也许这是自己内心感情的流露，他只觉得双颊发烫。

对小林的厌恶情绪只能就此打住。的确，如果不小心在外人面前流露出来，那只能让自己失去颜面。这是他本人的伦理观，总结一句话就是：始终都要保证自己的颜面。坏就坏在小林这个混蛋啊！

"要是没有那个家伙，我就不会变成这个样子。"他把一切责任都推给了小林。

对幻想中的罪犯做出宣判后，他的心情立刻转变，从钱包中取出一张明信片，在背后写道："我为疗养，于昨夜来此。"歪着脖子想了一番，又补写道："今晨听说你也在此。"

然后又心想："不行，这太虚假了，昨晚遇到了，这一点也要写上。"

但是，要想简单地提一下这件事也是不容易的。写的事越复杂，字就会越多。这么一来，一张明信片是不够的。但是，他想传达的只是一个简单的口信，不想用书信这种麻烦的方式。

他像是忽然想起什么似的望了望壁橱上的隔板，看到吉川夫人给他的礼物还原封不动地摆在那里。他马上把它拿了下来，写了一张明信片："病体如何？这是吉川夫人送来的问候礼品。"他将它放在水果篮里，然后叫来了侍女。

"这里有一位姓关的吗？"

侍女笑着说道：

"就是早晨提过的那位夫人呀。"

"是吗？那应该就是她吧。请把这个拿去送给她，然后请转告，如果方便的话，我想去拜访一下。"

"好的。"

侍女立刻提着水果篮向外走去。

等候回音的津田有些<u>坐立</u>不安，尤其是侍女本该按时返回却没有回来时，他就更加心神不宁。

"难道她拒绝我了？"

他之所以用吉川夫人的名义，就是为了以防万一。夫人的名义和她的问候礼品，对于津田来说，显然是能够消除清子顾虑的最佳计策，想来吉川夫人的本意也是如此。按道理来说，清子该对带来礼品的人表示谢意才是，可是为什么侍女迟迟没回来呢？他熄掉刚刚点着的香烟，一会儿走到廊檐，忽而无缘无故地看着池中游来游去的锦鲤，忽而又蹲下来摸摸廊下睡着的狗的鼻尖。

好不容易听到走廊拐角处传来侍女的脚步声，他立刻装出一副若无其事的样子来掩饰自己内心的紧张。

"怎么样？"

"让您久等了，耽搁太久了吧？"

"哪里，不久，不久。"

"稍微帮了那位夫人一点忙。"

"什么忙？"

"收拾了屋子，又给夫人梳了发髻，这么算来也够快的吧？"

津田知道女人的发髻不是轻易就能梳好的。

"是银杏髻①，还是丸子髻？"

侍女不答，只是笑着说道：

"您去看看吧。"

"你说去看看，就是可以去拜访吗？我一直在等的就是这个回信啊。"

---

① 银杏髻：明治、大正时期流行的一种妇女发髻。脑后的头发向左右弯成两个半圆，形状像银杏叶，因而得名。

“那可太对不起了，竟把您最关心的大事忘掉了。夫人说，恭候您的光临。”

津田总算安下心来，他站了起来，故意半开玩笑地问了一句：

“真的吗？不打扰吗？如果去了弄得我下不来台，我可不干啊。”

“老爷可真是个多疑的人。这么说，夫人莫非……”

“你说的夫人是谁？是姓关的夫人？还是说我的夫人？”

“说的谁，您还不清楚吗？”

“我不清楚。”

“是吗？”

津田把腰带紧了紧，就准备出门。侍女转到他的身后，帮他披上了外套。

“是往这边走吗？”

“我给您带路吧。”

说着，侍女走在前面领路。当走到那面镜子前时，他忽然想起自己昨夜像梦游般在那儿徘徊的样子。

“啊，就是这儿啊。”

侍女感到莫名其妙，天真地问道：

“什么？”

津田立刻掩饰说：

“我是说，昨晚碰上幽灵，就是在这儿。”

侍女的脸色忽然变了，说道：

“别胡说，我们这儿怎么会有幽灵！您要是这么说……”

津田觉察到自己不该对旅馆行业的从业人员开这种玩笑，便机灵地向楼上看了看。

“姓关的夫人就住在这个楼上吧？”

“是，您知道得蛮清楚呢。”

“是，我当然知道。”

“真是天眼通啊！”

“不是天眼通，是天鼻通！任何事都能闻出味道。”

"真像是一条狗呢。"

走到楼梯半路时的这段对话，在紧靠楼梯口的清子房间已经可以听到了。意识到这一点，津田说道：

"我现在就能嗅出那位夫人的住处，你看着。"

他走到清子的门前，立即止步：

"就是这儿！"

侍女斜眼看着津田，咯咯地笑出了声。

"怎么样，猜中了吧？"

"您的鼻子真灵，比猎犬还灵。"

侍女咯咯地笑着，可是，室内对这番热闹的场面并没有任何反应。里面究竟有没有人？怎么还是和刚才一样安静？

"客人来了。"侍女一边在门外打招呼，一边将关得严严实实的房门拉开。

"可以进来吗？"

津田边问边走进室内，可他不禁愣住了，清子并没有如他预期的那样立刻出现在眼前。

一百八十三

清子的房子是两间连在一起的，津田踏入的是没有铺地板的客厅，在黑檀木镶边、带有底座的长方形镜架前，放着一个条纹布的厚坐垫，一旁还有桐木制的小型长火炉。客厅的规模虽小，却和一般家庭常见的客厅格局很像。墙角有涂了黑漆的衣架，上面挂着具有女性特色的、质感看似很光滑的绸缎衣服。

两居室中间的隔门敞开着。津田看见正面的壁龛上摆着一盆好像刚刚插好的寒菊，花盆前面相对放了两张坐垫。那坐垫是咖啡色的绉绸做的，上面只有一个圆圆的看着像白牡丹似的花朵。不论从格调还是从迎客的布置来说，都显得极其庄重。津田不等落座，就已经有了这样的感觉。

"一切都那么郑重其事，这便是如今两人之间宿命般的距离吧！"

忽然觉察到这一点的津田，倒有些后悔踏进这个房间了。

然而这距离是如何产生的呢？细想一下，产生是必然的，只是津田把它忘记了。那么为什么会忘记呢？细想一下，忘记也是必然的。

津田被这感慨所折磨，就这样站在客厅里一动不动。他既没有走出去，也没有落座，只是茫然地看着眼前的坐垫。就在此时，主人清子的身影从廊檐下出现了。在这之前，她在做什么呢？津田实在无从猜测。并且，她为什么偏偏要到回廊上去呢？这一点也叫人捉摸不透。或许是在等他的时候，站在栏杆一角观赏满山黄叶吧。如果是这样，那她的表情似乎又有些异常。老实说，她不像是在迎接旧友，倒像是接见偶然来访的客人似的。这便是评价她此时状态的最佳说法。

然而，比起那等待他落座的坐垫和那特意放在正中的火盆，她的态度并没有引起他的反感。因为这样的态度和他脑海中的清子，并没有相差太过悬殊。

津田所了解的清子绝不是一个心胸狭窄的女人，她总是那么雍容大度。从她的气质和动作来看，"柔缓"二字便可概括。津田对这种看法一直深信不疑，正因这一点，他才遭到了背叛。至少，他自己是这么认为的。但尽管如此，当时对她产生的信任还依然存在。至于她突然结婚，则像是燕子翻身那样迅速而简单的事。然而，一码归一码。如果把这两者结合起来看，必然会带来烦扰。但如果分别来考虑，便明白这也是事实，那也是事实。

"这个慢性子的人怎么会忽然坐上飞机了呢？怎么会冒险飞行了呢？"

问题就在这里。然而，不管怎样，事实毕竟是事实，绝不会自行消失。

在这一点上，作为背叛者的清子要比忠实者阿延更幸福。如果是阿延在津田进屋时，没能立即合他心意地跑出来迎接，而是迟迟才从回廊中露出脸来，那么津田会采取什么反应呢？

他一定会立即想："你又在耍什么花招！"可是，同样动作如果不是出自阿延而是出自清子，结果会截然不同。"还是像从前那么柔缓。"因为在心中认定她"柔缓"，就算曾被人当头棒喝，他依然会做出这样的评价。

何况，清子也不像故意怠慢来客。她从廊檐的一角走过来，双手依然提着以吉川夫人的名义送来的那个水果篮。她是出于什么想法，才一直不嫌麻烦地提着它呢？这显然不能看作是对津田冷淡的意思。再说，一直提着那么沉重的水果篮，无疑是有些笨拙的。但如果放下后又重新提起来，未免也不够聪明，甚至有些孩子气。然而，平素对她有一番了解的津田，却不得不承认这恰恰表现出清子的一贯风格。

"真是有趣，你这独特的行为，是不是自己一点儿都没察觉呢？"

看着清子提着沉甸甸的水果篮，津田真想把这话说出口。

一百八十四

清子将篮子交给了侍女，侍女不知如何是好，只好机械性地接了过去，然后默默站在那里。这时，津田也只好站在原地，但他并没有一般情况下会产生的那种无所适从的不安感，反而体会到了一丝快感，因而并未感到任何痛苦。他只觉得那是清子一向比常人慢半拍的延续，与平常的清子并无两样。正因如此，对昨晚记忆的怀疑越来越强。这么一个动作迟缓的人怎么会那么惊慌，那么紧张呢？当时那惊异的神色与现在这安静的样子，无论如何也无法调和。他感觉好像平生第一次发现了夜与昼的区别。

还没等主人招待，他就自己坐在铺好的坐垫上。清子吩咐侍女将水果放在盘子里，津田就这样注视着她。

"多谢你带来了礼品。"

这是清子的第一句话，话题当然要从礼品开始，感谢赠礼人的好意。

津田原本是冒用吉川夫人的名义送礼，现在似乎无意遮掩了。

"我险些把这些蜜柑送给一路前来的老人。"

"啊，为什么?"

津田全不在意地说道：

"因为太重了，一路上简直是个负担。"

"那么，你是一路都提在手里吗?"

津田觉得这个问题很符合清子的天真。

"别拿我当傻子，我又不是你，会把这种东西拎在手里在廊檐上走来走去。"

清子只是微微一笑，微笑中并没有辩解的意思。换句话说，那微笑只是表现出了一种悠闲。以谎言作为开始的津田，内心越来越趋于平静。

"你还是和以前一样，什么时候都没有烦恼，真好。"

"嗯。"

"你真是一点儿都没变。"

"是啊，还是同一个人嘛。"

听了这句话，津田马上想讥笑她几句。这时，正在往盘子里放蜜柑的侍女突然笑了起来。

"你笑什么?"津田问。

"因为夫人说的话很好笑啊。"侍女看看津田那严肃的表情，只好解释说：

"一点儿没错，就是这样。不管是谁，从生到死都是同一个人，除非重新投胎，否则谁也不可能变成另外一个人呀。"

"不一定啊，有的人活着活着，人就变了，这种人大有人在呢。"

"哦，是吗? 要真有这样的人，我还真想见一见呢。"

"你如果想见，可以叫你见一见。"

"那就见见吧。"侍女说着，又咯咯地笑起来。她用食指指着自己的鼻尖，"指的又是这个吗？老爷的鼻子谁都比不上。夫人的房间，就是他用鼻子闻出来的呢。"

"岂止是房间，从你的年龄、籍贯、家乡地址，到一切的一切，我都能闻得出来，只要有这只鼻子。"

"那可了不得，遇到了老爷您，可真是吃不消呐。"侍女说着站了起来，临出门前，又对津田开了句玩笑："老爷一定是个捕猎好手。"

留在阳光明媚的客厅中的两个人立刻变得安静起来。津田面朝廊檐向阳而坐，清子背向栏杆面阴而坐。津田放眼望去，眼前重峦叠嶂，光影界限分明，一切景物仿佛触手可及。黄叶浓淡相间，更为秋天的山景增色不少。与面朝着开阔美景的津田相反，清子面前却没有什么可观赏的景色。要看，也只有北侧的拉门和遮住部分拉门的津田的身影。她的视线狭小，但并不为此感到不快。如果是阿延，恐怕要立刻调换位子不可，但清子是沉着的。

她的面色与昨夜相反，甚至比津田以往所熟悉的面色还要更红润些。不过，这也可以理解为是在强烈秋阳的照耀下产生的生理反应。津田的目光落到她那因激动而涨红的耳朵上时，他就是这样想的。她的耳朵很薄，照射在耳朵上的阳光使聚集在那里的血液都能清晰地映入津田的眼帘。

———————————— 一百八十五 ————————————

在这种情况下，究竟该由谁先开口呢？如果面前坐着的是阿延，这是无须考虑也能明白的问题。阿延是一个不会给津田一丝闲暇的女人，她本身的天性如此，随时随地都要展露她的天性，因而津田始终处于被动地位，而且不得不时常为应战而苦恼。

然而，坐在清子对面完全是另一番意趣了。形势会忽然逆转，清子是处于守势位置的。所以，津田不得不发挥一些积极作用，这一点，他倒是毫不费力便可做到。

侍女走后，室内只剩他们两个人了，他这才意识到这一点。当他意识到之后，对昔日女友的回忆便苏醒过来。他一直在设想自己与她对坐时的场景，但就在想象变成现实后，那份激动的情绪却消失了。他竟然能泰然自若地坐在她的对面，并且和从前没什么两样。他在心里感觉到，至少在性质上是一样的。所以，每当谈话中断时，和过去一样，重新提起话题的仍然是他。而且，谈话能够顺着他的情绪进行，这本身就让他感到意外的满足。

"关君怎么样？还是那么努力吗？从那以后便了无音讯，一直没再见过呢。"津田说得很平常。然而以清子的丈夫作为谈话的开头，这妥当吗？不论是从利害关系来讲，还是从两人发生过的感情纠葛来讲，又或是单从平时的情理来讲，都有斟酌的必要。然而，此刻的津田却不像平常那么细心，竟毫无顾忌地提到这个话题。显然，他是把平常在阿延面前的那种小心翼翼全都忘光了。

然而，对方不是阿延，即使忘记了那种提防之心也是无妨的。从清子的回答中便可立即得到证明，她微笑着说道：

"谢谢，还是老样子，我们两个还常常提起你呢。"

"哦，是吗？我始终在忙，各方面都照顾不周。"

"我丈夫也是这样，现在大家好像都成了忙人，彼此间自然就疏远了，这是没办法的，也是必然的趋势啊。"

"是啊。"津田虽然这么回答，心里却想反问清子："是吗？是因为这一点才彼此疏远的吗？这是你的心里话吗？"这种疑问，只能化作无声的言语藏在他的心底。

可是，他看出清子和以前一样单纯，或者说是除了单纯便不知该如何形容了。她的态度竟是如此大方，可以坦然地以关君作为话题，而不会感到任何不愉快。这自然是津田暗中所期待的，却也是出乎意料的。他能够一如既往地和她重逢，这让他心满意足；可她依然用落落大方的态度在他面前谈论关君，这又让他感到不愉快。

"为什么在这一点上觉得不愉快呢？"

津田没有正视这个问题的勇气。关君既然是她的丈夫，他就必须怀着敬意肯定她的态度。然而，这不过是表面上的说辞，是任何一个过路人都能做到的。在内心深处，他还有另外的看法，那是和过路人有所不同的自我。但他又不能把这自我直接称为"我"，而是称之为"特殊的人"。所谓"特殊的人"，指的是对外行而言的内行人，对无知者而言的有识之士，对普通人而言的专家。因此，他认为他比一般的过路人更有发言权。

津田对清子这种表面上认同而内心反对的态度，必然要以某种方式流露出来。

一百八十六

"昨晚失礼了。"津田突然这么说，是为了试探对方会有什么反应。

"是我失礼了。"清子应答如流，丝毫看不出有什么不愉快的样子。津田倒怀疑起来，心想："这个女人今天早上倒不像昨晚那样惊诧了吗？如果她完全忘记了昨天的样子，那自己要做的一切，是不是都会落空呢？"

"说实话，让你受惊之后，我实在感到很对不起。"

"那么，你为什么不避开呢？"

"是最好避开的，可是，不知者无罪，我做梦都没想到你住在这儿啊。"

"可是，你不是特意带着礼品从东京来的吗？"

"那倒是。可是，我不知道你在这儿也是事实，我是昨晚偶然看到你才知道的。"

"真是这样吗?"清子的口气似乎认定昨晚津田是有意的,这使津田感到惊奇。

"我怎么会故意那么做呢? 不管我多么傻。"

"可你好像在那儿站了很长时间。"

津田的确观察过水盆里溢出的水,也确实注视着镜子里发呆的自己,最后还拿起梳子梳了头发。

"那是因为我迷了路,不知道怎么回去,也是没有办法呀。"

"是吗? 也许吧,但我并不认为是那样。"

"那你认为我是在打埋伏吗? 别开玩笑了,我的鼻子再怎么万能,也不会连你去浴池的时间都知道啊。"

"说的是,也有道理。"

清子口中说着"也有道理",好像真的已经领会了这道理似的。津田不由得笑出声来。

"为什么对这事情那么信不过我?"

"我不说,你也是知道的。"

"我怎么会知道呢?"

"不知道也没关系,这种事也没有解释的必要。"

津田没办法,只好换了个角度来谈。

"那么,你说,我为什么要在走廊里对你打埋伏呢?"

"这……我不能说。"

"不用那么客气,说说吧。"

"不是客气,不能说就是不能说嘛。"

"话不就在你的心里吗? 只要肯说,对谁都可以说呀!"

"我心里什么话也没有。"

这句简单的话,立刻挫伤了津田的锐气,但也使他的情绪活跃起来。

"如果没有,又是从哪儿产生的这份疑心呢?"

"如果我怀疑的不对,我向你道歉,并且不再怀疑了。"

"可你不是已经怀疑了吗?"

"这有什么办法呢？怀疑过就是怀疑过，这是事实。我坦白承认，这也是事实。再怎么道歉，事实也是不能抹杀的。"

"所以，只要你把事实说给我听就行了。"

"事实不是已经说过了吗？"

"那不过是事实的一半或三分之一，我想听全面的。"

"可真是难为人，让我怎么回答你才好呢？"

"这有什么为难呢？只要一句话，因为如此如此，所以产生了怀疑，这不就行了？"

一直感到为难的清子，这时才突然流露出领会的神情。

"啊，你就是想听这个吗？"

"是啊，就是为了听这个才一直那么坚持让你说，可你总是躲闪。"

"如果是这样，早这么说就好了。这种事我有什么要隐瞒的，理由没有别的，只是因为你就是这样的人呀。"

"指的是打埋伏吗？"

"是啊。"

"别拿我开玩笑了。"

"可在我看来你就是那样的人，有什么办法呢？我可没有说谎。"

"原来如此。"

津田双臂交叉，低下了头。

一百八十七

过了一会儿，津田又抬起了头。

"怎么回事，我们的谈话好像成了辩论，我可不是为了跟你辩论才来的。"

清子答道：

"我也丝毫没有这个意思，不过是自然而然弄成了这个样子，不是故意的呀。"

"不是故意的，这我也承认。还是怪我对你追问得过于紧迫了吧？"

"大概是吧。"

清子又微笑了。津田在这微笑中又看到了她往常的那种大度，于是忍不住问道：

"那么，能顺便再回答我一个问题吗？"

"好，请问吧！"清子答话的口气仿佛是对津田的所有疑问都做好了充分的准备似的，这使津田在没有发问之前就已经感到了失望。

"这个人，是把一切的一切都忘了啊。"他一边这么想着，一边又意识到这是清子的特点。于是以一种进一步确认的心理问道：

"可是，昨夜你在楼梯上，脸色不是都发白了吗？"

"大概是吧，不过我的脸自己看不见，所以也不清楚啊。既然你那么说，总不会错吧。"

"这么说来，我在你眼里还不完全是一个撒谎的人了？谢谢你能承认我认定的事实。"

"即使不想承认，如果脸色确实发白，又有什么办法？"

"是啊，并且身体都有些僵硬吧？"

"是，身体僵硬我是知道的。如果再那么挺一会儿，恐怕我会摔倒的。"

"是很吃惊吗？"

"是的，大吃一惊呢！"

"那么……"津田欲言又止，把视线移向清子那正削苹果的手指。随着小刀的转动，那水灵灵的果皮和逐渐露出来的淡青色果肉一点点分离。此情此景，使他回忆起一年多以前的往事。

"那时候，不就是这样一个人，以这样的姿态给我这样削着苹果吗？"

她那握刀的样子，手指移动的手法，两肘紧贴在双膝上，长长的袖口向外张开的样子，这一切无一不是往事的重演。津田发现只有一点和从前不同，那就是她的手指上戴着的两颗美丽的宝石。如果这是她结婚时的永久纪念品，那便再也没有什么比那闪闪的光辉更能把他们隔开的东西了。他注视着她那转动的纤纤玉指，沉湎于过去的梦中，却不得不同时接受那触目惊心的光芒。

他立刻将目光移开清子的手指，去看她的头发。不过，今早侍女给她梳的发髻不过是普通的庇髻①。那乌黑的头发上留下的整整齐齐的梳齿痕迹，规规矩矩地垂在额前。

津田决心把一度中断的话题重新谈起。

"还有，我想问你……"

清子没有抬头，津田接着说道：

"昨晚你那么吃惊，今早又为什么这么平静呢？"

清子仍然低着头，反问道：

"为什么这么说？"

"因为我不明白你的心理，所以才问你嘛。"

清子还是没有看他，回答道：

"我不懂什么心理作用这些深奥的东西，只是昨晚是那样，今早又是这样，仅此而已。"

"仅仅如此吗？"

"嗯，仅仅如此。"

如果是在演戏，津田应该在这时长长地叹一口气。然而，他没有那么做的勇气。他觉得在这个女人面前做那些是毫无意义的，因此他控制住了那种做作的行为。

"可是，今早你不是没有按平常的时间起床吗？"

清子立即抬起头来说道：

"你怎么会知道这些？"

"我倒是知道得清清楚楚。"

清子看了看津田，又把视线转向了苹果。她一边用小刀切着削好

---

① 庇髻：是指前发和鬓发蓬起的一种女子发式。

的苹果，一边回答道：

"虽然你不是通天眼，却是通天鼻，真是灵通！"

分不清这是嘲笑还是讽刺，或是真心话。在这句话面前，津田只好败下阵来。

清子把削好的苹果递到津田面前。

"尝尝怎么样？"

一百八十八

津田对面前的苹果碰也没碰一下，他说：

"你尝尝，这是吉川夫人特意送给你的呀。"

"是呀，又是你特意为我带来的。这样一番好意，我不领情就不对啦。"

清子说着，把摆在二人之间的苹果拿了一片。送到唇边之前，她问：

"想想也真是好笑，这是怎么回事？"

"什么怎么回事？"

"我从没想过吉川夫人会给我送礼，更没想到这礼物会由你给送来。"

津田口里答道："是呀，连我也不曾想到呢。"

这时，清子凝视津田的神情，显然是期待津田能作出明确的回答。那期待的目光唤起了津田特殊的回忆。

"啊，正是这样的目光！"

在二人之间，这样的场景不知反复出现过多少次，如今又清清楚楚地呈现在津田面前了。那时的清子十分信任津田，她所有的知识都来自于他，所有的疑问都要请他解答，她似乎把一切问题都交给了他，甚至把不可预测的未来也都悉数交给了他。即使她的眼睛在转动，也依然是平静的。她想问些什么，眼睛里便会闪烁着信任与平和的光芒，仿佛这种目光只有津田可以享有，甚至是因为他的存在，这种目光才存在。

可是他们最终分开了，如今却又重逢。分开后的清子，她眼睛中的那种光芒依然存在，但它存在的意义却已不同，这怎能不叫他感慨万千。

"多么美丽的眼睛，可这份美丽却只能让我失望吗？请你清楚地告诉我吧。"

津田的疑问和清子的疑问，暂时通过视线相交汇。首先将目光移开的人是清子。津田意识到这一点，便也能发现二人心态上的不同。清子在任何时候都显得那么从容，似乎一切都无关紧要。她将目光移到壁橱上的那盆寒菊上。

清子的目光躲闪开，津田却不得不开口追问：

"再怎么说，我也不会单纯为了吉川夫人来跑腿呀。"

"是吗？我还觉得奇怪呢。"

"一点儿也不奇怪。正是我想单独到这儿来的时候，刚巧碰到了夫人，她告诉我你在这儿，托我带这些礼品给你。"

"是啊，如果不是这样，怎么想也觉得奇怪。"

"不管多奇怪，世界上碰巧的事总是有的，就像你……"

津田本想说"我也是来问那理由的"却改口说道："所以，只要弄清了原委，所有的事情都成了理所当然。"

可清子似乎对此毫不在意，她很率真地想到了别的问题：

"那么，是你身体不太好吗？"

津田简单说了病情的经过。清子问道：

"那你还真是不错，这种时候，公司还会提供方便。说起这个，我丈夫就有些可怜，总是从早忙到晚。"

"关君愿意呀，这有什么办法。"

"你可不要随口胡说。"

"我说的愿意是从好的意义上理解的，就是说他是个勤奋的人。"

"啊，你可真会奉承。"

这时，忽然听见有急步上楼的草鞋声，刚要开口的津田只好不作声观望着。一个从未见过的侍女前来传话说：

"那位横滨的客人让我来问问，夫人下午到瀑布那边散步吗？"

"那就一起去吧。"清子说道。

侍女听了清子的回答，转身离开前又对津田说道："请老爷也一同去吧。"

"谢谢。怎么，已经中午了吗？"

"是的，我马上把饭端过来。"

"哎呀，吓了我一跳。"说完，津田这才站了起来。

他本想叫一声"夫人"，然而怕太见外，便叫了一声"清子"，然后问道：

"你要在这儿住多久？"

"没有什么计划，如果家里来了电报，就算是今天也得回去。"

津田有些惊奇："怎么，会这样吗？"

"那也说不好呀。"清子说着，微微一笑。津田一边试图分析这个微笑的含义，一边向自己的房间走去……

晚年深受胃溃疡折磨的夏目漱石，凭借着已被痛苦撕裂的身体，直到逝世前仍在坚持创作《明暗》。

1916年12月，《明暗》永远停留在了第一百八十八章，成为了夏目漱石的未竟之作。而这部作品也因一代文豪的陨落，获得了开放式的结局。

尽管有如此那般的遗憾，但这部作品仍是日本文学版图中无可替代的参照物。